내 무덤에
묻힌
사람

박 현 주

고려대학교 영어영문학과와 동 대학원을 졸업하고 일리노이 대학교에서 언어학 박사 학위를 취득했다. 현재 고려대학교에서 강의하고 있으며 작가, 번역가, 칼럼니스트로도 활약하고 있다. 도러시 L. 세이어즈 『탐정은 어떻게 진화했는가』, 조이스 캐럴 오츠 『악몽』, P.D. 제임스 『죽음이 펨벌리로 오다』 등을 번역했으며 에세이 『로맨스 약국』을 집필했다.

A STRANGER IN MY GRAVE
by Margaret Millar

Korean translation copyright ⓒ 2016 by Elixir, an Imprint of Munhakdongne Publishing Corp.
Korean translation rights arranged with Harold Ober Associates Incorporated New York, NY through EYA (Eric Yang Agency).

이 책의 한국어판 저작권은 EYA(Eric Yang Agency)를 통해
Harold Ober Associates Incorporated와 독점 계약한 엘릭시르, (주)문학동네에 있습니다.
저작권법에 의하여 한국 내에서 보호를 받는 저작물이므로 무단 전재와 무단 복제를 금합니다.

이 도서의 국립중앙도서관 출판예정도서목록(CIP)은 서지정보유통지원시스템 홈페이지(http://seoji.nl.go.kr)와
국가자료공동목록시스템(http://www.nl.go.kr/kolisnet)에서 이용하실 수 있습니다.
CIP제어번호 : CIP2016026434

A Stranger in My Grave

내무덤에
문힌
사람

마거릿 밀러

박현주 옮김

완벽한 가정의 추악한 이면

엘릭시르

차
례

/

이 책을 애정과 존경을 담아 루이즈 도티 콜트에게 바친다.

A Stranger in My Grave

서문

작가라면 누구나, 보통은 장황하게 줄줄, 샘물처럼 솟아나는 창작열의 밀물과 썰물에 대해 설명할 수 있다. 밀물처럼 들어와야 할때 썰물처럼 밀려나가게 하는 것은, 오락해야 할 때 가락하고 이래야 할 때 저러는 힘과 같을 것이다. 이는 신체적, 정신적, 감정적 용어로는 설명할 수 없는 현상이다. 세상에서 가장 행복하고 가장 건강하고 가장 발랄한 사람이라고 해도 특별히 대단한 것을 만들어내지는 못한다. 반면, 세계적인 걸작 중 다수는 엄청난 신체적 고통과 감정적, 정신적 좌절에 빠진 사람들이 써낸 것이다.

가끔은 책 한 권을 끝내고 나면 무척 피곤해져서 인간이 으르렁대는 소리로만 의사소통하던 시대가 부러워지기도 한다. 물론 그래도 창작의 샘물이 멈추지 않고 흘러나오면 슬쩍 방향을 바꿔 노래를 작곡하기도 한다. 물론 가사는 없다. 대개는 형편없는 노래라서 금방 잊히고 말지만.

하지만 다른 때는 밀물을 탄다. 앞으로 쓸 책에 대한 착상이 떠오르면 스프링 공책에 손으로 또박또박 적는다. 이런 착상은 한 줄짜리부터 몇 장짜리까지 다양하다.

『내 무덤에 묻힌 사람』은 오래전 그 공책에 적어놓은 한 문장짜리 착상에서 시작했다.

한 여자가 꿈속에서 공동묘지를 찾아가는데, 어떤 묘비에 자기 이름과 출생일, 그리고 사 년 전 사망일이 씌어 있는 것을 본다. 이봐, 이걸로 뭐 하나 써보지.

나는 그렇게 했다. 과거의 하루와 사건, 아니 일련의 사건들을 재구성하는 작업은 흥미로운 과제였다. 한 젊은 여인에게 트라우마를 안기고, 자신이 묘비에 새겨진 바로 그날 살해당했거나 살해당할 뻔했다는 확신을 주는 사건. 나는 아무 날짜나 되는대로 고르고 지역 신문사의 마이크로필름 도서관을 이용했다.

이렇게 똑같은 한 줄짜리 착상으로 작품을 써보라고 했다면, 남편인 로스 맥도널드 같은 다른 작가는 아주 다른 결과물을 만들어냈을 것이다. 창작의 샘물이란 똑같이 미지의 원천에서 솟아나지만, 아주 다른 물길로 흐른다.

여기에 내 물길이 있다.

캘리포니아 주, 샌타바버라

1982년 6월

마거릿 밀러

He didn't recognize the color of terror.

Daisy leaned forward to her chair. The lines of communication between the two parts of her body, the frozen half and the feverish half, were gradually reforming themselves. By an effort of will she was able to pick up the glass form the table and drink the water. The water tasted peculiar, and Jim's face, staring down at her, was out of focus, so that he looked no like Jim, but like some kind stranger who'd dropped in to help her.

Help.

How had this kind stranger gotten in? Had she called out to him as he was passing, had she cried, "Help"?

Sleep. Scared. Help. The words kept sweeping around and around in her mind like horses in a carousel. If there were only some way of stopping it or even slowing it down~hey, operator, you at the controls, kind stranger, slow down, stop, stop, stop.

무 덤

—

THE
GRAVEYARD

A Stranger In My Grave   Margaret   Millar

공포의 시간이 시작되었다. 고요와 어둠이 공포를 자연스러운 존재로 만드는 한밤이 아니라, 이월 첫째 주의 환하고 소란스러운 아침이었다. 꽃이 활짝 피어 이파리조차 보이지 않는 아카시아 나무들은 털복숭이 개가 빗물을 털듯 꽃송이에서 밤 안개를 털어냈고, 유칼립투스 나무들은 바르르 떨며 엄지손가락만 한 작은 수백 마리 회색 새들에게 아양을 떨었다. 데이지가 이름을 모르는 새들이었다.

새집으로 이사 왔을 때 그녀는 짐이 준 조류도감을 찾아보며 그 새들이 무슨 종인지 알아내려고 해보았다. 하지만 엄지손가락 크기의 작은 새들이 가만있으려 하지 않아서 분간할 수가 없었으므로, 데이지는 그 일을 그만두었다. 어쨌든 새를 좋아하지도 않

17

앉으니까. 비행할 때의 쾌활한 자유와 내려앉았을 때의 끔찍한 연약함을 대조해보면 자신의 처지가 너무나도 강렬하게 실감되었다.

숲이 우거진 협곡 건너편으로 새로 개발되는 주택단지의 일부분이 보였다. 일 년도 되지 않은 얼마 전까지만 해도, 거친 점토를 뚫고 자라는 졸참나무와 아주까리 말고는 아무것도 없던 땅이었다. 이제는 언덕들 위에 벽돌 굴뚝과 텔레비전 안테나 들이 새순처럼 돋아났고, 풍경은 새로 뿌리내린 채송화와 담쟁이로 푸릇푸릇했다. 요란한 소리는 바람 한 점 없는 날 먼 거리에도 줄어들지 않고 협곡을 건너 데이지의 집까지 흘러들었다. 개 짖는 소리, 노는 아이들의 외침, 음악 몇 소절, 아기의 울음소리, 화난 엄마의 고함, 간간이 전기톱이 윙윙대는 소리.

데이지는 이런 아침의 소리, 삶과 생활의 소리를 만끽했다. 눈 색깔과 어울리는 밝은 푸른색 로브 차림을 한 검은 머리 미인인 그녀는 아침 식탁에 앉아 그 소리에 귀를 기울이며 희미한 미소를 띠고 있었다. 미소에는 아무런 의미도 없었다. 그저 습관이었다. 아침이면 그녀는 립스틱과 함께 미소를 바르고 밤에 세수하면서 지웠다. 짐은 데이지의 미소를 좋아했다. 미소는 그에게 데이지가 행복한 여자라는 신호였고, 그녀가 그런 식으로 계속 살 수 있도록 한 공의 상당 부분이 자신, 바로 남편 덕분이라는 뜻이었다. 그리고 아무런 목적도 없었지만 미소는 어쨌든 한 가지 역할을 했다. 과거에 짐이 여러 번이고 불가능하다고 믿었던 일을 지금 하고 있다는 확신을 주는 것. 바로 데이지를 행복하게 하는 일 말이다.

그는 신문을 읽고 있었다. 어떤 기사는 속으로 읽었지만, 아내가 흥미로워할 것 같은 기사를 만날 때마다 소리 내어 읽어주었다.

"오리건 해안에 새로운 폭풍 전선이 형성됐다는데. 어쩌면 여기까지 내려올지도 모르겠어. 제발 그랬으면 좋겠군. 올해가 1948년 이후로 가장 가물었다는 거 알아?"

"으음." 이것은 대답도 논평도 아닌, 자기가 말할 필요가 없도록 남편을 부추기는 반응이었다. 보통 그녀는 아침 식사 때는 입이 근질거려서 전날 있었던 일을 설명하고 앞으로 올 하루를 계획하곤 했다. 그러나 오늘 아침만은 아무 말도 하고 싶지 않았다. 그녀의 일부분은 아직도 잠들어 꿈꾸는 것 같았다.

"지난 칠월 이후에 강우량이 고작 140밀리미터밖에 안 된다는군. 벌써 팔 개월째인데. 우리 나무가 어떻게 다들 살아 있는지 참 대단해."

"으음."

"그래도 더 큰 나무들은 지금쯤이면 개울 바닥까지 뿌리가 닿았을 것 같은데. 여전히 화재 위험이 꽤 높아. 당신도 담배 조심하면 좋겠어, 데이지. 우리 화재보험으로는 새집 구입 비용까지 충당할 순 없으니까. 알겠어?"

"뭘?"

"담배랑 성냥이랑 조심하고 있지?"

"그럼. 무척 조심하죠."

"사실 내가 걱정하는 건 장모님이야."

데이지의 왼 어깨 너머로 식당의 전망창을 내다보면, 필딩 부인을 위해 지은 집의 벽돌 굴뚝이 보였다. 이백 미터가량 떨어진 거리였다. 어떨 때는 더 가깝게 보였지만, 어떨 때 그는 그 집의 존재를 완전히 잊기도 했다.

"어머님이 그런 일에 노심초사하는 건 아는데, 사고야 생길 수 있는 거니까. 어느 날 밤에 저기 앉아 담배를 피우다가 뇌졸중이라도 또 일으키신다고 생각해봐. 내가 말씀을 드려야 하나 싶어."

필딩 부인이 경미한 뇌졸중을 일으킨 건 구 년 전, 짐과 데이지가 만나기도 전의 일이었다. 그때 부인은 덴버에 있는 의상실을 팔고 은퇴해서 캘리포니아 해안의 샌펠리스로 이사 왔다. 하지만 짐은 뇌졸중이 바로 어제 일어났고 내일이라도 재발할 수 있는 양 걱정했다. 그는 항상 활동적이고 건강한 삶을 살고 있어서 병 생각만 해도 몸서리를 쳤다. 토지 측량사로서 성공한 이후 그는 대단한 의사들 여럿과 사교차 만났는데도 그들의 존재 자체가 불편했다. 그들은 침입자이자 불길한 예언을 하는 카산드라, 결혼식장의 장의사, 아이들 파티의 경찰관이었다.

"불쾌해하지 않으면 좋겠어, 데이지."

"뭘?"

"내가 어머님에게 이 얘기를 꺼내더라도."

"아, 그럴 일 없어요."

그는 흡족해서 다시 신문으로 눈을 돌렸다. 주간에 일을 하는 가정부는 9시나 되어야 출근하므로 데이지가 대신 베이컨과 달걀을 요리했지만 음식은 손도 안 댄 채로 접시 위에 놓여 있었다. 아침 시간에 음식은 짐에게 별로 의미가 없었다. 그가 포식하는 것은 신문이었다. 문단 하나하나를, 아무리 먹어도 배부르지 않다는 듯 사실과 숫자를 씹어 먹었다. 그는 열여섯에 학교를 그만두고 공사장 인부가 되었다.

"여기 재미있는 얘기가 있네. 고래들에게도 충돌을 피하기 위한 초음파 체계가 있다는 것을 연구자들이 증명했다는군. 박쥐랑 비슷한 거지."

"으음." 그녀의 일부분은 여전히 잠들어 꿈꾸고 있었다. 할말을 생각해낼 수가 없었다. 그래서 그녀는 가만히 앉아 창밖을 응시하며 짐의 말과 아침의 다른 소리에 귀를 기울였다. 그때 경고도 없이, 딱히 분명한 이유도 없는 공포감이 그녀를 사로잡았다.

평탄하고 일정하던 심장박동이 빠르고 불규칙한 리듬으로 바뀌어 쿵쿵댔다. 그녀는 과격한 운동을 하는 사람처럼 숨을 거칠고 빠르게 몰아쉬었고, 바람을 맞으며 차를 달린 것처럼 피가 얼굴로 솟구쳤다. 이마와 뺨, 귓전은 갑작스러운 열로 타올랐고, 땀이 무슨 비밀 우물에서 솟아나듯 손바닥으로 쏟아졌다.

잠자던 사람이 깨어난 것이다.

"짐."

"응?"

그는 신문 너머로 아내를 힐끔 보면서, 오늘 아침 데이지가 참 예쁘다고, 어린 소녀처럼 고운 빛으로 달아올라 있다고 생각했다. 그녀는 새로운 큰 프로젝트를 막 계획한 양 흥분한 얼굴이었다. 너 그럽게도 그는 이번에는 또 뭘까 궁금해했다. 지난 몇 년은 데이지의 프로젝트로 가득차 있었다. 트렁크 안의 오래된 장난감처럼 챙겨서 치워버리고 반쯤 잊힌 것들. 그중 몇몇은 망가졌고, 몇몇은 거의 쓰지도 않은 것들이었다. 도자기, 점성술, 구근베고니아, 스페인어 회화, 가정용 천 소품 만들기, 베단타 철학, 정신위생, 모자이크, 러시아문학. 모두 데이지가 가지고 놀다가 버린 장난감들이었다.

"뭐 필요해, 여보?"

"물 좀."

"그래." 그는 부엌에서 물 한 잔을 가져왔다. "여기."

그녀는 잔에 손을 뻗었지만 집을 수가 없었다. 몸의 아랫부분이 얼음장 같았고 윗몸은 열로 타올랐으며, 둘 사이에 전혀 연결이 없는 것만 같았다. 그녀는 타는 듯한 입술을 물로 식히려 했으나, 갈망과 의지 사이의 통신선이 끊긴 듯 유리잔에 닿은 손은 응답하지 않았다.

"데이지, 무슨 일이야?"

"나, 몸이…… 아픈 것 같아요. 아픈가 봐."

"아프다고?" 짐은 갑작스레 낮게 파고든 주먹을 맞은 권투선수처럼 놀라고 상처받은 듯했다. "전혀 아픈 것 같지 않은데. 일 분 전만 해도 오늘 아침 당신 혈색이 참 좋아 보인다는 생각을 하던 참이었는데. 아, 맙소사, 데이지. 아프지 마."

"나도 어쩔 수 없어요."

"자, 여기 물. 저기 소파로 안아다줄게. 그런 다음 가서 어머님을 모셔 오지."

"됐어요." 그녀가 날카롭게 말했다. "엄마가 오는 거 별로……."

"뭐라도 해야지. 의사를 부르는 게 더 나을지도 모르겠군."

"아니, 그러지 마요. 여기 누구든 오기 전에 괜찮아질 거야."

"어떻게 알아?"

"이전에도 이런 적 있었으니까."

"언제?"

"지난주에. 두 번."

"나한테 왜 말 안 했어?"

"모르겠어요." 이유가 있었지만 기억이 나지 않았다. "너무 더워……."

그는 오른손으로 그녀의 이마를 상냥하게 짚었다. 차갑고 축축했다.

"열은 없는 것 같은데." 그는 걱정스레 말했다. "목소리도 괜찮고. 여전히 건강한 혈색이고."

그는 공포의 빛깔을 알아차리지 못했다.

데이지는 의자에서 몸을 앞으로 내밀었다. 몸의 두 부분, 얼어붙은 반쪽과 열이 있는 반쪽 사이의 통신선이 차츰 다시 연결되었다. 의지력을 끌어올려 데이지는 유리잔을 탁자 위에서 들어 물을 마셨다. 물에서 기묘한 맛이 났다. 초점이 흐려져 그녀를 내려다보는 짐의 얼굴은 남편이 아니라 그녀를 도와주러 들른 친절한 낯선 사람처럼 보였다.

도움.

이 친절한 낯선 사람은 어떻게 들어온 걸까? 그가 지나갈 때 그녀가 불렀나? "도와줘요!"라고 소리라도 쳤나?

"데이지? 이젠 괜찮아?"

"응."

"다행이네. 당신 때문에 잠깐 무서웠잖아."

무서웠다.

"당신도 매일 규칙적으로 운동을 해야 해." 짐이 말했다. "그럼 신경에 좋을 거야. 내 생각엔 당신 잠도 충분히 안 자는 것 같아."

잠. 무서움. 도움. 이런 단어들이 회전목마처럼 그녀의 머릿속을 계속 빙글빙글 돌았다. 그걸 멈출 수 있는 방법이 있다면, 혹은 속도라도 늦출 수 있는 방법이 있다면. 이봐요, 운전수, 당신이 조종하는 거잖아요. 친절한 낯선 사람, 속도를 늦춰요, 멈춰요, 멈추라고, 멈춰.

"매일 비타민을 먹어보는 것도 좋은 생각 같은데."

"그만해요." 그녀가 말했다. "그만."

짐은 말을 멈추었고, 그에 따라 회전목마도 멈추었다. 하지만 잠깐뿐, 회전목마에서 뛰어내려 짐의 반대 방향으로 뛰어갈 정도의 여유밖에 없었다. 잠, 무서움, 도움. 모두가 기수도 없이 한데 뭉쳐 먼지 구름 속을 달렸다. 그녀는 눈을 깜박였다.

"알았어, 여보. 나는 그저 옳은 일을 하려고 한 것뿐이야." 그는 아내를 보고 소심하게 미소 지었다. 신경이 날카로워진 부모가, 달래야 하지만 그럴 수 없을 정도로 칭얼대는 아이에게 보내는 웃음 같았다. "자, 잠깐만 가만히 앉아 있어보면 어떨까? 내가 가서 뜨거운 차를 끓여 올 테니."

"퍼콜레이터에 커피 있어요."

"이렇게 기분이 언짢을 땐 차가 더 좋을텐데."

난 기분이 언짢은 게 아니야, 낯선 사람. 나는 냉정하고 침착하다고.

냉정하다.

마치 그 말을 생각만 해도 얼음덩어리처럼 손에 잡히는 게 나타나기라도 한 것처럼 그녀는 몸을 바들바들 떨기 시작했다.

짐이 부엌에서 서랍과 찬장을 열어 티백과 주전자를 찾으면서 부산 떠는 소리가 들렸다. 난로 선반 위에서 햇빛에 반짝이는 금빛

시계가 8시 30분을 가리켰다. 삼십 분 후면 가정부인 스텔라가 도착할 것이고, 곧이어 데이지의 어머니가 자기집에서 건너올 것이다. 어머니는 아침이면 늘 활기차고 명랑했고, 그렇지 않은 사람에겐 누구라도 싫은 소리 하기를 좋아했다. 특히 데이지에게.

활기차고 명랑해지기까지 삼십 분. 시간은 너무 적고, 할 일은 너무 많고, 알아내야 할 것도 너무 많았다. 내게 무슨 일이 일어난 걸까? 어째서 일어난 거지? 나는 그저 여기 앉아서 아무것도 아무 생각도 하지 않고, 짐의 말소리와 협곡 너머에서 들려오는 소리에 귀를 기울였을 뿐인데. 아이들 노는 소리, 개 짖는 소리, 톱이 부르르 떠는 소리, 아기 우는 소리. 좀 졸린 가운데 나는 행복하다고 느꼈어. 그런데 뭔가 나를 깨웠지. 그리고 공포를, 충격을 불러왔어. 그걸 불러온 게 무엇이었을까? 이 소리들 중 무엇이었을까?

개일지도 몰라, 그녀는 생각했다. 협곡 저편에 새로 이사 온 가족 중 하나는 지나가는 비행기를 보면 울어대는 에어데일테리어를 키웠다. 데이지가 어렸을 때 길게 우는 개는 죽음을 뜻했다. 이제 그녀는 거의 서른 가까이 됐고, 어떤 개, 특정한 품종은 울고 다른 개는 그렇지 않다는 걸 알고 있었기에 그 소리는 죽음과 상관없었다.

죽음. 그 단어가 마음속으로 들어오자마자 그녀는 바로 그것이 진짜라는 것을 알았다. 회전목마 위에서 빙글빙글 도는 다른 것들은 그저 죽음의 대체품일 뿐이었다.

"짐."

"금방 갈게. 주전자 물이 끓길 기다리고 있어."

"굳이 차 끓여 올 필요 없어요."

"우유는 어때, 그럼? 당신에게 좋을 텐데. 당신 자기 몸을 더 챙겨야 해."

아니, 그러기엔 늦었어, 그녀는 생각했다. 우유와 비타민, 운동과 신선한 공기, 잠, 온갖 것을 챙긴다고 해도 죽음에 대한 해독제는 못 돼.

짐은 우유를 갖고 돌아왔다.

"여기 있어. 마셔."

그녀는 고개를 저었다.

"어서, 데이지."

"아니, 아니야. 너무 늦었어요."

"무슨 뜻이야, 늦었다니? 뭐가 늦었다는 거야?" 그가 유리잔을 식탁 위에 쿵 내려놓는 바람에 식탁보 위에 우유가 조금 튀었다. "제길, 무슨 소리 하는 거야?"

"나한테 욕하지 마요."

"욕할 만하니까 하는 거야. 당신 정말 열받게 하고 있다고."

"당신, 사무실에나 가보는 게 좋겠어요."

"당신을 이렇게 놔두고 가라고, 이 상태로?"

"난 괜찮아요."

"알았어, 알았다고. 괜찮겠지. 하지만 난 붙어 있을 거야." 그는 고집스레 맞은편에 앉았다. "자, 왜 이러는 거야, 데이지?"

"나…… 당신에겐 말 못 해요."

"못 하는 거야, 하기 싫은 거야? 어느 쪽인데?"

그녀는 두 손으로 눈을 덮었다. 눈물방울이 손가락 사이로 떨어질 때까지 그녀는 자기가 울고 있다는 사실도 깨닫지 못했다.

"무슨 일이야, 데이지? 나한테 말하고 싶지 않은 짓이라도 저질렀어? 차를 박았어? 아니면 계좌 한도를 초과했나?"

"아니에요."

"그럼 뭔데?"

"겁이 나요."

"겁이 난다고?" 그 말에 그는 불쾌감을 느꼈다. 그는 자기가 사랑하는 사람이 겁을 먹거나 아픈 것을 좋아하지 않았다. 그들을 제대로 돌보고 있는 자기와 자기 능력에 대해 재고하게 만드는 것 같았기 때문이다. "뭐에 겁이 나는데?"

그녀는 대답하지 않았다.

"겁이 날 게 없는데 겁을 낼 순 없잖아. 그러니까 뭐야?"

"웃을 텐데."

"걱정 마. 지금은 전혀 웃고 싶은 기분이 아니니까. 어서, 나를 믿어봐."

그녀는 로브 소맷자락으로 두 눈을 닦았다.

"꿈을 꿨어요."

그는 웃지 않았지만 재미있어하는 표정이었다.

"그러니까 꿈 때문에 우는 거야? 이런, 이런. 다 커가지고, 데이지."

그녀는 입을 다물고 탁자 너머 남편을 우울하게 바라보기만 했다. 그는 자기가 못 할 말을 했다는 것을 알았으나, 달리 적절한 말을 생각해낼 수가 없었다. 다 큰 여자가 꿈 때문에 운다는데, 아내를 어떻게 다뤄야 한단 말인가?

"미안해, 데이지. 내 말은 그게 아니라……."

"사과는 필요 없어요." 그녀가 딱딱하게 말했다. "재미있어하는 것도 당연하지. 당신만 괜찮다면 이 문제는 그만 얘기해요."

"아, 난 괜찮아. 듣고 싶어."

"싫어요. 당신을 히스테리에 빠뜨리고 싶지 않아요. 그럼 더 우스워질걸."

그는 정신이 든 듯 그녀를 보았다.

"그래?"

"아, 그래요. 정말 웃기잖아. 죽음보다 더 우스운 게 어디 있어요. 특히나 유머 감각이 뛰어난 사람한테는." 그녀는 다시 눈을 닦았지만 새로 흘러나온 눈물은 없었다. 분노의 열기로 눈물샘이 마른 것이다. "이제 출근하는 게 좋겠어요."

"제길, 뭣 때문에 이렇게 화를 내는 거야?"

"욕하지 말라고 했⋯⋯."

"당신이 애처럼 굴지 않으면 나도 욕 안 하지." 그는 손을 뻗어 아내의 손을 잡으며 미소 지었다. "거래 성립?"

"그런 걸로 쳐요."

"그럼 꿈 얘기 좀 해봐."

"별로 할 얘기도 없는걸요." 그녀는 다시 침묵으로 돌아갔다. 그의 손 아래 잡힌 손이, 탈출하고 싶지만 겁이 많아 감히 시도도 못 하는 작은 동물처럼 불편하게 움직였다.

"내가 죽은 꿈이었어요."

"뭐, 별로 끔찍할 것도 없잖아? 자기가 죽는 꿈은 많이들 꾸잖아."

"내가 꾼 꿈은 달라요. 당신이 말하는 그런 유의 악몽이 아니었어요. 그것과 연결되는 감정이 없었어요. 그저 '사실'이었지."

"사실이라도 어떤 방식으로든 표현되었을 거 아냐. 어땠는데?"

"내 묘비를 봤어요." 그 꿈에 연관된 감정이 있다는 것을 부인했는데도 다시 숨이 거칠어지고 목소리가 한 음 올라갔다. "나는 프린스와 함께 묘지 아래 해변을 산책하고 있었어요. 그런데 갑자기 프린스가 벼랑 옆으로 뛰어가지 뭐야. 개가 길게 우는 소리가 들렸지만 눈앞에 보이진 않았고, 휘파람을 불어도 돌아오지 않았어요. 나도 뒤따라 그 길을 올라가기 시작했죠."

그녀는 다시 망설였다. 짐은 재촉하지 않았다. 꽤 생생한데, 그는 생각했다. 실제로 일어났던 일 같아. 다만 그 벼랑 위로 올라가는 길은 없고 프린스는 길게 우는 법도 없다는 사실만 빼면.

"프린스는 꼭대기에서 찾았어요. 회색 묘비 옆에 앉아서 머리를 젖히고 늑대처럼 길게 울고 있었죠. 내가 불렀지만 듣는 척도 안 했어요. 나는 묘비로 가봤어요. 그건 내 무덤이었어요. 내 이름이 묘비 위에 있었어요. 글자는 알아볼 수 있었지만 비바람에 닳아 있었죠. 한동안 거기 있었던 것처럼. 정말 그랬어요."

"어떻게 알아?"

"날짜도 씌어 있었으니까요. '데이지 필딩 하커, 1930년 11월 13일 출생. 1955년 12월 2일 사망.'" 그녀는 남편이 웃을 걸 안다는 듯 쳐다보았다. 그가 웃지 않자, 그녀는 반쯤 도전적인 태도로 턱을 쳐들었다. "자, 웃기다고 말했죠? 나는 사 년 전에 죽은 사람인 거예요."

"그래?"

그는 억지로 미소를 지었다. 미소가 갑작스레 일어난 공포와 무력감을 감추어주길 바랐다. 그를 심란하게 한 건 꿈이 아니었다. 그것이 암시하는 현실이었다. 언젠가 데이지는 죽을 거라는 것. 그리고 바로 그 공동묘지에 그녀의 이름이 새겨진 진짜 묘비가 세워질 거라는 것. 아, 맙소사, 데이지, 죽지 마.

"내 눈엔 생생히 살아 있는 것처럼 보이는걸."

가볍고 공기 같아야 할 그 말은 깃털처럼 나왔다가 돌로 바뀌어 탁자 위에 무겁게 떨어졌다. 그는 그 말을 주워 재시도했다.

"사실 당신은 그림처럼 예뻐, 말을 만들자면."

그는 아내의 기분을 예측할 수 있는 경지에 아직 다다르지 못해서 그녀가 갑작스럽게 작은 웃음을 터뜨릴 때는 완전히 무방비 상태였다. 아내가 기분을 휙 바꾸자 그는 애타고 얼떨떨했다.

"장의사가 예쁘게 처리해줬거든요."

아내의 기분이 둥둥 뜨거나 가라앉거나 그는 항상 기꺼이 동승할 마음이 있었다. "장의사는 전화번호부 광고면에서 찾았겠지?"

"물론이죠. 난 모든 걸 전화번호부에서 찾으니까."

두 사람의 첫 만남도 전화번호부 광고면을 통해 이루어졌으므로, 그후로 이것은 두 사람 사이에 기본 농담이 되었다. 데이지와 어머니는 덴버에서 샌펠리스로 이사 와 살 집을 찾고 있을 때 전화번호부에 있는 부동산 중개업자의 명단을 참고했다. 짐이 뽑힌 것은, 당시 에이다 필딩이 수비학에 관심이 있었는데 제임스 하커라는 이름이 자기 이름과 글자 수가 같았기 때문이다.

데이지와 어머니를 데리고 이런저런 집을 구경하러 다닌 첫 주, 짐은 그들에 대해 상당히 많은 것을 알아냈다. 데이지는 건축, 배수, 이자율, 세금의 상세 내용에 대해서 꼼꼼하게 따지는 척하기는 했지만, 결국에는 마음에 쏙 드는 벽난로가 있다는 이유로 집을 골랐다. 부지에는 과한 가격이 붙었고, 조건은 적당하지 않았으며, 해충 구제도 되지 않은데다 지붕에선 물도 샜지만, 데이지는 다른 집은 더 보지 않겠다고 했다. "정말 사랑스러운 벽난로예요." 그녀는 말했고 그걸로 끝이었다.

짐은 실용적이고 냉철한 남자였지만 데이지의 충동적이고 감상적인 천성에 어느새 매혹되고 말았다. 그 주가 끝나기 전에 그는 사랑에 빠졌다. 그는 조건부 날인 증서를 핑계로 집에 대한 서류 작업을 일부러 미루면서 변명을 늘어놓았지만, 훗날 에이다 필딩은 처음부터 꿰뚫어 보고 있었다고 고백했다. 데이지는 아무것도 의심하지 않았다.

두 달 안에 두 사람은 결혼했다. 그리고 그들 세 사람이 함께 이사 간 집은 데이지가 고른 사랑스러운 벽난로가 있는 집이 아니라, 로럴 스트리트에 있는 짐의 집이었다. 데이지의 어머니와 같이 살아야 한다고 우긴 사람은 짐이었다. 그때 이미 그는 데이지에게 반한 바로 그 성질 때문에 때로는 아내를 대하기가 까다로울 수 있겠다 싶어, 자신만큼이나 현실적인 필딩 부인이 도움이 될지 모르겠다는 생각을 막연히 하고 있었다. 그런 조치는 완벽하다고는 할 수 없어도 적당히 효과를 보았다. 후에, 짐은 지금 살고 있는 협곡의 집을 지으면서 장모가 살 별채를 따로 두었다. 그들의 삶은 조용했고 잘 굴러갔다. 거기에는 예정에도 없던 꿈이 끼어들 자리는 없었다.

"데이지." 그는 부드럽게 말했다. "꿈 걱정은 하지 마."

"어쩔 수가 없어요. 뭔가 의미가 있을 거야. 모든 게 너무 구체

적이었어. 내 이름과 날짜……."

"그 생각은 그만해."

"그럴게요. 다만 어째서 그날인지 하는 궁금증이 가시지 않을 뿐이에요. 1955년 12월 2일이라니."

"어쩌면 일 년 중 여느 날처럼 많은 일이 일어났기 때문이겠지."

"내 말은, 왜 하필 내게 그런 일이 있었느냐는 거죠." 그녀가 짜증스럽게 말했다. "그날 내게 무슨 일이 있었던 게 분명해요. 아주 중요한 일."

"어째서?"

"그러지 않았다면, 내 무의식이 그날을 골라 묘비에 적었을 리가 없잖아요."

"당신의 무의식이 당신의 의식만큼이나 변덕이 심하고 예측 불가능하다면야……."

"그만해요, 나 진지하다고, 짐."

"알아. 다만 안 그랬으면 좋겠어. 사실 당신이 이제 그 꿈 생각은 그만했으면 해."

"그럴 거라고 했잖아요."

"약속할래?"

"좋아요."

그 약속은 거품처럼 연약해서 짐의 차가 진입로를 빠져나가기도 전에 깨져버렸다.

데이지는 일어서서 방안을 거닐기 시작했다. 발걸음은 무겁고
어깨는 구부정한 것이, 마치 등에 묘비를 진 것만 같았다.

002

어쩌면, 내겐 한참 늦은 이런 때에

너의 삶으로 도로 들어가서는

안 되겠지…….

데이지는 차가 떠나는 모습을 보지 않았으므로 짐이 필딩 부인의 집에 들렀다는 사실을 알 길이 없었다. 그런 의심이 든 것은 늘 예민하게 시간을 따지는 어머니가 평소보다 삼십 분 일찍 뒷문 앞에 나타났을 때였다. 어머니는 콜리종 개 프린스를 목줄에 묶어 데리고 왔다. 목줄이 풀리자 프린스는 족쇄에 일이 년 묶여 있다가 풀려난 양 부엌 안을 펄떡펄떡 뛰어다녔다.

필딩 부인은 혼자 살고 있었으므로 식구들은 프린스를 기르는 게 좋은 방법이라고 여겼다. 샘 많고 지칠 줄 모르는 체력으로 짖어대는 프린스는 매일 밤 부인의 작은 집을 지켰다. 잘 짖는 재능 덕분에 프린스는 탁월한 집 지킴이로 명성을 누렸다. 사실 프린스의 재능은 무척 얄팍했는데, 지붕에서 떨어지는 도토리만 봐도 문으로 쳐들어오는 침입자를 본 것처럼 열정적으로 짖어댔기 때문이다. 프린스는 아직 제대로 된 시험에 든 적이 없었지만 대체적으로는 적절한 때가 오면 시험을 통과해 주인과 재산을 성실하게 지킬 것 같았다.

데이지는 다정하게 개와 인사를 나누었다. 그러고 싶었고, 개도 그런 환영을 기대할 것이었기 때문이다. 두 여자는 너무 자주 보는 편이라 아침 인사에 괜한 수선을 떨지 않았다.

"일찍 오셨네요."

데이지가 말했다.

"그런가?"

"그런 거 아시잖아요."

"아, 그래." 필딩 부인이 가볍게 말했다. "이젠 시간에 딱 맞춰 살지 않아도 될 때도 됐잖니. 아침 날씨도 이렇게 좋고. 라디오에서 듣자 하니 이제 곧 태풍이 닥쳐온다는데, 햇볕이 있는 동안에는 만끽해야겠다 싶어서……."

"엄마, 그만하세요."

"어머나, 뭘 그만하라는 거야?"

"짐이 엄마한테 갔죠?"

"잠깐 들른 거지만, 그래."

"그 사람이 뭐래요?"

"오, 별말 안 하던데, 정말로."

"그건 대답이 아니죠. 두 사람 나를 멋모르는 어린애처럼 다루는 거 그만뒀으면 좋겠네요."

데이지가 말했다.

"그래, 짐이 너한테 강장제가 필요할 거라는 말을 하긴 하더라, 신경 좀 누그러뜨리게. 아, 네 신경이 어디 이상하다든가 그런 말은 아니지만 강장제가 해로울 건 없지 않겠니?"

"모르겠는데요."

"병원에 새로 온 친절한 의사에게 전화해서 비타민인지 미네랄인지가 잔뜩 든 걸 처방해달라고 해야겠다. 아니면 단백질이 더 나을지도 모르고."

"단백질도 비타민도 미네랄도 아무것도 필요없어요."

"우리 오늘 아침에는 별일 아닌데도 짜증이 많구나, 그렇지 않니?" 필딩 부인이 차가운 미소를 살짝 지으며 말했다. "커피 좀 마셔도 될까?"

"마음대로 하세요."

"너도 마실래?"

"아뇨."

"'아뇨, 괜찮아요'라고 하는 게 어떻겠니. 개인적인 문제가 무례함에 대한 변명이 되진 않으니까." 부인은 전기 퍼콜레이터에서 커피를 따랐다. "개인적인 문제가 있다고 받아들여도 되겠지?"

"짐이 엄마에게 다 말했을 것 같은데요?"

"네가 무슨 말도 안 되는 개꿈을 꾸고 기분이 언짢다든가 그런 말만 하더라. 불쌍한 짐이 얼마나 언짢아하던지. 시시한 일 가지고 남편 걱정은 시키지 말아야 하지 않겠니. 네 남편 완전히 너한테 폭 싸여 있어, 데이지."

"싸여 있다니."

그 말은 원래 의도했던 광경을 불러일으키지 못했다. 데이지의 눈앞에 보이는 것은 미라 두 구뿐이었다. 오래전에 죽어 둘둘 말린 시트에 함께 싸여 있는 두 사람. 다시 죽음이었다. 마음을 어떤 방향으로 돌리든 죽음은 항상 그녀 앞에서 걸어가는 그림자처럼 모퉁이 너머나 다음 굽이길 앞에 서 있었다.

"아니에요." 데이지가 말했다. "말도 안 되는 개꿈이라니. 아주 생생하고 아주 중요한 꿈이었어요."

"지금은 기분이 언짢아서 그렇게 보일지도 모르지. 차분해질 때까지 기다렸다가 객관적으로 생각해봐."

"자기 죽음에 객관적이 되다니," 데이지가 건조하게 말했다. "참 어렵네요."

"하지만 넌 안 죽었잖니. 여기 살아서 쌩쌩하잖아. 그리고 행복하기도 하고, 내 생각이지만……. 너 행복하지?"

"모르겠어요."

곤란한 분위기를 귀신같이 알아채는 품종답게 프린스가 다리 사이에 꼬리를 만 채 문가에 서서 두 여자를 지켜보고 있었다.

두 사람은 외모도 비슷한데다 어쩌면 한때는 기질적 유사성도 있었을지 몰랐다. 그러나 살아온 환경 때문에 필딩 부인은 높은 정도의 현실감각을 가지도록 혼자서 훈련해야 했다. 데이지의 아버지는 매력이 넘치는 남자였지만 알고 보니 겁 많고 가장이랍시고 돈도 찔끔찔끔밖에 못 벌어다주는 사람이라, 필딩 부인이 오랜 세월 동안 혼자 힘으로 가족을 먹여 살려야 했다. 부인은 아주 화가 났을 때가 아니면 전남편 얘기를 꺼내는 적이 거의 없고, 그에게서도 아무런 연락이 오지 않았다. 데이지는 이따금 연락을 받았지만 매번 다른 도시의 다른 주소였고 메시지도 항상 같았다. 데이지 베이비, 현금 좀 융통할 수 있겠냐. 지금은 잠시 사정이 안 좋구나. 그래도 곧 큰돈이 들어올 것 같다……. 데이지는 어머니에게 알리지 않고 답장을 꼬박꼬박 보냈다.

"데이지, 내 말 들어보렴. 십 분 후면 가정부가 올 텐데……." 필딩 부인은 스텔라를 마음에 들어 한 적이 없었으므로 이름으로 부르는 적이 없었다. "개인적인 이야기를 할 기회는 지금뿐이야, 언제나 하던 얘기지만."

데이지는 이 개인적인 이야기라는 게 결국에는 진이 빠지도록 자기 결점을 찾아내는 조사가 될 뿐임을 알고 있었다. 데이지는 너무 감정적이고 의지가 약하며 이기적인 것이 제 아버지를 쏙 빼닮았다. 사실 그랬다. 데이지의 약점은 언제나 여지 없이 아버지의 복제품임이 드러났다.

필딩 부인이 말했다.

"우린 항상 가까운 사이였잖니. 오랜 세월 우리 둘만 살았으니까."

"저한테 아버지가 없는 사람처럼 말씀하시네요."

"물론 아버지가 있었지. 하지만……."

더 계속할 필요가 없었다. 데이지는 어머니가 할 나머지 말을 알았다. 아버지는 그다지 옆에 있어주지 않았다, 그리고 옆에 있을 때도 별로 한 게 없었다.

데이지는 말없이 돌아서서 옆방으로 갔다. 프린스는 데이지가 오는 것을 보면서도 문간에서 비켜주지 않았다. 데이지가 위로 넘어가자, 프린스는 주인의 기분에 불만을 표시하며 낮게 으르렁거렸다. 보통 그런 식이었다. 데이지는 개를 꾸짖었지만 확신은 없었다. 그녀는 결혼 생활 팔 년 동안 개를 키워오면서 가끔은 프린스가 짐이나 어머니, 혹은 자기 자신보다도 자신의 진짜 감정을 더 잘 알고 있다는 생각을 하곤 했다. 개는 이제 그녀를 따라 거실로 들어왔다. 그리고 그녀가 앉자 따라 앉으면서 한 발을 그녀의 무릎 위에 올려놓고 갈색 눈으로 그녀의 얼굴을 엄숙하게 응시했다. 입을 벌린 모양이 할 수만 있다면 언제라도 말을 할 것 같았다. 그러지 마요, 아가씨. 힘을 내요. 세상은 그렇게 나쁘지 않아요. 나도 그 안에 있잖아요.

가정부가 뒷문에 왔을 때도 프린스는 움직이지 않았다. 보통 때라면 떠들썩하게 호들갑을 떨었을 일인데도.

스텔라는 도시 여자였다. 그녀는 시골에서 일하는 것을 좋아하지 않았다. 데이지가 집에서 가까운 슈퍼마켓까지 차로 십 분밖에 걸리지 않는다고 자주 참을성 있게 설명해주었지만, 스텔라는 썩 미더워하지 않았다. 그녀는 자기 눈으로 본 시골만 알았다. 그게 다였으며 조금도 좋아하지 않았다. 주위에 있는 모든 자연물에 불안해했다. 자기에게 다가오는 말벌과 벌새, 슬금슬금 기어다니는 달팽이, 유칼립투스 나무에 득시글거리는 벌떼. 이따금 마른 땅에서 알을 낳는 벼룩이 스텔라의 발목이나 손목을 제법 크게 물기도 했다.

현재 스텔라와 같이 사는 남편은 시내 빈민가 끝에 있는 이 층짜리 아파트에 거주했다. 그곳에서 상대해야 할 것은 괴상한 집파리뿐이었다. 도시에서는 모든 것이 문명화되어 있고, 말벌도 달팽이도 새도 보이지 않았다. 사람들뿐이었다. 낮에는 쇼핑객과 판매원, 밤에는 술주정뱅이와 창녀. 가끔 스텔라의 집 거실 창문 바로 아래에서 이런 그들이 체포되기도 했고, 낮에는 레몬과 아보카도 따는 일을 하고 저녁이 되어 휴식을 취하는 멕시코 국적자들 사이에서 빠르고 조용한 칼부림이 벌어지는 일도 종종 있었다. 스텔라는 이렇게 자극적인 사건들을 즐겼다. 살아 있다는 실감이 나면서

(주변에서 일어난 그 모든 일들 때문에) 동시에 도덕적인 교훈을 준다는 느낌이 들었다(하지만 그녀에게 그렇다는 건 아니었다. 창녀도 술주정뱅이도 아닌 그녀는 그저 매일 아침 출근 전에 시에스타 카페의 뒷방에서 경마에 이 달러를 걸 뿐이었다).

하커 부부가 시내에 사는 동안에는 스텔라도 자기 일에 만족했다. 주인집 사람들은 다른 집들만큼 친절해서 떽떽거리지도 않고 성질이 고약하지도 않았다. 하지만 시골은 참을 수가 없었다. 신선한 공기를 마시면 기침이 났고, 조용해서 우울한 기분까지 들었다. 차도 거의 지나다니지 않고, 라디오도 최고 볼륨까지 높이는 법이 없고, 사람들 재잘거리는 소리도 안 들렸다.

집안에 들어서기 전, 스텔라는 개미를 세 마리 밟았고 달팽이를 짓눌러 죽였다. 그녀가 문명을 위해서 할 수 있는 최소한의 일이었다. 저 개미들은 분명 자신들이 밟힌다는 것을 알았을 테지, 그녀는 생각하며 구십 킬로그램의 몸으로 부엌문을 밀고 들어갔다. 하커 부인도 노부인도 눈에 띄지 않자 스텔라는 신선한 커피 한 주전자를 내리고 잼 바른 빵 다섯 조각을 먹는 것으로 하루의 일을 시작했다. 하커 부부의 좋은 점 중 하나는 식품은 최상품으로만 넉넉히 사놓는다는 것이었다.

"벌써부터 뭘 먹고 있네." 필딩 부인이 거실에서 말했다. "그 외에 다른 일은 안 한다니까."

"지난번 가정부도 딱히 훌륭하진 않았어요."

"이번 가정부는 구제불능이지. 좀더 엄격하게 해야 한다, 데이지. 누가 주인인지 똑똑히 보여줘야 해."

"누가 주인인지 저도 잘 모르겠는데요."

데이지는 약간 혼란스러운 표정으로 말했다.

"알면서 그러니. 네가 주인이잖아."

"그런 것 같은 기분이 들지 않네요. 그러고 싶지도 않고."

"뭐, 네가 그러고 싶든 말든 주인이란 건 사실이지. 네 권위를 실행하고 될 대로 되라는 식의 태도를 그만두는 건 네게 달려 있어. 가정부한테 뭘 시키든가 하지 말라고 하든가, 하고 싶으면 그렇게 말해야지. 저 여자가 무슨 독심술사도 아니고. 가정부는 지시를 기대한다고. 마음껏 명령해주기를 바라지."

"스텔라에게 그런 방법이 먹힐 것 같진 않은데요."

"적어도 시도는 해봐야지. 이런 네 습관…… 내가 이전에 믿었던 대로 이건 성격적 결함이 아니라 그저 습관이야. 괜히 곤란을 떠맡거나 방해받고 싶지 않으니까 모든 일을 내버려두는 네 습관 말이다. 그건 꼭 네……."

"아버지를 닮았겠죠. 그래요, 저도 알아요. 그러니까 이쯤에서 그만하세요."

"나도 그랬으면 좋겠다. 애초에 이런 얘기를 꺼내지 않았으면 좋았을걸. 하지만 부적절하게도 일 처리가 잘 안 되는 걸 보면 뭐라도 해야 한다는 느낌이 드는 걸 어쩌니."

"왜요? 스텔라는 그렇게 엉망이 아니에요. 그럭저럭 해나가는 편이고 다른 사람에게 기대할 수 있는 건 그 정도까지가 아니겠어요."

"내 생각은 달라." 필딩 부인은 단호하게 말했다. "보아하니 우리는 오늘 아침에 마음 맞는 데가 하나도 없구나. 대체 문제가 뭔지 난 모르겠다. 나는 평소와 똑같은 기분인데. 아니, 똑같은 기분이었지. 괴상한 꿈 이야기가 나오기 전까지는."

"괴상한 게 아니에요."

"아니라고? 뭐, 더 따지지는 말자구나." 필딩 부인은 몸을 앞으로 뻣뻣하게 내밀며 빈 잔을 커피 테이블 위에 올려놓았다. 짐이 티크재*와 상아색 도자기 타일로 직접 만든 탁자였다. "어째서 네가 내게 속시원히 말하려 하지 않는지 모르겠다, 데이지."

"난 점점 성장하고 있어요. 어쩌면 그게 이유일지도 모르죠."

"성장하고 있다고? 멀어지는 게 아니고?"

"그 두 가지는 같이 일어나는 거예요."

"그래, 그런 것 같구나, 하지만……."

"어쩌면 엄마는 내가 성장하는 걸 원치 않나 봐요."

"말도 안 되는 소리. 나도 원하는 게 당연하잖니."

"가끔은 내게 아이가 없는 걸 엄마가 섭섭해하지도 않는다는 생각조차 들어요. 내게 아이가 있다면, 내가 이제 더는 아이가 아니라는 증거가 될 테니까." 데이지는 멈칫하고 아랫입술을 깨물었다. "아니, 아니에요. 진심으로 한 말이 아니에요. 죄송해요. 그냥 나온 말이에요. 진심으로 한 게 아니라."

필딩 부인은 창백해져서 무릎에 놓인 두 손을 꽉 쥐었다.

"그런 사과는 받을 수 없구나. 정말 어리석고 잔인한 말이었다. 하지만 이제 적어도 문제가 뭔진 알겠구나. 넌 그 생각을 다시 하기 시작한 거야. 어쩌면 그걸 바라는지도 모르지."

"아뇨. 바라지 않아요."

"언제야 불가피한 일들을 그냥 받아들일 거니, 데이지? 이제는 적응했을 줄 알았는데. 오 년 전부터 아는 사실이잖니."

"그래요."

"로스앤젤레스에 있는 전문가들이 똑똑히 말해줬잖니."

"그래요."

데이지는 그게 언제였는지, 그 달도 주도 기억나지 않았다. 오로지 그날만 기억할 따름이었다. 몹시 아팠던 날 아침, 처음으로 입덧이 시작되었던 날. 그리고, 후에 동네 진료소에서 일하는 친구에게 걸었던 전화. "엘리너? 나 데이지 하커야. 너 정말 짐작도 못 할 거야, 절대로. 나 지금 너무 행복해서 가슴이 터져버릴지도 몰라. 나 임신한 것 같아. 확신에 가까운 기분이야. 멋지지 않니? 아침 내내 속이 메슥거렸지만 지금 너무 행복해. 내 말 뜻 알겠지. 있잖아, 시내에 산부인과가 엄청 많다는 건 알지만, 이 나라에서 제일 좋은 의사 좀 추천해줘. 아주, 아주 훌륭한 전문의로……."

어머니가 운전하는 차를 타고 로스앤젤레스로 갔던 여행이 기억났다. 그때 그녀는 환희에 차서 생생하게 살아 있는 기분이 되어 사물을 신선하고 새로운 관점으로 바라보았다. 세상의 경이를 아이에게 가리켜 보여줄 준비를 하듯이 사물을 관찰하고 인식했다. 후에 전문의는 무척 무뚝뚝하게 말했다. "죄송합니다만, 하커 부인. 임신 증상이 감지되지 않는데요⋯⋯."

데이지가 참고 들을 수 있는 것은 여기까지였다. 그다음에 그녀녀는 쓰러져 울고 넋이 빠져버려 의사의 나머지 보고는 필딩 부인이 들었다. 부인은 데이지에게 말했다. 앞으로도 아이는 생기지 않을 거라고.

집에 오는 내내 필딩 부인이 말을 걸었지만 데이지는 음울한 육지 풍경(초록 언덕은 어디에 있지?)과 검회색 바다(파랬던 적이 있었나?), 척박한 모래언덕(척박하고 척박하고 척박했다)을 바라보았다. 세상이 끝난 게 아니야. 필딩 부인은 말했다. 네가 받은 축복을 헤아려보렴. 긍정적으로 생각해봐. 하지만 필딩 부인 본인도 너무 심란해서 운전을 계속할 수가 없었다. 그래서 바다 옆 작은 카페에 차를 세워야만 했고, 두 여인은 기름이 끼고 음식 부스러기로 뒤덮인 탁자를 사이에 두고 한참 마주보며 앉아 있었다. 필딩 부인은 둑에 밀려오는 파도 소리와 부엌에서 덜그덕거리는 접시 소리 사이로 목소리를 높여가며 계속 이야기를 했다.

오 년이 지난 지금에도 그녀는 여전히 같은 단어를 쓰고 있었다. "네가 받은 축복을 헤아려보렴, 데이지. 너는 안전하고 편안하잖니. 건강하고. 게다가 세상에서 제일 다정한 남편도 있고."

"네." 데이지는 말했다. "네." 그녀는 꿈에서 본 묘비, 그리고 사망 일자를 떠올렸다. 1955년 12월 2일. 사 년 전이었다. 오 년 전이 아니라. 그리고 의사에게 갔던 때는 12월이 아니라 봄이 분명했다. 언덕이 푸르렀으니까. 여행을 갔던 날과 데이지가 운명의 날로 마음속에 새겨둔 날과는 아무런 연관이 없었다.

"게다가……." 필딩 부인이 말을 이었다. "이제 언제라도 입양 기관에서 소식이 올 거잖니. 한동안 명단에 네 이름이 있었으니까. 어쩌면 지난해보다는 좀더 일찍 신청해야 했을지도 모르겠구나. 하지만 지금 그걸 걱정하기는 늦었지. 긍정적으로 생각하자꾸나. 금방 네 아기를 가지게 될 수도 있으니까. 그러면 네가 낳은 자식만큼 사랑하게 될 거란다. 짐도 그럴 거고. 가끔 넌 짐이 있다는 게 얼마나 행운인지 모르는 것 같더라. 많은 여자들이 결혼 생활 중에 무슨 꼴을 당하고도 참는지를 생각하면……."

자기 얘기겠지, 데이지는 생각했다.

"……너는 정말 운이 좋아. 운 좋은 여자야, 데이지."

"그래요."

"너의 주된 문제는 할 일이 충분히 없다는 것 같구나. 요새는 취미 활동들도 너무 놔버린 것 같고. 러시아문학 수업은 왜 그만뒀니?"

"이름을 제대로 외울 수가 없었어요."

"만들던 모자이크는……."

"난 재능이 없어요."

적어도 이 집에 재능이 있는 사람이 존재한다는 걸 보여주려는 듯, 스텔라가 아침 설거지를 하면서 불쑥 노래를 시작했다.

필딩 부인은 그쪽으로 가더니 보란듯이 부엌문을 닫았다.

"이제 새로운 활동을 시작해야 할 때다. 네가 몰두할 수 있는 활동. 오늘 오후에 나랑 같이 연극 클럽 오찬회에 가련? 언젠가 우리 연극 배역에 지원해보고 싶다고 하지 않았니."

"내 생각엔 별로……."

"연기라고 할 것도 전혀 없단다. 그냥 감독이 시키는 대로 하면 돼. 오찬회에 무척 재미있는 연설자가 온다던데. 누가 너를 죽이는 꿈을 꿨다고 해서 여기 뚱하니 앉아 있는 것보다야 밖에 나가는 게 훨씬 낫지 않겠니."

데이지는 의자에 앉아 있다 말고 갑자기 몸을 앞으로 내밀더니 무릎에 올려져 있던 개의 앞발을 밀어내고 일어섰다.

"뭐라고 하셨어요?"

"내 말 못 들었니?"

"다시 말씀해보세요."

"왜 그러는지 도통……." 필딩 부인은 말을 멈추더니 심기가 불편해져서 얼굴이 붉어졌다. "그래, 좋아. 네 기분을 풀어주는 거라면야 뭐든. 네가 나쁜 꿈을 꿨다고 여기 부루퉁해서 앉아 있는 것보다는 나랑 같이 오찬회에 가는 게 더 좋을 것 같다고 말했을 뿐이다."

"정확히 그렇게 말한 건 아닌 것 같은데요."

"기억할 수 있는 한도 내에선 제일 가까워."

"이렇게 말씀하셨잖아요. '누가 너를 죽이는 꿈을 꿨다고 해서.'"
짧은 침묵이 흘렀다. "그러지 않으셨어요?"

"그랬을지도 모르지." 필딩 부인의 불편함은 더 은밀하고 어두운 감정으로 바뀌었다. "몇 마디 차이 난다고 난리 칠 게 뭐니?"

몇 마디 차이가 아니에요, 데이지는 생각했다. 엄청난 차이죠. '난 죽었어요'가 '누가 나를 죽였어요'가 된 것이다.

그녀는 방을 다시 왔다갔다했다. 개의 탓하는 시선이, 어머니의 못마땅해하는 시선이 그녀를 따라왔다. 스물두 걸음 위로, 스물두 걸음 아래로. 잠시 후 개가 뒤를 쫓아 함께 걷기 시작했다. 마치 함께 산책하는 것처럼.

프린스와 나는 묘지 아래 해변을 산책하고 있었어. 그런데 갑자기 프린스가 벼랑 옆으로 뛰어가지 뭐야. 개가 길게 우는 소리가 들렸는데, 휘파람을 불어도 돌아오지 않았어. 나도 뒤따라 그 길을 올라갔어. 개는 묘비 옆에 앉아 있었어. 내 이름이 거기 씌어 있었지. 데이지 필딩 하커. 1930년 11월 13일 출생, 1955년 12월 2일 살해……

003

하지만 어쩔 수 없어.

내 피가 네 핏줄에

흐르고 있거든.

정오에 짐이 그녀에게 전화해 시내로 나와 점심을 함께 하지 않겠느냐고 물었다. 그들은 스테이트 스트리트에 있는 카페에서 수프와 샐러드를 먹었다. 식당이 붐비고 소란스러워서 데이지는 남편이 그곳을 고른 것이 고마웠다. 억지로 대화할 필요가 없었다. 말하는 사람이 너무 많아서 특정한 두 사람 사이에 침묵이 흘러도 눈에 띄지 않았다. 심지어 짐은 두 사람이 활기찬 점심 식사를 했다고 착각해서, 카페 앞에서 헤어질 때 이렇게 말했다.

"기분 좀 괜찮아지지 않았어?"

"괜찮아졌어요."

"이제는 당신 무의식과 다투는 일 없지?"

"아, 그럼요."

"착하기도 하지." 그는 다정하게 그녀의 어깨를 잡았다. "저녁 식사 때 봐."

그녀는 남편이 모퉁이를 돌아 주차장으로 향할 때까지 바라보았다. 그런 후 천천히 걸어 거리 반대 방향으로 갔다. 딱히 염두에 둔 목적지는 없었고, 할 수 있는 한 집에서 멀리 떨어지고 싶다는 강렬한 욕망뿐이었다.

한줄기 바람이 일어 그녀를 쿡 찔렀다. 보라색 산봉우리에 검은 연기로 이루어진 거대한 깃털장식 같은 비구름이 모여 있었다. 그날 처음으로 그녀는 자신과 관계가 없는 것을 떠올렸다. 비. 비가 올 것 같아.

바람이 비구름을 도시로 밀어내자 거리의 사람들은 다가올 비로 흥분에 사로잡혔다. 사람들은 더 빨리 걸으며 더 크게 말했다. 낯선 사람들이 낯선 사람들에게 말했다.

"어이쿠, 저 구름들 봐요……."

"이번에는 제대로 내리겠는데……."

"오늘 아침 빨래 널 때만 해도 구름 한 점 안 보였는데……."

"내 시네라리아 화단에는 딱 적당한 때에 오네요……."

"비다."

사람들은 마치 비가 아닌 황금 소나기를 기대하는 듯 하늘을 향해 얼굴을 들며 말했다.

겨울이 없는 한 해였다. 보통 십일월이면 끝나는 덥고 화창한 날들이 크리스마스와 새해까지 계속되었다. 이월이 되었는데도 저수지의 수위는 계속 낮아졌으며 산맥 대부분의 구역은 산불 위험 때문에 소풍객이나 야영객에게 개방되지 않았다. 인공강우 살포 장비는 무대에 등장할 때를 기다리며 배역을 준비하는 배우들처럼, 구름을 기다리며 대기중이었다.

그 구름이 왔다. 빛의 스펙트럼에 존재하는 모든 색깔보다도 아름다운 검정색과 회색을 띤 구름이었다. 갑자기 태양이 사라지며 공기가 차가워졌다.

비를 맞겠네, 데이지는 생각했다. 집으로 가야겠어. 하지만 다리는 저 스스로의 의식이 있는 듯, 약간 젖는 것을 두려워하는 소심한 소녀에 의해 이끌리지 않으려는 듯 계속 움직였다.

뒤에서 누군가 그녀의 이름을 불렀다.

"데이지 하커."

그녀는 발을 멈추고 돌아보았다. 목소리의 주인이 누군지 금방 알 수 있었다. 애덤 버넷이었다. 변호사인 버넷은 짐과 오랜 친구 사이로 가구 제작이라는 취미를 공유했다. 애덤은 아이가 여덟이나 되는 자기집에서 도망쳐 그들의 집으로 자주 찾아왔지만, 데이지는 그를 별로 만날 일이 없었다. 두 남자는 보통 아래층에 있는 짐의 취미용 작업실에 틀어박혔다.

아침 내내 데이지는 애덤을 찾아가 얘기해볼까 생각했다가 포기하기를 반복하고 있던 차라, 이렇게 갑작스레 만나고 보니 자신의 생각 속에서 그의 실물을 불러낸 게 아닌가 싶어 혼란스러웠다. 그녀는 애덤에게 인사도 못 하고 자신 없이 중얼거렸다.

"참 이상하네요, 이렇게 우연히 다 만나고."

"그렇게 이상할 것도 없죠. 사무실이 길 아래 두 집 건너인걸요. 그리고 내가 점심 먹는 식당이 바로 길 건너고." 그는 키가 크고 건장한 체구의 사십 대 남자로, 활달하면서도 유쾌하며 능숙한 태도가 있었다. 그는 데이지가 혼란스러워한다는 사실을 금방 알아차렸지만 이유는 짐작하지 못했다. "이 동네에서 나를 못 보고 지나가기가 힘들죠."

"난…… 사무실이 어디인지도 잊어버렸네요."

"어? 처음 데이지를 보았을 때, 날 만나러 오나 보다 했는데요."

"아니, 아니에요." 난 그러지 않았어. 그럴 리가 없어. 일부러이 길로 왔을 리가. 왜 이 사람 사무실이 근처라는 것도 기억하지 못했을까. 아니면 기억했다는 것조차 기억하지 못하는 걸까. "딱히 목적지가 있는 건 아니었어요. 그냥 발길 닿는 대로 가는 중이었죠. 날씨가 참 좋잖아요."

"추운데요." 그는 재빨리 하늘을 올려다보았다. "비 맞을 텐데."

"난 비가 좋아요."

"지금 시점이라면 우리 모두 그렇지 않을까요."

"내 말은, 빗속을 걷는 걸 좋아한다는 뜻이에요."

그의 미소는 친근했지만 어리둥절한 빛을 약간 띠고 있었다.

"그거 좋네요. 계속하세요. 운동을 하면 몸에 좋을 거고, 비 좀 맞는다고 어떻게 되지는 않을 테니까요."

그녀는 움직이지 않았다.

"내가 이렇게 만난 게 이상하다고 생각한 이유는…… 음, 오늘 아침에 애덤 생각을 했기 때문이에요."

"네?"

"심지어…… 상담 약속을 잡을까 생각도 했었죠."

"왜죠?"

"무슨 일이 일어났는가 했거든요."

"어떻게 일이 일어났는가 할 수 있습니까? 일어났거나 아니거나죠."

"어떻게 설명해야 할지 잘 모르겠네요." 첫 번째 빗방울이 떨어지기 시작했지만 데이지는 알아차리지도 못했다. "내가 신경쇠약에 걸린 여자 같나요?"

"그런 화제를 논의하기에 적당한 때와 장소는 아닌 것 같은데요." 그가 건조하게 말했다. "빗속을 걷는 걸 좋아할 수도 있죠. 우리 중 어떤 사람들은 그렇지 않지만."

"애덤, 내 말 좀 들어봐요."

"내 사무실로 올라가는 게 좋겠습니다." 그는 손목시계를 확인했다. "법원에 가기 전까지 이십오 분 정도 시간이 있어요."

"그리고 싶진 않은데요."

"내가 볼 땐 그러고 싶어 하는 것 같은데요."

"아뇨, 내가 너무 바보 멍청이 같은 기분이에요."

"나도 그렇습니다. 이렇게 쏟아지는 빗속에 서 있으려니까요. 가요, 데이지."

그들은 엘리베이터를 타고 3층으로 올라갔다. 애덤의 접수원과 그의 비서가 점심 식사를 하러 가서 아직 돌아오지 않아서 사무실은 조용하고 어두웠다. 애덤은 접수대에 있는 전등을 켰다. 그런 다음 자신의 사무실로 들어가 젖은 트위드 재킷을 말리기 위해 구식 놋쇠 옷걸이 선반에 걸어두었다.

"앉아요, 데이지. 얼굴은 좋아 보이는데요. 짐은 어떻게 지냅니까?"

"잘 지내요."

"새 가구 좀 만들었습니까?"

"아뇨, 자기 서재에 둘 오래된 단풍나무 책상을 다시 마감하고 있어요."

"어디서 그런 걸 얻었대요?"

"남편이 산 집의 전 주인이 버린다고 놔두고 갔대요. 그 사람들은 그게 뭔지 몰랐나 봐요. 그 위에 페인트를 워낙 여러 겹 발라놔서. 적어도 열 겹은 되겠다고 짐이 그러더군요."

데이지는 이게 그의 화법임을 알았다. 먼저 안전하고 비개인적인 화제를 이야기하게 하는 것. 데이지는 이 기술이 먹힌다는 사실에 약간 분개했다. 그가 적당한 자리에 기름 한두 방울 떨어뜨리자 갑자기 바퀴가 돌아가는 것 같았다. 그녀는 그에게 꿈에 대해 이야기했다. 쏟아지는 비가 창문을 세차게 두드렸지만 데이지는 자신의 개 프린스와 함께 햇빛 비치는 해안을 걷고 있었다.

애덤은 의자 등받이에 기대어 귀를 기울였다. 그가 밖으로 내비치는 반응은 가끔 눈을 깜박이는 정도였다. 사실 마음속으로는 깜짝 놀랐는데, 꿈 자체가 아니라 그녀가 그것을 설명하는 방식에 놀란 것이었다. 그녀는 냉정하게 아무 감정도 섞지 않고 연쇄적인 사건을 단순하고 사실적으로 묘사할 뿐, 마음속에서 빚어낸 환상처럼 말하지 않았다.

그녀는 이야기를 끝맺으며 묘비에 적힌 날짜를 말해주었다.

"1930년 11월 13일, 그리고 1955년 12월 2일. 내 생일과 내 사망일이에요."

그는 그 이상한 단어에 언짢은 기분이 들었다. 왜인지는 자신도 몰랐다.

"그런 단어가 있었습니까?"

"네."

그는 끙 신음하며 몸을 앞으로 내밀었다. 의자가 그의 무게로 끽 소리를 냈다.

"나는 정신과 의사가 아니에요. 꿈을 해석하지는 않습니다."

"그런 부탁을 하는 게 아니에요. 해석은 필요하지 않아요. 모든 게 명확한걸요. 1955년 12월 2일, 내게 무슨 일인가 일어났어요. 죽음을 불러올 만큼 몹시도 끔찍한 일. 나는 정신적으로 살해당한 거예요."

정신적 살해라, 애덤은 생각했다. 이제 별소리를 다 듣겠군. 이 멍청하고 게으른 여자들은 가만히 앉아서 자기들과 다른 모든 이들에게 골칫거리만 될 꿈을 꾸지…….

"정말로 그렇게 믿습니까, 데이지?"

"네."

"좋아요. 어떤 재앙 같은 일이 그날 실제로 벌어졌다 칩시다. 어째서 그게 뭔지 기억하지 못하는 거죠?"

"노력하고 있잖아요. 그게 바로 내가 애덤과 얘기를 해보고 싶었던 진짜 이유예요. 난 기억해내야만 해요. 그날 하루를 통째로 재구성해야 한다고요."

"음, 내가 도와드릴 수는 없겠군요. 설사 할 수 있다고 하더라도 하지 않겠습니다. 사람들이 굳이 일부러 불쾌한 사건을 기억해내려고 하는 이유를 모르겠어요."

"불쾌한 사건이라니요? 실제 일어난 일에 비하면 꽤 부드러운 표현이군요."

"일어난 일이 뭔지 기억이 나지 않는데," 그는 비꼬는 기색을 담아 말했다. "어떻게 꽤 부드러운 표현인지 알죠?"

"난 알아요."

"아는군요. 그냥 그렇게요. 네?"

"네."

"나도 모든 깨달음이 그렇게 쉽게 왔으면 좋겠군요."

그녀의 시선은 차갑고 흔들림이 없었다.

"내 말을 진지하게 받아들이지 않는 거죠, 애덤? 너무하네요. 난 실제로는 꽤 진지한 사람이에요. 짐과 어머니는 날 마치 아이처럼 대하고, 나도 자주 아이처럼 대응하죠. 그게 더 쉬우니까요. 그게 그들이 가진 내 이미지를 망가뜨리지 않으니까. 내가 가진 이미지는 사뭇 달라요. 난 나 자신을 무척 영리하다고 생각하죠. 난 스물한 살에 대학을 졸업했어요……. 뭐, 거기까지는 들어가지 말기로 하죠. 내 말을 별로 믿지 않는 게 분명하니까." 그녀는 갑자기 일어서더니 문으로 향하기 시작했다. "어쨌든 들어줘서 감사해요."

"왜 그렇게 서두릅니까? 잠깐만 기다려주세요."

"왜요?"

"일단, 아무것도 정리되지 않았으니까요. 그리고 두 번째로는, 음, 이 상황에 호기심이 생겼다는 걸 인정하겠습니다. 사 년 전의 하루를 통째로 재구성하는 일은……."

"뭐죠?"

"무척 어려울 겁니다."

"그 정도는 알아요."

"그렇게 할 수 있다고 치고, 그다음엔 어쩔 겁니까, 데이지?"

"적어도 무슨 일이 일어났는지는 알게 되겠죠."

"그런 걸 알아서 뭐에다 쓰죠? 그렇게 한들 더 행복해지지는 않을 게 뻔하지 않습니까? 더 현명해지기라도 할까요?"

"아뇨."

"그럼 그냥 흘려보내는 게 어떻습니까? 전부 잊어버려요. 얻을 건 없는데 잃을 게 너무 많습니다. 그런 각도로는 생각해봤나요?"

"아뇨. 지금까지는 안 해봤어요."

"생각해봐요, 그럴 거죠?" 그는 일어서서 그녀를 위해 문을 열어주었다. "한 가지만 더요, 데이지. 그 특정한 날에 뭐가 되었든 별일 없었을 가능성도 있습니다. 꿈이란 절대로 논리적이지 않으니까요."

그는 절대라는 단어가 이 상황에서는 너무 센 말이라는 걸 알았지만 고의로 사용했다. 그녀에겐 의지하든, 반대로 저항해서 자기 힘을 시험하든 센 단어가 필요했다.

데이지가 말했다.

"자, 이제 가야겠어요. 애덤 시간을 너무 많이 빼앗았네요. 물론 청구서 보낼 거죠?"

"물론 보내지 않을 겁니다."

"보내주는 편이 마음이 더 편할 것 같아요. 진심이에요."

"좋습니다, 그럼 보내죠."

"충고 고마워요, 애덤."

"아시겠지만, 많은 고객들이 내 충고에 대해 고마워하고 집에 가자마자 정반대로 행동합니다. 데이지도 그런 경우가 될까요?"

"그럴 것 같진 않아요." 데이지는 진지하게 대답했다. "얘기할 기회를 줘서 감사해요. 그런 일들, 뭐, 문제들 말이죠, 짐이나 어머니와는 의논할 수가 없거든요. 나와 너무나 밀접한 관계를 맺고 있으니까. 내가 행복하고 순진한 사람이라는 내 역할에서 한 발만 벗어나도 불편해하죠."

"짐에게는 탁 터놓고 말할 수 있어야죠. 둘이 결혼 생활 잘하고 있잖아요."

"좋은 결혼 생활에는 일정 부분 역할극이 포함되어 있어요."

그의 신음 소리는 동의의 표시도, 반대의 표시도 아니었다. 결정하기 전에 그 점을 생각해야겠군. 역할극이라고? 그럴지도.

그는 상황을 잘 해결하고 데이지에게도 분별 있게 대응했다는 만족감을 느끼며 엘리베이터까지 배웅했다. 그리고 데이지를 오랜 세월 알아왔음에도 지금까지 한 번도 진지하게 얘기를 나눠본 적이 없었다는 사실을 깨달았다. 그는 그녀를 행복하고 순진한 사람이라는 역할로 기꺼이 받아들이고 있었다. 명랑한 소녀. 그러나 오래전에 그는 이미 그녀가 행복하거나 순진하거나 명랑하지 않다는 사실을 알아차렸다.

엘리베이터가 도착했고, 다른 사람이 엘리베이터 버튼을 누르고 있었지만 애덤은 한 손으로 문을 잡았다. 갑작스레 데이지를 이렇게 보내서는 안 된다는 불편한 느낌이 들었다. 결국 아무것도 정리되지 않았고, 그가 데이지에게 건넨 유익하고 확고한 충고는 바람 부는 날 연기처럼 날아가버렸다는 느낌이 들었다.

"데이지……."

"누가 엘리베이터 버튼을 누르고 있는데요."

"언제든 기분이 언짢을 때면 내게 전화하라는 말을 하고 싶어서요."

"이젠 언짢지 않아요."

"정말입니까?"

"애덤, 사람들이 엘리베이터 기다려요. 우리가 이렇게……."

"아래층까지 데려다드리죠."

"굳이 그럴 필……."

"난 엘리베이터를 좋아하거든요."

그가 안에 올라타자 문이 닫히고 엘리베이터가 천천히 내려가기 시작했다. 그렇지만 충분히 느리진 않았다. 애덤이 뭔가 할말을 생각했을 때쯤엔 벌써 아래층에 도착했고, 데이지는 그에게 다시 감사 인사를 했다. 지루한 파티에 참석했다가 주인에게 감사 인사를 하는 듯 무척 정중하고 형식적인 인사였다.

004

내가 죽어도, 내 일부분은

여전히 살아 있을 거다.

네 안에, 네 아이 안에,

네 아이의 아이 안에.

데이지가 집에 도착했을 때는 2시 30분이었다. 현관문을 열어주는 스텔라의 얼굴이 무척이나 붉고 생기가 넘쳐 보여 데이지는 순간 이 여자가 짐의 술 찬장에 손을 댔나 싶었다.

스텔라가 말했다.

"어떤 남자가 사모님과 통화하고 싶다며 전화가 왔어요. 한 시간 동안 세 번이나 전화를 걸어서 얼마나 긴급한 일인지 자꾸 말하면서 사모님이 언제 돌아오실 것 같냐고 묻더라고요." 시골에서는 신나는 사건이 자주 일어나지 않아서 그런지, 스텔라는 이 흥분감을 길게 늘이기로 마음먹었다. "처음 두 번은 이름도 대지 않았지만, 마지막에 제가 전화하신 분은 누구시죠, 라고 불쑥 물었죠. 말하고 싶지 않은 것 같기는 했지만, 말하긴 하더라고요. 저기 잡지 위에 전화번호랑 같이 적어놨어요."

잡지 윗부분에 스텔라의 글씨가 또박또박 적혀 있었다.

스탠 포스터, 67134, 긴급.

데이지는 스탠 포스터라는 이름은 들어본 적이 없었고, 전화한 사람이나 스텔라가 실수를 한 건 아닐까 생각했다. 스텔라가 이름을 잘못 알아들었을 수도 있고, 포스터 씨가 다른 하커 부인에게 연락하려는 것일 수도 있었다.

"그 이름이 확실해요?"

데이지가 물었다.

"두 번이나 철자를 불러줬는걸요. S-t-a-n……."

"그래요, 고마워요. 옷 갈아입고 전화해보죠."

"어쩌다 그렇게 젖었어요? 시내에도 비가 오나요?"

"네. 시내에도 비가 와요."

그녀가 침실에 들어가서 옷을 벗는데 전화가 울리기 시작했다. 일 분 후 스텔라가 문을 두드렸다.

"포스터 씨란 분이 다시 전화했어요. 사모님이 집에 계시다고 했는데, 괜찮을까요?"

"그래요, 여기서 전화 받을게요." 그녀는 어깨에 목욕 가운을 걸

치면서 침대 위에 앉아 전화를 받았다. "하커 부인입니다."

"여보세요, 데이지 베이비."

목소리를 알아듣지 못할지라도 누군지 알아챌 수 있었다. 그녀를 데이지 베이비라고 부를 사람은 아버지 외에는 없었다.

"데이지 베이비? 듣고 있냐?"

"네, 아빠." 아버지의 목소리를 다시 들은 처음 순간에는 기쁨도 고통도 느껴지지 않았다. 아버지가 살아 있다는 데에 오로지 놀람과 안도감만 느꼈을 뿐이다. 일 년 가까이 아버지에게 편지 한 통 받지 못했지만, 그녀는 몇 번 보냈었다. 마지막으로 아버지와 통화한 것이 삼 년 전이었다. 그때 아버지는 시카고에서 전화를 걸어 생일을 축하한다고 말했다. 아버지는 고주망태로 취해 있었는데, 그날은 그녀의 생일도 아니었다. "어떻게 지내세요, 아빠?"

"좋아, 이것도 손대고, 저것도 손대고 있는데 주로 좋은 편이구나."

"시내에 계세요?"

"그래, 어젯밤에 여기 왔어."

"저한테 전화는 왜 안 하시고요?"

"전화했지. 그 여자가 얘기 안 하든?"

"누구요?"

"네 엄마. 널 바꿔달라고 했는데, 없다고 하더라. 내 목소리를 알아듣더니 끊어버렸어. 그냥 그렇게, 콱."

데이지는 프린스를 산책시키고 집에 들어왔을 때 어머니가 전화기 옆에서 무시무시한 표정과 화강암 같은 눈으로 앉아 있는 것을 본 기억이 났다. "잘못 건 전화야." 필딩 부인은 말했었다. "술취한 사람이." 돌 같은 얼굴에서 나오는 목소리가 마시멜로처럼 부드럽고 맹맹해서, 그 대조로부터 데이지는 시간과 장소에 어울리지 않는 추한 뭔가를 떠올렸다. "고주망태가 됐더라." 필딩 부인이 말했다. "나더러 베이비라고 불렀어." 나중에 잠자리에 들면서 데이지는 어머니를 베이비라고 부른 술주정뱅이가 아니라, 곧 자기와 짐에게 올 진짜 입양 아기를 떠올렸다.

"어째서 다시 전화 안 했어요, 아빠?"

"그 사람들이 달랑 전화 한 통만 허락했거든."

"그 사람들요?"

아버지는 소심하게 살짝 웃다가 너무 늘린 고무줄처럼 중간에 딱 그쳤다. "사실은 지금 약간 처지가 곤란하단다. 심각한 건 아닌데, 이백 달러 정도가 필요하구나. 너까지 얽혀들게 하고 싶진 않아서 여기다는 가명을 댔다. 뭐, 너도 이 동네에서 평판을 유지해야 할 테니까. 그래서 너까지 끌어들이는 건 똑똑한 짓이 아니라고 생각한 거야. 데이지, 맙소사, 날 좀 살려다오!"

"제가 언제나 도와드리잖아요?"

그녀가 조용히 말했다.

"그렇지. 넌 착한 애니까, 데이지. 아빠를 사랑하는 착한 딸이지. 내가 절대 잊지 않으마……."

"지금 어디 계세요?"

"시내에."

"호텔에요?"

"아니, 어떤 사람의 사무실에. 피나타라는 사람이야."

"그 사람도 거기 있어요?"

"그래."

"이 얘기를 다 듣고 있어요?"

"이 사람도 어쨌든 사정은 다 알고 있어." 아버지는 다시 소심한 웃음을 터뜨리며 말했다. "이 사람에게 다 말해야 했어. 내가 누군지, 네가 누군지. 그러지 않으면 내가 나오도록 도와주지 않았을 거다. 이 사람은 보석 보증인이야."

"감옥에 계셨었군요. 무슨 죄로?"

"아, 맙소사, 데이지. 굳이 그런 얘기까지 해야겠냐?"

"제가 듣고 싶으니까요, 네."

"그래, 좋다. 너를 보러 가던 길이었어. 그런데 갑자기 술이 당겨서, 알겠니? 그래서 시내에 있는 술집에 들렀지. 꽤 한산하길래 웨이트리스에게 나랑 술 한잔하자고 했다. 그저 호의에서 나온 마음이라고나 할까. 니타, 그런 이름이었는데, 그렇게 고운 젊은 여자가 산전수전을 다 겪었더라고. 긴 얘기를 짧게 줄이자면, 난데없이 그 여자 남편이 나타나더니 집에서 애나 보지 이러고 있다며 마누라를 못살게 굴지 뭐냐. 둘이 몇 마디 주고받다가 남자가 갑자기 여자를 밀치는 거야. 그래서 내가 가만히 손놓고 앉아서 구경이나 할 순 없었지."

"싸움에 휘말리셨어요?"

"그런 비슷한 거지."

"그렇다는 뜻이네요."

"그래. 누가 경찰에 신고해서, 나랑 그 여자 남편은 감방에 던져졌지. 취중 난동에 치안 방해. 심각한 건 아냐. 하지만 경찰에게 가명을 댔으니 만약에 이 사건이 신문에 나도 내가 네 아버지인 건 아무도 모를 거다. 망신이라면 벌써 너랑 네 엄마에게 줄 만큼 줬으니까."

데이지가 말했다.

"그러지 마시지. 엄마와 나를 보호한다고 괜히 가명을 대면서 영웅이 되려고 하지 마세요. 우선 가명이 어떤 종류든 기록으로 남으면 불법이 되는 거잖아요, 그렇지 않아요?"

"그러냐?" 아버지의 말투는 순진했다. "그래, 지금 그걸 걱정하긴 늦었고. 피나타 씨가 나를 경찰에게 찌르진 않겠지. 신사거든."

데이지는 그 단어에 대한 아버지의 정의를 짐작하고도 남았다. 신사란 아버지가 곤경에 빠졌을 때 도와주는 사람이었다. 그녀가 그리는 피나타 씨의 모습은 교도소와 부패의 냄새를 풀풀 풍기는, 주름이 자글자글하고 눈은 뭐 하나 놓치는 법이 없는 남자였다.

"내 상황을 피나타 씨에게 설명했더니 친절하게도 벌금을 내주더라고. 하지만 피나타 씨도 소일거리 삼아 사업하는 건 아니지 않겠냐, 내가 갚을 돈을 모을 때까지는 이 사람 사무실에 있어야 한다. 벌금이 이백 달러였어. 한시라도 빨리 재판을 끝내고 싶어서 유죄를 인정했거든. 로스앤젤레스에서 여기까지 와서 갇혀 있어야 한다면 말이 안 되는……."

"지금 로스앤젤레스에 사세요?"

"그래, 우리는…… 나는 지난주에 그리로 이사했단다. 너와 가까이 살면 좋을 것 같아서 그랬지, 데이지 베이비. 게다가 댈러스 날씨가 나에게 잘 맞지 않더라고."

아버지가 댈러스에 산다는 말도 처음이었다. 마지막 주소는 캔자스 주 토피카였다. 댈러스, 토피카, 시카고, 토론토, 디트로이트, 세인트루이스, 몬트리올. 데이지에게는 그저 지명일 뿐이었지만, 아버지가 언제나 수백 킬로미터 떨어진 무언가를 쫓아 이 모든 곳에 살았고 거리를 걸어다녔다는 것을 알고 있었다.

"데이지? 너 돈 좀 융통할 수 있지? 피나타에게 굳게 약속을 해놓아서."

"할 수 있을 것 같아요."

"언제? 실은, 내가 좀 급하거든. 오늘밤 로스앤젤레스로 돌아가야 한단다. 기다리는 사람이 있어서. 근데 너도 사정을 알겠지만 돈을 낼 때까지는 피나타의 사무실에서 나갈 수 있어야 말이지."

"곧장 갈게요." 자유인은커녕 피나타의 죄수가 되어 사무실에서 기다리는 아버지의 모습이 눈에 선했다. 아버지는 동네와 사람을 바꾸듯 유치장과 교도소를 바꿀 뿐, 자신이 늘 굴레에 묶여 있다는 사실을 깨닫지 못했다. "사무실이 어디예요?"

아버지가 피나타에게 묻는 소리가 들렸다.

"그런데 이곳이 당최 어디요?"

피나타의 목소리가 들렸다. 평생 유치장 근처를 어슬렁거리며 살아온 늙은 남자라고 하기에는 놀랍도록 젊고 유쾌한 목소리였다.

"이스트오팔 스트리트 107번지, 스테이트 스트리트 800번지와 900번지 사이예요."

아버지가 위치를 반복하자 데이지가 말했다.

"네, 어딘지 알겠어요. 삼십 분이면 도착할 거예요."

"그래, 데이지 베이비. 넌 참 착한 아이다. 아빠를 사랑하는 착한 딸이야."

"네." 데이지는 피곤해진 말투로 대답했다. "그래요."

필딩은 전화기를 내려놓고 피나타에게로 돌아섰다. 피나타는 자기 책상에 앉아 아들 조니에게 편지를 쓰고 있었다. 이제 열 살인 그의 아들은 뉴올리언스에서 제 엄마와 살고 있었고, 피나타는 매년 한 달밖에 아들을 볼 수 없었지만 편지만은 매주 정기적으로 썼다.

피나타는 고개를 들지도 않고 말했다.

"딸이 온답니까?"

"오고말고. 바로 올 거요. 내 그럴 거라고 하지 않았소?"

"당신 같은 사람들이 하는 말을 언제나 믿을 순 없죠."

"내가 그 말에 이의를 제기할 수도 있지만 그러진 않으리다. 지금 기분이 좋으니까."

"그래야죠. 내 버번 한 병을 끝장냈으니."

"내가 당신을 신사라고 하지 않았소? 내가 데이지에게 당신이 신사라고 한 말 못 들으셨나?"

"그래서요?"

"신사라면 좌절에 빠진 동료 신사에게 술 좀 줬다고 툴툴대진 않는 법이지. 이게 문명사회의 규칙 아니오."

"그런가요?"

피나타는 편지를 끝맺었다. 착한 아이가 되어라, 조니. 잊지 말고 답장해라. 오 달러를 동봉하니 엄마와 여동생에게 근사한 밸런타인데이 선물을 사줄 수 있겠지. 너를 사랑하는 아빠가.

그는 편지를 봉투에 넣고 봉했다. 유일한 혈육인 이 아이에게 편지를 쓸 때마다 속이 메슥거리고 상실감이 들었다. 그 때문에 이 세상에, 뭐가 됐든 그 순간 앞에 있는 세상의 일부분에 화가 났다. 지금은 그 화풀이 상대가 필딩이었다.

피나타는 봉투에 항공우편 우표를 두드려 붙이고는 말했다.

"당신은 건달이에요, 포스터."

"될 수 있으면 필딩이라고 부르쇼."

"포스터, 필딩, 스미스, 뭐든 여전히 건달이죠."

"불운을 많이 겪었지."

"당신이 겪은 불운이 한 되라면 다른 사람들에게는 그걸 말로 불려 넘겼을 것 같군요. 가령, 하커 부인이라든가."

"그렇지 않아. 나는 데이지의 머리카락 하나 해친 적이 없어. 웬걸, 절대적으로 필요할 때가 아니면 걔에게 돈 달란 부탁도 안 했다고. 그리고 그 애에게 여유가 없었더라면 부탁조차 안 했겠지. 걔는 결혼을 잘했어요. 필딩 부인이 그렇게 되도록 수를 쓴 게 분명해. 그러니 내가 가끔 그 애를 뜯어먹은들, 뭐? 그 얘기를 좀 하자면……."

"굳이 귀찮게 말할 것 없어요. 얘기가 지루하네."

필딩은 지루하다는 말에 쏘이기라도 한 듯 아랫입술을 삐죽 내밀었다. 그는 남들이 건달이라고 해도 별로 거리끼지도 않았다. 그 진술에는 일정 정도 진실이 담겨 있으므로. 하지만 자기가 지루한 사람이라고 생각한 적은 없었다. "나에 대한 당신의 의견이 그런 줄 알았더라면," 그는 위엄을 담아 말했다. "당신 술을 마시진 않았을 텐데."

"참도 안 마셨겠군요."

"싸구려 브랜디였잖소. 보통은 그런 물건에 손을 대서 내 격을 떨어뜨리는 짓은 하지 않는데, 순간 스트레스를 받다 보니……."

피나타는 머리를 뒤로 젖히고 웃음을 터뜨렸다. 웃기려는 의도가 없었던 필딩은 분개한 표정으로 그를 바라보았다. 하지만 웃음은 전염성이 있었고, 금방 필딩도 합세했다. 두 사람은 더럽고 비좁은데다 밖은 사나운 빗소리로 시끄러운 사무실에 서서 웃음을 터뜨렸다. 찢어진 셔츠 차림에 마른 피딱지가 얼굴에 덕지덕지 붙은 중년의 남자와 머리를 짧게 치고 검정에 가까운 어두운색 양복을 단정히 입은 젊은 남자. 그는 보석 보증보다는 정부 채권을 더 잘 관리하게 생긴 인상이었다.

필딩이 더러운 손수건으로 눈의 물기를 닦아내며 마침내 말했다.

"아, 실컷 웃으니 참 좋군. 웃음은 우리의 정신으로부터 변태성을 끄집어내서 똑바로 생각할 수 있게 도와주지. 나로 말할 것 같으면, 몇 마디 말, 몇 마디 어리석은 말들을 두고 난리를 피우는 사람이라. 그런데 당신은 무엇 때문에 갑자기 난리를 피우는 거요?"

피나타는 책상 위에 놓인 편지를 흘긋 보았다.

"아무것도 아닙니다."

"기분이 들쑥날쑥하는 사람이군?"

"들쑥날쑥, 그렇죠."

"스페인계요, 아니면 멕시코계?"

"모르겠는데요. 그걸 말해줄 부모님이 옆에 없었어서. 어쩌면 중국계인지도 모르죠."

"거참, 자기가 누군지도 모른다니."

"내가 누군진 아는데." 피나타는 분명히 말했다. "그분들이 누구였는지 모르는 것뿐이죠."

"아, 그래. 당신이 뭘 지적하는지 알겠소. 좋은 지적이기도 하고. 자, 날 봐요. 나는 정반대지. 나는 우리 조부모님과 증조부모님, 숙부들과 사촌들에 대해서 모든 걸 알고 있소. 그 무리들을 죄다 안다고. 그래서 이리저리 뒤섞이는 바람에 길을 잃은 느낌이오. 내 전처는 나한테 자아가 없다면서 늘 비난하듯이 말했지. 자아라는 게 무슨 모자나 장갑이나 되어서 내가 깜박하고 잃어버리거나 어디 잘못 놓고 온 양." 필딩은 잠깐 말을 멈추고 눈을 가늘게 떴다. "그 여자의 남편은 어떻게 됐지?"

"무슨 여자?"

"그 웨이트리스, 니타."

"그 사람은 아직도 감옥에 있어요."

"여자가 남자를 보석으로 꺼내줄 줄 알았는데. 지나간 일은 지나간 대로 두고."

"어쩌면 남편이 감옥에 갇혀 있는 게 낫다 싶을지도 모르죠."

"이봐요, 피나타 씨. 혹시 버번 한 병 더 없나? 그 싸구려 술기운이 오래가지 않네."

"딸이 도착하기 전에 먼저 깨끗이 씻는 게 좋을 텐데요."

"데이지야 더 흉한 꼴도 봤는데……."

"데이지가 그러고도 남았을 거 같군요. 그럼 딸을 놀래주면 어떨까요? 넥타이는 어디 있죠?"

필딩은 한 손을 들어 몸을 더듬었다.

"어딘가에서 잃어버린 거 같은데, 경찰서였나."

"뭐, 여기 남는 게 있긴 하니." 피나타가 책상 서랍에서 파란 줄무늬 넥타이를 꺼냈다. "내 고객 한 명이 이걸로 목을 매려고 했죠. 그래서 빼앗을 수밖에 없었어요. 자."

"아니, 아니, 됐어."

"왜요?"

"죽은 남자의 넥타이를 맨다는 게 내키지 않소."

"누가 그 사람이 죽었대요? 그 사람은 저기 두 블록 떨어진 데에서 중고차를 팔고 있습니다."

"그렇다면 내가 잠깐 빌려도 해될 건 없을 것 같군."

"화장실은 복도 아래에 있어요." 피나타가 말했다. "여기 열쇠요."

필딩이 오 분 후 돌아왔을 땐 얼굴의 피딱지를 닦아내고 머리도 빗은 상태였다. 파란 줄무늬 넥타이를 매고 셔츠의 찢어진 부분은 감추려고 스포츠 재킷의 단추를 잠갔다. 그는 정신이 말짱하고 점잖아 보였다. 말짱하지도 점잖지도 않은 사람치고는.

"음, 꽤 좋아졌네요."

피나타는 언제 두 번째 술을 마시도록 허락해야 안전할까 생각하며 말했다. 그는 필딩이 눈알을 핵핵 움직이며 초조한 목소리로 칭얼거리는 것을 보고 이전에 마셨던 술의 기운이 빠르게 가시고 있다는 것을 파악할 수 있었다.

"그게 당신에게 무슨 차이가 있나, 피나타? 딸 앞에서 내 꼴이 이렇든 저렇든."

"당신 생각을 해서 그런 게 아니죠. 따님 생각을 할 뿐."

아냐, 그건 거짓말이야. 나는 조니 생각을 했지. 그리고 데이지가 보았고 앞으로도 볼 아버지의 몰골을 내 아들에게는 절대 보여주고 싶지 않다는 생각을.

피나타가 건강 관리를 열심히 하는 것은 주로 아들 때문이었다. 그는 여름에는 매일 바다에서 수영을 하고, 겨울에는 YMCA에서 핸드볼을 하고 공립 코트에서 테니스를 쳤다. 담배도 피우지 않고, 술도 거의 마시지 않으며, 그가 데이트하는 여자들 또한 무척 단정했다. 그래서 만약 기적적인 운명의 장난으로 길에서 우연히 조니를 만나는 일이 있더라도 아들이 아버지나 그가 선택한 동행인에 대해서 부끄러워할 일은 없을 것이다.

하지만 일 년에 한 달밖에 보지 못하는 아들을 위해서 사는 삶은 무척 힘들었고, 바닥에 구멍난 주전자처럼 매일을 메우는 건 무척 고됐다. 하지만 일이 자기 연민에 빠지지 않도록 그를 구해주었다. 일을 통해서 그는 수없이 다양한 절망의 단계에 빠져 있는 수많은 사람들과 접촉했고, 그들과 비교하면 자신의 삶은 좋아 보였다. 피나타는 재혼하고 싶었고, 그래야 한다고 느끼기도 했다. 하지만 그렇게 하면 전처가 그걸 기회 삼아 법정에 신청해서 조니의 연간 면회권을 줄이거나 빼앗아갈까 봐 두렵기도 했다. 그녀는 면회 때문에 자기가 시간과 노력을 써야 하는 것은 물론, 새로운 가족과 함께하는 삶에 방해가 된다며 불평하곤 했다.

필딩은 창가에 서서 거리를 내려다보았다.

"지금쯤 애가 올 때가 됐는데. 삼십 분이면 온다고 했어. 벌써 그 정도는 넘지 않았소?"

"진정하고 앉아요."

"이 망할 비나 그쳤으면. 비 때문에 초조해. 데이지와 얼굴을 맞대야 하는 것만으로도 충분히 긴장되는데."

"마지막으로 만나고 얼마나 오래됐죠?"

"젠장, 그걸 어떻게 알아. 어쨌든 오래됐소." 그는 떨기 시작했다. 부분적으로는 마신 술 때문이기도 했고, 부분적으로는 딸을 다시 본다는 감정적 경험에 대한 두려움 때문이기도 했다. "걔가 여기 오면 어떻게 행동해야 하지? 그리고 대체 무슨 말을 한담?"

"전화로는 잘만 하던데요."

"그거야 다르지. 필사적인 상황이라 그 애에게 전화할 수밖에 없었으니까. 하지만 이봐요, 피나타. 내가 그 애를 만날 진짜 이유는 없지 않소? 내 말은, 그래봤자 얻을 게 뭐냐고? 데이지한테 나 대신 얘기 좀 해줘요. 나는 괜찮다고, 이제 피게로아 스트리트의 해리스 전기 부품 상점에서 건실하게 일하고 있다고 말해주시오. 데이지한테…….”

“난 아무 말 안 할 건데요. 얘기는 당신이 해요, 필딩. 개인적으로 직접.”

“하지 않을 거요. 할 수 없어. 부디 너그러운 마음으로 그 애가 오기 전에 나 좀 여기서 보내주시오. 내가 빚진 돈을 데이지가 갚아줄 거라고 약속할 수 있어요. 진지하게 약속을…….”

“안 돼요.”

“대체 왜 안 된다는 거요? 돈을 못 받을까 봐 걱정되나?”

“아니.”

“그럼 나 좀 풀어주시오. 여기서 나가게 해줘.”

“당신 딸이 아버지를 만날 기대를 하고 있을 거 아니에요. 그러니 만나야죠.”

“걔는 어쨌든 내가 여기까지 와서 하려고 하는 얘기를 좋아하지 않을 거요. 하지만 그 애한테 얘기를 해야 할 것 같았지. 그게 내 의무였어. 그러다 갑자기 망설여져서 약간 준비를 하려고 술집에 들어간 건데…….”

“무슨 얘기요?”

“내가 재혼했다는 것. 그 애에겐 충격이 되겠지, 새어머니가 생겼다는 말을 들으면. 어쩌면 그 소식을 좀더 단계적으로 흘리는 게 나을지도 몰라. 편지로 한다든가. 그렇게 하겠소. 편지를 써야겠어.”

"아니, 그렇겐 못 합니다. 당신은 바로 여기 남아 있어야 해요, 필딩 씨."

"데이지가 날 보고 싶어 하는지 당신이 어떻게 알지? 어쩌면 걔도 나만큼 이걸 두려워하고 있을지도 몰라. 이봐요, 아까 나더러 건달이라고 하지 않았소. 그래요, 난 건달이오. 인정하지. 하지만 그 사실을 굳이 내 딸 앞에서 펼쳐 보이고 싶진 않소." 그는 문을 향해 도전적으로 두세 발 떼었다. "나 가요. 당신도 날 말릴 순 없소. 내 말 들었소? 날 말릴 수 없다고. 당신은 아무런 법적⋯⋯."

"아, 닥쳐요." 때가 다 됐군, 피나타는 느꼈다. 그는 책상 서랍에 손을 넣어 버번 한 병을 꺼내 뚜껑을 땄다. "자, 용기 좀 나게 마셔봐요."

"망할 전도사처럼 말하는군." 필딩은 병을 들어 입으로 가져갔다. 다음 순간, 경고도 없이 그는 가슴에 술병을 품은 채 문으로 달려갔다.

피나타는 그를 쫓을 시도도 하지 않았다. 사실 그를 보내버려서 속이 시원하기도 했다. 데이지 베이비와 데이지 베이비 아버지 사이의 만남은 딱히 재미있는 구경도 아닐 것 같았다.

그는 창문으로 가서 내려다보았다. 필딩은 쏟아지는 빗속에서 여전히 술병을 꼭 끌어안은 채 보도를 따라 뛰고 있었다. 덩치 큰 남자치고 발걸음이 재고 가벼웠다. 평생 도망치는 연습을 많이 해온 사람 같았다.

데이지 베이비, 피나타는 생각했다. 당신이 깜짝 놀랄 일이 기다리고 있어.

005

이 잔인한 세월에서
추악함을 끄집어내는 생각이지.
시간의 속임수에서 날카로운 침을
끄집어내는 생각.

길고 어두운 복도 끝에 있는 문에는 "스티븐스 피나타, 보석 보증, 조사, 예약 없어도 환영"이라고 씌어 있었다. 살짝 열려 있는 문틈으로 검은 머리에 날카로운 외모의 젊은 남자가 타자기 리본을 가지고 장난치는 모습이 보였다. 그는 그녀의 존재를 알아채고 벌떡 일어나더니 걱정스레 살짝 웃어 보였다. 데이지는 그 웃음이 마음에 들지 않았다. 마치 그녀가 불시에 들이닥치는 바람에 하지 말아야 할 짓을 하다가 걸린 사람 같았다.

그가 말했다.

"하커 부인?"

"맞아요."

"스티브 피나타입니다. 앉으시죠. 코트는 내게 주십시오. 젖었네요."

그녀는 꼼짝도 않은 채 앉으려고도, 분홍색 격자무늬 레인코트의 단추를 끄르려고도 하지 않았다.

"아버지는 어디 계시죠?"

"몇 분 전에 떠나셨습니다. 로스앤젤레스에 약속이 있어서 기다릴 수가 없다는군요."

"아버지는…… 아버지는 이렇게 오랜만인데 달랑 몇 분도 기다릴 수 없으셨대요?"

"아주 중요한 약속이었습니다. 정말로 미안하고 곧 다시 연락하겠다고 전해달라고 내게 신신당부하셨지요."

거짓말이 술술 나왔다. 실제로 누구라도 믿을 만했다. 데이지만 빼고는.

"아버지는 나를 보고 싶어 하지 않았군요. 오직 돈만 바랐을 뿐. 그런 건가요?"

"그렇게 단순한 문제는 아닙니다. 하커 부인. 아버님은 용기를 잃었던 거죠. 수치심을 느껴서……."

"수표를 써드리죠." 그녀는 감정을 드러내기에는 시간도 없고 그럴 필요도 못 느끼는 유능한 사업가 여성처럼 무뚝뚝하고 참을성 없는 태도로 핸드백에서 수표첩을 꺼냈다. "얼마죠?"

"이백삼십 달러입니다. 벌금이 이백 달러이고, 십 달러가 착수금, 그리고 나머지는 십 퍼센트 수수료입니다."

"알겠어요." 그녀는 그가 밀어준 의자를 거절하고 책상 위에 허리를 굽힌 채로 수표를 썼다. "이게 맞아요?"

"네, 고맙습니다." 그는 수표를 주머니에 넣었다. "일이 이렇게 풀려서 유감스럽군요, 하커 부인."

"그쪽이 왜요? 나는 괜찮은데요. 나도 아버지만큼 겁쟁이인걸요. 어쩌면 더할지도 모르죠. 아버지가 나를 두고 도망가버려서 차라리 기뻐요. 아버지가 나를 보고 싶어 하지 않는 이상으로 나도 아버지를 보고 싶지 않았으니까요. 옳은 일을 하신 거예요. 왜 피나타 씨가 유감스럽다고 하는 거죠?"

"부인이 실망했다는 생각이 들어서요."

"실망요? 아니, 아뇨. 전혀 그렇지 않아요. 조금도."

하지만 그녀는 갑자기 어색하게 주저앉았다. 마치 자기가 들기엔 너무 무거운 것의 무게에 균형을 잃어버린 것 같았다.

데이지 베이비, 피나타는 생각했다. 울 것 같은데.

이런 사업을 하는 동안 피나타는 평범하고 근사한 울음을 수없이 봐왔으므로 전조를 잘 알고 있었다. 눈을 빠르게 깜박이는 것부터 두 손을 쥐었다 폈다 하는 것까지, 징조들은 다 거기 있었다. 그는 필연적인 결과를 기다리면서도 자기가 막을 수 있기를 바랐다. 그는 동정이 아니라 격려가 될 수 있는 말을 생각하려 했다. 동정하면 언제나 사람들은 선을 넘어버린다.

이 분이 지나고, 또 삼 분. 그는 필연적인 결과가 끝끝내 일어나지 않으리라는 것을 깨달았다. 마침내 그녀가 입을 열었을 때, 그 질문에 그는 깜짝 놀라고 말았다. 오랫동안 헤어졌던 아버지와는 전혀 상관없는 질문이었다.

"어떤 종류의 일들을 조사하시나요, 피나타 씨?"

"딱히 일이 별로 없습니다."

그는 솔직히 대답했다.

"왜 없죠?"

"이런 규모의 도시에는 나 같은 사람을 찾는 일이 별로 없습니다. 탐정을 필요로 하는 사람들은 주로 로스앤젤레스에서 구하죠. 내가 하는 일 대부분은 이 도시 근처의 개인 변호사들이 의뢰한 겁니다."

"무슨 자격이 있으시죠?"

"부인의 문제를 해결하기 위해 내가 무슨 자격이 있어야 하겠습니까?"

"문제가 있다고는 하지 않았는데요. 내 문제라고도 하지 않았고."

"다른 꿍꿍이가 없다면, 부인이 한 것과 같은 질문을 하는 사람은 없죠."

그녀는 아랫입술을 깨물면서 잠시 망설였다.

"문제가 있어요. 하지만 일부분만 내 문제일 뿐이에요. 다른 사람이 관련있어요."

"아버지입니까?"

"아뇨. 아버지는 아무 상관 없으세요."

"남편? 친구? 시어머니?"

"아직은 모르겠어요."

"하지만 알고 싶으시죠?"

"알아야 해요."

그녀는 잠시 머리를 한쪽으로 기울이고 또 한번 침묵에 빠져들었다. 마음속에서 일어나는 논쟁에 귀를 기울이는 것만 같았다. 그는 다그치지 않았다. 그렇게 궁금하지도 않았다. 그녀는 어두운 비밀이 있더라도 약간의 세제로 표백할 수 있는 여자처럼 보였다.

"사 년 전 어느 날에." 마침내 그녀가 입을 열었다. "내게 무서운 일이 일어났다고 믿을 만한 이유가 있어요. 그런데 그게 뭔지 기억하지 못해요. 그걸 알아낼 수 있게 도와줬으면 좋겠어요."

"기억하게 도와달라고요?"

"네."

"미안합니다. 그건 내 분야가 아니네요." 그가 딱 잘라 말했다. "잃어버린 목걸이라든지, 실종된 사람을 찾는 건 도와드릴 수 있습니다. 하지만 잃어버린 날이라뇨, 그건 못 해요."

"오해하고 있군요. 난 정신과 의사처럼 무의식을 파헤쳐달라고 부탁하는 게 아니에요. 그저 지원이 필요한 거예요. 피나타 씨의 물리적 지원요. 나머지는 내게 달려 있겠죠." 그녀는 그가 흥미든 호기심이든 내비치나 싶어 그의 얼굴을 살폈다. 그는 백지 같은 얼굴로 창밖을 내다보고 있었다. 그녀가 한 말은 전혀 듣지 않은 것 같았다. "하루를 재구성하려고 노력해본 적 있나요, 피나타 씨? 아, 크리스마스나 기념일 같은 특별한 날 말고 평범한 보통 날요. 있어요?"

"아뇨."

"그렇게 해야만 한다고 가정해봐요. 경찰이 피나타 씨를 어떤 범죄로 고발해서, 어느 날 정확히 어디 있었는지 무엇을 했는지 증명해야 한다고 하면요. 가령, 이 년 전 오늘이라고 하면요. 그럼 2월 9일이 되겠죠. 이 년 전 2월 9일에 뭔가 특별한 일을 했는지 기억이 나요?"

그는 눈을 가늘게 뜨고 잠시 생각했다.

"음, 아뇨. 딱히 없습니다. 당시 내 삶의 일반적 상태는 알죠. 어디 살았는지 등등. 그게 주중이라면 아침에 일어나서 평소대로 출근했겠죠."

"경찰은 추정은 받아들이지 않아요. 사실을 요구하겠죠."

"그렇다면 나는 유죄를 인정할 것 같군요."

그는 씩 웃으며 말했지만 그녀는 미소에 답하지 않았다.

"어떻게 할 거죠, 피나타 씨? 사실을 찾기 위해 뭘 할 거죠?"

"먼저, 내 기록을 확인할 겁니다. 봅시다, 이 년 전 2월 9일이라면 토요일이군요. 토요일 밤은 보통 사람들이 많이 체포되는 때라서 내겐 무척 바쁜 날이죠. 그러면 내가 기억할 수 있는 사건이 있나 싶어 경찰 서류도 확인할 겁니다."

"서류나 기록 같은 게 없으면요?"

전화가 울렸다. 피나타는 전화를 받아서 짤막하게, 주로 아니라는 대답을 이 분쯤 하고 끊었다.

"누구든 어떤 기록이든 있기 마련입니다."

"난 없어요."

"일기 없습니까? 은행 명세서는요? 고지서는? 수표를 쓰고 난 후의 부표는요?"

"아뇨, 그런 일들은 남편이 관리해요."

"내게 방금 준 이 수표는 어떻습니까? 이건 부인 본인 계좌에서 빠지는 게 아닙니까?"

"그래요, 하지만 난 별로 많이 쓰는 편이 아니에요. 그리고 사년 전에 썼던 수표첩 부표를 추적할 수는 없죠."

"일정 수첩은 안 쓰나요?"

"일정 수첩은 매해 연말에 버려요. 오래전에는 일기를 썼죠."

데이지가 말했다.

"얼마나 오래전입니까?"

"정확히는 기억나지 않아요. 흥미를 잃어서. 적어놓을 만한 일이 일어나질 않았어요. 신나는 일 같은 것도 없었고."

신나는 일이 없었다라, 피나타는 생각했다. 그럼 여름 방학 동안 지루해진 아이가 할 일이나 놀거리를 찾아다니듯이 뭔가 신나는 일을 찾아 잃어버린 날을 건지려고 하는 건가. 흠, 데이지 베이비, 난 게임할 시간은 없어요. 게임을 하진 않을 거요.

"내가 도와줄 수 있으면 좋겠습니다만, 하커 부인. 말씀드린 대로 이건 내 분야가 아닙니다. 부인 돈만 낭비할 뿐이죠."

"돈은 이전에도 낭비해봤어요." 그녀는 고집스럽게 그를 쳐다보았다. "어쨌든 당신은 내가 내 돈을 낭비하는 데 관심이 있는 게 아니라, 자기 시간을 낭비하는 데 관심이 있는 거잖아요. 이해하지 못하는군요. 이 일이 내게 얼마나 중요한지 제대로 알려드리지 못한 것 같네요."

"이 일이 왜 중요하죠?"

그녀는 그에게 꿈 이야기를 하고 싶었으나, 그의 반응이 두려웠다. 짐처럼 재밌어할지도 모르고, 애덤처럼 짜증을 내거나 약간 경멸할 수도 있고, 어머니처럼 화를 낼지도 몰랐다.

"지금 당장은 설명할 수 없어요."

"왜 안 되죠?"

"벌써 내 말에 회의적인데다 의심을 품고 있으니까요. 내가 나머지 부분을 말한다면 음, 정신이 나간 여자라고 생각하겠죠."

지루한 거지, 피나타는 생각했다. 미친 게 아니라. 아니, 어쩌면 약간 그럴지도.

"어쨌든 나머지 부분의 이야기도 다 해주시는 편이 좋을 것 같습니다, 하커 부인. 그러면 적어도 우리는 서로를 이해할 테니까요. 나는 아주 사소하고 괴상한 일들도 의뢰받습니다. 하지만 잃어버린 날을 찾아달라는 건 꽤 무리한 주문입니다."

"난 그날을 잃어버린 게 아니에요. 잃어버리진 않았죠. 그날은 아직도 어딘가에 있어요, 여기저기, 오래전에 썼던 어딘가에요. 그날은 아직도 그대로 있어요. 그래요, 숨어 있긴 하죠. 하지만 잃어버리진 않았어요."

"알겠습니다." 피나타는 데이지 베이비가 약간 미친 게 아니라고 생각했다. 그녀는 완전히 미친 여자였다. 하지만 흥미가 도는 건 어쩔 수 없었다. 그가 흥미 있는 쪽이 데이지가 가져온 문제인지 데이지 본인인지도 확실하지 않았고, 그 두 개를 분리할 수 있는지조차 알 수 없었다. "그날을 기억하지 못한다면, 어째서 그날이 하커 부인에게 그렇게 중요하다고 믿죠?"

애덤이 물었던 것과 거의 동일한 질문이었다. 그때 그녀는 만족스러운 대답을 할 수 없었고, 지금도 할 수 없었다.

"그렇다는 것을 아니까요. 가끔 사람들은 다양한 방식으로 사물을 알게 되잖아요. 피나타 씨는 지금 나를 보고 내 얘기를 듣고 있으니 내가 여기 있다는 것을 알죠. 그러나 그저 오감을 통해서 사물을 아는 다른 방법들이 있어요. 어떤 건 아직 설명할 수 없지만……. 그런 식으로 쳐다보는 건 그만두었으면 좋겠네요."

"어떤 식인데요?"

"내가 조제핀 보나파르트°라고 선언하길 바라는 것 같잖아요. 내 정신은 정상이에요, 피나타 씨. 그리고 합리적이죠. 이 혼란스러운 세계에서 그 두 가지가 합치될 수 있다면요."

"그 둘이 같은 건 줄 알았는데요."

"아니, 아니죠." 그녀는 새침하고 예의 바르게 말했다. "정상은 문화와 관습의 문제죠. 만약 미친 문화 속에서 살고 있다면, 거기에 순응하기 위해서 비합리적이 되어야 해요. 하지만 순응하지 않으면 그 특정 사회에서는 미친 것으로 판단받는 사람이 되죠."

피나타는 놀라기도 하고 약간 언짢기도 했다. 몇 마디 간단한 말을 가르치며 애완용으로 기르던 앵무새가 갑작스레 핵분열 이론을 설명하기 시작한 느낌이었다.

"기술 한번 깔끔하군요."

마침내 그가 말했다.

"뭐가요?"

"화제를 바꾸는 방식요. 상자가 약간 뜨거워지자마자 펄쩍 뛰어나오는군요. 나한테 말하지 않으려는 게 뭡니까, 하커 부인?"

정직한 사람이네, 데이지는 생각했다. 자기가 모르는 걸 아는 척하지 않고, 아는 걸 과장하지 않아. 자기 감정을 숨기는 데 능숙하지도 못해. 이 사람은 신뢰할 수 있겠어.

"꿈을 꿨어요."

데이지는 말했다. 그가 자기는 꿈은 다루지 않는다고 말하기도 전에, 그녀는 프린스와 함께 한 해변 산책과 자기 이름이 적힌 묘비에 대해 이야기하고 있었다.

피나타는 딱히 의견을 말하지 않고 끝까지 들었다. 잠시 후 그가 물었다.

"다른 사람에게 이 꿈에 대해 이야기한 적 있습니까, 하커 부인?"

"어머니, 남편 짐, 그리고 짐의 친구이자 변호사인 애덤 버넷에게 했어요."

"그 사람들의 반응은 어땠습니까?"

그녀는 건조한 미소를 살짝 지으며 책상 너머로 그를 바라보았다.

"어머니와 짐은 비타민을 먹고 모든 것을 잊어버리라고 했어요."

"변호사인 버넷 씨는요?"

"그 사람은 무슨 일이 있었는지 알아내는 게 내게 얼마나 중요한지 다른 사람들보다는 더 잘 이해했어요. 하지만 경고를 했죠."

"어떤 경고였죠?"

"그날 내…… 내 죽음을 야기한 일이 뭐였든 간에 그게 무척 불쾌한 것일 수도 있다고 했어요. 파헤치지 말아야 한다고 했죠. 얻을 건 없고 잃을 건 너무 많다고 했어요."

"하지만 부인은 알아보고 싶은 거군요?"

"이제 이것은 그러고 싶은지 아닌지의 문제가 아니에요. 해야만 하는 거죠. 그러니까요, 우리는 아기를 입양하려 해요."

"그게 이 일과 무슨 상관이 있습니까?"

"이젠 더이상 나와 짐만의 삶이 아니게 될 거예요. 우리의 삶을 아이와 함께 나눠야 하죠. 나는 그 아이가 제대로 된 가정에 올 거라는 사실을 확인하고 싶어요. 안전하고 행복한 곳으로."

"그러면 지금 이 순간에는 부인의 가정이 제대로 된 집이 아니라고 생각합니까?"

"난 지금 확실하게 확인하려는 거예요. 가령, 피나타 씨가 집을 한 채 샀다고 쳐요. 그 집에서 한동안 편안하게 살았죠. 그러다 무슨 일이 일어나요. 중요한 손님이 온다든가. 당신은 집을 곳곳이 확인하기로 하죠. 그러다 어떤 심각한 구조적 결함을 발견해요. 그러면 좋은 수리업자와 상담해서 결함을 어떻게 할 수 있을지 알아보고 싶지 않겠어요? 아니면 그냥 눈 감고 가만히 앉아서 모든 게 괜찮은 척할 건가요?"

"그거 무척 필사적인 비유인데요." 피나타가 말했다. "결론적으로 말하면 무슨 일이 생기든 자기 생각대로 밀고 나가겠다고 결심하고 있다는 뜻이군요."

"나는 막대사탕을 달라고 조르는 어린아이가 아니에요."

아니지, 피나타는 생각했다. 당신은 다이너마이트를 달라고 조르는 성인 여성이야. 당신은 자신의 삶과 집을 좋아하지 않지. 그걸 아이와 함께 공유하는 게 두려운 거야. 그래서 모든 것을 하늘 높이 날려버리고 아름다운 파편들이 머리 위로 떨어지는 걸 보려는 거지.

전화가 다시 울렸다. 이번에는 피나타의 가정부였다. 여자는 부엌과 침실 한쪽에서 지붕이 새고 있다는 소식을 전하며 작년에 자기가 새 지붕을 이어야 한다고 경고하지 않았느냐고 기억을 되살려주기까지 했다.

"할 수 있는 건 다해주세요. 5시에 갈게요."

피나타는 이렇게 말하고 우울한 기분으로 전화를 끊었다. 새 지붕을 이으려면 돈이 든다. 그리고 조니는 치아 교정도 해야 했다. 난 새 지붕을 이을 여유가 없어. 하지만 데이지는 그럴 수 있지. 그녀가 자기 지붕을 날려버리려고 결심했다면 적어도 목재 몇 개를 주워다 내 지붕에 얹을 수는 있겠지.

그가 말했다.

"좋습니다. 내가 도와드리죠, 하커 부인. 내가 할 수 있다면요. 이게 좋은 결정은 아닌 것 같습니다만."

그녀는 기쁨을 억누르는 듯 보였다. 새로운 게임을 하고 싶은 마음이 얼마나 열렬한지 그에게 보이고 싶어 하지 않는 것 같았다.

"언제부터 시작하죠?"

"이틀 정도는 내가 좀 바쁩니다."

꼭 필요한 거짓말이었다. 이틀이면 데이지의 주변을 확인할 기회가 있을 것이고, 데이지도 마음을 바꿀 기회가 있을 것이다.

"바로 시작했으면 하는데……."

"아뇨, 죄송합니다. 맡은 사건이 있습니다."

"떨려서 그런가요?"

"그래요. 떨려서 그렇다고 하죠."

"그리고 나를 조사할 시간이 필요하겠죠. 내가 잠자리채에서 몇 걸음이나 떨어져 있는지 알아보시려고요? 뭐, 물론 피나타 씨를 비난할 순 없어요. 어떤 여자가 와서 내가 피나타 씨에게 한 얘기 같은 걸 하면 나라도 의심할 거예요. 하지만 난 모든 걸 꽁꽁 감추진 않죠. 나는 피나타 씨가 묻는 어떤 질문에도 기꺼이 대답할 용의가 있어요. 나이, 몸무게, 학력, 배경, 종교적 선호……."

"질문은 없습니다." 그는 언짢았다. "하지만 그래도 목요일입니다."

"좋아요. 내가 사무실로 올까요?"

"3시에 모니터프레스 건물 정문에서 만나죠. 괜찮으실지."

"거긴 좀……. 사람 만나기엔 눈에 띄는 곳 아닌가요?"

"잠복 수사를 해야 하는지는 몰랐는데요."

"그럴 것까진 없죠. 하지만 굳이 광고할 필요가?"

"잠깐만요, 하커 부인." 피나타는 책상 앞으로 몸을 내밀었다. "이건 짚고 가도록 하죠. 남편이나 가족에게 나를 고용했다고 얘기할 겁니까?"

"그 생각은 해보지 않았어요. 심지어 여기 문 앞의 간판을 보기 전까지는 피나타 씨든 누구든 고용할 생각 자체를 해보지 않았으니까. 어떤 면에서는 운명처럼 보였어요."

"아, 하커 부인."

피나타는 무척 슬프게 말했다.

"그랬어요. 지금도 그렇고요. 마치 여기로 인도를 받은 것처럼."

"유인당했다는 게 더 나은 표현이겠죠."

그녀의 시선은 냉정하고 고집스러웠다.

"이 일을 맡지 않으려고 별말을 다 하는군요. 왜죠?"

"부인이 실수하고 있다고 생각하기 때문이죠. 단지 하루를 재구성하는 것만이 아니에요, 하커 부인. 어쩌면 인생 전체가 될 수도 있습니다."

"그래서요?"

"많은 돌을 발로 차서 뒤집게 될 겁니다. 그 밑에서 찾아낸 게 마음에 들지 않을지도 모르죠." 그는 자기 쪽에서 떠날 마음을 먹은 사람처럼 일어섰다. "뭐, 그래도 부인의 장례식이니까."

"시제가 틀렸어요. 그건 내 장례식이었죠." 데이지가 말했다.

그는 그녀와 함께 나와 문을 열었다. 길고 침침한 복도에서는 새로 내린 비와 오래된 왁스의 냄새가 났다.

"그건 그렇고," 그녀는 이제껏 한 번도 생각해보지 않았다는 듯 아무렇지 않게 덧붙였다. "아버지가 로스앤젤레스 주소를 주고 가셨나요?"

"체포됐을 때 경찰에게 주소를 줬습니다. 내가 그걸 압지에서 보고 베껴두었는데……." 그는 성냥갑 안쪽에 써둔 주소를 주머니에서 꺼내서 데이지에게 건넸다. "덜레이니 애비뉴 웨스트 1074번지네요. 내가 부인이라면 이쪽으로 연락하진 않겠습니다."

"왜죠?"

"로스앤젤레스에 덜레이니 애비뉴라는 곳은 없으니까요."

"확실한가요?"

"네."

"그런 걸 거짓말하신 이유는 뭐죠?"

"나는 남의 마음을 읽진 않습니다. 손금도 못 읽고, 찻잎을 읽지도 않죠. 그래도 지도는 읽을 수 있습니다. 로스앤젤레스엔 덜레이니 애비뉴가 없어요, 이스트든 웨스트든."

그녀는 그가 좀더 노력하면 사라진 거리를 찾아낼 수 있는 사람이라고 믿는 표정으로 그를 바라보았다.

"당신 말을 믿기로 하죠."

"그럴 필요도 없습니다. 시내 주유소 어딜 가든 로스앤젤레스 지도를 팔고 있을 테니 직접 확인해볼 수 있죠. 그렇게 하는 김에, 피게로아 스트리트에 해리스 전기 부품 상점이 어디 있는지도 찾아보세요. 필딩 씨는 거기서 일한다고 주장하던데."

"주장요?"

"그래요, 그것에 대해서도 그가 진실을 말했다고 믿을 이유는 없죠. 내가 받은 인상으로 그는 도움이 필요할 때 말고는 가만히 놔 두는 걸 더 좋아하는 사람 같더군요."

"아버지를 좋아하지 않는 것처럼 말하는군요."

"그럭저럭 좋아합니다." 피나타는 일말의 진실을 담아 말했다. "하지만 술을 많이 마시면 받아주기 힘들 수도 있죠."

"아버지가…… 술을 많이 마시나요?"

"마시긴 하는데, 얼마나인지는 모릅니다. 내게 본인에 대한 어 떤 소식을 말해주긴 했는데, 그걸 부인에게 전해주기를 의도하고 그랬는지 아닌지는 모르겠군요."

"무슨 소식이죠?"

"재혼했다고 합니다."

그녀는 말없이 길고 침침한 복도 끝을 바라보았다. 그늘 속에서 움직이는, 검고 눈에 익은 형체를 보는 듯했다.

"재혼요. 뭐, 아버지가 그렇게 나이드신 분도 아니고. 내가 놀랄 이유는 없죠. 하지만 놀랍네요. 사실처럼 들리지가 않아요."

"아버지가 진실을 말씀하셨다고 확신합니다."

"여자는 누구죠?"

"상대에 대해선 아무 말 안 했어요."

"이름도?"

"내 짐작으로는……." 피나타는 말했다. "이름은 필딩 부인이겠 죠."

"내 말 뜻은…… 아, 그건 됐어요. 아빠가 재혼하셨다니 기쁘네요. 상대가 좋은 여성이길 바라요." 그렇게 기쁜 목소리도 아니었고 소망하는 기색은 더욱 없었다. "적어도 이젠 다른 사람이 아버지를 책임지겠네요. 누군가 낯선 사람이 짐을 내 어깨에서 덜어줬으니 그분에게 감사해요. 두 분의 행운을 빌어요. 아버지를 보거나 소식을 들으면 나 대신 그렇게 말해주겠어요?"

"아버님을 보거나 소식을 들을 거라는 기대는 하지 않습니다만."

"아버지는 약간 기대하지 못했던 일을 하시는 분이죠."

당신도 그래요, 데이지 베이비, 피나타는 생각했다. 어쩌면 당신과 당신 아버지는 스스로 인정하고 싶은 것 이상으로 공통점이 있는지도 몰라.

그는 복도를 따라 걸어가며 그녀를 배웅했다.

건물 현관 아래 바닥에 비가 스며들어서 데이지가 신발 매트를 밟자 찍찍 소리가 났다.

그날 밤 그녀는 짐에게 아버지가 시내에 별안간 나타났었다고 자세히 이야기했다. 일요일 밤 필딩 부인이 고의로 숨겼던, 감옥에서 걸려 온 전화, 다음날 오후 피나타의 사무실에서 걸려 온 두 번째 전화, 필딩이 도망가버렸기 때문에 성사되지 못했던 만남. 그녀는 짐에게 시시콜콜히 설명했지만, 남편이 가장 흥미를 가질 이야기, 이름밖에 모르는 조사관을 고용했다는 사실은 말하지 않았다.

"그러니까, 당신 아버지가 재혼하셨다고." 짐이 파이프에 불을 붙이며 말했다. "그래, 그걸 가지고 싸울 수야 없지. 아버님에게 일어난 일 중 가장 좋은 일일 수도 있어. 당신도 기쁘겠는데."

"그러게."

"아버님도 자기만의 삶을 가지면 훨씬 나을 거야."

"언제 아버지가 그거 말고 다른 게 있기는 했나?"

"너무 속상해하지 마."

짐은 목소리에 인내심을 담아 말했다. 아버지에게 효심과 원망을 동시에 품은 데이지의 태도가 불쾌했다. 자신은 필딩에 대해서 별로 신경쓰지 않아서, 장인에게 드는 돈도 투덜대지 않을 정도였다. 그는 사실 필딩을 멀리할 수만 있다면 그 정도 돈은 잘 썼다고 생각했다. 로스앤젤레스는 160킬로미터 거리라 그렇게 멀다고는 할 수 없었다. 그는 데이지를 위해서 필딩이 그 도시와 스모그, 교통, 생활환경이 싫어져 동부나 중서부로 갔으면 하는 바람이었다. 짐은 가족이라도 서로를 묶어주는 끈이 없을 수 있고, 있더라도 다시 묶기엔 너무 너덜너덜할 때, 옛날처럼 끈끈한 가족 관계를 유지하는 게 얼마나 힘든지 잘 알고 있었다. 데이지보다도 잘 알았다.

그가 장인을 마지막으로 본 것은 오 년 전, 출장차 시카고에 갔을 때였다. 두 사람은 타운 하우스에서 만났고, 그날 저녁은 무난하게 시작되었다. 필딩은 평소처럼 매력을 발휘했고, 짐은 평소처럼 남의 매력에 잘 넘어갔다. 하지만 10시쯤 되자, 필딩은 술에 취해서 데이지 베이비는 한 번도 진짜 아버지가 없었다는 말을 떠들어대기 시작했다. "내 딸 잘 보살펴야 해, 알았지? 불쌍한 데이지 베이비. 내 딸 잘 보살펴. 셔츠도 바지에 넣어 입는 샌님 자식." 후에 필딩은 웨이터 두 명에 의해 택시 안으로 처넣어졌고, 짐은 필딩의 바지에서 비어져나온 셔츠 주머니 속에 이십 달러짜리 지폐 세 장을 넣어주었다.

그래, 나는 그녀를 잘 보살펴왔어, 지금 짐은 생각했다. 어쨌든 내 능력 내에서는. 그녀의 안녕을 먼저 생각하지 않고는 한 발도 움직이지 않았지. 그리고 때때로 그 결정은 어처구니없이 어려웠어. 후아니타에 대한 일처럼. 데이지는 후아니타 얘기는 한 번도 꺼내지 않는군. 그 여자가 자리잡은 아내의 마음 한구석은 무덤처럼 단단히 봉인되었지.

파이프에 불이 꺼졌다. 그는 다시 불을 붙였다. 거슬리게 쌕쌕거리는 파이프 소리가 필딩의 목소리를 기억 속으로 도로 불러들였다. "내 딸 잘 보살펴야 해……. 셔츠도 바지에 넣어 입는 샌님 자식."

006

이 편지는

네게 가닿지 않을지도 모르겠구나, 데이지.

그렇다면

나는 이유를 알 거다.

이틀 후인 수요일 오후, 짐 하커는 저녁 식사 시간에 평소보다 한 시간 일찍 도착했다. 데이지의 차가 차고에서 보이지 않았고 우편물도 우편함에 그대로 있었다. 그 말인즉 데이지는 우편물이 도착하는 정오 이후로 집에 없었다는 뜻이었다. 스텔라가 아래층에서 진공청소기로 청소하면서 시끄럽고 명랑한 목소리로 슬픈 노래를 부르고 있었지만, 데이지가 없는 집은 생명이 없어 보였다.

짐은 식탁에서 우편물을 분류하다가 애덤 버넷이 2월 9일에 제임스 하커 부인 앞으로 발행한 이 달러 오십 센트짜리 청구서를 보고 놀랐다.

이 청구서는 여러 면에서 놀라웠다. 데이지가 남편에게 말도 안

하고 애덤을 만나러 갔다는 것. 청구 비용이 변호사의 최소 상담 비용도 안 될 만큼 너무 적다는 것, 그리고 시기가 특이하다는 것이었다. 이 청구서는 전문 서비스의 청구서가 발송되는 월말까지 기다리지 않고 데이지가 방문한 직후에 보내진 것이었다. 짐은 약간 생각한 끝에 이렇게 청구서를 보낸 건 고객의 비밀 보장을 포함해 어떤 직업윤리도 깨지 않으면서 데이지가 그를 찾아왔었다는 사실을 짐에게 알려주려는 애덤의 방식이라고 결론 내렸다.

5시가 아직 되지 않은 시각이라 짐은 애덤의 사무실로 전화를 걸었다.

"버넷 변호사를 부탁합니다. 이쪽은 짐 하커입니다."

"잠깐만 기다리세요, 하커 씨. 버넷 변호사님이 지금 막 나가셨는데, 쫓아가서 말씀드릴 수 있을 것 같습니다. 끊지 말고 기다려주세요."

잠시 후, 애덤이 말했다.

"안녕, 짐."

"보낸 청구서 오늘 받았어."

"아, 그래." 애덤은 당혹스러운 목소리였다. "청구서 보낼 마음은 없었는데, 데이지가 우겨서."

"아내가 자넬 만나러 갔었다는 건 지금까지도 몰랐어."

"어?"

"아내가 무슨 일로 갔었나?"

"이봐, 짐, 그 얘기를 할 사람은 데이지지, 내가 아냐."

"자네가 이 청구서를 내게 보냈잖아. 그래서 난 아내가 자네한 테 상담받았다는 사실을 알려주려는 거라고 짐작했지."

"뭐, 그래. 자네가 사정을 인지하는 편이 나을 것 같아서……."

"변호사처럼 얘기하지 마." 짐은 날카롭고 긴장된 목소리로 말했다. "아내가 무슨 일로 갔었지? 이혼 같은 건가?"

"맙소사, 아니야. 어쩌다 그런 말도 안 되는 생각을 한 거야?"

"여자들이 변호사와 상담하러 가는 일반적인 이유가 그거 아닌가?"

"사실을 말하자면, 아니야. 여자들은 유언장도 만들고, 계약서에 서명도 하고, 세금 서류도 작성하고 그러……."

"변죽은 그만 울리고."

"알겠네." 애덤은 신중하게 말했다. "월요일 이른 오후에 데이지를 길에서 우연히 만났어. 어쩔 줄 몰라 하면서 뭔가 얘기하고 싶은 눈치더라고. 그래서 얘기를 나눴지. 내가 데이지에게 좋은 충고를 했고, 데이지는 그 충고를 받아들인 것 같던데."

"그거 혹시 사 년 전 어떤 날에 대한 꿈을 꿨다는 얘기였어?"

"그래."

"이혼 얘기는 꺼내지 않았고?"

"무슨 소리, 아니야. 대체 그런 쓸데없는 이혼 생각은 왜 난데없이 하게 된 거야? 데이지의 태도에서 그런 행동을 생각하고 있다는 낌새는 하나도 안 보였다고. 게다가 데이지는 캘리포니아에서는 이혼도 할 수 없어. 근거가 없으니까."

"자네도 잊었군, 애덤."

"그건 오래전 얘기야." 애덤이 재빨리 말했다. "그나저나 자네랑 데이지 어떻게 된 거야? 더 절망적인 부부들도……."

"아내가 일요일 밤에 그 망할 꿈을 꾸기까지는 별일 없었어. 모든 것이 무난하게 흘러갔지. 우리가 결혼한 지도 팔 년이고, 솔직히 지난해가 그중 제일 좋았던 것 같아. 데이지는 마침내 자기가 아이를 가질 수 없다는 사실에 적응했고……. 적응이 아닌지도 모르지만 적어도 타협은 했지. 그리고 이제 우리가 입양할 아이를 열심히 찾아보고 있어. 적어도 찾아보기는 했지. 꿈 이야기가 불쑥 터지기 전까지는. 사흘 전부터 아내는 미래에 우리 가족이 될 아이에 대해서 아무 말 하지 않고 있어. 자네는 애가 여덟 명이잖아. 그러니 때가 오기 전에 얼마나 많이 준비하고, 얘기하고, 계획해야 하는지 알겠지. 아내가 갑자기 흥미를 잃어버려서 당황스러워. 어쩌면 아내는 결국 아이를 원치 않는지도 모르지. 원치 않는다면, 마음을 바꿨다면, 우리가 아이를 입양하는 건 옳지 않은 일일 거야."

"말도 안 돼. 물론 데이지는 아이를 원하고 있어." 애덤은 단호하게 말했지만 그 주제에 대해서 진짜 확신은 없었다. 데이지는 다른 여러 여자들처럼 그에게 언제나 수수께끼였고 앞으로도 그럴 것이다. 그녀가 아이를 원할 거라고 추정하는 게 타당했지만, 어쩌면 말은 안 했어도 마음 깊은 곳에서는 입양에 대한 혐오감을 가지고 있을지도 모를 일이었다. "데이지는 꿈 때문에 혼란스러워진 거야, 짐. 참고 기다려. 아내에게 호흡을 맞춰주라고."

"그래봤자 득보다는 실이 될 것 같은데."

"내 생각은 달라. 사실, 자네 아내가 꺼낸 사망일 어쩌고 하는 일은 막다른 골목에 다다를 게 분명하다고."

"어째서?"

"더는 갈 데가 없으니까. 자네 아내는 불가능한 시도를 하고 있으니까."

"그게 불가능하다는 걸 어째서 그렇게 확신할 수 있지?"

"나도 같은 노력을 해봤거든. 그 생각이 흥미로웠어. 과거에서 아무 날이나 골라서 재구성해보는 것. 단순히 사업 약속을 회상하는 일일 뿐이라면, 내 자리에 있는 일정 수첩을 확인하면 되겠지. 하지만 이건 순수하게 개인적이야. 어쨌든 월요일 밤, 아이들을 재우고 아내와 함께 시도해보았어. 그날을 고른 게 완전한 우연일 뿐임을 확실하게 해두기 위해서 우리는 눈을 가리고 연감에 있는 달력에서 하루를 골랐지. 자, 내 아내는 코끼리 같은 기억력을 가지고 있을 뿐 아니라, 아이들과 관련된 일들은 꼼꼼하게 기록하고 있거든. 육아 일기, 성적표, 미술 작품 등등. 그런데도 첫발을 떼지도 못했다니까. 내 예측으로는 데이지도 비슷한 경험을 하게 될 거야. 말로는 쉬워 보이지만, 그렇지가 않아. 데이지는 몇 번 막다른 골목에 부딪히다가 흥미를 잃고 포기할 거야. 그러니까 데이지가 맘껏 뛰게 놔둬. 더 좋은 건 함께 뛰는 거고."

"어떻게?"

"자네가 직접 아내의 그날을 기억하도록 노력하는 거지. 그게 무슨 날이었든 간에. 나는 잊어버렸지만."

"자네 부부도 첫발을 떼지 못했으면서 내가 그렇게 할 거라는 기대를 어떻게 할 수 있나?"

"그렇게 할 수 있을 거란 기대는 안 해. 그저 호흡을 맞추라는 거지. 타석 위에 올라가 배트를 휘두르라고."

"데이지가 속을 것 같진 않은데." 짐이 건조하게 말했다. "어쩌면 아내의 주의를 다른 데로 돌리는 게 더 나을지도 몰라. 여행을 간다든가."

"여행도 괜찮을 수 있지."

"어쨌든 이번 주말에 북쪽의 마린 군으로 땅 한 군데 보러 가니까. 데이지를 데리고 가야겠어. 항상 샌프란시스코를 좋아했거든."

그는 데이지에게 그날 밤 저녁 식사 후에 여행에 대해서 이야기했다. 케임브리아파인스에서 점심, 카멀에 잠깐 들렀다가 아멜리오 식당에서 저녁 식사, 커런이나 앨커자 극장에서 연극 관람, 그후에는 헝그리 아이에서 한잔하며 공연 구경. 그녀는 마치 남편이 라이스 크리스피 과자 경품에 당첨되어 달나라로 로켓 여행을 떠나자고

한 것처럼 바라보았다.

그녀의 거절은 평소의 망설임도 없이 날카롭고 직접적이었다.

"난 못 가요."

"왜?"

"중요하게 챙겨야 할 일이 있어요."

"가령?"

"나…… 조사를 하고 있어요."

"조사라고?" 그는 혀에 낯선 맛이 나는 것처럼 단어를 반복했다. "오늘 오후에 서너 번 전화했었어. 당신 또 나가고 없더군. 이번 주에는 오후마다 외출하는 것 같던데."

"이번 주에는 아직까지 세 번의 오후밖에 없었어요."

"그렇다고 해도."

"당신 저녁 식사는 제시간에 맞춰 주잖아요. 당신 집도 깔끔하게 정돈되어 있고."

짐에게는 그녀가 가볍지만 분명하게 '당신'이라는 단어를 강조하는 것이 이제 자기는 이 집에 어떤 지분이나 관심이 없다고 말하는 것처럼 들렸다. 어떤 모호한 의미에서는 이 집에서 나가버린 사람인 것만 같았다.

"여긴 '우리' 집이야, 데이지."

"그래요, 우리집. 깔끔하게 정돈되어 있잖아요."

"물론이지."

"그럼 당신이 일하는 동안에 내가 오후에 외출 좀 한다고 해서 불편해하는 이유가 뭐죠?"

"불편해하는 게 아냐. 걱정이 되는 거지. 당신이 외출해서가 아니라, 당신 태도가."

"내 태도가 무슨 문제라고?"

"일주일 전만 해도 당신은 그렇게 묻지 않았을 거야. 특히 그런 어조로는. 마치 시비를 걸어 싸우려는 것 같잖아……. 데이지, 우리에게 무슨 일이 일어나고 있는 거야?"

"아무 일도." 그러나 데이지는 무슨 일이 일어나고 있는지 알았다. 실상, 이미 일어난 일이었다. 그녀는 평소의 역할에서 벗어나 대사와 의상을 바꾸어버렸다. 그러자 감독은 이제 자기가 어떤 연극을 연출하는지 알 수가 없어서 화를 냈다. 가여운 짐. 그녀는 팔을 뻗어 그의 손을 잡았다. "아무 일도 없어요." 그녀는 다시 말했다.

두 사람은 긴 소파에 나란히 앉아 있었다. 집안은 조용했다. 비는 잠시 멈췄고, 스텔라는 시골에서의 하루를 또 살아남아 집으로 돌아갔으며, 필딩 부인은 친구와 함께 음악회에 가고 없었다. 콜리종 프린스는 날씨가 나쁠 때면 언제나 자는 자리인 벽난로 앞에서 잠들어 있었다. 난로 쇠살대 너머에 불은 없었지만, 개는 예전에 피웠던 불에서 나오던 온기의 기억을 좋아했다.

"공정하게 하지, 데이지." 짐은 그녀의 손을 꼭 쥐며 말했다. "난 아내가 나 말고 다른 데는 관심도 두지 않길 바라는 그런 부담스러운 남편이 아니야. 내가 항상 당신 바깥 활동을 격려하지 않았나?"

"그랬죠."

"그럼 왜? 뭘 하고 있었던 거야, 데이지?"

"여기저기 걸어다녔어요."

"이 빗속에?"

"응."

"여기저기 어디?"

"로럴 스트리트에 있는 옛날 동네."

"거길 왜?"

"우리가 살던 데잖아요. 내가……." 죽었던 때에. "그 일이 일어
났을 때."

그의 입은 마치 아내가 손을 들어 꼬집기라도 한 것 같았다.

"당신은 그때 일어난 일이 거기 그대로 있을 거라고 생각했어?
우리가 잊어버린 채 놓고 온 가구처럼?"

"어떤 면에서는 아직도 그대로 있어요."

"그래, 그러면 왜 그 집에 가서 물어보지 않았어? 왜 거기 사는
사람들에게 잃어버린 날을 찾아서 다락방 좀 수색해도 되겠느냐고
부탁하지 않았어?"

"집에 아무도 없었어요."

"이런, 맙소사. 정말로 안에 들어가려고 했단 말이야?"

"초인종을 눌렀어요. 아무도 나오지 않았지만."

"그나마 천만다행이군. 누가 나왔으면 뭐라고 하려고 했어?"

"한때 그 집에 살던 사람인데 집을 다시 보고 싶다고."

"당신이 그렇게 동네방네 떠들고 다닐 거 같으면," 짐이 차갑게 말했다. "그 집을 당신에게 도로 사줄게. 그러면 오후 내내 거기 있으면서 그 망할 집을 구석구석 다 수색할 수 있겠지. 찾으려는 쓰레기들을 하나하나 살펴보면서."

데이지는 그가 잡은 손을 뺐다. 그 접촉은 잠시 동안 두 사람 사이의 다리 역할을 하는 것 같았으나, 그 다리는 그의 냉소라는 쓰디쓴 물결에 쓸려 가버렸다.

"난…… 쓰레기를 찾고 있는 게 아니에요. 동네방네 떠들고 다니고 싶은 마음도 없고. 나는 이전과 같은 환경에 있으면 귀중한 것을 기억해낼까 싶어 돌아갔던 것뿐이라고요."

"귀중한 것? 당신이 죽었던 값진 순간 같은 건가? 그거 약간 소름 끼치지 않아? 언제부터 자신이 죽는다는 생각과 사랑에 빠진 거야?"

데이지는 남편의 냉소가 미치는 범위를 벗어나고자 일어서서 방 저편으로 걸어갔다. 그 동작으로 남편에게 도가 지나쳤다는 경고를 보냈다. 그는 어조를 바꾸었다.

"당신 삶이 지루한 거야, 데이지? 지난 사 년이 살아 있는 죽음 같았다고 생각해? 당신 꿈이 그런 뜻이야?"

"아니에요."

"그런 것 같은데."

"당신 꿈도 아니잖아요."

개가 잠에서 깨어나더니, 데이지에서 짐으로, 짐에서 다시 데이지로 눈알을 움직였다. 마치 테니스 경기를 구경하는 관객 같았다.

데이지가 말했다.

"싸우고 싶지 않아요. 개가 불안해하잖아."

"개가 불안해한들……. 아, 젠장. 좋아, 좋다고. 싸우지 말자고. 개를 불안하게 할 순 없으니까. 좋아, 하지만 나머지 우리는 횡설수설하는 백치로 떨어져도 괜찮단 거지. 우린 그저 사람일 뿐이니까. 더 나은 삶을 살 자격이 없으니까."

데이지는 위로와 확신을 건네듯 개의 머리를 쓰다듬었다. 그녀의 손길은, 모든 게 다 괜찮고 네가 보고 들은 건 다 거짓이니 진지하게 받아들일 필요가 없다고 말하고 있었다.

난 저 여자와 호흡을 맞춰야 해, 짐은 생각했다. 그게 애덤의 충고였지. 세상에, 내 나름의 접근 방식은 효과가 없어.

"그래, 로럴 스트리트로 돌아갔다 이거지." 마침내 그가 말했다. "여기저기 돌아다녔다고."

"그래요."

"결과는?"

"이처럼 당신과의 싸움이죠." 그녀는 신랄함을 담아 말했다. "그게 다예요."

"아무것도 기억하지 못했어?"

"딱히 실제 그날을 집어낼 만한 건 없었어요."

"애초에 무언가를 집어낸다는 게 있을 수 없는 일이라는 건 알고 있을 줄 알았는데?"

"그래요."

"하지만 계속 시도는 해볼 작정이고?"

"그래요."

"내가 반대해도?"

"그래요, 당신이 마음을 바꾸지 않을 거라면." 그녀는 잠시 아무 말도 하지 않았다. 그녀의 손은 개의 목덜미 위에 가만히 놓여 있었다. "그 겨울은 기억이 났어요. 어쩌면 그게 시작점이 될지도 모르죠. 집 남쪽의 재스민 나무들을 보자마자 그해는 서리가 심하게 몰아쳐서 꽃을 전부 잃었다는 기억이 떠올랐어요. 꽃들이 다 죽은 것 같았으니까. 하지만 봄이 되자 다시 살아났죠." 하지만 나는 그러지 못했지. 재스민이 나보다 더 강했어. 그해 내게 봄은 없었어. 새 잎도 돋지 않고, 작은 꽃봉오리도 맺히지 않았어. "그게 시작점 아니겠어요? 그해 겨울을 기억해낸 게?"

"그럴 것 같군." 그가 무겁게 말했다. "그게 시작점이 되겠어."

"어느 날에는 심지어 산봉우리에 눈이 왔죠. 많은 고등학생들이 학교를 빼먹고 그걸 보러 올라갔어요. 그후에는 차를 타고 스테이트 스트리트까지 내려왔는데, 눈이 펜더 위에 쌓여 있었죠. 아이들은 행복해 보였어요. 그중 몇 명은 눈을 보는 게 처음이었으니까."

"데이지."

"캘리포니아의 눈은 내게 진짜처럼 보인 적이 없어요. 고향인 덴버랑은 같지 않죠. 그곳은 내 삶의 일부분이었지만, 즐거운 부분이라고 할 수 없을 때가 종종 있었죠. 나도 그날 고등학생들처럼 산에 올라가서 눈을 보고 싶었어요. 그게 할리우드에서 기계로 불어보낸 게 아니라 진짜 눈이라는 걸 확인하고 싶어서……. 서리의 해, 당신도 기억할 건데, 짐. 내가 벽난로에 넣을 장작을 한 묶음 샀잖아. 그렇지만 한 묶음에 얼마나 많은 나무가 들어 있는지 몰랐죠. 그래서 막상 장작이 배달되어 왔는데 그걸 쌓아둘 데가 없어서 비가 내리는데도 바깥에 두는 방법 말곤 없었죠."

그녀는 계속 이야기하고 싶어 안달했다. 남편에게 자기 프로젝트의 중요성과 그것을 실행할 필요성에 대한 확신을 줄 때가 왔다고 느끼는 듯했다. 짐은 다시는 아내의 말을 끊으려 하지 않았다. 그는 애덤의 말이 맞았다는 데 안도감을 느꼈다. 모든 일이 불가능했다. 데이지가 이제까지 기억해낸 것이라고는 산봉우리에 약간 내린 눈과 스테이트 스트리트로 차를 타고 내려온 고등학생들, 죽은 재스민 나무들뿐이었다.

08

네 엄마는 무슨 대가를 치르더라도
우리를 떼어놓겠다고 맹세했지,
내가 부끄럽기 때문이라더구나.

다음날 아침, 짐이 출근하고 스텔라가 도착하는 시간 사이에 데
이지는 피나타의 사무실로 전화를 걸었다. 그렇게 일찍 나와 있을
거라고 생각하지 않았지만, 그는 신호음 두 번 만에 받았다. 이렇게
일찍 걸려 오는 전화는 주의해야 한다는 듯 목소리에 경계심과 조
심성이 묻어 있었다.

"여보세요."

"데이지 하커예요, 피나타 씨."

"아, 안녕하십니까, 하커 부인." 갑작스레 그의 목소리가 살짝
지나칠 정도로 친근하게 들렸다. 오래 기다리지 않아도 그 이유는
금방 알 수 있었다. "우리 계약을 파기하고 싶으신 거면 전 괜찮습

니다. 보수는 청구하지 않겠습니다. 먼저 지불한 착수금도 우편으로 보내드리죠."

"오늘 아침에는 초감각 지각력이 잘 발동하지 않나 보군요." 그녀가 차갑게 말했다. "오늘 오후 모니터프레스 건물 대신 사무실에서 만나는 게 어떻겠냐고 물어보러 전화한 거예요."

"왜요?"

그녀는 당혹스러워하지도 않고 사실을 말했다.

"피나타 씨가 젊고 잘생긴 터라 사람들이 우리가 같이 있는 걸 보고 오해하게 하고 싶지 않아요."

"가족들에게 나를 고용했다는 사실을 알리지 않으신 모양입니다만?"

"안 했어요."

"왜죠?"

"하려고 했는데, 짐이랑 다른 일로 또다시 말다툼할 수가 없었어요. 남편의 관점에 따르면 남편이 옳죠. 내 관점에 따르면 내가 옳고. 싸워봤자 무슨 소용 있겠어요?"

"남편분은 어떻게든 알게 되어 있습니다. 이 동네에서 말은 무척 금방 퍼져요."

"알아요. 하지만 그전에 모든 게 정리될지도 모르죠. 피나타 씨가 문제를 해결하고……."

"하커 부인, 나는 부인의 가족과 친구를 피하기 위해 뒷골목을

슬금슬금 다니면서는 뭐 하나 해결할 수가 없어요. 사실 우리에겐 그들의 도움이 필요할 겁니다. 부인이 집착하는 그날은 부인만의 날이 아닙니다. 그건 수많은 다른 사람들의 날이기도 해요. 몇몇만 대보자면, 6억 5천만 중국인들의 날이기도 하죠."

"6억 5천만 중국인이 이 일과 무슨 상관이 있는지 알 수가 없네요."

"없죠. 자, 그건 됐고."

그의 한숨은 귀에 들릴 정도였다. 고의적으로 들리게 한 거야. 데이지는 언짢은 마음으로 생각했다.

"3시에 모니터프레스 건물 앞에 있겠습니다, 하커 부인."

"지시를 내리는 쪽은 보통 의뢰인 아닌가요?"

"대부분의 의뢰인들은 뭘 해야 할지 알고 지시를 내릴 위치에 있지요. 이 특별한 경우에 부인은 여기 해당된다고 생각되지 않습니다. 모욕하려는 의도는 아닙니다. 그러니 새로운 생각을 한 게 아니라면, 내 방식대로 할 것을 제안드립니다. 새로운 생각이 있는 건가요?"

"아뇨."

"그럼 오늘 오후 뵙도록 하죠."

"어째서 거기죠? 그 특정한 장소에?"

"우리에게는 공적인 도움이 필요할 테니까요. 《모니터프레스》는 1955년 12월 2일에 일어난 일들에 대해서 지금 이 순간 부인이

나 내가 아는 것보다는 훨씬 더 많은 걸 알고 있을 겁니다."

"그렇게 오래전의 신문 사본을 보관하고 있을 리가 없을 텐데
요."

"팔려는 목적으로는 아니겠죠. 하지만 모든 발행 호는 마이크로
필름으로 열람이 가능합니다. 뭔가 흥미로운 게 나오길 바라야죠."

그들은 둘 다 정시에 나타났다. 피나타는 시간 엄수가 습관이었
기 때문이고, 데이지는 이 일이 무척 중요했기 때문이다. 종일, 피
나타에게 전화를 한 이후로, 그녀는 마치 《모니터프레스》가 페이
지를 펼쳐 중대한 진실을 드러내줄 것을 기대하는 것처럼 안달복달
하고 흥분했다. 어쩌면 1955년 12월 2일에 특별한 사건이 세계에
서 일어나서, 그 사건을 떠올리기만 한다면 그에 대한 자신의 반응
이 기억날지도 몰랐다. 그 사건은 그녀가 그날의 나머지 사건들을
걸어둘 못이 될 수도 있었다. 모자, 코트, 드레스와 스웨터, 그리고
마침내는 그 옷가지들에 들어맞는 여자까지.

피나타가 모니터프레스 건물 현관에게 다가가는데 법원 종탑에
서 종이 울리며 3시를 알렸다. 헐렁하게 재단된 회색 면 정장을 입
어 눈에 띄지 않으면서 약간 촌스러워 보이는 데이지는 벌써 와 있
었다. 그는 데이지가 시선을 끌지 않으려 일부러 이렇게 입은 건지,
아니면 이게 최신 스타일인지 알 수가 없었다. 모니카가 떠난 이후
로 그는 최신 스타일과는 동떨어진 삶을 살고 있었다.

피나타가 말했다.

"기다리게 한 건 아닌지 모르겠군요."

"아뇨, 나도 막 왔어요."

"도서관은 3층에 있습니다. 엘리베이터를 탈 수 있어요. 아니면 걸어 올라가겠습니까?"

"난 걷는 걸 좋아해요."

"네, 알고 있죠."

그녀는 약간 놀란 표정이었다.

"어떻게 알죠?"

"어제 오후에 부인을 봤습니다."

"어디서요?"

"로럴 스트리트에서요. 빗속을 걷고 있더군요. 빗속을 걷는 사람이라니 걷는 걸 무척 좋아하나 보다 생각했죠."

"그때 걸은 건 우연이었어요. 로럴 스트리트를 찾아간 목적이 있었으니까."

"압니다. 이전에 거기 살았잖아요. 정확히는 1950년 6월 결혼했을 때부터 작년 10월까지."

이번에 그녀의 놀라움은 불쾌함과 섞였다.

"내 뒷조사를 했나요?"

"흑백으로 가를 수 있는 통계 몇 개 정도죠. 총천연색으로 본 건 아닙니다." 그는 눈을 가늘게 뜨고 오후의 태양을 바라보다 눈을 문질렀다. "로럴 스트리트의 집에는 부인에게 즐거운 기억이 많이 있겠죠."

"그렇고말고요."

"그렇다면 어째서 그걸 파괴하려는 겁니까?"

그녀는 같은 걸 묻고 또 묻는 덜떨어진 아이를 바라보듯 그를 보았다. 그 시선에는 피곤한 인내심 같은 것이 어려 있었다.

피나타가 말했다.

"다시 한번 마음을 바꿀 기회를 드리는 겁니다."

"나는 거절하는 거고요."

"알겠습니다. 안으로 들어가죠."

그들은 회전문을 지나 계단으로 향했다. 우연히 같은 방향으로 가는 낯선 사람들처럼 약간 거리를 두고 걸었다. 이 거리는 데이지의 선택이지, 피나타의 선택이 아니었다. 피나타는 자기가 젊고 잘생겼기 때문에 사람들에게 같이 있는 모습을 보이고 싶지 않다는 데이지의 전화 내용을 떠올렸다. 칭찬이라고 해도 당황스러운 말이었다. 그는 좋든 나쁘든 자신의 외모에 대한 언급을 좋아하지 않았다. 그런 말들은 부적절하고, 부적절해야 하기 때문이다.

어린 시절, 피나타는 자신이 자기 인종적 출신을 모르며 그래서 특정 민족의 정체성을 가질 수 없다는 사실을 극도로 의식했다. 성인이 된 지금은, 어느 하나의 집단으로 정체화될 수 없다는 그 사실 덕분에 그는 모든 인종에게 관용을 베풀 수 있었다. 그는 인간들을 모두 자기 형제로 생각할 수 있었다. 그들 중 몇 명은 정말로 그의 형제일 수도 있었으니까. 피나타라는 이름 덕분에 그는 이 도시의 다수를 이루는 스페인계 미국인들과 멕시코인들과 자유롭게 어울릴 수 있었다. 하지만 그것은 그의 본명이 아니었다. 그가 버려졌던 로스앤젤레스의 고아원의 원장 수녀님이 지어준 이름이다.

그는 아직도 고아원을 이따금 방문했다. 원장 수녀님은 이제 무척 나이가 들었고 시력과 청력도 약해졌지만, 피나타가 만나러 가면 혀만은 소녀처럼 발랄했다. 수백 명이 넘는 아이들 중에서도 피나타는 원장 수녀님의 아이였다. 원장 수녀님이 크리스마스이브의 성당에서 직접 발견했기 때문이고, 그의 이름을 지저스 피나타라고 지었기 때문이다. 이제 원장 수녀님은 나이가 들어감에 따라 정신이 예전만큼 기민하지도 호기심이 많지도 않아, 사람들이 오래 밟아 지나다닌 길을 따라가곤 했다. 그녀가 가장 좋아하는 길은 삼십이 년 전 크리스마스이브로 돌아가는 것이었다.

"거기 네가 있었단다. 제단 앞에 이 킬로그램이 조금 넘는 조그만 꾸러미로. 어찌나 힘차게 울어대는지, 네 작은 허파가 터지는 줄 알았다니까. 메리 마사 자매가 들어오더니, 갓난아기는 처음 보는 양 백지장처럼 창백해졌지. 자매가 두 팔로 널 안아 올리고 예수님, 이라고 탄식하니, 네가 마치 황야에서 자기 이름이 불렸다는 걸 알아챈 길 잃은 영혼처럼 금방 울음을 그치지 뭐냐. 그래서 우린 너를 지저스라고 부르기로 했지."

원장 수녀님은 한숨과 함께 덧붙였다.

"물론 그에 걸맞게 살아가기가 힘든 이름이지. 아, 네가 자랄 때 일은 똑똑히 기억하고 있단다. 애들이 네 이름을 비웃을 때마다 벌인 싸움을 전부 기억하고 있지. 그렇게 멍이 들고 눈이 퍼래지고 이가 깨져가지고 와서. 맙소사, 참 말썽이었어. 어디 인간같이 보였겠니. 대체로 그런 꼴이니. 지저스는 멋진 이름이지만, 어떻게든 해야 한다고 느꼈지. 그래서 스티븐스 신부님과 상의했더니 네게 와서 말하셨지, 어떤 이름을 갖고 싶냐고. 그랬더니 스티븐스라고 했어. 좋은 선택이기도 했지. 스티븐스 신부님은 훌륭한 분이셨으니까."

이 시점에서 원장 수녀님은 항상 이야기를 멈추고 코를 풀었고, 스모그 때문에 축농증이 있다고 설명했다.

"피나타라는 성도 바꿀 수 있었어. 어쨌든 그건 우리가 크리스마스이브에 피냐타* 게임을 하는 아이들을 보고 붙인 이름이었으니까. 우리는 투표를 했단다. 그 이름을 반대한 사람은 메리 마사 자매뿐이었지. '걔 진짜 이름이 스미스나 브라운, 앤더슨이라면 어떡해요.' 나는 메리 마사 수녀에게 우리 동네에는 백인이 별로 살지 않고, 네가 우리 사이에서 자랄 거라면 브라운이나 앤더슨보다는 피나타인 편이 더 좋을 거라고 했지. 그리고 내 말이 맞았잖니. 너는 우리 모두가 자랑스러워하는 근사한 젊은이가 되었으니까. 신부님이 여기 계셔서 널 보았다면……. 맙소사, 스모그가 해마다 심해지네. 이게 주님의 뜻이라면 불평하지 말아야겠지만 이건 순전히 인간의 괴상한 고집 아니겠니."

고집이라. 그 말을 들으니 데이지가 떠올랐다.

데이지는 마치 육상 대회에 나가려고 훈련하는 사람처럼 그의 앞에서 계단을 뛰어 올라가고 있었다. 그는 3층에서 그녀를 따라잡았다.

"뭐하러 서두릅니까? 여기는 5시 30분까지 열어요."

"난 빨리 움직이는 걸 좋아해요."

"나도 그렇습니다, 누가 날 쫓아올 땐."

도서관은 정교하게 타일을 깐 긴 복도 맨 끝에 있었다. 소문에 따르면 이 건물 전체에 깔린 타일 중 똑같은 건 두 장도 없다고 했다. 이제까지 수고롭게 그걸 확인해본 사람은 없었지만, 이 소문은 여행자들 사이에서 되풀이되었고, 그들은 이 이야기를 엽서와 편지를 통해 멀리 동부와 중서부에 사는 친구와 친척에게 알렸다.

"도서관"이라고 표시된 작은 방에서 뿔테안경을 쓴 여자가 책상 뒤에 앉아 오려낸 신문 기사를 스크랩북에 붙이고 있었다. 그녀는 데이지를 무시하고 환한 눈에 호기심을 담아 피나타에게 고정했다.

"뭘 도와드릴까요?"

피나타가 말했다.

"여기 새로 오신 모양이군요?"

"네, 다른 직원이 그만둘 수밖에 없어서요. 풀에 알레르기가 있어서 손과 팔에 뭐가 막 돋아났어요. 정말 엉망진창이었죠."

"힘들었겠네요."

"산재 보상을 받으려고 하는데, 그게 알레르기에도 적용되는지는 모르겠어요. 뭘 도와드릴까요?"

"과월호의 마이크로필름을 보고 싶습니다."

"몇 년 몇 월이죠?"

"1955년 12월요."

"필름 한 롤이 반 달 치예요. 어느 쪽 반에 관심이 있으세요? 전반, 후반?"

"전반요."

여자는 금속 서류 캐비닛 서랍 하나를 따더니 마이크로필름 한 롤을 꺼내서 영사기에 끼웠다. 그런 후에 영사기 조명을 켜고 피나타에게 손잡이를 보여주었다.

"원하는 날짜가 나올 때까지 계속 돌리면 돼요. 12월 1일부터 시작해서 15일까지 가요."

"네, 고맙습니다."

"원한다면 의자를 하나 끌어다 앉으세요." 여자는 처음으로 데이지를 똑바로 보았다. "두 개든."

피나타는 데이지에게 의자를 양보했다. 그는 그대로 서서 한 손으로 손잡이를 잡았다. 담당 여직원은 자기 자리로 돌아가 일에 열중하는 듯 보였지만 피나타는 목소리를 낮췄다.

"제대로 보여요?"

"잘 안 보여요."

"내가 그 날짜로 돌릴 때까지 잠깐 눈 감고 있어요. 아니면 어지러울 테니까."

그녀가 눈을 감고 있자, 마침내 그가 활기차게 말했다.

"자, 바로 그날입니다, 하커 부인."

데이지는 눈꺼풀이 석회화되어 딱딱하고 무거워서 뜰 수 없다는 듯 계속 눈을 감고 있었다.

"안 볼 겁니까?"

"아뇨, 봐야죠."

그녀는 눈을 뜨고 눈을 두어 번 깜박여 초점을 맞추었다. 헤드라인은 아무런 의미도 없었다. 미 노동총연맹─산업별 조합회 이 년간 분리 끝에 합병, 철로 정글 근처에서 신원 불명의 남자 시체 발견, 연방 정부 학교 보조 계획 지원, 이십 대 강도 범죄 십수 건 자백, 악천후로 공항 폐쇄, 금일 밤 크리스마스 행진 칠백 명 참가, 피아니스트 기스킹 교통사고로 부상 아내는 사망. 산악 지대에 더 많은 눈 소식.

산악 지대에 눈이라, 그녀는 생각했다. 스테이트 스트리트로 내려온 아이들, 죽어버린 재스민.

"상세 기사를 읽어줄 수 있어요?"

"어떤 상세 기사 말입니까?"

"산악 지대에 눈 소식요."

"좋습니다. '일찍 일어난 사람들은 오늘 아침 산에 눈이 담요처럼 덮인 드문 광경을 즐길 수 있었다. 라쿰브레 봉우리의 산림 관리인들은 몇몇 지역에는 110밀리미터가량 눈이 내렸다고 관측했으며, 밤 동안 좀더 내릴 것이라 예상했다. 공립, 사립 학교의 고학년은 아침 일찍 하교령을 내려서, 학생들은 차를 타고 올라가 진짜 눈을 경험할 수 있었다. 눈을 처음으로 보는 학생도 다수였다. 시트러스 수확에는 피해가······'."

"기억나요." 데이지가 말했다. "학생들의 차 펜더 위에 눈이 쌓여 있었다죠."

"나도 기억납니다."

"똑똑히요?"

"그렇습니다. 눈밭에서 빠져나오려고 대단한 행진을 했던 모양인데."

"어째서 우리 둘 다 그런 사소한 일을 기억하는 걸까요?"

"특별한 일이었기 때문이겠죠."

피나타가 말했다.

"무척 특별해서 그해에 딱 한 번밖에 일어나지 않은 일이었겠죠?"

"아마도요. 하지만 확신은 못 하겠습니다."

"잠깐만요." 그를 돌아본 그녀의 얼굴이 흥분으로 붉어져 있었다. "딱 한 번만 일어났을 거예요. 모르겠어요? 두 번째라면 학생들을 일찍 귀가시킬 리가 없겠죠. 이미 눈을 볼 기회가 있었으니까요. 학교 당국에서는 눈이 두 번째나 세 번째, 네 번째 내렸다면 또 하교 조치를 해줄 리 없었을 거예요."

그녀의 논리에 그는 놀라기도 했고 확신도 얻었다.

"내 생각도 그렇습니다. 하지만 그게 어째서 부인에게 그렇게 중요한 거죠?"

"왜냐하면 그날에 대해서 내가 기억하는 첫 번째 진짜 사실이니까요. 숱한 다른 날과 구분되는 유일한 사실. 학생들이 차를 타고 행진하는 광경을 보았다면, 내가 시내에 갔었다는 뜻이죠. 아마도 짐과 점심을 먹기 위해서였겠죠. 그런데도 짐이 나랑 함께 있었던 기억도 나지 않고, 어머니도 생각나지 않아요. 내 생각엔 나 혼자였던 것 같아요. 거의 확실해요."

"아이들을 보았을 때 어디에 있었습니까? 거리를 걷고 있었습니까?"

"아뇨. 어딘가 안에 있었던 것 같아요. 창문 밖을 내다보면서."

"식당? 가게? 그때는 주로 어디서 쇼핑했죠?"

"식품은 페어웨이에서, 옷은 드울프에서 샀어요."

"둘 다 스테이트 스트리트에 있진 않은데. 식당은 어떻습니까? 점심 먹으러 즐겨 가는 식당이 있었습니까?"

"코퍼 케틀. 1100블록에 있는 카페테리아예요."

"잠깐만 가정을 해보죠. 부인이 코퍼 케틀에서 홀로 점심을 먹고 있었다고 해봐요. 혼자 시내에 나가서 점심 먹는 일이 잦습니까?"

"가끔 갔어요, 일하는 날에는."

"직업이 있었어요?"

"동네 진료소에서 잠깐 자원봉사를 했어요. 가족 상담 서비스요. 매주 수요일과 금요일 오후에 일했죠."

"12월 2일은 금요일이었습니다. 그날 오후에 일하러 갔었습니까?"

"기억이 안 나요. 심지어 그때 여전히 일하고 있었는지도 모르겠어요. 내가 어리…… 사람들을 잘 대하지 못해서 그만뒀거든요."

"어린이라고 말하려던 건가요?"

"그게 중요한가요?"

"그럴지도요."

데이지는 고개를 저었다.

"내 일은 어쨌든 중요하지 않았어요. 나는 훈련받은 사회복지사도 아니었고요. 주로 상담받으러 오는 어머니와 아버지의 아이들을 봐주는 아이 돌봄이였죠. 자발적으로 상담을 받으러 온 부부도 있었지만, 어떤 사람들은 법원이나 보호관찰소의 명령으로 왔어요."

"그 일을 좋아하지 않았나요?"

"아, 좋아했어요. 미친듯이 열정적이었죠. 충분히 유능하지 않았을 뿐이에요. 아이들을 잘 다룰 수가 없었어요. 아이들이 불쌍하다고 생각했어요. 너무나…… 사적인 감정을 집어넣었죠. 아이들, 특히 진료소에 올 만한 상태의 가정의 아이들은 좀더 확고하고 객관적인 접근이 필요해요. 사실상…….” 그녀는 우울하게 살짝 미소 지으며 덧붙였다. “내가 그만두지 않았더라도, 그 사람들이 날 해고했을 거예요.”

“어째서 그런 생각을 한 거죠?”

“딱히 이유는 없어요. 하지만 내가 거기서 도움이 되기보다는 방해만 된다는 인상을 받았어요. 그래서 그냥 다음번에는 가지 않았죠.”

“무엇 다음번이라는 거죠?”

“그러니까, 그후에, 내가 방해가 된다는 인상을 받은 후에요.”

“특정한 때 무슨 일 때문에 그런 인상을 받았겠죠. 그렇지 않더라면 ‘다음번에’라는 표현을 쓰지 않았을 겁니다.”

“무슨 말인지 이해가 잘 안 되네요.”

그는 생각했다. 잘 이해하고 있으면서, 데이지 베이비. 내가 택한 길에 있는 울퉁불퉁한 장애물이 싫은 거겠죠. 그래, 그건 내 길이 아니니까. 그건 당신 길이에요. 거기 웅덩이가 있다고 해도 내 탓은 하지 말길.

“잘 이해가 안 되네요.”

그녀가 반복했다.

“알겠습니다. 그건 넘어가죠.”

그녀는 그가 좀더 좋고 편한 우회로를 가리켜주기라도 한 양 안심한 얼굴이 되었다.

"그런 사소한 부분이 중요할 수 있는지 잘 모르겠어요. 게다가 그때 진료소에서 일하고 있었는지도 확실하지 않은데."

"확실하게 알아볼 수 있겠죠. 거기서는 기록을 보관할 테고, 부인이 원하는 정보에 접근하는 건 문제도 아닙니다. 거기 소장인 찰스 올스턴은 나와 오래된 친구 사이죠. 우린 공통의 고객이 많거든요. 올라가는 길에 고객들은 그 사람 무릎에 앉고, 내려오는 길엔 내 무릎에 앉죠."

"내 이름을 대야만 하나요?"

"물론이죠, 그러지 않고 어떻게……."

"다른 방법을 생각할 순 없나요?"

"이보세요, 하커 부인. 부인이 진료소에서 일했다고 한다면, 거기 서류 보관실이 공공에게 개방되어 있지 않다는 것 정도는 알 텐데요. 내가 정보를 원하면 올스턴 씨에게 부탁해야 하고 내가 정보를 받을지 말지는 그 사람이 결정합니다. 부인 이름을 안 댄다면 어떻게 부인이 특정 금요일에 일했는지 여부를 알아낼 수 있죠?"

"음, 난 그렇게 안 했으면 좋겠어요." 데이지는 회색 재킷의 끝자락을 접었다가 조심스럽게 펴더니 다시 그 동작을 반복했다. "짐은 내가 동네방네 떠들고 다니면서 구경거리가 되어선 안 된다고 했어요. 그 사람은 평판을 무척 의식해요. 그래야만 했겠죠." 그녀는 갑작스레 방어적인 몸짓으로 고개를 쳐들면서 덧붙였다. "지금 자리까지 가기 위해선."

"거기가 어딥니까?"

"무지개의 끝. 당신이라면 그렇게 부를 것 같네요. 몇 년 전 빈 털터리였을 때 짐은 자기를 위한 계획을 세웠어요. 어떻게 살 건지, 어떤 집을 지을지, 돈을 얼마나 벌지, 그래요, 어떤 아내를 고를 건지도. 그는 고작 십 대였을 때부터 제도판에 그런 밑그림을 전부 그려놓았죠."

"그리고 그게 다 이루어졌습니까?"

"대부분은요."

그녀가 말했다. 한 가지는 되지 않았고, 앞으로도 되지 않을 테지만. 짐은 아들 둘과 딸 둘을 원했지.

"음, 물어도 될지 모르겠지만, 부인의 제도판에는 무슨 밑그림이 있었습니까?"

"나는 계획을 세우는 사람이 아니에요." 그녀는 다시 시선을 영사기에 고정했다. "신문 계속 볼까요?"

"그러죠."

그가 다시 손잡이를 돌리자 다음 페이지의 머리기사가 시야에 들어왔다. 존 켄드릭이라는 무장 범죄자, FBI의 지명수배자 중 가장 악명 높은 악당이 시카고에서 체포되었다. 교통 안전의 날에 캘리포니아에서만 아홉 건의 교통사고 사망 사건이 있었다. 애벗 살인 사건 재판이 샌프란시스코에서 여전히 진행중이었다. 더블린에서는 한 할머니가 110세 생일을 축하했다. 높은 파도가 밀려와 레돈도 해안의 집들을 덮쳤다. 새크라멘토에서는 교육자들이 주립 전문대의 미래를 논의했고, 조지아에서는 축구 경기에서의 인종 차별적인 조항을 두고 이천 명의 학생들이 항의 집회를 했다.

피나타가 물었다.

"뭔가 생각나는 게 있습니까?"

"아뇨."

"자, 그럼 지역 뉴스를 확인해보도록 하죠. 미국 여성 문인 협회에서 크리스마스 파티를 열고, 트리니티 조합에서는 바자회를 연다. 버트 피터슨은 서른 번째 기념일을 축하했다. 항구 폐기물 처리업체 계약이 성사되었다. 관음증 환자가 콜리나 스트리트에서 목격되었다. 네 살 난 남자아이가 코커스패니얼에게 물려서, 개는 십사일 동안 감금 명령을 받았다. 후아니타 가르시아(23세)라는 여성이자신의 아파트에 다섯 아이들을 가둬놓고 방임한 죄로 보호관찰 처분을 받았다. 여자는 아이들이 갇혀 있던 동안 도시 서쪽의 술집을 전전했다고 한다. 시의회는 수자원 위원회에 탄원서를 제……."

그가 멈췄다. 데이지는 지루한 한숨 같은 소리를 내며 영사기에서 고개를 돌린 채였다. 하지만 지루하다는 표정은 아니었다. 그녀는 화난 얼굴이었다. 입은 굳게 꾹 다문 채였고, 뺨이라도 얻어맞은양 두 볼에 붉은 반점이 떠올라 있었다. 말없이, 보이지 않게, 세게 얻어맞은 얼굴. 그녀의 반응에 피나타는 어리둥절했다. 시의회나 수자원 위원회에 불만이 있는 건가? 사람 무는 개나 관음증 환자, 서른 번째 기념일이 무서운 건가?

그가 말했다.

"계속하고 싶은가요, 하커 부인?"

가벼운 고갯짓은 부정도 긍정도 아니었다. "가망 없어 보여요. 내 말은, 후아니타 가르시아라는 여자가 보호관찰을 받았든 아니든 그게 내게 무슨 차이가 있겠어요? 나는 후아니타 가르시아라는 사람은 한 명도 모르는데요." 그녀는 그 말을 불필요하게 힘주어 말했다. 가르시아 부인의 사건에 데이지가 개입된 건 아니냐고 피나타가 비난이라도 한 듯한 말투였다. "그런 여자를 내가 어떻게 알겠어요?"

"진료소에서 일하다 알게 되었을 수도 있죠. 신문의 설명에 따르면, 가르시아 부인이 보호관찰 처분 이 년을 받은 건 정신과의 도움을 받는다는 조건하에서라고 하던데요. 아이가 다섯에다 여섯째 아이를 임신중인데 남편은 독일에 파병된 육군 사병이었으니 민간 정신과 의사의 치료를 받을 여유가 있었을 리 없죠. 그렇다면 진료소만 남잖습니까."

"확실히 피나타 씨의 추론이 일리 있네요. 하지만 나와는 아무 관련이 없어요. 나는 가르시아 부인을 만난 적이 없어요. 진료소에서든 다른 어디에서든. 아까 말한 대로, 거기서 내 일은 전적으로 환자의 아이들과 관련 있지 환자 본인과 관련 있진 않아요."

"그렇다면 어쩌면 가르시아 부인의 아이들을 알고 있었을지도 모르죠. 아이가 다섯이었다니까."

"어째서 이런 식으로 가르시아라는 이름을 계속 물고 늘어지는 거죠?"

"그 이름이 부인에게 무슨 의미가 있다는 인상을 받았으니까요."

"내가 아니라고 하지 않았나요?"

"여러 번 그랬죠."

"그렇다면 지금 내가 피나타 씨에게 거짓말을 하고 있다는 건가요?"

"정확히는 나한테 하는 게 아니죠. 하지만 미처 알지도 못한 채 본인에게 거짓말하고 있는 것일 수는 있습니다. 생각해보세요, 하커 부인. 그 이름에 과잉 반응을 보이고 있어요……."

"어쩌면 내가 과잉 반응을 보였는지는 모르죠. 어쩌면 피나타 씨가 과잉 해석을 하고 있는지도 모르고."

"그럴지도 모르죠."

"그거였어요. 그거죠."

그녀는 일어서서 창문 쪽으로 걸어갔다. 그 동작은 확실히 항의와 탈출의 의미를 담고 있어서 피나타에게는 데이지가 입 다물고 자기를 가만히 두라고 말하는 것처럼 느껴졌다. 하지만 그는 그럴 마음이 없었다.

피나타가 말했다.

"가르시아 부인 쪽을 확인해보는 건 쉬울 겁니다. 경찰이 기록을 가지고 있을뿐더러, 보호관찰소도 그럴 거고, 진료소의 찰스 올스턴도 그럴지 몰라요."

그녀는 돌아서서 그에게 지친 눈길을 보냈다.

"내 인생에서 한 번도 그 여자 이름을 들어본 적이 없다는 사실을 피나타 씨가 믿게 하고 싶지만요, 하지만 여긴 자유국가니까요. 원한다면 시 인명부에서 모든 사람을 확인해볼 수도 있겠죠."

"그렇게 해야 할지도 모릅니다. 내가 계속해볼 실마리를 부인이 주지 않는다면요. 내가 가진 유일한 사실이라고는 1955년 12월 2일이라는 날짜와, 그날 산에 눈이 왔고 부인은 시내에 있는 카페테리아에서 점심을 먹었다는 것뿐입니다. 그나저나 시내까지는 어떻게 왔죠?"

"운전했을 거예요. 나도 내 차가 있으니까요."

"무슨 차죠?"

"올즈모빌 컨버터블이에요."

"보통 차 지붕을 열고 달립니까, 닫고 달립니까?"

"닫고 달려요. 하지만 이런 게 뭐가 중요한지 알 수가 없네요."

"뭐가 중요한지를 모르는 상황이니 뭐든 중요할 수 있죠. 어떤 특정 부분이 기억을 자극할지는 알 수가 없으니까요. 가령, 그 금요일은 추운 날이었습니다. 어쩌면 뚜껑을 열고 달렸다는 것을 기억해낼 수도 있죠. 혹은 시동을 거는 데 어려움이 있었을 수도 있고."

데이지는 솔직하게도 당혹스러운 표정을 지었다. "그랬던 기억이 나는 것 같아요. 하지만 그건 피나타 씨가 암시했기 때문일 수도 있죠. 여러 가지 얘기를 참 자신 있게 말하네요. 가르시아라는 여자 얘기도 그렇고. 내가 그 여자를 알거나 알았다고 꽤 확신하는군요." 그녀는 자리에 앉아서 재킷 끝자락을 다시 접기 시작했다. "내가 그 여자와 아는 사이였다면 어째서 잊어버렸겠어요? 친구든 얼굴만 아는 지인이든 잊어버릴 이유가 없는데요. 게다가 난 적을 만들 만큼 그렇게 강압적인 사람이 아니에요. 그렇지만 피나타 씨는 꽤 자신하는 것처럼 보이네요."

"그렇게 보이는 것과 실제로 그런 건 별개죠." 피나타가 희미한 미소를 지으며 말했다. "난 자신하지 않습니다, 하커 부인. 지푸라기 하나를 보았고 그걸 잡은 것뿐이에요."

"하지만 계속 붙잡고 있잖아요?"

"더 확실하게 붙들 수 있는 걸 찾을 때까지만요."

"내가 도와줄 수 있었으면 좋겠네요. 노력하고 있어요. 정말로 노력하고 있다고요."

"뭐, 그렇게까지 긴장할 필요는 없어요. 어쩌면 오늘은 여기까지 해야 할지도 모르겠습니다. 충분히 봤습니까?"

"그런 것 같아요."

"그만 집에 가는 게 좋겠어요. 무지개의 끝으로."

그녀는 뻣뻣하게 일어섰다.

"남편 얘기한 건 후회되네요. 그게 재미있나 봐요."

"반대죠. 오히려 우울해졌습니다. 나도 제도판에 계획을 몇 개 그려두고 있었거든요."

그중 하나만 이뤄졌죠, 피나타는 생각했다. 그 애 이름은 조니예요. 그리고 내가 당신의 소중한 날을 추적하고 있는 유일한 이유는, 데이지 베이비, 조니가 치아 교정을 해야 하기 때문이죠. 당신이 무지개 끝에 있는 황금 단지에 고개를 처박고 있어서가 아니고.

그는 마이크로필름을 도로 감아놓고 영사기 전등을 껐다.

뿔테안경을 쓴 여자는 그가 기계를 부수거나 적어도 필름을 들고 도망갈 거라고 생각하는 듯 놀란 표정을 지으며 허둥지둥 다가왔다. "제가 할게요." 그녀가 말했다. "이것들은 무척 귀중한 거랍니다. 우리 눈앞에 있는 역사라고나 할까요. 원하던 건 찾으셨어요?"

피나타는 데이지를 슬쩍 보았다.

"찾았습니까?"

데이지가 대답했다.

"네, 그래요. 감사합니다."

피나타는 그녀를 위해 문을 열어주었고, 그녀는 천천히, 말없이 복도를 따라 걷기 시작했다. 바닥의 타일을 연구하듯이 고개는 잔

뚝 수그리고 있었다.

"똑같은 건 하나도 없죠."

피나타가 말했다.

"네?"

"타일요. 건물 전체에 똑같은 타일이 하나도 없어요."

"아."

"언젠가 부인의 현재 프로젝트가 끝나고 새롭게 즐길 흥밋거리가 필요하면, 여기 와서 살펴봐요."

그녀의 약을 올리기 위해 한 말이었다. 그녀가 갑작스레 예기치 않게 위축되느니 차라리 적대적인 편이 좋았기 때문이다. 하지만 그녀는 그의 말을 들은 티도 내지 않았고, 심지어 그가 거기 있다는 사실조차 모르는 듯했다. 그녀가 어떤 복도를 걷고 있든 이 복도는 아니었고, 그와 함께 있지도 않았다. 그녀에게 그는 벌써 자기 사무실로 물러갔든가 아직도 도서관에서 마이크로필름을 보고 있는 사람이었다. 그는 자기가 무효가 되어 지워진 기분이 들었다.

건물 정면에 다다랐을 때, 길 건너 법원 탑의 종이 울리며 4시를 알렸다. 그 소리에 그녀는 정신을 차렸다.

데이지가 말했다.

"서둘러야 해요."

"어째서요?"

"한 시간 후면 공동묘지가 문을 닫아요."

그가 거슬리는 표정으로 그녀를 보았다.

"본인에게 꽃이라도 가져다주려는 겁니까?"

데이지는 그의 질문을 무시하고 말했다.

"일주일 내내, 월요일 이후로, 거기까지 갈 용기를 끌어모으려고 애를 썼어요. 지난밤에 같은 꿈을 또 꾸었죠. 바다와 벼랑과 프린스와 내 이름이 새겨진 묘비. 더는 참을 수가 없어요. 묘비가 거기 없다는 걸 확인해야 해요. 그것이 존재하지 않는다는 것을."

"어떻게 찾아낼 겁니까, 그냥 돌아다니면서 묘비명의 이름을 읽어요?"

"그럴 필요는 없어요. 그곳은 꽤 익숙하니까요. 짐과 어머니와 함께 자주 갔었어요. 짐의 부모님이 거기 묻혀 계시고, 어머니의 사촌 한 분도 있으니까. 뭘 어디서 찾아봐야 할지 정확히 알아요. 내 꿈 안에서 묘비는 언제나 똑같았으니까요. 거칠게 재단하고 마름하지 않은 회색 십자가예요. 높이는 1.5미터 정도. 항상 같은 자리, 벼랑 가장자리에 있어요. 큰잎고무나무 아래에요. 그 일대에 그런 나무는 딱 한 그루뿐이에요. 선원들 사이에선 유명한 지표죠."

피나타는 큰잎고무나무가 어떻게 생겼는지 알지 못했고, 선원이었던 적도 없으며, 그곳 공동묘지에는 가본 적도 없었다. 그러나 그는 그녀의 말을 기꺼이 받아들이고 싶었다. 그녀는 자신의 사실을 확신하는 듯 보였다. 그는 생각했다. 그래, 그곳에 익숙하단 말이지. 자주 갔었다고. 꿈은 그냥 뜬금없이 나온 게 아니야. 그 현장은 진짜지, 그렇다면 묘비도 진짜일 수 있어.

피나타가 말했다.

"나랑 같이 가는 편이 낫겠습니다."

"어째서요? 난 이제 무섭지 않아요."

"아, 그냥 내가 호기심이 생겨서라고 해두죠." 그는 세심하게 그녀의 소매를 건드렸다. 훈련은 잘 받았지만 신경이 예민해서 너무 많은 압박을 받으면 무너져버릴지도 모르는 암말을 이끄는 듯한 태도였다. "내 차가 저기 피에드라 스트리트에 있습니다."

처음부터 줄곧,

그 여자는 부끄러워했어.

나뿐만 아니라

자기 자신에 대해서도.

철문은 거인이 밀고 들어가기 위해서 만들어진 것처럼 보였다. 부겐빌리아가 삼 미터가 넘는 강철 울타리를 가리고 있었다. 나뭇잎 밑에는 철조망보다 더 날카로운 구부러진 가시가 숨어 있었지만, 하들하들 떨리는 진홍색 꽃은 그 존재를 모르는 듯 순진해 보였다. 거리와 울타리 사이에서 유칼립투스 나무가 노망 난 도박사가 동전을 흘리듯 이파리를 떨어뜨렸다.

회색 돌로 지은 정문 관리실은 철창살과 거대한 자물쇠가 있는 철문이 있어 모형 감옥처럼 보였다. 문지기는 오래전 공동묘지의 다른 구역으로 사라져버린 듯 문과 자물쇠 둘 다 녹슬어 있었다. 제수명의 끝에 다다랐을 만큼 거대한 용설란들이 곧 노래하거나 날아갈 것 같은 주황색 파랑색 극락조들과 번갈아가며 대성당으로 향하는 길 양쪽에 줄지어 서 있었다.

정문 관리실과 대조적으로 성당은 선명한 색의 멕시코 타일로 장식되어 있었고, 열린 문에서는 오르간 음악이 시끄럽고 활기차게 쏟아져 나왔다. 사람이라고는 딱 한 명, 오르간 주자만이 보였다. 그는 자기 자신 앞에서 자기 자신을 위해 연주하는 것 같았다. 어쩌면 장례식이 막 거행되었고, 그는 끈질기게 버티고 있는 유령 합창단을 연습시키거나 떠나보내기 위해 남은 것인지도 몰랐다.

공기 중에는 어둠의 위협, 안개의 위협이 깔려 있었다. 데이지는 재킷 단추를 목까지 채우고 하얀 장갑을 꼈다. 나일론 망사와 리넨으로 만든 예쁜 장갑이었지만, 지금은 마치 관 나르는 사람들에게 나눠주는 장갑처럼 보였다. 즉시 빼서 가방에 쑤셔넣을 수도 있었지만, 피나타가 그 동작을 보고 나름의 해석을 할까 두려웠다. 그의 해석은 너무 빠르고 확신에 차 있었고, 적어도 한 경우는 틀렸다. 데이지는 생각했다, 나는 후아니타라고 하는 사람은 몰라. 어렸을 때 집에서 불렀던 오래된 노래 말고는. 니타, 후아니타. 우리가 헤어질지 그대의 영혼에 물어보길…….

그녀는 무의식적으로 콧노래를 부르기 시작했고, 그 노래를 들은 피나타는 무슨 곡조인지 금방 알아차리고 어째서 그렇게 거슬리는지를 생각했다. 그 가사에 뭔가가 있었다. 니타, 후아니타, 우리가 헤어질지 그대의 영혼에 물어보길……. 니타, 바로 그거였다. 니타는 벨라다 카페의 웨이트리스 이름이었다. 필딩이 남편으로부터 '구해주었던' 여자. 우연일 수도 있다. 아마도 우연일 것이었다. 그리고 우연이 아니라고 할지라도, 니타 도넬리와 후아니타 가르시아가 같은 여자라고 할지라도 그녀가 가르시아와 이혼하고 도넬리와 결혼했다는 것 이상을 의미하지는 않았다. 그녀는 일상적으로 벨라다 카페 같은 곳에서 일자리를 구하는 여자이고, 필딩은 그런 곳을 자주 찾는 남자였다. 그들의 동선이 교차한다고 해도 완벽하게 자연스러웠다. 여자의 남편과 벌인 싸움도 필딩이 계획한 것일 리는 없었다. 그는 경찰에 체포되었을 때 그 여자가 낯선 사람, 곤경에 빠진 숙녀였다고 말했고, 여성을 존중하는 마음으로 도왔을 뿐이라고 했다. 그건 필딩이, 특히 술기운이 기분 좋게 돌았을 때 할 법한 말과 행동이었다.

그들은 공동묘지의 중앙을 이루는 언덕의 평평한 꼭대기에 난 길에서 분기점에 이르렀다. 피나타는 차를 멈추고 데이지를 건너다보았다.

"아버지에게선 소식 들었습니까?"

"아뇨. 여기서 오른쪽으로 돌아야 해요. 우린 서쪽 끝으로 갈 거예요."

"당신 아버지가 싸움에 뛰어들게 된 원인이 된 웨이트리스 이름이 니타입니다. 아마도 후아니타겠죠."

"나도 알아요. 아버지가 보석금 때문에 전화했을 때 말했어요.

처음 보는 사람이라고도 했고요. 그렇게 젊고 고운 여자가 산전수전을 다 겪었더라고. 아버지가 그렇게 말했죠. 아버지 말을 믿으세요?"

"예, 믿습니다."

"자, 그래서요?"

피나타는 어깨를 으쓱했다.

"아무것도 아닙니다. 그저 이전에 말했나 싶어서요."

"아버지는 바보예요." 그녀의 목소리에 실린 경멸은 연민과 슬픔으로 누그러졌다. "참 바보 같아. 아버지는 지저분한 작은 카페에 들어가서 웨이트리스를 꾀면 반드시 재앙이 닥친다는 걸 절대로 깨닫지 못하겠죠? 심하게 다칠 수도 있었는데. 죽을 수도 있어요."

"꽤 강한 분입니다."

"강하다고요? 우리 아버지가?" 그녀는 고개를 저었다. "아니, 그러면 좋겠죠. 아버지는 마시멜로 같아요."

"내 경험으로 봐서는 마시멜로도 꽤 강해질 수 있어요. 나이에 따라서."

그녀는 창밖을 가리키며 화제를 바꾸었다.

"저기 벼랑 옆에 큰잎고무나무가 있어요. 여기서는 우듬지가 보여요. 아주 특별한 종류, 북반구에서는 가장 큰 종류라고 짐이 그러더라고요. 짐은 그 나무 사진을 수십 장 찍었어요."

피나타는 차의 시동을 걸고 표지판에 따라 제한 속도 시속 이십 킬로미터를 지키며 나아갔다. 하지만 속도를 확 높여 그곳을 다시 빠져나가고 싶은 기분이었다. 데이지 베이비랑 그녀의 큰잎고무나무야 어떻게 되든 상관없었다. 잘 손질한 잔디, 푸르게 자라는 것들이 그 아래 묻혀 있는 죽은 자들과 불안한 대조를 이루었다. 공동묘지는 공원과 같을 수 없어, 그는 생각했다. 사막과 같지. 모든 것이 황갈색과 회색인 바위와 모래, 그리고 오로지 일 년에 한 번, 부활의 시기에만 짧게 살아 있는 것처럼 보이는 선인장들.

그날 방문객의 대부분은 벌써 떠나고 없었다. 검은 옷을 입은 젊은 여자 하나가 황동 이름판 위에 글라디올러스 꽃다발을 놓는 동안 티셔츠와 청바지 차림의 두 아이들이 묘비와 지하 묘실 사이에서 숨바꼭질을 하고 있었다. 백 미터 앞에는 작업복을 입은 일꾼 네 명이 새로 판 무덤을 메우고 있었다. 잔디를 흉내낼 목적으로 보이는 푸른 천이 땅을 파놓은 둔덕 위에서 벗겨지고, 일꾼들은 께느른하게 삽을 땅에 푹푹 찔러 넣었다. 백발이 성성한 늙은 남자가 가까운 벤치 위에 앉아 슬픔으로 무감각해진 눈으로 떨어지는 흙을 내려다보았다.

"같이 와줘서 고마워요." 데이지가 불쑥 말했다. "나 혼자 왔으면 무서웠거나 우울했을 것 같아요."

"왜요? 전에도 여기 왔잖습니까."

"그땐 별로 영향을 받지 않았어요. 짐과 어머니와 함께 올 때면 어떤 행사, 내게는 아무런 의미도 없는 의식에 참여하는 것이나 마찬가지였어요. 어째서 그랬을까요? 나는 짐의 부모님도 어머니의 사촌도 만나본 적이 없어요. 한때 살아 있지 않았던 사람들은 죽은 것처럼 보일 수가 없어요. 진짜가 아니었죠, 꽃도, 눈물도, 기도도."

"누구의 눈물이었죠?"

"어머니는 잘 울어요."

"먼 사이였거나, 아니면 오래전에 죽어 하커 부인은 한 번도 만난 적이 없는 사촌 때문에 어머님이 우셨다고요?"

데이지는 자리에서 몸을 앞으로 내밀며 짜증과 걱정이 섞인 한숨을 내쉬었다.

"어머니와 사촌은 덴버에서 어린 시절을 함께 보내며 자랐대요. 게다가 난 그 눈물이 정말로 그 사촌을 위한 게 아니었다고 생각해요. 그건…… 그래요, 전반적인 삶에 대한 것이랄까. 라크리마이 레룸*이죠."

"남편분이나 어머님이 이곳을 방문하는 데 함께 해달라고 특별히 요청했던 건가요?"

"왜요? 그게 무슨 상관이라도 있나요?"

"그냥 궁금했습니다."

"요청받았어요. 짐은 내가 같이 가는 게 예법에 맞는다고 생각했고, 어머니는 기댈 사람이 필요해서 나를 이용했죠. 자주 있는 일은 아니에요. 나는…… 나는 누가 내게 기댈 만큼 강한 사람이라는 느낌이 좋았어요. 특히 어머니가."

"시부모님이 묻힌 곳은 어딥니까?"

"서쪽 끝요."

"우리가 향하는 곳과 가까운 데인가요?"

"아뇨."

"남편분이 큰잎고무나무 사진을 많이 찍었다고 하지 않았습니까?"

"그래요."

"그런 경우에 남편과 함께 갔나요?"

"네."

두 사람은 벼랑으로 다가갔다. 해안으로 밀려오는 파도 소리가 먼 숲을 훑고 가는 큰 바람의 포효 같았다. 포효가 점점 커지면서 큰잎고무나무가 시야에 확 들어왔다. 높이보다 너비가 두 배는 되는 거대한 초록 우산. 반들거리는 가죽 같은 잎은 아랫면이 계피 색깔이었다. 마치 정문 관리실의 자물쇠와 철문처럼 잎도 바다 공기에 녹슬어가고 있는 듯했다. 나무줄기와 굵은 가지들은 정적인 사랑에 서로 휘감겨 있는 미미한 생물들을 새긴 회색 대리석 조각과 비슷했다. 나무 바로 아래에는 무덤이 없었다. 거대한 뿌리 구조의 일부가 땅 위까지 나와 자라고 있기 때문이다. 기념비들은 나무 주변부부터 세워져 있었다. 천사, 직사각형, 십자가, 기둥 등 모양도 크기도 다 달랐고, 윤을 낸 것도 있고 내지 않은 것도 있었으며, 회

●   **라크리마이 레룸** _ 인생의 비극으로 인한 눈물. 고대 로마의 시인 베르길리우스의 서사시 『아이네이스』 1장에서 유래한 라틴어 표현.

색과 흰색, 검정색과 분홍색 등 색깔도 갖가지였다. 하지만 그중 딱 하나만이 데이지의 꿈에 나왔던 묘비의 묘사와 일치했다.

피나타는 차에서 내리자마자 그 비석을 보았다. 1.5미터 높이의 거칠게 다듬어진 회색 돌 십자가.

데이지도 보았다. 그녀는 화들짝 놀란 표정으로 말했다.

"저기 있네요. 저게…… 진짜였어요."

피나타는 데이지만큼 놀라지는 않았다. 꿈속의 모든 것이 현실로 바뀌고 있었다. 그는 프린스가 해안에서 뛰어 올라와 울부짖기를 기대하기라도 하듯 벼랑 가장자리로 눈길을 던졌다.

데이지는 차에서 내렸고, 몸을 지탱하려는 건지 온기에 데우려는 건지 엔진 후드에 기댔다.

피나타가 말했다.

"이 거리에서는 묘비명이 전혀 안 보이는데. 가서 살펴보죠."

"나 두려워요."

"두려워할 건 하나도 없습니다, 하커 부인. 확실히 일어난 일이라고는 이전에 여기 왔을 때 이 특정한 위치에서 특정한 묘비를 보았다는 것뿐이죠. 어떤 이유인진 모르나 그 묘비에 깊은 인상을 받고 흥미를 느껴서 기억하게 됐고, 그게 꿈에 튀어나온 거죠."

"어째서 깊은 인상을 남긴 거죠?"

"가령, 멋있고 값비싸 보이는 작품이었던 거죠. 혹은 찬송가에 나오는 오래되고 낡은 십자가가 연상되었는지도 모르고. 하지만 여기 서서 추론하는 대신에 가서 사실을 확인해보는 게 어떻습니까?"

"사실요?"

"확실히 중요한 사실요." 피나타가 건조하게 말했다. "저기 누구의 이름이 있는지."

한순간 그는 그녀가 몸을 돌려서 출구 쪽으로 도망치진 않을까 생각했다. 대신에, 그녀는 허리를 쭉 펴고 고개를 한 번 흔들더니 키 작은 란타나 울타리를 넘어 큰잎고무나무 가장자리를 돌아가는 자갈길로 올라섰다. 그녀는 회색 십자가를 향해 빠르게 걷기 시작했다. 공포가 막기 전에 관성을 붙여 계속 나아가겠다는 것만 같았다.

목적지에 거의 다다랐을 무렵, 데이지는 발이 걸려 앞으로 넘어지면서 무릎을 꿇었다. 피나타가 그녀를 따라가서 일어서도록 부축했다. 치마 앞자락에 풀물이 들었고, 까슬까슬한 작은 클로버 조각들이 묻어 있었다.

"내 것이 아니에요." 그녀는 속삭였다. "천만다행으로, 내 것이 아니에요."

십자가 중앙에는 글자를 새기기 위해 작은 직사각형으로 잘라 내 갈아놓은 부분이 있었다.

카를로스 시어도어 카밀라

1907~1955

피나타는 그녀의 반응으로부터 묘비에 새겨진 이름이 그녀의 것이 아닐뿐더러 그녀에게 아무 의미도 없다는 사실을 확인했다. 그녀는 안도하는 한편 약간 창피해하는 것 같기도 했다. 귀신이라고 생각했던 것이 전등을 켜고 나서 보니 버려진 외투나 바람에 날리는 커튼이었음을 알아챈 어린아이 같았다. 그래도 불을 켠 지금까지 그녀가 아직 알아차리지 못한 작은 귀신 하나는 그대로 남아 있었다. 카밀라의 사망 연도였다. 어쩌면 그녀가 선 자리에서는 숫자가 잘 보이지 않는지도 몰랐다. 피나타는 신문사 도서관에서 보인 그녀의 행동으로부터 그녀가 근시인데 그 사실을 모르거나 인정하고 싶어 하지 않는다는 것을 눈치챘다.

그는 묘비 앞으로 곧장 나아가 그녀가 좀더 가까이 올 경우를 대비해 묘비에 새겨진 글자들을 가렸다. 이 낯선 사람의 관 위, 그의 얼굴이 있을, 혹은 있었을 자리 바로 위에 서 있으려니 마음이 불편했다. 카를로스 카밀라. 이 남자는 어떻게 생겼을까? 피부빛은 어두웠겠지. 멕시코 이름이었다. 이 공동묘지에 묻힌 멕시코인은 몇 명 되지 않았다. 매장 비용이 비싸기도 했고, 여기는 그들의 교회가 축성하지 않은 땅이기도 했다. 그리고 그렇게 공들인 기념비를 세울 사람은 더더욱 적었다.

데이지가 말했다.

"미안한 마음이 드네요. 이 무덤이 저 사람의 것이고 내 것이 아니라는 사실에 이렇게나 기뻐하다니. 어쩔 수가 없어요."

"미안해할 필요 없습니다."

"당신이 말한 그대로였을 거예요. 나는 이 묘비를 보았고, 어떤 이유론가 그게 기억에 박혀서……. 어쩌면 묘비에 이름이 있었겠죠. 카밀라. 예쁜 이름이네요. 무슨 뜻일까요? 카멜리아꽃?"

"아뇨, 들것이라는 뜻입니다. 작은 침대."

"아, 뜻을 아니 그렇게까지 예쁘게 들리지 않네요."

"세상 많은 것들이 그렇죠."

안개가 바다에서부터 올라오기 시작했다. 안개는 갈 곳을 모르고 몇 가닥으로 흘러 잔디밭을 건너오더니 큰잎고무나무의 가죽 같은 잎에 시폰 조각처럼 걸렸다. 피나타는 이렇게 거대한 나무의 뿌리가 작은 침대를 향해 걷잡을 수 없이 뻗어가고 있는 곳에서 카밀라가 얼마나 고요히 쉴 수 있을까 생각했다.

피나타가 말했다.

"곧 문을 닫습니다. 떠나는 게 좋겠어요."

"그래요."

그녀는 차로 돌아섰다. 그는 그녀가 몇 걸음 떼기를 기다렸다가 묘비에서 떨어졌다. 이런 속임수를 쓴 자신이 약간 부끄러웠다. 그녀를 속이지 못했다는 것은 차 안에 도로 올라타서 데이지가 불쑥 말을 꺼냈을 때 깨달았다.

"카밀라는 1955년에 죽었네요."

"그해 죽은 사람이 수없이 많을 텐데."

"정확한 날짜를 찾고 싶어요. 그저 호기심에서요. 이 부지에 관해서 어떤 종류든 기록이 보관되어 있겠죠. 성당 뒤에 '관리 감독'이라고 표시된 사무실이 있고, 묘지 관리인의 관사도 동쪽에 있더군요."

"부인이 이 모든 일을 이제는 그만두려나 보다 생각하고 있었는데요."

"어째서 그래야 하죠? 실제로 바뀐 건 아무것도 없는데. 잘 생각해보면요."

그는 생각해보았다. 실제로 바뀐 건 아무것도 없었다, 적어도 데이지 베이비의 마음속에서는.

관리 감독 사무실은 근무 시간이 끝났지만 관리인 관사는 환히 불이 밝혀져 있었다. 멜빵을 하고 체격이 건장하며 나이가 지긋한 남자가 텔레비전 프로그램을 보고 있었다. 카우보이 두 명이 바위 뒤에 숨어 마구잡이로 총을 쏘는 중이었다. 카우보이와 바위 둘 다 피나타가 소년 시절에 본 것들과 정확히 똑같이 보였다.

그가 초인종을 누르자 노인이 황급히 일어서더니 총알 사이로 돌진하듯 지그재그로 거실을 가로질러 왔다. 노인은 텔레비전을 끄고 뭔가 숨기는 눈길로 창문을 보더니 문을 열러 뛰어왔다.

"저거 거의 보지도 못했어요." 그가 쌕쌕거리며 사과했다. "우리 사위 해럴드가 탐탁히 여기지 않을 건데. 내 심장에 나쁘다면서.

총질뿐이니까."

"관리인이십니까?"

"아니, 사위인 해럴드가 관리인이라오. 지금 치과에 갔어요, 잇몸이 헐어서."

"어쩌면 노인장께서 정보를 주실 수도 있겠습니다만."

"노력은 해보겠소. 내 이름은 핀칠리요. 들어와서 문 닫아요. 안개가 내 기관지를 막으면 어떤 날 밤에는 숨을 쉴 수가 없거든." 그는 눈을 가늘게 뜨고 차를 보았다. "숙녀분은 안개 속에서 나와 집 안으로 들어오는 걸 좋아하지 않으시려나?"

"좋아하지 않을 겁니다."

"기관지가 튼튼하신가 보구먼." 노인은 문을 닫았다. 작고 깔끔한 거실은 찌는 듯이 더웠고 초콜릿 냄새가 났다. "어디 특별한 무…… 안식처를 찾으시나? 해럴드가 무덤이라는 말은 절대 꺼내지 말라고 신신당부를 했는데, 손님들이 좋아하지 않으신다고. 자, 여기 있는 내가 이곳의 전체 지도나 마찬가지니 누가 어디 묻혔는지 말해주리다. 그걸 알고 싶으신 겐가?"

"딱히 그런 건 아닙니다. 묻힌 장소는 알고 있는데, 일시와 정황에 대해서 정보를 좀더 얻고 싶어서요."

"어디에 묻혀 있는데?"

피나타가 지도에서 위치를 가리키자 핀칠리는 쌕쌕거리는 소리로 못마땅하다는 듯 툴툴댔다.

"여긴 터가 나빠요. 봄이면 벼랑 너머로 파도가 밀려와 땅을 야금야금 깎아먹고 저 커다란 고목이 매일 점점 불어나 관광객들 관심을 끄는 바람에 주변 잔디가 짓밟힌단 말이지. 저기 땅을 사는 사람들은 경치 때문이지만 경치가 무슨 소용이라오? 볼 수도 없는데. 나로 말하자면, 내가 죽으면 안전하고 딱 맞는 데 눕고 싶어. 커다란 고목도 필요 없고 높은 파도가 내게 밀려와 거죽을 쓸어 가려고 하는 것도 싫단 말이야……. 그 사람 이름이 뭐요?"

"카를로스 카밀라입니다."

"이름을 찾아보려면 서류철을 가져와야겠구먼. 그렇대도 열쇠를 찾을 수 있을까 몰러."

"해보실 순 있겠죠."

"내가 굳이 해야 할 이유도 모르겠구먼. 이제 문 닫을 시간도 다 됐고. 저녁밥도 스토브에 올려야지. 잇몸이 헐었든 아니든 해럴드도 저녁은 먹어야 하니까. 게다가 나처럼 거하게 먹는 걸 좋아해서. 죽은 사람들이 죄다 저기 있지만 그 사람들은 나를 쪼금도 방해 안 하거든. 퇴장 시간으로 말하자면, 나는 그 사람들 위로 문을 닫고 다음날 아침까지는 생각도 안 한다오. 그 사람들이 내 잠이나 식사를 방해하는 일은 없어서." 그런데 그가 갑자기 점잖은 척 꾹 트림을 했다. 마치 자기도 모르는 새 소화할 수 없는 공포의 섬유질을 삼킨 듯했다. "어쨌든 내가 자기 파일을 건드린 걸 알면 해럴드가 좋아하지 않을 텐데. 그 파일이 사위에게 무진장 중요해서. 관리 감독이 자기 사무실에 갖고 있는 거랑 똑같은 거라오. 그거 보면 감독이 해럴드를 얼마나 높이 사는지 잘 알 수 있지."

피나타는 핀칠리가 열쇠를 못 찾거나 그걸 사용하지 말라는 금지 명령 때문이 아니라, 철자를 제대로 모르기 때문에 시간을 끄는 건 아닐까 하는 의심이 들기 시작했다.

피나타가 말했다.

"열쇠를 찾아보세요. 그러면 제가 이름 찾는 것을 도와드리죠."

노인은 결정의 짐이 자기 어깨에서 내려진 것에 안도한 듯했다.

"그러면 공정하겠구먼."

"일 분도 안 걸릴 겁니다. 그런 후에는 텔레비전을 다시 켜서 프로그램의 결말을 보실 수 있을 겁니다."

"어느 쪽이 좋은 놈이고 어느 쪽이 나쁜 놈인지는 신경도 안 쓰기는 한다오. 그래, 이름이 뭐라고?"

"카밀라요."

"K-a……."

"C-a-m-i-l-l-a입니다."

"카드에 있는 것처럼 적어주시려오?"

피나타가 이름을 적어주자 노인은 종이를 받은 후 후다닥 방에서 나갔다. 마치 나쁜 놈이 좋은 놈에게 총을 쏴버리는 개척지로 향하는 계주 경기에서 배턴을 건네받은 주자 같았다.

그는 일 분도 안 되어 돌아와 파일 서랍을 탁자 위에 놓고 텔레비전을 켠 후 세상으로부터 물러났다.

피나타는 파일 위로 허리를 숙였다. 카를로스 시어도어 카밀라라는 이름이 적힌 카드에는 그 밖에 별다른 내용이 없었다. 매장지에 관한 기술적 묘사와 로이 폰데로라는 장례 책임자의 이름. 가까운 친척, 없음. 주소, 없음. 출생, 1907년 4월 3일. 사망, 1955년 12월 2일. 수이 마노$^{Sui Mano}$.

우연이야, 그는 생각했다. 카밀라의 자살 날짜는 미친 우연이 분명했다. 결국 확률은 365분의 1이었다. 매일 일어나는 일이라는 사실 이상으로 우연인 일들이 있다.

하지만 그는 믿을 수 없었다. 그리고 데이지에게 말해주면 그녀도 믿지 않을 것이다. 관건은 그녀에게 말할 것인가였다. 말하지 않기로 한다면, 어떻게 성공적으로 거짓말할 것인지가 문제였다. 그녀는 쉽게 속지 않았다. 그녀의 귀는 가짜로 꾸며낸 어조를 금방 알아챘고, 그녀의 눈 또한 그가 생각한 것보다도 훨씬 더 날카로웠다.

새롭게 떠오른 심란한 생각이 그의 뇌 한구석을 갉아먹기 시작했다. 카밀라가 언제 어떻게 죽었는지 데이지가 이미 알고 있었다면, 자신과의 연관성을 밝히지 않고 피나타가 카밀라에게 관심을 갖게 하는 수단으로 꿈이라는 얘기를 죄다 꾸며낸 것이라면? 하지만 별로 개연성이 없는 추측이었다. 그 이름에 대한 그녀의 반응은 자신의 것이 아니라는 단순한 안도감뿐이었다. 그녀는 묘비에 쓰인 이름이 자신의 것이 아닌 카밀라의 것임을 알았을 때 느낀 기쁨에 대해서 죄책감을 느꼈다고 인위적으로 말했지만 그것을 뛰어넘는 정서적인 연대나 혼란, 죄책감은 드러내지 않았다. 게다가 그는 데이지가 목적을 달성하기 위해서 굳이 그렇게 에두르는 방식을 택해야 할 그럴듯한 이유도 생각해낼 수가 없었다. 아니야, 그는 생각했다. 데이지는 희생자이지 환경을 조작하는 사람이 아니야. 그녀는 계획을 세우지 않았다. 그녀는 애초에 그를 만나게 된 사건의 순서를 계획할 수 없었다. 아버지의 체포, 보석, 사무실 방문. 어떤 계획을 세웠다면 그건 필딩 쪽이겠지만, 이것 역시 그럴 리 없는 건 마찬가지였다. 필딩은 다음 일 분, 다음 술병 하나보다 더 멀리 내다보고 계획할 능력 자체가 없어 보였다.

좋아, 그는 언짢은 기분으로 생각했다. 그러니까 누구도 아무것도 계획하지 않은 거야. 데이지는 꿈을 꿨어, 그게 다야. 데이지는 꿈을 꿨어.

피나타가 말했다.

"감사합니다, 핀칠리 씨."

"예?"

"파일 볼 수 있게 해주셔서 감사하다고요."

"아, 난 또. 저 친구 배에 정통으로 총알 맞은 거 봐요. 저 검은 모자 쓴 녀석이 나쁜 놈이라는 걸 처음부터 알았지. 말의 눈을 보면 알 수 있다오. 말이 비열하고 구린 데가 있는 것 같으면, 등에 비열하고 구린 데가 있는 놈을 태우고 있는 거야. 그래, 저 친구 벌을 받은 거지, 그렇지, 선생, 벌을 받은 거라오." 핀칠리는 화면에서 눈을 뗐다. "프로그램이 바뀌는구먼, 5시가 됐나. 해럴드가 집에 와서 문을 잠그기 전에 떠나시는 게 좋을걸. 잇몸이 그렇게 헐었는데 기분이 좋을 리가 있겠나. 해럴드는 공정하기는 하지만," 노인은 불평처럼 덧붙였다. "자비심이 많은 녀석이 아니라서. 마누라가 죽은 후부터는 자비심이 없어졌어. 이 세상에 여자들이 태어난 이유가 그거 아니겠소, 자비. 그렇지 않아요?"

"그런 것 같습니다."

"언젠가 젊은 양반도 살 만큼 살아보면 알게 될 거요."

"안녕히 계십시오, 핀칠리 씨."

"해럴드가 오기 전에 문으로 나가시구려."

데이지는 차 안에서 라디오와 히터를 켜놓고 있었지만, 온기를 느끼는 것 같지도 않고 음악을 듣는 것 같지도 않았다. 그녀가 말했다.

"제발, 어서 여기에서 나가요."

"관리실 안으로 들어왔어도 됐는데."

"피나타 씨 일을 방해하고 싶지 않았어요. 뭐 좀 찾아냈어요?"

"별로."

"음, 말해주지 않을 건가요?"

"해야 할 것 같군요."

그는 그녀에게 사실을 말했다. 그녀가 말없이 듣는 동안 차는 시끄럽게 자갈 언덕을 내려가 성당 옆을 지났다. 사방은 어두웠다. 오르간 연주자도 가버려서 음악의 여운조차 남아 있지 않았다. 극락조들은 목소리를 잃었다. 유칼립투스 나무에 걸렸던 은화 같은 이파리도 떨어지고 없었다. 부겐빌리아는 안개 속에서 흐느꼈다.

부은 턱을 잡고 돌아온 해럴드는 떠나는 차를 보고 철문을 잠갔다. 하루가 끝났다. 집에 돌아오니 좋았다.

009

그 여자가 사랑을 이야기할 때도

목소리엔 신랄함이 실려 있었지.

마치 우리 관계가 그녀도

어쩔 수 없는 신체적 결함의 결과인 양,

그녀의 정신이 경멸하는 육체의 약점인 양……

도시의 불빛은 해안선과 고속도로를 따라 한 줄로, 한 무더기로 이어졌다가 차가 작은 언덕을 따라 올라가자 드문드문 줄어들었다. 정상에 오르자 불빛은 산 위로 떨어져 아직도 타오르는 개개의 별 같았다. 피나타는 그 불빛들 중 무엇도 자신의 것이 아님을 알았다. 그의 집은 어두웠다. 거기엔 아무도 없었다. 조니도 없고, 모니카도 없고, 두브린스키 부인도 5시에 자기 가족을 돌보러 떠나고 없을 것이었다. 그는 거목 아래 무덤 속에 있는 카밀라처럼 삶에서 배척 당한 기분이 들었다. 카밀라의 마음처럼 마음이 텅 비고, 바다 소리 를 못 듣는 그의 귀처럼 귀가 멀고, 물보라를 보지 못하는 그의 눈 처럼 눈이 먼 것만 같았다.

"경치가 무슨 소용이라오?" 노인은 그렇게 말했다. "볼 수도 없는데."

그래, 거기 경치가 좋긴 했지, 피나타는 생각했다. 경치를 보긴 했지만 나는 그 일부가 아니었어. 저 불빛 중 어느 것도 나를 위해 켜져 있진 않아. 누군가 나를 기다리고 있다면, 감옥에서 나와 술 한 병 또 사고 싶어서 안달난 도시의 주정뱅이겠지.

그 옆에서 데이지는 아무 말 없이 꼼짝도 않고 앉아 있었다. 아무 생각도 하지 않거나 너무 많은 것을 빨리 생각하고 있어서 그 생각들이 침묵의 음속 장벽•에 부딪힌 듯했다. 피나타는 데이지를 곁눈질로 보면서 그녀의 주의를 집중시킬 만큼 충격적이고 마음을 사로잡는 뭔가를 하고 싶다는 생각이 불쑥 들었다. 하지만 바로 잠시 후, 그 생각이 너무 어리석어 보여 자신에 대한 분노로 차갑게 몸이 식었다. 맙소사, 내가 어떻게 된 거야? 제정신을 잃어버린 게 분명해. 조니, 조니를 생각해야지. 아니면 카밀라든가. 그게 안전해, 카밀라를 생각해. 데이지의 무덤 속에 있는 낯선 사람.

그 낯선 사람은 죽었고, 데이지는 그 묘비가 자신의 것이라는 꿈을 꾸었다. 거기까지는 설명할 수 있었다. 나머지는 아니었다. 데이지가 초감각적 인지 능력을 갖고 있다면 모를까. 그럴 리는 없다. 다른 사람들과 마찬가지로 자기 자신을 속일 수 있는 능력이 있다면 모를까. 후자 쪽이 더욱 그럴듯했지만, 그는 그렇게 생각하지 않았다. 그녀를 점점 더 알게 될수록, 그녀의 본질적 순진함과 순수함에 충격을 받았다. 판매용도 아닌 상품들이 손에 닿지 않는 자리에 진열되어 있고 인형 점원들이 유리판 뒤에 서 있는, 아무것도 팔지 않는 가게를 돌아다니는 어린이처럼 그녀는 아무것도 만지지 않고 아무것에도 닿지 않고 세상을 사는 것처럼 보였다. 데이지 베이비는 너무 잘 훈육받아 항의하지도 못하고, 너무 유순해서 요구하지도 못한 걸까? 이제 꿈을 통해, 유리판을 치우고 인형 점원들을 작동시키라고 요구하고 있는 건가?

마침내 데이지가 입을 열었다.

"그 낯선 사람요, 어떻게 죽었어요?"

"자살이었습니다. 파일 카드에는 'Sui Mano'라고 기록되었더군요. '자기 손으로'라는 뜻이죠. 누군가 라틴어로 적으면 저주를 떨쳐버릴지 모른다고 생각했던 게 아닐까 싶습니다."

"그러니까 자살이로군요. 그건 더 심각하네요."

"왜죠?"

"어쩌면 내가 그 사람과 관련이 있을지 모르니까요. 어쩌면 내 책임이 있을지도 모르고."

"그거 너무 터무니없는데요." 피나타가 조용히 말했다. "충격을 받았군요, 하커 부인. 지금 할 수 있는 최선은 걱정은 접어두고 집에 가서 쉬는 겁니다." 아니면 약을 한 알 먹어요. 술을 한잔 들이켜든가. 혹은 투정이라도 부려요. 당신과 같은 다른 여자들이 그런 상황에서 할 법한 짓을 해. 모니카는 울음을 터뜨리곤 했지만 당신은 그렇게 하지 않겠죠, 데이지 베이비. 당신은 생각에 빠져버릴 거야. 당신이 마음속에 뭘 품고 있는지는 오직 하늘만이 알겠지. "카밀라는 모르는 사람이죠?"

"몰라요."

"그럼 부인이 어떤 식으로든 그 사람의 죽음과 관련이 있다는 것이 어떻게 가능합니까?"

"가능하냐고요? 우리는 더이상 '가능한 것'을 다루고 있지 않아요, 피나타 씨. 내가 그 사람이 죽은 날을 분명히 알고 있었다는 것 자체가 가능하지 않잖아요. 그런데도 그런 일이 일어났어요. 그건 사실이지 상상력이 과하거나 신경증에 빠진 여자가 지어낸 이야기가 아니에요. 피나타 씨는 이제까지 나를 그렇게 여기고 있었겠지만요. 내가 카밀라의 사망 일자를 알고 있었다는 것, 그게 우리 사이의 일들을 바꿔놓지 않았나요?"

"그래요." 그는 두 사람 사이의 일은 그녀의 생각보다 훨씬 더 많이 바뀌었다고 말하고 싶었다. 그녀를 무지개의 끝, 짐과 어머니의 보호막 아래로 뛰어가라고 돌려보내고 싶을 만큼. 물론 그녀는 뛰어갈 것이다. 하지만 얼마나 금방, 얼마나 빠르게? 그는 운전대를 잡은 자기 손을 흘끔 보았다. 계기판의 희미한 불빛 속에 비친 손은 진한 갈색으로 보였다. 그녀는 금세 뛰어갈 거야, 그는 생각했다. 그것도 무척 빨리. 결혼을 하지 않았다 하더라도. 그 사실이 그의 마음에 고통스럽게 파고들었다. 도망가는 그녀가 단거리 주자의 스파이크 운동화라도 신은 것처럼.

그녀는 다시 카밀라에 대해 말하고 있었다. 그녀에겐 피나타보다도, 더 젊고 에너지 넘치는 피나타보다도 더 중요한 죽은 남자. 살아 있고 옆에 있고 열성적이라 해도 피나타는 벼랑가에 선 큰잎 고무나무 아래 누운 낯선 망자의 상대가 되지 않았다. 피나타는 생각했다. 나는 여기 있어, 그녀 곁에. 같은 시간과 공간 속에. 하지만 카밀라는 그녀가 꾼 꿈의 일부지. 그는 그 이름이 싫어지려 했다. 망할, 카밀라, 들것, 작은 침대……

데이지가 말했다.

"강렬한 감정이 들어요. 관련된 듯한 느낌, 심지어 죄책감도."

"죄책감은 가끔 관련 없는 사물이나 사람에게도 전이됩니다. 부인이 느끼는 감정은 카밀라와 상관없을 수도 있어요."

"난 상관있다고 생각해요." 그녀는 자기 자신에 관한 최악의 상황을 믿고 싶어 하는 듯 괴상할 정도로 고집스레 말했다. "두 이름 다 멕시코계라니 이상한 우연이에요. 처음엔 여자, 후아니타 가르시아. 그리고 카밀라. 난 멕시코 사람을 거의 몰라요. 전혀 모른다고 해야 할걸요. 진료소에서 일할 때 우연히 알게 된 사람들을 제외하고는. 내가 엄마처럼 편견이 있어서 그런 건 아니에요. 그저 그 사람들을 만날 기회가 없었죠."

"그런 사람을 만날 기회가 없었다는 것 자체가 편견을 의미할 수도 있고 편견이 없다는 사실을 시험당할 기회가 없었다는 뜻도 되죠. 어머님은 그런 기회가 있었고 적어도 인정함으로써 정정당당하게 받아들이신 건지도 모르고요."

"내가 정정당당하지 않다는 건가요?"

"그런 말은 하지 않았습니다."

"그런 뜻을 내포한 게 명확한데요. 혹시 내가 오늘 오후 이전에 카밀라의 사망 일자를 알아냈다고 생각하는 거예요? 아니면 그 사람을 알고 있었다고?"

"두 생각 다 하기는 했습니다."

"불가능한 것을 믿기보다는 나를 불신하는 편이 더 쉽겠죠. 카밀라는 모르는 사람이에요." 그녀는 반복했다. "무슨 동기로 내가 피나타 씨에게 거짓말을 하겠어요?"

"그건 모르죠."

그는 그녀가 자기에게 거짓말할 이유를 생각해보려 했으나 실패했었다. 그는 그녀에게 아무런 의미도 없었다. 그녀는 그가 찬성하든 반대하든 관심도 없었다. 그녀는 그에게 영향을 주려 하거나 유혹하거나, 확신이나 인상을 주려고 하지도 않았다. 그는 공을 던지면 도로 튕겨주는 벽보다도 그녀에게 의미가 없었다. 어째서 굳이 벽에게 거짓말을 하겠는가?

데이지가 말했다.

"참 안됐네요. 당신이 날 만나기 전에 아버지부터 만났으니. 편견이라는 말이 나왔으니 말인데, 날 보기도 전에 의심할 준비가 되어 있었겠죠. 아버지와 난 조금도 비슷하지 않아요. 어머니는 화가 났을 때 우리가 비슷하다고 말하길 좋아하지만. 심지어 내가 얼굴도 아버지를 닮았다고 우기세요. 그런가요?"

"신체적 유사성은 없습니다."

"다른 면으로도 유사성은 없어요. 좋은 점이라 해도요. 아버지에게는 좋은 점이 많죠. 하지만 피나타 씨가 아버지를 만났을 때 그런 점이 나타났을 것 같진 않네요."

"몇 가지는 보였습니다. 어쨌든 나는 부모를 보고 사람을 판단하진 않아요. 그럴 주제도 안 되고."

그녀는 그가 그 문제에 대해 상세한 설명을 하길 기대하는 듯 몸을 돌려 그를 바라보았다. 그는 더이상 아무 말도 하지 않았다. 그녀가 그에 대해서 아는 게 없을수록 더 나았다. 벽은 가족사를 부여받지 않아야 한다. 벽은 보호, 사생활, 장식을 위한 것이다. 그 뒤에 숨고, 그것을 뛰어넘고, 게임을 하기 위한 것이다. 공을 내게 더 튕겨봐요, 데이지 베이비.

데이지가 말했다.

"카밀라 말인데요. 당신이 그 사람에 대해서 좀더 알아내겠죠."

"가령?"

"어떻게 죽었는지, 왜 죽었는지. 그리고 그에게 가족이나 친구가 있는지."

"그런 다음에는 뭐죠?"

"그러면 알게 되겠죠."

"더이상 누구에게든 쓸모없는 정보로 밝혀지면 어떻게 할 거죠?"

"우리는 그런 위험은 무릅써야죠. 이젠 멈출 수 없어요. 상상도 할 수 없어요."

"상상할 만한 것 같은데요."

"허세 부리고 있군요, 피나타 씨. 이젠 피나타 씨도 나만큼이나 그만두고 싶어 하지 않잖아요. 호기심이 생겼으니까."

그녀의 말은 반쯤 맞았다. 그는 이제 그만두고 싶지 않았다. 그러나 넘치는 호기심이 그 이유는 아니었다.

데이지가 말했다.

"5시 15분이에요. 더 빨리 운전하면 폐관 전에 모니터프레스 도서관으로 돌아갈 수 있겠죠. 카밀라가 자살했으니 분명 보도가 됐을 거예요. 부고도 마찬가지고."

"이 시간엔 집에 가 있어야 하지 않습니까?"

"그래요."

"그럼 부인은 집에 가고 카밀라 문제는 내게 맡겨주시죠."

"뭔가 찾는 대로 알려줄 거죠?"

"이런 상황에서 그렇게 하면 좀 바보 같은 짓 아닐까요? 남편이나 어머니에게 둘러댈 그럴듯한 설명이 있어야죠. 물론 가족에게 사실을 실토하기로 했을지도 모르지만."

"내일 아침 오늘 아침과 같은 시간에 사무실로 전화할게요."

"여전히 비밀 게임을 하시겠다?"

"내가 하는 게임은," 그녀가 분명히 말했다. "이제껏 배운 게임의 규칙을 그대로 따라 하는 것뿐이에요. 피나타 씨 방식대로 탁자 위에 가진 패를 모두 까는 건 내 하우스에서 먹히지 않아요."

내 하우스에서도 먹히지 않기는 마찬가지예요, 그는 생각했다. 모니카는 새로운 파트너를 만났죠.

피나타가 모니터프레스 건물 3층으로 돌아갔을 때, 도서관을 관리하는 여자는 막 문을 잠그고 나가려던 참이었다.

그녀는 장난기 없이 열쇠를 그에게 쟁그랑 흔들어 보였다.

"저희 끝났어요."

"사 분 이르게 퇴근하는 겁니까."

"그 사 분을 쓸 수 있으니까요."

"그건 나도 마찬가지죠. 마이크로필름 좀 다시 보여주시죠, 해주시겠습니까?"

"여기 또 하나의 사례가 있네요." 그녀가 씁쓸하게 말했다. "신문사에서 일하는 것의 실상이 어떤지 보여주는 예. 모든 걸 마지막 순간까지 해야 해요. 위기 하나가 지나면 또 다른 하나가 오죠."

그녀는 계속 툴툴대면서 파일함에서 마이크로필름을 꺼내 영사기에 걸었다. 툴툴거리기는 했지만 딱히 피나타를 두고 하는 말도 아니었고, 신문사를 향한 말도 아니었다. 그저 계획도 예측도 할 수 없는 삶에 대한 일반적인 고발일 뿐이었다.

"나는 모든 게 정돈되어 있는 걸 좋아하는데," 그녀는 스위치를 켜며 말했다. "한 번도 그렇게 된 적이 없네요."

카밀라는 12월 3일 자 1면에 있었다. 헤드라인은 "기이한 유서를 남긴 자살"이었고, 눈이 쑥 들어가고 광대뼈가 튀어나온 여윈 얼굴의 남자를 그린 스케치가 같이 실려 있었다. 주름살이 남자의 얼굴에 흉터처럼 새겨져 있어도, 귀 위쪽을 덮는 긴 검은 고수머리가 어울리지 않게 순진한 인상을 주었다. 그림 설명에 따르면, 이 스케치는 《모니터프레스》 소속 화가인 고럼 스미스의 작품으로, 현장에 제일 먼저 도착한 사람 중 한 명이라고 했다. 스미스의 이름도 기사에 있었다.

어제 순찰하던 경찰이 철로 정글 근처에서 발견한 자살자의 시체는 카를로스 시어도어 카밀라로 신원이 확인되었으며, 임시 체류자로 보인다. 시체에서는 지갑도 개인 서류도 발견되지 않았지만, 옷을 수색한 결과 연필로 쓴 편지와 고액권으로 도합 2000달러의 돈이 발견되었다. 지역 경찰 당국은 돈의 액수와 편지의 성격에 놀랐는데, 편지에는 다음과 같이 씌어 있었다. "이거면 내 천국 갈 여비는 되겠지, 냄새나는 쥐새끼들. 카를로스 시어도어 카밀라. 출생, 너무 이르게도 1907년. 사망, 너무 때늦게도 1955년."

이 유서는 파커 호텔 편지지에 씌어 있었지만, 호텔 관리자는 카밀라가 그곳에 숙박한 기록이 없다고 했다. 그 지역 다른 호텔이나 모텔을 확인했으나 자살자의 주거지를 밝히는 데는 실패했다. 경찰은 그가 임시 체류자로 이 주의 다른 지역에서 강도를 저지른 후 히치하이크를 하거나 열차에 무임승차해 이 도시까지 흘러든 것으로 보고 있다. 이는 겉보기엔 궁핍하고 심한 영양실조 상태였던 카밀라가 어떻게 그렇게 많은 현금을 가지고 있었는지를 설명해준다. 2000달러의 출처를 찾기 위한 노력으로 주 내 경찰 당국과 보안관 사무실들로 수사 협조 요청 공문이 발송되었다. 돈이 강도 범죄의 수익금이 아니라 사망자의 합법적 소유물임이 밝혀질 때까지 장례식은 연기될 예정이다. 그동안 카밀라의 시체는 장례 지도사인 로이 폰데로가 보호한다.

보안관이자 검시관인 로버트 러너에 따르면 카밀라는 자신이 낸 자상刺傷으로 늦은 목요일 밤이나 금요일 새벽에 사망했다. 흉기로 쓰인 칼은 당국이 밝힌 바에 따르면 '나바하'라고 하는 종류로, 주로 남서부의 멕시코인이나 원주민이 지니고 다니는 것이다. 손잡이에는 "C.C"라는 머리글자가 새겨져 있었다. 비극의 현장에서 수십 개의 담배꽁초가 발견된 것으로 보아 카밀라는 오랜 시간 동안 자살을 결행할지 고민한 것으로 보인다. 빈 와인병도 근처에서 발견되었지만 혈액 검사에서 카밀라가 술을 마셨다는 증거는 나오지 않았다.

철로와 101번 고속도로 사이에 위치한 허름한 주거 구역, 소위 "정글랜드"라고 불리는 이곳 주민들은 사망자에 대해서 아는 바가 없다고 말했다. 카밀라에게 범죄 기록이 있거나 그가 이민국에 등록되어 있는지를 확인하기 위해 지문이 워싱턴으로 발송되었다. 사망자의 주거지, 가족, 친지를 찾기 위한 노력은 계속되고 있다. 시체의 연고가 없고 돈이 법적 소유물임이 밝혀지면, 카밀라는 지역 공동묘지에 매장될 예정이다. 내일 아침으로 예정된 검시관 심리는 간략히 이루어질 것으로 보인다.

정말로 간략했다. 12월 5일 자에 보도된 바에 따르면, 카밀라는 낙담한 상태에서 스스로를 칼로 찔러 자상을 입고 사망한 채 발견되었다. 목격자는 거의 없었다. 시체를 발견한 순찰 경찰, 치명상을 묘사한 의사, 카밀라가 오랫동안 영양실조였으며 여러 개의 심각한 신체적 질병을 앓고 있었다고 진술한 병리학자 정도였다. 사망 시각은 대략 12월 2일 1시로 잡혔다.

그런 건가, 피나타는 생각했다. 데이지는 사건 당시 신문에서 이 기사를 읽었던 거야. 이 사건에 스민 감정은 그녀에게 충격적으로 다가왔을 것이다. 병과 굶주림에 시달린 남자. 공포심("이거면 내 천국 갈 여비는 되겠지"), 반발심("냄새나는 쥐새끼들"), 절망("너무 이르게 출생, 너무 때늦게 사망"). 그런 남자가 세상에 마지막 메시지를 보내고 최후의 행동을 저질렀다.

피나타는 이 "냄새나는 쥐새끼들"이 특정한 사람들을 가리키는 건지, 그 문구가 도서관 여자가 툴툴대던 불평처럼 삶 그 자체를 고발하는 건지 궁금했다.

여자가 다시 열쇠를 쟁그랑 흔들었다. 피냐타는 영사기를 끄고 그녀에게 고맙다고 인사한 후 그곳을 떴다.

그는 차를 몰고 사무실로 돌아가며 카밀라가 봉투에 남긴 돈에 대해 생각했다. 확실히 경찰은 그 돈이 강도로 탈취한 것인지 증명할 수 없었을 것이다. 그렇지 않았다면 카밀라는 지금 자기 돌 십자가 아래 누워 있지 못했을 테니까. 중요한 질문은, 어째서 궁핍한 임시 체류자가 이천 달러를 음식이나 옷가지 대신에 자기 장례식 비용으로 쓰기 원했는가 하는 것이었다. 매트리스 아래나 마룻바닥 밑에 큰 재산을 모아놓고도 영양실조로 죽는 경우는 흔하진 않아도 이따금은 일어나는 사건이었다. 카밀라가 그런 사람 중 하나였을까? 정신질환적 구두쇠? 그럴 리는 없을 것 같았다. 봉투에 든 돈은 고액권이었다. 구두쇠들의 재산은 몇 년 동안 긁어모은 십 센트나 오 센트짜리 동전, 일 달러짜리들이 뒤죽박죽 섞여 있는 게 보통이다. 게다가 구두쇠들은 여행을 하지 않았다. 그들은 자신의 수집품을 보호하기 위해 한곳에, 주로 방에 머물렀다. 카밀라는 여행중이었다. 그러나 어디에서 왔으며 이유는 무엇이었을까? 이 마을을 고른 건 죽기에 매력적인 곳이어서였을까? 아니면 누구를 보러, 누구를 찾으러 왔던 걸까? 그 사람은 데이지였을까? 그러나 데이지와 카밀라 사이의 연결은 꿈에서만 이루어졌다. 그것도 사 년 뒤에야.

그의 사무실은 춥고 어두웠다. 가스 온열기와 전등을 모두 켜놓긴 했어도 그곳은 카밀라의 유령이 벽에 갇혀 영원히 한기를 발산하는 듯 활기도 없고 온기도 없게 느껴졌다.

카밀라는 꿈을 통해 조용히, 슬그머니 돌아왔다. 그는 마음을 바꾸었다. 바다가 너무 시끄러워, 큰 나무의 뿌리가 너무 위협적이야, 작은 침대가 너무 어둡고 좁아. 그는 세계로 재진입하기를 요구하며 도와줄 사람으로 데이지를 골랐다. 아무도 그 시체를 데려가지 않았던 궁핍한 임시 체류자가 데이지의 마음속에서 말뚝을 박고 자기 영역을 주장했다.

나도 그 여자만큼이나 나사가 풀리고 있어, 그는 생각했다. 똑바로, 사실에 기반해서 생각해야만 해. 데이지는 신문에서 기사를 본 거야. 그녀에게는 고통스러웠겠지. 그래서 억누른 거야. 거의 사년 동안 잊혀 있었지. 그러다 어떤 사건이나 감정이 방아쇠가 되었고, 카밀라는 꿈속으로 불쑥 튀어 들어왔어. 알 수 없는 어떤 이유에선가 그녀가 자신과 동일시한 불쌍한 인간.

대략 이야기는 그러했다. 신비주의가 끼어들 틈은 없다. 그저 기억의 복잡성에 관한 사건일 뿐이다.

"간단하군."

그는 큰 소리로 말했다. 자신의 목소리가 싸늘한 방안에서 위안을 주었다. 그가 실제로 자기 말소리를 들은 건 오랜만이었다. 그의 목소리는 늙은 현자처럼 기이할 정도로 유쾌하고 깊게 들렸다. 그는 목소리에 걸맞은 늙은 현자의 말을 생각해내고 싶었지만, 아무 생각도 떠오르지 않았다. 마음이 좁아들어서 데이지와 그녀의 꿈속에 나온 죽은 낯선 사람 외에는 아무것도 들어설 자리가 없었다.

땀방울 하나가 왼쪽 귀에서부터 옷깃 속으로 흘러 들어갔다. 그는 일어서서 창문을 열고 분주한 거리를 내려다보았다. 어두워진 후에는 오팔 스트리트에 감히 발을 들여놓는 백인이 거의 없었다. 도시의 이쪽은 그의 구역이었다. 그와 카밀라의 구역. 데이지가 있는 쪽과는 아무런 관련이 없었다. 그리즈 앨리(기름 낀 뒷골목), 어떤 경찰들은 그렇게 불렀다. 안전한 상태에서 차분히 생각해보면, 경찰들을 비난할 수 없었다. 다툼에 사용되는 칼들은 기름이 껴 있으니까. 카밀라의 칼도 그랬을지 모른다.

"그리즈 앨리로 돌아온 걸 환영해요, 카밀라."

그는 큰 소리로 말했지만, 이제는 늙은 현자의 목소리처럼 들리지 않았다. 그것은 젊고 신랄하고 분개한 목소리였다. 이름 때문에, 지저스라는 이름 때문에 싸우던 고아원 소년의 목소리였다.

"그렇게 멍이 들고 눈이 퍼래지고 이가 깨져가지고 와서," 원장 수녀님은 말했다. "어디 인간같이 보였겠니. 대체로 그런 꼴이니."

그는 창문을 닫고 먼지 낀 유리에 비친 자신의 모습을 응시했다. 깨진 이도, 멍도, 퍼렇게 된 눈도 보이지 않았다. 그러나 그는 여전히 인간같이 보이지 않았다.

"그에 걸맞게 살아가기가 무척 힘든 이름이지……."

Through all of Fielding's travels only on object had remained with him constantly, a grimy, pockmarked, rawhide suitcase. It was so old now that the clasps no longer fastened, and it was held together by a dog's chain leash which he'd bought in a dime store in Kansas City. The few mementos of his life that Fielding had chosen to keep were packed inside this suitcase, and when he was feeling nostalgic or guilty or merely lonesome, he liked to bring them out and examine them, like a bankrupt shopkeeper taking stock of whatever he had left.

These mementos, although few in number, had such a strong content of emotion that the memories they evoked seemed to become more vivid with the passing of the years. The plastic cane from the circus at Madison Square Garden took him back to the big top so completely that he could recall every clown and juggler, every bulging-thighed aerialist and tired old elephant.

도
시

———

THE
CITY

그러나 사랑이 있었어, 데이지.

네가 사랑이 있었다는 증거다.

　　수없이 여행을 하면서도 아직까지 필딩의 곁에 남은 딱 한 가지 물건이 있었다. 때가 끼고 군데군데 파인 생가죽 여행 가방. 이제는 너무 낡아 더이상 잠금쇠가 걸리지 않아서, 캔자스시티의 싸구려 잡화상에서 산 개목걸이용 사슬로 묶어놓았다. 보관하기로 하고 골라낸 몇 안 되는 삶의 기념품이 그 안에 들어 있어서, 향수나 죄책감, 단순한 외로움을 느낄 때면 그는 그것들을 꺼내서 찬찬히 살펴보기를 좋아했다. 파산한 가게 주인이 재고 상품을 살펴보는 것처럼.

　　이런 기념품들은 헤아리자면 몇 안 됐지만 너무도 강렬한 감정이 깃들어 있어서, 그것들이 불러일으키는 추억은 해가 지날수록 점점 더 선명해지는 것만 같았다. 매디슨스퀘어가든의 서커스에서 가져온 플라스틱 지팡이는 커다란 천막 안으로 그를 도로 데리고 가, 그는 광대와 저글러, 허벅지가 울룩불룩한 공중 곡예사와 피곤하고 늙은 코끼리를 하나하나 똑똑히 그려볼 수 있었다.

지팡이 외에도 여행 가방에는 이런 물건들이 들어 있었다.

뉴어크에서 열렸던 성 패트릭의 날 파티에서 가져온 초록색 중산모. (아, 그 술잔치 정말로 아름다웠지!)

애리조나에서 가져온 석화된 나무 두 쪽.

은색 로켓. (불쌍한 애그니스.)

우쿨렐레. 필딩은 연주하진 못하지만 전문가처럼 그것을 손에 들고 〈하베스트 문〉이나 〈로키 산맥의 봄〉 같은 노래를 흥얼거리기 좋아했다.

북부 온타리오 주에 사는 인디언이 향모 풀과 고슴도치 가시로 만든 작은 상자.

작은 금색 솔방울들을 리본으로 묶은 다발. 데이지가 보낸 크리스마스 선물에 달려 있던 것이었다. 선물은 손목시계였지만, 나중에 시카고에서 전당포에 잡혀버렸다.

세계 반대편에 있는 이국의 항구들에 관한 신문 기사 쪼가리 몇 개.

편지 뭉치. 대부분 데이지에게서 온 것이다. 오래전에 현금으로 바꾼 우편환이 동봉되어 있었다.

쓸 수 없는 펜. 가짜 금으로 만든 것.

열차 시간표 두 개.

나뭇조각. 말로는 진주만에서 폭격당한 전투함 웨스트버지니아 호에서 가져온 것이라고 했다. 브루클린에서 만난 선원에게 머스캣 와인 한 병을 주고 바꾼 것.

사진도 수십 장 있었다. 고등학교 졸업장을 든 데이지. 신혼여행을 즐기는 데이지와 짐. 댈러스에서 하숙집을 운영했고 일란성 쌍둥이였던 중년 여성들의 사진을 끼운 액자. 사진에는 가로로 이런 글자가 적혀 있다. "스탠 필딩에게, '천상의 쌍둥이'를 잊지 않길 바라며." 펜실베이니아 출신의 광부를 찍어 확대한 스냅사진. 광부는 에이브러햄 링컨과 똑같이 생겼는데, 그의 삶의 주된 슬픔은 링컨이 이미 죽어서 닮은 외모를 이용할 수 없다는 것이었다. ("생각해봐, 스탠. 내가 에이브러햄 링컨이고 자네가 국무부 장관이었으면 우리가 얼마나 재미를 봤겠나. 사람들이 죄다 우리 앞에서 굽실대며 술을 사주지 않았겠어. 아, 공짜 술을 놓친 걸 생각하면 배가 다 아프다니까!")

마분지 위에 얹은 다른 사진에는 에이다와 필딩, 그리고 앨버커키 근처에서 같이 일하던 목장 일꾼이 나와 있었다. 눈이 검고 잘생긴 청년은 고수머리라는 뜻으로 '컬리'라고 불렸다. 먼지 폭풍이 목장을 침침하게 가려 작업이 불가능했던 봄날에 세 사람은 함께 카드 놀이를 했다. 그 초년 시절 에이다는 유쾌한 여자였다. 재미있게 삶을 즐기고, 뭐든 할 준비가 되어 있었다. 아이를 가지고 나서 그녀는 바뀌었다. 가뭄의 해였다. 에이다가 임신한 몇 달 동안 흘린 눈물이 하늘에서 내린 비보다 더 많았다.

그는 이제 그 여행 가방을 가져와 녹색 갓이 달린 천장 등 아래 있는 커다란 원형 탁자 위에 내용물들을 꺼내놓았다.

뮤리엘이 부엌에서 들어왔다. 이 아파트 안에 다른 방이라고는 부엌뿐이었다. 그녀는 키가 작고 체격이 튼튼한 중년 여자로, 입매는 엄격했지만 연녹색의 둥근 눈은 부드러운 것이 한가운데에 감초 감기약을 한 방울 떨어뜨려놓은 작은 민트 사탕 같았다. 그녀는 여행 가방의 뚜껑이 열려 있는 광경을 보고 코웃음을 쳤다.

"그 오래된 것들을 뭐하자고 또 끄집어내요?"

"추억이지, 여보. 추억."

"글쎄, 나도 추억은 몇 개 있지만 두 주에 한 번씩 펼쳐놓지는 않는데."

그녀는 목장에서 찍은 사진을 자세히 보려고 그의 어깨 위로 몸을 내밀었다.

"정말로 활기 넘치는 친구들로 보이네요."

"사실이 그랬지, 삼십 년 전엔."

"아, 그만해요. 당신 그렇게 많이 변하진 않았어요."

"어쨌든 컬리만큼 변하진 않았겠지." 그는 음울하게 말했다. "마지막으로 앨버커키를 지날 때 찾아봤는데 알아볼 수가 없더라고. 벌써 노인이 되었는데 관절염 때문에 손을 못 써서 소를 모는 건 고사하고 이젠 카드놀이도 못한대. 잠시 옛날 얘기를 나누었는데, 다음번에 시카고에 오면 나를 찾아온다고 했지. 하지만 우리 둘

다 그가 약속을 지키지 못할 걸 알았어."

"자, 그런 생각에 빠져 있지 마요." 뮤리엘이 퉁명스럽게 말했다. "그게 바로 이렇게 과거를 쑤시고 돌아다니는 것의 문제죠. 이런저런 생각에 너무 빠져 있게 되잖아. 내 말 똑똑히 들어요, 스탠필딩. 저 오래된 여행 가방은 세상에서 가장 나쁜 적이에요. 당신이 똑똑한 사람이라면 당장 저걸 부두로 가져가서 소금물 속에 풍덩 던져버리고 '안녕히, 아멘' 해야 할걸요."

"난 똑똑한 사람이라고 한 적 없는데. 목이 마른 사람이지. 착한 마누라답게 맥주 하나만 가져다주겠어? 날이 덥군."

"맥주 들이붓는다고 시원해질 리가 있나."

그녀는 이렇게 말했지만 어쨌든 부엌으로 갔다. 그가 착한 마누라라고 말한 게 마음에 들었기 때문이다. 그들이 결혼한 지는 한 달 남짓 되었다. 그녀는 열정적으로 사랑에 빠진 건 아니었으나 그에게는 그녀가 감탄하는 특질이 여럿 있었다. 그는 술에 취했든 아니든 그녀가 아는 어떤 남자보다 친절했다. 그리고 유머 감각이 있고 매너가 좋았으며, 머리카락과 치아가 온전했다. 무엇보다도 그녀는 그의 말솜씨를 높이 샀다. 누가 무슨 말을 하든, 지능이 뛰어나고 정말로 교육을 잘 받은 상대라 하더라도, 스탠은 언제나 그들을 이겼다. 뮤리엘은 가끔, 아니 자주 틀릴지라도 모든 일에 대답이 있는 남자의 아내인 것이 자랑스러웠다. 고상하게 틀리는 것은 뮤리엘에게는 옳은 것이나 다름없이 좋았다.

필딩의 편안한 화술 덕에 뮤리엘은 용기를 얻어 대담해질 수 있었다. 그녀는 그가 댈러스에서 만난 말수 적고 소심했던 여자에서 시끄럽고 활발한 여자로 진화했다. 그녀는 자신이 무슨 말을 하든 그가 어떻게 나올지 두려워할 필요가 없다는 것을 알았다. 그는 자기가 하는 말을 포함해서 모든 말을 대충 가감해서 듣고 어깨를 으쓱한 후 흘려버렸다. 그러나 글을 대하는 태도는 달랐다. 그는 자기가 읽은 모든 것을 절대적으로 믿었다. 심지어 완전히 모순된 말이라도 마찬가지였다. 편지를 받으면 그것이 외교 사절단을 통해 왕이 보낸 교지라 너무 특별해서 즉시 뜯어볼 수 없다는 듯이 다뤘다. 그는 늘 오 분 정도는 편지를 뒤집어보고 살펴보고 빛에 대본 후에야 봉투를 뜯곤 했다.

맥주를 들고 돌아왔을 때 뮤리엘은 남편이 구부정하게 숙인 채 어떤 편지를 들고 있는 모습을 보았다. 쉰 번째가 아니라 처음으로 읽기라도 하는 듯 긴장되고 걱정스러운 얼굴이었다.

그는 데이지가 보낸 대부분의 편지를 아내에게 큰 소리로 읽어주곤 했는데, 그녀는 그런 지루한 내용에 그가 흥분하는 이유를 이해할 수 없었다. 날씨가 따뜻해요. 혹은 추워요. 장미가 피었어요. 혹은 졌어요. 치과에 갔어요. 공원에, 해변에, 박물관에, 영화관에……. 어쩌면 착한 아이일지도 모르지. 그의 딸 데이지라는 애는. 뮤리엘은 생각했다. 하지만 재미있는 애는 아냐.

"스탠."

"응?"

"여기 맥주."

"고마워."

그는 말했지만 평소처럼 즉시 손을 뻗지 않았다. 뮤리엘은 그 편지가 남편이 큰 소리로 읽어주거나 말하지 않는 나쁜 소식임을 짐작할 수 있었다.

"스탠, 우울해하지 않을 거죠? 난 당신이 우울해하면 싫더라. 그럼 내가 외로워진다고요. 술 쭉 들이켜지그래요?"

"잠깐만."

"저기, 에이브러햄 링컨 닮은 남자 사진 보여줄래요? 그 사람 정말 웃기잖아. 그 사람 얘기 좀 해봐요, 스탠. 당신이 어떻게 국무부 장관이 될 수 있었는지. 실크해트를 쓰고 모닝코트를 입고……."

"이전에 들었잖아."

"다시 얘기해봐요. 나 좀 신나게 웃고 싶다고. 여기 너무 더워서 신나게 웃고 싶어."

"나도 그래."

"그럼, 못 할 게 뭐예요? 웃을 일이 많고도 많은데."

"그럼, 나도 알아."

"우울해하지 마요, 스탠."

"걱정 마." 그는 편지를 도로 봉투에 넣으며 다시는 그것을 읽는 일이 없기를 바랐다. 그건 오래전에 쓰인 편지였고, 이제 그가 상황을 바꾸기 위해 할 수 있는 일은 없었다. 그때도 할 수 있는 일이 없기는 마찬가지였다. 마음에 걸리는 건 그가 노력하지 않았다는 사실이었다. 그 애에게 전화하지 않고, 편지 쓰지 않고, 보러 가지 않았다.

"그만해요, 스탠. 쭉 들이켜고 건배해요, 응?"

"그럼." 그는 맥주를 마셨다. 오랫동안 차가워졌다가 따뜻해졌다 반복했는지 술에서는 퀴퀴한 냄새가 났다. 그는 자기에게도 같은 이유로 퀴퀴한 냄새가 날까 생각했다. "당신은 좋은 여자야, 뮤리엘."

"아, 지금 그런 말을 뭘." 그녀는 약간 부끄럽고 기뻐서 살짝 웃었다. "당신도 그렇게 나쁜 사람은 아니에요."

"아니라고? 장담하지 마."

"난 당신 멋지다고 생각하는데. 처음 본 날부터 바로 그렇게 생각했지."

"그럼 완전히 틀린 거야. 처음부터 완전히 틀린 거라고."

"아, 스탠, 그러지 마요."

"인간이라면 모두 자기 삶을 평가해볼 때가 오는 거지."

"그런데 왜 하필이면 지금이야, 맑고 화창한 토요일 아침에? 버스에 올라타 동물원에 갈 수도 있는데? 정말 그러면 어떨까? 동물원에 가면 어때요?"

"싫어." 그는 무겁게 말했다. "원숭이들이 나를 보고 비웃고 싶 거든 걔들이 직접 오라 그래."

그녀의 눈에 어린 공포는 씁쓸함으로 바뀌었고 입은 집게로 꼭 집어 조인 듯 보였다.

"그래, 우울하다 이거죠. 어쨌든 우울하다."

그는 듣지 않는 듯했다.

"난 걜 실망시켰어. 난 언제나 데이지를 실망시켰지. 심지어 지 난 월요일에도 걔를 두고 왔어. 사과나 설명 한마디도 없이 그렇게 나왔으면 안 됐는데. 난 겁쟁이야, 건달이지. 피나타가 나를 그렇게 불렀지, 건달이라고."

"그 얘기는 이전에 했잖아요. 나한테 얘기 다 했다고. 이제 잊어 버리지그래요? 내 생각에는, 그 사람이 뻔뻔했던 거예요. 그 사람 이 당신보다도 더 심한 건달인지 어떻게 알아요."

"그래, 당신도 이제 나보고 건달이라고 하는군."

"아니, 솔직히, 그 말이 들리긴 그래도 그 뜻이 아니잖아. 나는 그냥……."

"그 뜻으로 말했어야지. 그게 사실이니까."

뮤리엘은 갑자기 몸을 내리며 주먹으로 탁자를 쾅 내려쳤다.

"그 망할 여행 가방 잠가서 원래 있어야 할 자리에 갖다 놓지 못 해요?"

그는 구슬픈 애정 같은 것이 어린 표정으로 그녀를 보았다.

"그렇게 소리를 질러선 안 돼, 뮤리엘."

"왜 못 해? 소리 지를 일이 있으면 소리 지르는 거지!"

"그건 숙녀에게 어울리지 않으니까. '악마는 화살집에 여러 선택을 가지고 있으면서도 달콤한 목소리처럼 심장을 겨누기 위한 화살은 갖고 있지 않다.' 이 말을 기억해."

"뭘 물어봐도 대답 못 하는 법이 없다니까, 성경에서 베껴 오는 거라도."

"바이런 경의 시야, 성경이 아니라."

"스탠, 저 여행 가방 좀 치워요. 그럴 거죠?" 그녀는 마룻바닥에서 사슬 줄을 주워 그에게 내밀었다. "잠그고 가방을 침대 밑에 넣어버려요. 그리고 열어본 적 없다고 생각하면 어때요? 내가 도와줄게요."

"아니, 혼자 할 수 있어."

"그럼 해요, 하라고."

"좋아." 그는 모든 것을 우그러진 여행 가방에 도로 넣기 시작했다. 사진과 편지, 오린 신문 조각. 석회화된 나무와 서커스 지팡이, 고슴도치 가시로 만든 상자. "나는 쉰세 살이야." 그가 불쑥 말했다.

"그래, 나도 알아요. 하지만 그렇게 보이지 않잖아요. 머리숱도 아직 괜찮고요. 마흔도 안 된 남자 중에서도 당신을 부러워하……."

"쉰셋이라니. 그 세월 동안 내가 보여줄 수 있는 건 다해봤자 이

것뿐이야. 시시하지?"

"대부분 사람이 다 그 정도죠."

"아냐, 뮤리엘. 친절하게 말하려 하지 마. 살면서 나는 친절을 너무 많이 받았고 허락과 변명을 너무 많이 구했어. 나는 데이지처럼 착한 딸을 둘 자격이 없어. 내가 그 애를 두고 온 걸 봐. 조금 기다려서 인사하지도 않았고, 요 몇 년간 그 애가 어떻게 변했는지 보려고도 하지 않았어. 어렸을 때는 파란 눈이 크고 순진한 예쁜 소녀였지. 미소가 참 수줍고 다정했는데……."

"알아요." 뮤리엘이 짧게 끊었다. "말했잖아요. 자, 이제 다 도로 넣었어요? 당신 대신 내가 닫을게요."

"제대로 된 아버지라면 아내랑 잘 지내지 못한다고 해도 아이들 옆에 있는 법이지. 아이들은 불멸을 향한 우리의 유일한 희망이잖아."

"뭐, 그럼 난 잘됐네요. 저기 텍사스에 소를 쫓고 있는 불멸을 향한 희망이 둘이나 있으니까."

"내 명이 다해도, 난 완전히 죽지 않는 거야. 내 일부분은 데이지 속에 살아 있을 테니까."

그는 눈가에 맺힌 물기를 닦았다. 자기가 죽는다는 생각만 해도 너무 슬펐기 때문이다. 다른 사람이 죽는다는 생각보다 훨씬 더 슬펐다.

뮤리엘이 말했다.

"당신이 건달 나부랭이라면, 어떻게 당신의 일부분이 데이지의 일부분 안에 살아 있기를 바랄 수 있어요?"

"아, 당신은 이해 못 해, 뮤리엘. 당신은 남자가 아니니까."

"그래, 그 점은 알아채줘서 기쁘네. 좀더 자주 알아차려주면 어때요?"

필딩은 움찔했다. 뮤리엘은 마음 착한 여자였지만, 그녀의 세속적인 면은 가끔 당황스럽고 이따금은 파괴적이기까지 했다. 그가 이처럼 섬세한 생각의 궤도를 달리고 있을 때, 뮤리엘의 팔팔한 목소리에서 나오는 음파 때문에 자기도 모르게 궤도에서 탈선해버리면 커다란 충격이 밀려왔다.

충격을 가라앉히기 위해 그는 맥주 한 병을 또 땄고, 그동안 뮤리엘은 여행 가방을 침대 아래에 밀어넣었다.

"자." 그녀는 만족해서, 특별히 심한 상처를 막 봉합한 의사처럼 두 손을 씻는 시늉을 했다. "눈에서 멀어지면 마음에서도 멀어지는 거죠."

"일이 그렇게 간단하지가 않아."

"당신이 생각하는 것만큼 그렇게 복잡하지도 않아요, 스탠 필딩. 만약 그렇다면, 우리는 모두 바다에 뛰어드는 편이 나을걸요. 그럼, 그건 어때요? 해변에 가서 백사장에 앉아 사람들을 구경하는 건? 당신 그럴 때마다 웃잖아요, 스탠. 사람들 구경하면."

"오늘은 싫어. 그럴 기분이 아니야."

"그냥 여기 뚱하니 앉아서 생각이나 되씹고 있겠다는 거예요?"

"생각을 조금 되씹는 거야말로 내게 필요한 일이지. 평생 충분히 생각해본 적이 없었어. 우울할 때마다 그저 짐을 싸서 어딘가로 갔지. 나는 도망친 거야, 데이지에게서 도망친 것처럼. 그렇게 해서는 안 됐는데, 뮤리엘. 나는 그렇게 해서는 안 됐어."

"엎질러진 물 앞에서 그만 징징대요." 그녀가 매섭게 말했다. "내가 아는 술주정뱅이들은 모두 나름의 문제가 있었어요. 자기가 한 짓을 떠들어대고, 그다음에는 자기가 그런 짓을 했다는 것을 잊어버리려고 술을 들이붓지. 그래놓고는 계속 그 짓을 반복하고."

"그래." 그가 눈을 깜박이며 말했다. "당신 꽤 대단한 정신과 의사인데, 뮤리엘. 재미있는 이론이야."

"그런 거 알아내는 데 가방끈 길 필요도 없어요. 그냥 나처럼 눈과 귀가 달렸으면 다 아는 거지. 그리고 당신도 그건 있잖아요, 제대로 쓸 줄 알아야 말이지만." 그녀는 약간 수줍게 남편에게 다가가서 두 손을 어깨 위에 올려놓았다. "자, 스탠. 해변에 가서 사람들 구경해요. 모든 사람이 근육을 키우는 그런 곳을 찾아보면 어떨까? 우리 버스 타러 가자구요."

"아니, 뮤리엘, 미안해. 다른 할 일이 있어."

"무슨?"

"샌펠리스로 돌아가서 데이지를 만나야겠어."

한순간 그녀는 아무 말도 하지 않았다. 당혹스러운 얼굴로 그에게서 물러서서 침대에 앉았을 뿐이었다.

"어쩌자고 그런 짓을 하려는 거예요, 스탠?"

"내 나름 이유가 있어."

"내가 따라갈까요? 지난번에 웨이트리스 건처럼 말썽에 휘말리지 않도록 지켜볼 수 있는데."

월요일 밤 로스앤젤레스로 돌아왔을 때, 그는 그녀에게 술집의 니타와 니타의 남편을 만났던 사건을 이야기했다. 자기 마음속에서도 그녀의 마음속에서도 사건의 중요성을 줄이기 위해 그는 꽤 재미있는 이야기를 꾸며냈고, 둘 다 신나게 웃었다. 그러나 뮤리엘의 웃음은 그렇게 순수하지만은 않았다. 만일 그 여자의 남편이 더 크고 더 못된 사람이었다면? 그런 일이 종종 그렇듯이, 니타라는 여자가 갑자기 스탠을 버리고 남편 편을 들었다면? 만일 아무도 경찰에 신고하지 않았다면? 만일…….

뮤리엘이 말했다.

"스탠, 당신을 지킬 수 있게 나를 데려가줘요."

"안 돼."

"아, 나를 데이지에게 소개해달라는 게 아니에요, 혹시 그런 생각을 하고 있다면. 그런 부탁할 생각은 꿈에도 없어요. 그 애는 너무 상류층이고 그러니까. 나는 눈에 안 띄는 데 있을게요, 스탠. 거기서 당신을 지켜보기만 할게요, 알겠죠?"

"버스비가 없잖아."

"내가 좀 빌려올게요. 아파트 복도 저편의 할머니가 돈 좀 꿍쳐 놓고 있는 걸 알거든. 할머니가 나를 좋아하세요, 스탠. 내가 몇 년 전에 세상을 뜬 자기 여동생하고 꼭 닮았다나. 그렇게 닮았다면 내게 돈을 안 꿔주려 하진 않겠지. 고작 버스 요금인데. 어때요, 스탠?"

"아냐. 그 할머니랑은 가까이 지내지 마. 독약이나 마찬가지인 사람이야."

"좋아요, 그럼. 어쩌면 우리 히치하이크할 수도 있지 않겠어요?"

그는 뮤리엘의 머뭇거림이나 어조에서 그녀가 이전에는 한 번도 히치하이킹을 해본 적이 없고, 그가 자기를 두고 샌펠리스에 가서 말썽에 휘말린다는 생각만큼이나 그 생각을 무서워한다는 것을 눈치챘다.

"아니야, 뮤리엘, 히치하이킹은 숙녀들이 할 짓이 못 돼."

그녀는 그를 의심스럽게 쳐다보았다.

"내가 따라가는 게 싫은가 봐, 바로 그거지. 당신이 어디서 싸구려 웨이트리스를 꼬시려고 하는데 내가 방해할까 봐……."

"난 아무도 안 꼬셨어." 필딩의 어조는 더 날카롭고 좀더 확실했다. 거짓말을 하고 있었기 때문이다. 그는 그 여자를 찾겠다는 의도를 품고 일부러 그 카페에 갔지만, 아무도 그를 의심하지 않았다(모든 것을 의심하는 뮤리엘은 예외였지만). 심지어 그 여자도 의심하지 않았다. 그러나 무엇도 그의 계획대로 되지는 않았는데, 그녀에게 질문하는 건 고사하고 심지어 그 여자가 맞는지 확인할 기회를 잡기도 전에 그녀의 남편이 들어왔기 때문이다. "난 공격받는 젊은 여자를 보호하려던 것뿐이었어."

"어떻게 다른 사람들은 다 보호하면서 자기는 쏙 뺀대? 망할, 전 세계를 지킨다지, 누구보다도 보호가 필요한 스탠 필딩은……."

"자, 뮤리엘, 그만 좀 해." 그는 침대로 가서 그녀 옆에 앉았다. "내 어깨에 기대. 그래야 내 여자지. 들어봐. 난 샌펠리스에서 처리해야 할 문제가 있어. 오래 걸리지 않을 거야. 일이 잘되면, 내일까지는 돌아올 수 있어."

"무슨 일? 그리고 어째서 잘 안 된다는 거죠?"

"데이지와 짐이 주말에 집을 비운다거나 뭐 그럴 때. 그 경우 월요일 밤까지 돌아오지 못해. 하지만 내 걱정 하지는 마. 당신은 나의 자기 보호 능력을 높이 평가하지 않지만, 나 자신 정도는 돌볼 수 있다고."

"물론 그럴 수 있겠죠. 술에 취하지 않았을 땐."

"술은 마시지 않을 작정이야." 이 말을 평생 수도 없이 하긴 했지만 그는 아직도 그 말에 강한 확신을 실을 수 있었고, 그리하여 자기 자신도 믿어버릴 정도였다. "이번에는 한 잔도 안 마실 거야. 물론 내가 거절해도 눈에 띄지 않았을 때 얘기지. 그럴 땐 한 잔 정도 마시겠지. 다시 말하지만 한 잔뿐이야. 그 정도는 돌볼 수 있어."

그녀는 머리를 그의 어깨에 힘껏 기댔다. 자신의 몸을 그에게 각인시켜 그 이미지의 힘이 대리인이 되어 여행 내내 따라다니며 그가 다른 사람을 보호하는 동안 그녀가 그를 보호해줄 수 있기를 바라는 듯이.

"스탠."

"그래, 사랑하는 여보."

"술 너무 많이 마시지 마요."

"안 마신다고 하지 않았어? 술은 절대 안 마실 거야. 눈에 띄는 걸 피하려고 한 잔 정도 마시면 모를까."

"가령 어떤 경우에?"

"데이지가 집으로 초대해서 축하하자고 샴페인 한 병 딸 수도 있잖아."

"뭘 축하해요?" 머리를 그의 어깨에 기대고 있었기에, 뮤리엘은 그가 갑자기 얼굴을 찡그리는 것을 보지 못했다. "축하할 게 뭐 있어요, 스탠?"

"아무것도 없지." 그가 말했다. "아무것도."

"그러면 어째서 데이지가 샴페인 병을 딴다는 거예요?"

"안 딸 거야."

"그러면 어째서 그런 말을……."

"제발 조용히 해, 뮤리엘."

"하지만……."

"축하할 일도 없을 거고, 샴페인도 없을 거야. 잠깐 꿈을 꾼 것뿐이야, 알겠어? 사람들은 꿈을 꾸잖아. 나처럼 분별력 있는 사람조차 꿈을 꾼다고."

"이따금 살짝 꿈을 꾼다고 해서 해로울 건 없겠죠." 뮤리엘은 부드럽게 말하며 그의 목덜미를 쓸었다. "저기, 스탠 당신 머리 좀 잘라야 할 것 같아. 우리 머리 깎을 돈이 있나?"

"없어."

"내가 재봉 가위 가져올 테니 여기서 기다려요. 목장에 살 때 우리 애들 머리는 항상 내가 잘라줬으니까. 달리 해줄 사람이 없었으니." 그녀는 일어서며 치마를 엉덩이 아래로 끌어내렸다. "일단 내가 연습한 후에는 누구도 불평하지도 않았고."

"아니야, 뮤리엘. 제발……."

"잠깐이면 돼요. 좀더 그럴듯한 모습으로 남 앞에 나서고 싶지 않아요? 그렇게 근사한 딸네 집에 갈지도 모르는데. 데이지가 자기 주소 바뀌었다고 쓴 편지 기억해요? 온 집안을 자세히 그려줬잖아. 완전히 궁전 같던걸. 그런 곳에 머리도 제대로 다듬지 않고 가고 싶은 건 아니죠?"

"난 신경 안 써."

"신경쓰면서 항상 안 쓴다고 그러더라." 뮤리엘은 부엌으로 나가서 재봉 가위를 가져왔다. 그녀는 그의 머리를 다듬으며 말했다. "당신 전처를 만날 수도 있잖아요. 그걸 생각해봐요."

"내가 왜 그래야 하는데?"

"최고의 모습이 아닐 때 이전 남편이나 아내를 만나는 것만큼 끔찍한 일은 없어요. 턱 조금만 내려봐요."

"난 전처를 만날 마음이 없어."

"길에서 우연히 볼 수도 있죠."

"그러면 딴 데를 보면서 길을 건너가버릴 거야."

그녀는 이 말을 듣기를 기다리고 바라왔다. 그녀는 다시 확신을 받을 때까지 숨을 참기라도 한 양 갑자기 시끄럽게 숨을 내쉬었다.

"정말로 딴 데 볼 거예요?"

"그럼."

"그 여자 얘기 좀 해봐요, 스탠. 예뻐요?"

"그 얘기는 안 하는 게 좋겠는데."

"당신은 다른 남자들이 전처 이야기를 하는 식으로는 얘기한 적이 없어요. 고개 살짝 오른쪽으로 돌려보고. 그 여자 얘기 좀 한다고 나쁠 것도 없잖아요? 예쁘니 안 예쁘니 정도는."

"그래봤자 무슨 소용인데?"

"그러면 내가 알 수 있겠죠. 턱 내려요."

턱을 내리며 그는 자신의 허리띠 버클을 내려다보았다.

"그 여자가 예쁜지 알고 싶은 거야?"

"음, 아뇨. 내 말은, 예쁘지 않다면 더 좋을 거 같아요."

"안 예뻐. 이제 만족해?"

"아뇨."

"좋아. 그 여자는 아주 사악하게 못생겼어. 뚱뚱하고, 여드름투성이에, 사팔뜨기에, 안짱다리에, 발도 안으로 굽고⋯⋯."

"지금 나를 놀리네, 스탠."

"놀리는 건⋯⋯." 그는 맑은 정신으로 말했다. "그 여자가 내겐 예뻤다고 말하는 거지."

"한때는 예뻤겠죠, 그렇지 않으면 결혼하지 않았을 테니까."

"나는 열일곱 살이었어. 그땐 여자애들이 모두 예뻐 보이지." 그 말은 사실이 아니었다. 그는 사실 다른 여자들은 기억도 하지 못했다. 오로지 에이다뿐. 해질녘 구름처럼 섬세하고 분홍빛이며 보송보송했던 그녀. 젊고 힘있던 시절, 그는 남은 평생을 그녀만 돌보며 살리라 작정했었다. 그러나 그 대신에 그녀가 그를 돌보며 인생을 살게 되었다. 지금에 와서도 그는 어떤 지점에서, 혹은 무슨 이유로 그들의 역할이 뒤집혔는지 알 수가 없었다.

"그들 중 몇 명은 아직도 당신에겐 여전히 예뻐 보이겠죠." 뮤리엘은 재봉 가위를 내려놓았다. "내가 한번 맞혀볼까? 당신의 그 웨이트리스는 색기가 철철 흘렀을걸."

"그 여자는 결혼해서 애가 여섯이나 있어."

"남편과 애 여섯이 있다고 당신이 천사가 되는 건 아니잖아요."

"걱정 좀 그만할래, 뮤리엘? 나는 어떤 웨이트리스든, 전처든 만나서 어떻게 해보려고 샌펠리스에 가는 게 아냐."

"지난 월요일에 데이지를 만날 기회가 있었잖아요." 뮤리엘이 간절한 목소리로 말했다. "차라리 장거리전화를 걸거나 편지를 써보는 게 어때요? 그러면 다른 때 그 애가 집에 있는지 확인한 다음에 만나러 갈 수 있잖아요."

"나는 데이지를 지금 보고 싶어, 오늘."

"그렇게 별안간 왜?"

"이유가 있어."

"당신이 읽고 있던 데이지의 옛날 편지와 상관이 있는 거예요?"

"전혀."

그래도 새 편지에 대해선 말하지 않았다. 그가 일하는 창고로 배달된 속달. 이제 그 편지는 우표 크기로 접히고 또 접혀 그의 지갑 속에 숨어 있었다. 거기에는 돈도, 소식도, 그의 건강에 대한 정중한 문의도, 그녀 자신에 관한 진술도 들어 있지 않았다. 아버지께, 혹시 카를로스 시어도어 카밀라라는 이름이 아버지에게 무슨 의미가 있는지 알려주실 수 있나 물어보고 싶어요. 수신자 번호로 연락 주세요. 로블스 24663번. 사랑하는 데이지가. 필딩은 이 짧고 퉁명스러우며, 거의 불친절하기까지 한 편지가 배달되지 않은 척하고 싶었지만, 그럴 수 없다는 것을 알았다. 창고에서 속달우편을 받을 때 서명을 했고, 우체국 기록에 그 서명이 남아 있을 것이다. 어떻게 데이지가 창고 이름과 주소를 알았을까? 분명히 피나타에게 들었겠지. 피나타에게 직업을 얘기해준 사실은 기억나지 않았다.

그날 무척 기분이 좋지 않았고, 정신이 어지러워지기 시작해서 뭐가 어디에서 끝나고 어디에서 다른 게 시작되었는지 확신할 수 없었다. 어쩌면 피나타가 다른 방법으로 알아냈을 수도 있다. 그는 보석 보증인인 동시에 탐정이었으니까. 탐정……

맙소사, 그에게 무슨 생각이 퍼뜩 떠올랐다. 어쩌면 데이지가 그 남자에게 의뢰했을 수도 있어. 하지만 왜? 그게 카밀라랑 무슨 상관이라고?

"당신 얼굴이 새빨개요, 스탠. 열이 나려는 게 아닐까?"

"그만 좀 귀찮게 할래? 나 준비해야겠어."

그가 복도 건너편의 노부인과 함께 쓰는 욕실에서 씻고 면도하는 동안, 뮤리엘은 그를 위해 갓 빨아놓은 속옷과 깨끗한 셔츠, 그리고 이번 주 초에 피나타가 빌려주었던 푸른 줄무늬의 새 넥타이를 꺼내놓았다. 그는 뮤리엘에게는 상점 진열장 너머로 보고 넥타이를 샀다고 말했다. 그녀는 그의 말을 믿었다. 너무 사소한 일이라 거짓말할 것처럼 보이지 않았기 때문이다. 그녀는 아직 그를 안 지 그리 오래되지 않았으므로, 사소한 일에도 비밀스러워지는 그의 경향이 중요하고 심각한 일에 엄청나게 솔직해지는 성향만큼이나 그의 본성의 일부라는 사실을 아직 깨닫지 못했다. 가령 그에게는 니타와 그녀의 남편, 감옥과 피나타가 얽힌 일화를 세세하게 설명해야 할 이유가 없었다. 그런데도 그는 그녀에게 모든 것을 얘기해주었다. 다만 피나타에게서 빌린 넥타이에 대한 작은 설명을 빠뜨렸을 뿐이다.

욕실에서 돌아와 아내가 매라고 골라놓은 넥타이를 본 그는 그걸 도로 화장대 서랍에 넣었다.

"난 그게 좋은데." 뮤리엘이 항의했다. "당신 눈 색깔과 잘 어울려요."

"너무 화려해. 히치하이킹을 하려면 가능한 한 보수적으로 보여야 하는 법이야. 캐딜락의 타이어가 막 펑크 났는데 전화를 찾을 수 없는 신사처럼."

"그런 식으로 말이지, 응?"

"그래."

"캐딜락 대신에 당신은 뭘 쓸 작정인데요?"

"내 상상력이지. 고속도로 위에 서 있으면서 다른 사람들이 볼 수 있을 정도로 캐딜락을 열심히 상상할 작정이야."

"내가 지금 볼 수 있게 당장 시작하면 어떨까?"

"벌써 시작했어." 그는 창문으로 가서 때 낀 분홍색 망사 커튼을 걷었다. "저기, 뭐가 보여?"

"자동차. 백만 대는 있겠는데."

"그중 하나가 내 캐딜락이야." 그는 커튼을 내려놓으며 몸을 쭉 펴고 상상의 외알 안경을 눈에 끼웠다. "실례합니다, 부인. 가장 가까운 주유소가 어딘지 부디 알려주시겠습니까?"

그녀는 소녀답게 킥킥 소리를 내어 웃기 시작했다.

"아, 스탠, 당신 정말 웃겨. 배우가 됐어야 한다니까."

"부인의 말씀을 반박하기가 저어됩니다만, 저는 배우랍니다. 제 소개를 해도 되겠습니까? 제 이름은…… 아, 제가 익명으로 여행하고 있다는 사실을 잊었네요. 백만 명이나 되는 저의 광적인 팬들이 너무 열광할까 두려우니 신분은 밝히지 않겠습니다."

"참, 당신은 누구라도 속일 수 있을 거예요. 스탠. 말투가 꼭 신사 같으니까."

갑자기 그는 술이 확 깬 얼굴로 그녀를 내려다보았다.

"고마워."

"그래요, 잠깐이라도 저기 앞에 캐딜락을 똑똑히 볼 수 있었는걸요. 빨강과 검정, 그리고 진짜 가죽 시트가 깔려 있고, 문에 당신 이니셜이 새겨져 있는 걸로." 그녀는 그의 팔에 손을 댔다. 널빤지처럼 뻣뻣했다. "스탠?"

"응?"

"뭔 소리래요, 우리는 캐딜락이 있어도 어떻게 해야 할지 모르잖아요. 등록비랑 보험료도 내야 하고, 연료비도. 그리고 주차할 공간도 찾아야 해요. 그렇게 귀찮음을 무릅써야 할 가치가 없잖아요, 나한텐 그런데. 그냥 빈말이 아니에요. 진심이라고."

"그럼, 당신 진심이겠지, 뮤리엘."

그는 그녀의 충심에 감동했지만 동시에 짜증이 나기도 했다. 자기는 그런 걸 받을 자격이 없고 그럴 자격을 갖추려면 미래에 더 노력해야 한다는 생각이 새삼 들었기 때문이다. 미래, 그는 생각했다. 그가 더 젊었을 때 미래는 언제나 화사하게 리본을 묶은 선물 상자처럼 보였다. 이제 그것은 그의 앞에 납으로 된 벽처럼 진회색의 뚫을 수 없는 무엇으로 우뚝 서 있었다.

그는 화장대 서랍에서 그 벽에 어울리는 진회색 넥타이를 하나 골랐다.

"스탠, 나 데려갈 거예요?"

"아니, 뮤리엘. 미안해."

"월요일 밤에 직장에 늦지 않게 돌아올 거죠?"

"돌아올 거야."

그가 피게로아 스트리트의 전기 용품점의 야간 경비원으로 일한 지 딱 일주일이 되었다. 일은 지루하고 외로웠지만, 그곳에 지금 당장 강도가 침입하면 날아차기나 뒤통수 치기, 혹은 짧지만 강력한 왼손 훅으로 제압하거나 아직은 어떻게 할지 모르겠지만 영리한 방법으로 그들을 속여넘기는 자신을 모습을 상상하곤 했다. 그러다가 재치나 싸움으로 강도들을 이겨서 전기 용품점 본사의 사장에게서 표창을 받는 상상으로까지 이어졌다. 상은 돈이나 회사 주식부터 이름과 용감한 선행 내용이 새겨진 커다란 감사패까지 다양했다. "스탠리 엘리엇 필딩에게, 자신의 직무 범위를 넘어서 일곱 명의 복면 강도들을 처단한 공을 치하하여……."

전부 공상일 뿐이라는 걸 그도 알았다. 하지만 시간을 때울 때나 혼자 있을 때 느끼는 긴장감을 푸는 데 도움이 되었다.

뮤리엘이 그가 재킷 입는 것을 도와주었다.

"자. 정말 멋있네요, 스탠. 누구도 당신을 야간 경비원으로 보지 않을 거예요."

"고마워."

"거기 가면 어디 묵을 거예요, 스탠?"

"아직 정하지 않았는데."

"당신 직장과 관련해서 무슨 일이 생겼을 경우를 대비해 연락처를 알았으면 좋겠는데. 중요한 일이면 데이지의 집으로 전화할 수도 있겠지만."

"아니, 하지 마." 그는 재빨리 대답했다. "데이지의 집에는 가지도 않을 거야."

"하지만 아까 말할 때는……."

"내 말 잘 들어. 내 벌금을 대신 내준 젊은 남자 얘기 해준 것 기억나? 스티브 피나타라고. 그의 사무실이 이스트오팔 스트리트에 있어. 무슨 긴급한 일이 생기면 거기 피나타에게 메시지를 남겨."

뮤리엘은 그의 팔에 매달려 문까지 갔다.

"약속한 거 기억해요, 스탠. 술은 멀리하고 대체로 얌전하게 행동하겠다고."

"물론이지."

"따라가고 싶은데."

"다음 기회에."

그는 문을 열기 전에 아내에게 작별 키스를 했다. 복도 건너편에 사는 나이든 여성인 위텐버그 양 때문이었다. 위텐버그 양은 종일 아파트 문을 활짝 열어놓고 안경을 쓰고 신문을 무릎 위에 펼쳐놓은 채 집안에 앉아 있곤 했다. 가끔은 소리 내지 않고 신문을 읽었고, 어떨 때는 꽤 큰 소리로 읽으며 몇 년 전에 죽은 여동생에게 자기의 생각을 알리곤 했다.

"저 사람들 이제 나온다, 로즈메리." 위텐버그 양은 강한 뉴잉글랜드 억양으로 말했다. "외출한다고 말쑥하게 꾸미고 나왔네. 저렇게 가버리니 속 시원해. 너도 나랑 같은 뜻이라니 다행이구나. 저사람이 욕실을 또 흉악한 꼴로 만들어놓고 간 거 봤니? 사방에 물기하고는. 여기 질척, 저기 질척……. 네가 그런 천박한 말을 하다니 놀랍구나, 로즈메리. 네 입술에서 그런 말이 떨어지는 것을 아버지가 들으시면 무덤에서 돌아누우시겠다."

"안으로 들어가서 문 닫아." 필딩이 뮤리엘에게 말했다. "그리고 문 잠그고 있어."

"알았어요."

"내 걱정은 마. 내일 밤까지는 집에 돌아올 테니까. 늦어도 월요일까지는."

"속닥거리는 건……." 위텐버그 양이 말했다. "천한 출신이라는 표시지."

"스탠, 몸 조심해요. 그럴 거죠?"

"그렇게. 약속해."

"나 사랑해요?"

"그렇다는 것 알잖아, 뮤리엘."

"속닥거리는 건……." 위텐버그 양이 반복했다. "천한 출신이라는 표시일 뿐 아니라, 믿을 만한 소식통에게 들었는데 미시시피 서쪽에 있는 모든 주에서는 불법으로 지정되었다지. 내가 알기론 처벌이 엄청 심하다고 하더라."

필딩이 목소리를 높였다.

"안녕히 계세요, 로즈메리. 안녕히 계십시오, 위텐버그 양."

"신경쓰지 마, 로즈메리. 너를 이름으로 부르다니 저 남자 참 뻔뻔하지 않니. 다음에 또 그러려고 하면……. 어머나 세상에, 생각만 해도 몸이 부들부들 떨려." 그녀도 목소리를 높였다. "내가 예의가 있는 사람이니 당신 인사에 대답해주는 거라우, 속닥속닥 양반. 하지만 내가 엄청나게 염려하는 마음으로 그러는 줄이나 알아요, 잘 가요."

"맙소사."

필딩이 웃음을 터뜨렸다. 뮤리엘도 함께 웃었다. 그동안 위텐버그 양은 로즈메리에게 열일곱 개 주에서 웃음과 조롱, 간음을 금지하는 법안이 곧 실행될 거라는 얘기를 해주었다.

"문 닫고 있어, 뮤리엘."

"남한테 해조차 끼칠 수도 없는 노파일 뿐이에요."

"해 끼치지 않는 노파는 없어."

"잠깐, 스탠. 칫솔 빼먹었다."

"샌펠리스에서 하나 살게. 잘 있어, 여보."

"잘 다녀와요, 스탠. 무사히요."

그가 간 후에 뮤리엘은 아파트로 들어가 문을 잠그고 창문 옆에 서서 오 분 동안 소리 없이 효율적으로 울었다. 그런 후에 눈은 빨갛게 부었지만 침착해져서, 침대 밑에서 필딩의 우그러진 여행 가방을 끄집어냈다.

나는 기억들이 너무 세차고 빠르게

모여들어 숨도 쉴 수가 없구나.

소는 시내 중심 가까이 스테이트 스트리트에 있는 오

들 건물에 자리잡고 있었다. 피나타의 고객 중 많은 사

소의 넓은 참나무 문으로 들어갔다 나왔고, 몇 년 동

장인 찰스 올스턴과 무척 잘 아는 사이로 지냈다. 올

아니고 훈련받은 사회복지사도 아니었다. 그는 보험

하다 은퇴했고, 홀아비였으며 대부분의 시간과 에너

들의 문제를 해결해주는 데 썼다. 진료소 운영을 계

는 의사들과 일반 시민들을 설득해서 재능을 기부하

게 했고, 시와 군의 공무원들과 싸워 기금을 얻어냈으며, 무료 홍보

를 받으려 지역 신문사를 괴롭혔으며, 부인회와 정치 집회, 교회 모

임에 호소했고, 자기들 소굴에 들어가 있는 라이언스 클럽과 로터리 클럽의 회원들, 콜럼버스 기사회●에게 맞섰다.

올스턴은 계몽해야 할 무리가 있는 곳이면 언제 어디든 나타나 계몽을 베풀고 속사포 같은 속도로 청중을 향해 통계 수치를 쏘아 댔다. 이런 빠른 연설은 중요했다. 그렇게 하면 청중은 사실과 숫자를 면밀히 살필 수 없기 때문이다. 이는 올스턴이 무척 바람직하다고 여기는 효과였는데, 사실 그는 종종 자신만의 통계를 지어냈기 때문이다. 그는 그런 일을 하고도 양심의 가책을 느끼지 않았고, 무지에 대항하는 자신의 전쟁에서 합법적인 부분이라고 믿었다. "알고 있습니까?" 그는 파멸을 예고하는 손가락을 휘두르며 크게 외쳤다. "선량하고 의심 없고 순진한 여러분 일곱 중 한 명은 정신병원에 갈 거라는 사실을?" 청중이 따분해하며 별로 깊은 인상을 받지 않는 것 같으면, 그는 이 숫자를 다섯 중 하나나 심지어 셋 중 하나로 바꾸기도 했다. "예방만이 해답입니다. 예방만이. 진료소에서 일하는 우리는 모든 이의 문제를 해결할 수 없을지도 모릅니다. 우리가 희망하는 것은 그 문제를 관리 가능할 정도로 작게 유지하는 것입니다."

토요일 정오, 올스턴은 참나무 문에 "진료 종료" 표지판을 걸어 놓고 주말을 위해 문을 잠갔다. 고되었지만 성공적인 한 주였다. 민주 동맹과 해외 참전 용사 협회에서 새로 아동 병동을 짓는 사업에 기부하기로 해주었고, 석고 벽과 시멘트 마감 기술자 지역 조합에서 봉사 활동을 하겠다고 신청해왔다. 그리고 《모니터프레스》에서는 진료소에 대한 연재 기사를 싣고 '1그램의 예방'이라는 제목으로 수필 공모전을 열기로 했다.

올스턴이 강철 빗장을 문에 걸고 있을 때 누군가 문을 두드리기 시작했다. 진료소가 밤이나 주말 동안 문을 닫을 때 흔히 있는 일이었다. 언젠가 충분한 인력과 돈이 있어 진료소를 병원처럼 연중무휴로, 적어도 일요일만이라도 운영하는 것이 올스턴의 꿈 중 하나였다. 일요일은 겁에 질린 자들에게는 궂은날이었다.

"끝났어요." 올스턴은 문 너머로 소리 질렀다. "도움이 필요한 긴급한 사정이면, 메르카도 의사, 5-3698로 연락해봐요. 알았어요?"

피냐타는 아무 말 하지 않았다. 그저 기다렸다. 올스턴은 누구든 그냥 돌려보내지 못하는 사람이라 문을 열어줄 것임을 알았기 때문이다.

"도움이 필요하면 메르카도 의사, 5-3698번이라고요. 이런, 맙소사." 올스턴이 말하면서 문을 열었다. "도움이…… 아, 자네인가, 스티브."

"안녕하세요, 찰리. 이렇게 방해해서 죄송합니다."

"자네 고객을 찾나?"

"정보가 필요합니다."

"난 시간당 보수를 받는데. 아니면 새 아동 병동의 기금으로 받아도 될까? 유효하기만 하면 수표도 괜찮네. 들어와."

피나타는 그를 따라 사무실로 들어갔다. 좁고 천장이 높은 방은 야한 분홍색으로 칠해져 있었다. 분홍색을 칠하자는 건 올스턴의 생각이었다. 인생에서 푸른색과 회색, 검정색만 너무 많이 본 사람들에게 기운을 북돋아주는 색깔이라는 것이었다.

"앉게나." 올스턴이 말했다. "사업은 어떤가?"

"잘되어간다고 말하면 나한테서 돈을 뜯어낼 것 아닙니까."

"뜯어내야지. 이건 시간 외 일이네. 1.5배로 청구할 거야."

어조는 가벼웠지만 피나타는 그가 꽤 진지하다는 것을 알았다.

"좋습니다. 그 정도면 나도 괜찮아요. 십 달러라면?"

"장부에는 십오 달러로 쓰는 편이 더 보기 좋겠는데."

"소장님 장부에야 그렇죠. 내 장부는 아닙니다."

"잘 알았네. 따지지 않기로 하지. 하지만 이 점만은 짚고 넘어가고 싶은데, 다섯 명 중 한 명이……."

"지난주에 키와니스 모임*에서 들었어요."

올스턴의 얼굴이 밝아졌다.

"꽤 신나는 집회 아니었나? 그렇게 젊은 애들한테 겁주고 싶진 않았지만, 공포심으로 그들 지갑에서 돈을 꺼낼 수만 있다면야 그 정도는 제공해야지."

피나타가 말했다.

"오늘은 내가 딱 십 달러어치 무섭네요."

"어쩌면 다음엔 내가 더 잘할지도 몰라. 내 말 믿어봐. 노력할 테니까."

"그 말 믿죠."

"좋아. 그래, 무슨 문제인가?"

"후아니타 가르시아."

"세상에." 올스턴은 무거운 한숨을 내쉬었다. "그 여자가 이 동네로 돌아왔나?"

"그런 것 같더라고요."

"그 여자랑 아는 사이였어, 어?"

"개인적으로는 아닙니다."

"그러면 운이 좋다고 생각하게. 여기서는 '교화 불가능'이라는 말을 쓰진 않네만, 후아니타를 상대할 때만큼은 그 말이 나오기 직전이라니까. 자, 이게 바로 일 그램의 예방이 몇 킬로그램의 치료보다 낫다는 경우야. 그 여자가 어릴 적에 처음으로 심리적 장애 증세를 보였을 때 우리에게 왔다면, 뭐 우리가 잘 치료했을 수도 있고 아니었을 수도 있겠지. 후아니타 경우에는 뭐라 말하기 어렵네. 마침내 우리가 청소년 법정의 명령으로 그 애를 만났을 때는 열여섯 살이었어. 벌써 한 남자랑 이혼을 하고 다른 남자의 아이를 임신한 지 팔 개월째였지. 후아니타의 상태 때문에 우리는 아주 살살 다뤄야 했지. 그래서 그 애가 그런 생각을 하게 된 것 같아."

"무슨 생각요?"

● **키와니스 모임** _ 국제 아동 봉사 클럽의 하나.

올스턴이 슬픔과 불만 어린 찬탄이 뒤섞인 태도로 고개를 흔들었다.

"후아니타는 법정, 보호관찰소를 포함해 우리 모두의 두 손 두 발을 꽁꽁 묶어버릴, 간단하지만 엄청나게 놀라운 장치를 고안해냈어. 말썽에 빠질 때마다 고전적인 단순한 방법으로 우리 뒤통수를 쳤지."

"어떻게요?"

"임신을 한 거야. 불량소녀와 임신부는 별개의 문제니까." 올스턴은 의자에서 몸을 움직이며 다시 한숨을 지었다. "솔직히 말하자면, 그녀가 실제로 이런 장치를 의식적으로 알아냈는지는 누구도 확실히 모르네. 우리 소속 심리학자 중 한 명은 후아니타가 중요한 사람인 것 같은 기분을 느끼기 위한 수단으로 임신을 이용한다고 믿어. 하지만 난 그 생각에 그리 확신이 없네. 이 소녀는…… 여자라고 하는 편이 맞겠지, 이제는 스물예닐곱 되었을 테니까. 이 여자는 절대로 멍청하지가 않거든. 그 여자는 몇 번의 검사에서 뛰어난 실력을 보였네. 특히 사실의 지식보다 상상력을 사용하는 검사에서 두각을 보였지. 평범한 작은 그림을 관찰하고도 그걸 어찌나 선명한 상상력으로 묘사하던지, 무슨 반 고흐의 그림이라도 보면서 말하는 줄 알았네. '정신분열적 인격'이라는 용어는 이제 인기가 없네만, 확실히 후아니타에게는 적용할 수 있었을 거야."

"어떻게 생긴 여자입니까?"

"눈을 반짝거리며 웃을 때 이가 다 드러나는 게 꽤 예뻐. 몸매는 잘 모르겠네. 나는 걔가 임신하지 않았을 때는 어떤지 모르니까. 비극적인 부분은 말이지," 올스턴이 덧붙였다. "자기 애들을 제대로 돌보지 않는다는 거야. 애들이 작은 아기였을 땐 무슨 인형 다루듯이 안아주고 놀아주기를 좋아했어. 하지만 애들이 약간 크자마자 흥미를 잃어버렸지. 삼사 년 전에 아동 방임죄로 체포된 적 있었어. 하지만 다시 한번 임신이라는 역경에 빠져 있었기에 보호관찰로 풀려날 수 있었지. 그리고 당시 뱃속에 있던 아기, 여섯째였나를 출산한 후 보호관찰을 어기고 마을을 떠났어. 그 애를 찾으려고 애써 노력한 사람도 없었던 것 같네. 우리 직원들이 갹출해서 여비를 대주었다고 해도 난 놀라지 않을 걸세. 후아니타 그 자체로 충분히 골칫거리였거든. 하지만 그 여자를 6으로 곱하면, 오 맙소사, 생각하기도 싫어. 그런데 후아니타가 이제 동네로 돌아왔다는 거지."

"그런 것 같습니다."

"뭘 하고 있나? 물어보나 마나인가?"

"술집에서 웨이트리스로 일합니다. 같은 여자인진 모르지만."

"결혼은 했나?"

"네."

"애들도 같이 있고?"

"몇 명은 같이 있는 것 같습니다. 며칠 전 남편이랑 싸움에 휘말렸어요. 남편은 그 여자가 자식들을 무시한다고 주장했지요."

"자네, 그 여자 알지도 못한다며. 어디서 그런 정보를 주워들었나?"

"친구 한 명이 어쩌다 그 싸움이 시작될 때 술집에 있었거든요."

"그래서 애 엄마 후아니타에게 흥미를 가지게 된 거로군? 싸움을 목격하게 된 친구를 통해서?"

"그렇게 말할 수도 있겠지요."

"그렇게 말할 순 있지만 사실은 아닐 거라 이건가?" 올스턴이 안경 너머로 올려다보았다. "그 여자애가 다시 곤란에 빠졌어?"

"제가 알기론 아닙니다."

"그럼 정확히 무슨 이유로 왔나?"

피나타는 망설였다. 그는 전체 이야기를 말하고 싶진 않았다. 한창 때에 별 대단한 이야기를 다 들은 올스턴에게라도 마찬가지였다.

"기록 서류를 확인해보고 후아니타 가르시아가 특정 일자에 여기 왔었는지 알려줬으면 하고 왔습니다."

"어떤 특정일?"

"1955년 12월 2일 금요일입니다."

"꽤 기묘한 요청이로군. 이유를 말해줄 수 있나?"

"안 됩니다."

"그럴 만한 좋은 이유가 있겠지."

"얼마나 좋은지는 모르겠습니다만 하나 있긴 합니다. 그게 내

고객과 관련된 일이라서요. 그 숙녀의 이름은 여기서 빼고 싶습니다만 그럴 수가 없군요. 그분에 대한 정보도 필요하거든요. 제임스 하커 부인요."

"하커, 하커, 잠깐만 생각 좀 해보고……. 데이지 하커?"

"그렇습니다."

"대체 데이지 하커 같은 여자가 보석 보증인하고 얽혀서 뭘 하고 있는 건가?"

"길고 황당무계한 이야기입니다." 피나타가 미소를 지으며 말했다. "토요일 오후고, 1.5배로 상담료를 내고 있으니 그 얘기는 다른 기회에 하도록 하죠."

"하커 부인에 대해서는 뭘 알고 싶은 건가?"

"같은 겁니다. 부인이 그 특정일에 진료소에서 일했는지. 그리고 언제, 어째서 여기를 그만두었는지."

"어째서는 내가 말해줄 수 없네. 나도 모르니까. 그 시점에 나도 어리둥절했었고 지금도 그래. 어머니가 편찮으셔서 간호가 필요하다는 핑계를 댔지만, 나도 부인회의 인맥을 통해 필딩 부인을 아는 사이였거든. 그 부인은 말처럼 튼튼하던데. 매력적인 여인이지. 상냥한 태도를 잊지 않고 유지하기만 하면……. 아니, 필딩 부인의 병 때문은 아니었어. 그 점은 확실하네. 진료소 일 자체로 말하자면, 하커 부인이 좋아했었다고 믿네."

"일은 잘했습니까?"

피나타가 물었다.

"훌륭했지. 천성이 다정하고 이해심이 깊고 믿을 만했어. 아, 때로는 과하게 흥분해서 긴급 상황에서는 이성을 잃는 경향도 있었지만 심각한 건 아니었지. 그리고 아이들이 그녀를 좋아했어. 아이 없는 여성들이 가끔 그러듯이 아이들이 중요하고 특별한 존재라고 느낄 수 있게 하는 요령을 갖고 있었지. 그저 어쩌다 정자와 난자가 만나서 생긴 결과물이 아니라고 느끼게 해줬어. 훌륭한 여성이야, 하커 부인은. 부인이 그만두어서 무척 아쉬웠다네. 알고 지낸 지는 오래되었나?"

"아뇨."

"다음에 부인을 만나면, 안부 좀 전해주게나. 그리고 언제든지 올 수 있을 때 다시 와달라고."

"그렇게 하겠습니다."

"부인이 어쩌다 그만두게 되었는지 배경을 알기만 한다면 그 부분을 어떻게 해줄 수도 있을 텐데."

"그 배경은 전적으로 부인의 것이지 진료소의 책임은 아닙니다."

"뭐, 그냥 확인해봐야겠다고 생각했던 거지. 직장이 다 그렇듯이 우리 직원들 사이에서도 이따금은 불화가 일어나고 불만이 있네. 심리학이 정확한 과학이 아니고 결과적으로 진단과 절차에 차이가 있다는 것을 고려하면 그런 불화가 더 많이 일어나지 않는 게 도리어 놀랍지. 특히 절차에 말이야." 올스턴은 얼굴을 찡그리며 덧붙였다. "가령, 후아니타에 같은 여자에 대해서 뭘 한단 말인가? 피임을 시켜? 기관에 가둬? 정신과 치료를 강제해? 우리는 최선을 다했네. 하지만 소용이 없었던 이유는 후아니타 본인이 자기에게 문제가 있다는 것을 인정하려 들지 않았기 때문이야. 교정하기 힘든 사람들이 그러듯이, 후아니타는 여자는 다 똑같고 자신은 자기 행동에 대해 솔직하고 정정당당하게 행동한다는 사실 때문에 남다르다고 자신을 설득할 수 있었네(물론 우리도 설득하려 했지). 솔직하고 정정당당하다, 자기기만에 사로잡힌 이들이 좋아하는 단어들이지. 내 충고를 받아들이게, 스티브. 누가 자신의 솔직함을 너무 힘차게 주장하면 뛰어가서 금전 출납기를 확인해보게. 그리고 누가 거기 손을 댔다고 해도 놀라진 마."

"나는 일반화는 안 믿습니다. 특히 그건요."

피나타가 말했다.

"어째서?"

"나도 포함되기 때문이죠. 나도 솔직하다는 주장을 자주 하거든요. 아닌 게 아니라 지금도 하고 있군요."

"이런, 이런. 그렇다면 지금 나는 일반화를 도로 물리든가 가서 금전 출납기를 확인해봐야 하는 난처한 처지에 놓인 게로군. 이건 심각한 결정인데. 잠시 숙고할 시간을 주게나." 올스턴은 의자에 등을 기대고 눈을 감았다. "좋아. 일반화를 물리도록 하지. 이 일을 하면 냉소적이 되기 쉬운 것 같아. 너무 많은 약속을 하고 깨고, 너무 많은 희망이 무너지지. 반대의 심리를 믿는 성향만이 남게 돼. 즉, 어떤 사람이 와서 자기가 사근사근하고 솔직하고 단순하다고 말한다면, 나는 그를 복잡하고 남의 신경을 거슬리게 하는 사기꾼이라고 딱지 붙일 거라네. 내가 피해야만 하는 직업적 위험이지. 지적해줘서 고맙네, 스티브."

"내가 뭘 지적했다고 그러세요." 피나타는 당황했다. "자기변호를 했을 뿐인데."

"그래도 감사는 하겠네."

"좋아요, 좋아. 천만에요. 1.5배의 상담료를 내는데 소장님과 말싸움하고 싶진 않습니다."

"그래, 1.5배지. 그럼 일을 계속해야겠군. 2시에 신입 이주민회에서 연설을 하게 되어 있어. 마음대로 주무를 수 있는 선량한 사람들이지, 대체로. 우리 재정에 꽤 도움이 되지 않을까 하는 바람을 한껏 품고 있네." 그는 책상 서랍에서 열쇠고리를 꺼냈다. "여기서 기다리게. 자네에게 파일 보관실로 들어가라고 할 순 없으니까. 우리 기록이 극비는 아니나, 많은 사람들이 그렇다고 믿고 싶어 하거든. 내가 나간 동안 뭐라도 읽을거리를 줄까?"

"아뇨, 괜찮습니다. 그냥 생각 좀 해보겠습니다."

"생각할 일이 많아?"

"충분하죠."

"데이지 하커는……." 올스턴은 무심하게 말했다. "무척 예쁘지. 그리고 불행한 젊은 여성이고. 나쁜 조합이야."

"그게 나랑 무슨 상관입니까?"

"전혀 없지. 그러길 바라고."

"그런 바람은 진료소 재정에나 쓰세요. 나와 하커 부인의 관계는 철저히 업무적입니다. 부인은 인생의 어떤 날에 대한 정보를 얻기 위해 나를 고용한 겁니다."

"후아니타가 그날의 일부분이고?"

"아마도요."

아마 카밀라도 그렇겠지. 하지만 이제까지 그런 조짐은 보이지 않았다. 데이지는 미리 정한 대로 어제 아침 그의 사무실로 전화했고, 카밀라의 죽음에 관한 상세 정황을 듣더니 놀라고 괴로워하며 호기심을 보였다. 완벽히 정상적인 반응으로, 그녀의 정직성에 관해 그가 품었던 의심은 마지막 흔적까지 싹 지워졌다. 그녀는 짐과 어머니에게 카밀라라는 이름의 남자를 아느냐고 물어보았고, 아버지에게는 속달우편을 보내서 답장을 기다리고 있다고 했다.

올스턴은 흥미와 의심이 섞인 표정으로 피나타를 응시했다.

"오늘은 별로 말을 하지 않는군, 스티브."

"저는 제가 강하고 조용한 타입이라고 생각하고 싶은데요."

"그런가? 뭐, 자네가 여기저기 발휘하는 란슬롯증후군을 조심하게나. 절망에 빠진 숙녀들을 구조하는 건 위험한 일일 수 있어. 특히 숙녀들이 결혼한 사람들일 때는. 하커는 아주 좋은 남자라는 평판이네. 그리고 영리한 사람이기도 하지. 잘 생각해보고 있게나, 스티브. 나는 몇 분 후에 돌아올 테니."

피나타는 잘 생각해보았다. 란슬롯증후군이라니, 젠장. 나는 절망에 빠진 데이지들을 구하는 데는 관심이 없어. 데이지라니, 성인 여성의 이름치고는 참 웃기지 않아. 장담컨대 필딩의 생각이었을 거야. 필딩 부인이라면 좀더 격조 있고 이국적인 이름을 고르지 않았을까, 셀레스트, 스테파니, 그웬돌린 같은.

그는 일어서서 방안을 거닐기 시작했다. 이름을 생각하니 우울해졌다. 자신의 이름이야말로 교구 신부님과 어린이의 크리스마스 게임에서 빌려 온 것이었으니까. 특히 모니카가 조니를 데려간 지난 삼 년간 피나타는 자신의 부모에 대해서 많이 생각했다. 원장 수녀님이 여러 번 해준 충고를 따르려고 노력했지만 별로 성공적이진 못했다. "세상에 자기 연민을 위한 공간은 없단다, 스티븐스. 넌 아무도 기댈 사람이 없으니 강한 아이야. 그리고 기대지 않고 살 수 있다면 좋은 일이지. 네게 생겼을지도 모르는 온갖 집착을 생각해보렴. 세상에나, 요새는 그런 것들이 많잖니. 남자아이에게 필요한 건 본보기가 될 수 있는 좋은 남자란다. 그런데 너는 스티븐스 신부님에게서 그런 걸 받았잖니……. 네 어머니? 너무 무거운 십자가를 진 젊은 여인일 따름이지 않았을까? 십자가를 감당하지 못했다고 해서 어머니를 원망하면 안 된단다. 아마 네 어머니도 그냥 여학생이었을지 몰라."

어쩌면 후아니타 같은 여자였겠지. 피나타는 음울하게 생각했다. 그러나 삼십 년도 지난 지금 그게 무슨 문제가 될까? 어쨌든 그 여자 뒤를 추적할 수도 없는데. 단 하나의 단서도 없어. 그리고 어머니를 찾는다고 해도, 아버지는? 어머니는 자기 인생에서 만난 어떤 남자가 내 아버지인지 모를 수도 있지. 혹은 신경쓰지 않을 수도 있고.

올스턴은 파일에서 몇몇 카드를 뽑아 들고 돌아왔다.

"음, 자네 뭔가 잡았는데, 스티브. 나는 뭔지 잘 모르겠지만. 1955년 12월 2일은 하커 부인이 여기서 일한 마지막날이야. 그날 1시부터 5시 30분까지 아이들 놀이방을 맡아 근무했어. 거긴 부모나 친척들이 상담을 받는 동안 어린아이들을 맡기는 곳이지. 실제 치료는 하지 않지만 하커 부인의 일은 행동적 문제를 관찰하는 것도 포함했네. 가령 아이가 과하게 파괴적 성향을 보인다거나 수줍어한다거나. 그러면 전문 직원에게 서면으로 보고한다네. 종종 세 살짜리 아이가 인형을 가지고 노는 모습이 부모와 몇 시간씩 상담하는 것보다 가족 문제의 원인에 대해 더 많은 단서를 주거든. 그러니 하커 부인의 일이 중요하다는 걸 알겠지. 부인도 그 일을 진지하게 받아들였어. 지금 막 부인이 쓴 보고서 중 하나를 확인해보았네. 다른 자원봉사자라면 보지 못했거나 적어도 기록하지 않을 상세한 사항들을 가득 써놓았더라고."

"소장님이 확인한 보고서가 그날 쓴 겁니까?"

"그래."

"뭔가 특이하거나 심란한 일이 일어났나요?"

"여기서는 특이하고 심란한 일이 매일 엄청 일어난다네." 올스턴이 명랑하게 말했다. "그건 확실하지."

"내 말은, 하커 부인에 관련해서 말입니다. 가령 하커 부인이 아이들 중 하나와 문제가 있었다거나?"

"기록에 그런 일은 나와 있지 않아. 하커 부인이 아이들 친척이나 직원과 문제가 있었을 순 있지만, 그런 일은 서면 보고서에 포함되지 않지. 그리고 내 생각엔 그런 일이 과연 일어났을까 싶네. 하커 부인은 모두와 사이좋게 지냈거든. 내가 부인을 개인적으로 비난해야 한다면, 바로 그 점일세. 부인은 지나칠 정도로 남의 비위를 맞췄어. 그래서 난 부인의 자기 존중 척도가 그다지 높지 않다고 생각하게 됐지. 항상 미소를 짓는 사람들은 대개 그렇거든."

"항상 미소를 짓는다고요? 지나치게 남의 비위를 맞춰요? 우리 둘이 지금 똑같은 여자 얘기하는 거 맞아요? 어쩌면 데이지 하커가 두 명일지도 모르겠군요."

피나타가 말했다.

"왜? 부인이 변했나?"

"남의 비위를 맞추려는 티는 전혀 내지 않습니다. 정말이에요."

"그렇다면 정말로 흥미로운데. 나는 항상 그녀가 가면을 쓰고 있다고 생각했거든. 그만두었다면 좋은 징조일 거야. 아빠의 착한

딸 같은 술책은 성인 여성이 쓰기엔 터무니없지 않나. 어쩌면 부인
도 성숙했는지 모르지. 그게 우리 모두가 바라는 것일지 몰라. 성숙
은……." 그는 덧붙였다. "홍콩이나 런던, 파리, 혹은 천국 같은 목
적지가 아니네. 계속되는 과정이지. 마치 한 사람이 여행하며 따라
가는 길에 가까운 거야. 미합중국 성숙 시 같은 주소가 있는 게 아
니지. 오늘밤 국제 기업인 여성 연합회 연회에서 그 요점을 잘 전달
할 수 있을지 모르겠군……. 아냐, 아니야, 하지 않는 게 좋겠어. 그
러면 모금에 별로 도움이 되지 않을 테니. 차라리 내 통계를 계속
쓰는 게 낫지. 오호통재라, 사람들은 사상보다도 통계에 더 깊은 인
상을 받는다니까."

"특히 소장님의 통계 말이죠?"

"내 통계는 꽤 인상적이지." 올스턴은 싱긋 웃으며 말했다. "우
리의 화제로 돌아가면, 후아니타와 하커 부인 사이의 연결에 호기
심이 드는데."

"연결점이 있나도 모르겠습니다."

"그러면 이건 우연이겠지." 올스턴은 파일에서 뽑아 온 카드를
톡톡 두드렸다. "12월 2일 금요일은 하커 부인이 여기 나타난 마지
막날이야. 그리고 우리가 후아니타에게서 소식을 들은 마지막날이
기도 하지."

"소식을 들어요?"

"후아니타는 금요일 아침에 와서 헉슬리 부인과 이야기하도록

예약이 잡혀 있었어. 헉슬리 부인은 우리 사회복지사야. 치료 상담은 아니었고, 그저 재정 문제와, 아동 보호소에서 나와서 후아니타의 어머니인 로사리오 부인에게 보호받고 있는 아이들을 어떻게 해야 할까 하는 문제를 논의하려는 거였지. 우리 중 누구도 후아니타의 어머니가 맡는 게 이상적인 조처라고 생각하지 않았어. 로사리오 부인은 깔끔하게 살고 점잖은 여성이지만, 종교에 약간 광적이거든. 그래서 헉슬리 부인은 후아니타와 얘기해서 아이들을 잠시 위탁 가정에 맡기자고 할 생각이었지.

어쨌든 후아니타는 헉슬리 부인에게 금요일 아침 일찍 전화를 해서 몸이 좋지 않아 약속을 지킬 수 없다고 말했어. 그럴 만했지. 그녀는 출산 직전이었으니까. 헉슬리 부인은 아이들에 관한 일은 긴급하다고 설명하고 그날 오후 늦게 다른 약속을 잡아주었어. 후아니타는 고분고분하게 그러겠다고 했다더군. 심지어 상냥했다고 했어. 그것만으로도 우리에겐 경고가 되었지. 물론 후아니타는 나타나지 않았어. 아기가 좀더 일찍 태어난 건 아닐까 해서 나는 다음 날 로사리오 부인에게 전화를 걸었어. 부인은 노발대발한 상태더군. 후아니타가 아이들을 데리고 마을을 떠났다는 거야. 로사리오 부인은 나를 비난했어."

"어째서요?"

피나타가 물었다.

"왜냐하면……." 올스턴은 얼굴을 찡그리면서 말했다. "내가 말

오호^Mal Ojo, 즉 사악한 눈을 가지고 있어서지."

"전 눈치채지 못했는데요."

"말 오호에 관한 신앙이 사라졌다고 생각한다면, 내가 곧장 바로잡아주지. 그 민족의 다른 사람들처럼 로사리오 부인 역시 여전히 먼 과거 속에서 살고 있어. 의학에 관해서 말하자면 말이지. 병원은 사람이 죽는 곳이고, 정신과 상담은 성당에 반대되고, 병은 세균이 아니라 말 오호 때문에 걸리지. 그 여자에게 아직도 그런 것들을 믿느냐고 비난하면 아마도 부인할 걸세. 그래도 후아니타의 첫 아이는 나이든 산파의 부엌에서 태어났고, 후아니타가 정신과적 도움을 받으러 우리에게 왔을 때 로사리오 부인은 그녀만큼이나 커다란 장애물이 되었지. 정신과 의사는 고사하고 의사들 중에는 이 문화적 격차를 넘으려고 하는 사람이 거의 없다네. 그들은 로사리오 부인 같은 사람들을 고집 세고 과거지향적이고 비정상이라며 묵살하려고 하지만, 부인은 그저 자신의 문화적 유형에 따라 반응하는 것뿐이네. 그 유형은 우리가 생각하고 싶은 만큼 변하지 않았어. 그걸 바꾸려면 시간이 더 걸릴 거야. 노력과 의도와 훈련이 소요되겠지. 하지만 그건 강의 번호 27번일 뿐 역시 모금에는 별로 도움이 되지 않겠지……. 그건 그렇고, 내 말을 자네 민족에 대한 개인적 유감으로 받아들이지 않길 바라네."

"제가 그럴 이유가 뭐 있겠습니까?" 피냐타는 어깨를 으쓱하며 말했다. "심지어 그게 제 민족인지도 확실하지 않은데요."

"하지만 자네는 그렇게 생각하지 않나?"

"뭐, 그렇게 생각하긴 하죠."

"알겠지만, 나는 종종 그게 궁금했어. 자네는 딱 맞아 떨어지지 않는⋯⋯."

"로사리오 부인이 저보다는 더 흥미로운 연구 대상이겠죠."

"그렇고말고. 말한 대로, 내가 전화를 했더니 부인은 무척 화를 냈어. 그 전날 길 잃은 여러 영혼을 위해서 기도하려 특별 미사에 갔었다더군. 그중에는 후아니타의 영혼도 포함되어 있었겠지. 나는 종종 궁금하다네. 자넨 안 그런가? 어떻게 교구 신부들은 성모마리아와 사악한 눈을 동등한 열정으로 믿는 로사리오 부인과 같은 사람들을 다룰 수 있지? 아마도 꽤 엄청난 문제일걸. 어쨌든, 부인이 집에 돌아와보니 후아니타가 떠나고 없더라는 거야. 가방이랑 짐이랑 다섯 아이 모두. 지금 생각해보면 로사리오 부인이 거짓말을 할 이유는 모르겠지만, 그때는 무척 편리한 이야기라는 생각이 들었네. 그렇게 말하면 경찰이나 보호관찰소의 질문에도 대답할 필요가 없게 되거든. 후아니타가 떠났을 때 부인이 성당에 있었다면, 분명히 뭔가 알고 있으리라고 기대할 수 없으니까. 로사리오 부인은 복잡한 여자야. 그녀는 후아니타를 신뢰하지 않고 못마땅하게 여겼어. 사실 그녀를 싫어하는 것 같았지. 그렇지만 모성 본능만큼은 강했어. 자, 그렇게 된 거라네." 올스턴은 의자에 등을 기대며 분홍색 천장을 빤히 보았다. "그게 후아니타의 끝이야. 혹은 내가 정말로 끝이길 바라는 것이지. 일이 년 후 우리는 후아니타의 파일을 닫았어. 마지막 기록은 1956년 11월이군. 가르시아가 제대 후 이혼 소송을 하며 방임죄로 후아니타를 고발했지. 어느 아이가 그 남자의 애인지는 난 모르네. 어쩌면 아무도 아닐 수도 있겠지. 어쨌든 그는 양육권을 신청하진 않았어. 또 그에게 위자료나 양육비가 요구되지도 않았지. 후아니타가 청문회에 나타나지 않았으니까. 하지만 그에 대해 알았을 가능성은 있네. 여기 남서쪽에 사는 멕시코 가족들은 대부분 자기들 사이에 불화가 있어도 백인들과 문제가 생겼을 때는 나름의 방식으로 부족에 대한 충실한 마음과 유대감을 가지거든. 그리고 법은 그들에게 언제나 '백인' 편이지. 그러니 후아니타가 어떤 식으로든 친척들과 계속 연락하며 무슨 일이 일어났는지, 언제 여기로 돌아오면 좋을지 보고를 들었을 거라는 데 나는 한 점 의심도 없다네. 자네는 그 여자가 돌아왔다고 생각하나 보지?"

"합리적으로 생각하면 그렇습니다."

"재혼해서?"

"네, 도넬리라고 하는 이탈리아 남자와요. 나쁜 남자 같지는 않은데, 후아니타가 그 사람을 힘들게 하는 것 같아요. 그리고 항상 불만을 안고 화를 내는 것 같고."

"그런 사실을 어떻게 아나?"

"그가 술집에서 싸움에 끼어든 후 법정에서 봤어요. 제 고객도 그 싸움에 연루되었거든요. 도넬리는 벌금을 낼 만큼 돈을 긁어모

으질 못해 아직도 유치장에 있습니다. 후아니타가 자기 남편이 있기를 바라는 곳이 바로 거기겠죠."

"그 여자가 무슨 술집에서 일했어?"

"로워스테이트 스트리트에 있는 벨라다 카페요."

올스턴은 고개를 끄덕였다. "이전에도 일했던 데지, 띄엄띄엄. 거기 주인이 그 어머니의 친구야. 브루스터 부인이라고. 브루스터 부인과 벨라다 둘 다 이 군의 보건복지부에 잘 알려져 있지만, 실제로 문을 닫은 적은 없다네. 자네가 맞는 길에 들어선 것 같은데, 스티브. 그 여자가 정말로 후아니타라는 것을 알아내면 내게 즉시 알려주겠지? 난 그 애에게 어떤 책임감을 느껴. 곤란에 빠졌다면 도와주고 싶네."

"제가 어떻게 소장님과 연락하죠?"

"오후에는 집에 있을 거네. 거기로 전화해. 그동안 나는 무슨 착오가 있어서 진짜 후아니타는 태평양 한가운데 섬에서 행복하고 안락하게 자리잡고 살고 있기를 바라겠네."

올스턴은 일어나며 창문을 닫고 잠갔다. 그의 쪽에서는 인터뷰가 끝났다는 신호였다.

"조금만 더요." 피나타가 말했다.

"서둘러줄 수 있겠나? 신입 이주민회를 기다리게 하고 싶진 않거든."

"소장님이 그들과 얼마나 인맥을 맺고 싶어 하는지 안다면 그 사람들도 기꺼이 기다릴 겁니다."

"아, 그래. 돈 문제로 말하자면……."

"여기요." 피나타는 그에게 십 달러짜리 지폐를 주었다. "카를로스 카밀라라는 이름 들어보신 적 있습니까?"

"생각해볼 필요도 없이 모르겠네. 특이한 이름이잖나. 이전에 들어봤으면 기억할 거야. 그 사람이 뭐 어쨌는데?"

"사 년 전 자살했습니다. 로이 폰데로가 장례식을 맡았어요."

"폰데로는 알지." 올스턴이 말했다. "오랜 친구거든. 좋은 사람일세. 침착하고 주사위처럼 정직하지, 농담이 아니라."

"부탁 하나만 들어주시겠습니까?"

"봐서."

"그 사람에게 전화해서 제가 카밀라 사건에 대해 몇 가지 물어보고 싶어 한다고 말 좀 해주십시오."

"그거야 쉽지." 올스턴은 전화를 들고 다이얼을 돌렸다. "폰데로 씨 부탁합니다……. 언제 돌아온다고요? 찰스 올스턴인데요……. 고맙습니다. 오늘 오후에 다시 전화 걸죠." 그는 전화를 끊었다. "폰데로는 일이 있어 나갔다는군. 내가 나중에 연락해서 약속을 잡아놓지. 몇 시가 좋은가?"

"되는대로 빨리요."

"오늘로 잡을 수 있는지 알아보겠네."

"정말 감사합니다, 찰리. 자, 그럼 한 가지 질문만 더 하고 저도 가보겠습니다. 하커 부인이 후아니타를 알았나요?"

"이 진료소에 있는 사람이면 다 알았지. 이름은 모른다 해도 얼굴은. 하지만 왜 나한테 묻나? 하커 부인에게 묻지그래?" 올스턴은 책상 건너로 몸을 내밀고 눈살을 찌푸렸다. "부인에게 무슨 문제가 있나?"

"그런 것 같진 않습니다."

"풍문을 듣자니 하커 부부가 아이를 입양할 계획이라는데. 자네의 이 수수께끼 방문이 그것과 관련이 있나?"

"멀게는요. 제가 좀더 말씀드릴 수 있으면 좋겠습니다, 찰리. 하지만 어떤 일들은 기밀 사항이라서요. 제가 할 수 있는 말은 이 문제가 하커 부인을 제외한 다른 사람에게는 꽤 사소하다는 것뿐입니다. 사람 목숨이 달려 있는 것도 아니고, 돈이 달려 있는 것도 아니에요. 대단한 사건도 달려 있지 않죠."

피나타는 이렇게 말했지만 그의 생각은 틀렸다. 이 세 가지 모두가 달려 있었다. 그러나 그는 그걸 알아챌 상상력도 욕구도 없었다.

그것이 좋은 추억이었다면 얼마나 좋을까.

다른 남자들처럼 가족의 안정 속에 물러앉아

과거를 다정하게 회상할 수 있다면.

그러나 난 그럴 수 없지…….

필딩이 처음으로 히치하이킹한 차는 그를 벤투라까지 데려다주었고, 주크박스 수리공이 운전했던 두 번째 차는 샌펠리스의 스테이트 스트리트와 고속도로가 만나는 모퉁이에 그를 내려주었다. 거기서부터 벨라다 카페까지는 걸어가면 금방 닿을 수 있는 거리였다. 벨라다 카페는 전당포(무엇이든 사고 팝니다)와, 겸손하게도 리츠•라는 이름을 붙인 임시 체류자들을 위한 호텔(욕실 없는 방, 이 달러) 사이에 끼어 있었다. 필딩은 호텔에 숙박하고 2층 방을 받았다. 그는 평생 동안 이런 방에 백 번은 넘게 묵어보았지만, 이 방이 가장 좋았다. 부분적으로는 지금 흥분해서이기도 했지만, 더러운 창문 너머로 바다 위에 어른어른 비치는 햇살과 부두 너머에 닻을 내린

● **리츠**_ 세계적으로 유명한 고급 호텔 체인인 리츠칼튼 호텔과 같은 이름이다.

낚싯배가 보이기 때문이기도 했다. 그 광경이 어찌나 고요하고 편안해 보이던지, 필딩은 거기 내려가서 부두 일꾼으로 일해볼까 하는 생각도 잠깐 했다. 그러다 스태튼아일랜드에서 페리를 타기만 해도 뱃멀미를 했었다는 기억이 떠올랐다. 그리고 이젠 뮤리엘도 있었다. 그는 책임질 가족이 있는 결혼한 남자였다. 뮤리엘이 집에서 기다리고 있는데 배를 타고 뛸 순 없었다……. 더 젊었을 때 바다로 나갔어야 했어, 그는 생각했다. 지금쯤은 선장이 되었을지도 모르는데. 필딩 선장; 딱 어울리고 어엿하게 들리잖아.

"배를 멈추라."

필딩은 큰 소리로 말해보았다. 그러나 바다로 가는 대신 세면대에서 얼굴을 씻었다. 그런 후에는 머리카락을 빗고 (주크박스 수리공의 차는 컨버터블이어서, 계속 뚜껑을 내리고 달렸다) 아래층으로 내려가 벨라다 카페로 갔다.

벨라다 카페에는 '칵테일 아워'가 따로 없었다. 돈이 있는 시간이 언제든 술 마실 시간이었고, 아침도 밤처럼 영업이 활발했다. 가끔은 아침이 더 활발할 때도 있었는데, 가게에 스며든 시큼한 기름 냄새 때문에 숙취에 시달리는 사람의 고민은 더 늘어갔고, 손님들은 되는 한 빨리 감각을 둔하게 하고 싶다는 마음이 솟았다. 리츠 호텔의 지배인과 전당포 주인은 종종 이 냄새를 보건부, 경찰, 주 형평 위원회에 신고했지만, 벨라다 카페 주인인 브루스터 부인은 이와 손톱과 혀를 총동원해 필사적으로 대항했다. 부인은 작고 야윈 체구의 구두쇠 여인으로 무슨 작업을 하든 치수가 한참 큰 데닝 앞치마를 입었다. 그 앞치마를 입은 채 카운터를 닦고, 파리를 잡고, 얼굴을 훔치고, 뜨거운 냄비를 다루고, 코를 풀고, 신문을 팔러 온 신문 배달 소년을 쫓아내고, 자잘한 팁을 모으고, 손을 닦았다. 앞치마는 부인의 모든 개성을 담고 있었다. 밤에 퇴근하면서 앞치마를 벗으면 신체의 주요 부분이 떨어져나가는 느낌이 들었다.

필딩은 냄새와 더러운 앞치마를 알아챘지만 별로 개의치 않았다. 더 고약한 냄새도 맡아보았고, 더 더러운 것도 보았다. 그는 전면 창문 가까이에 있는 칸막이 좌석에 앉았다. 웨이트리스인 니타는 보이지 않았고, 아무도 관심 가지고 주문을 받으러 오지 않았다. 열다섯 살가량 되어 보이는 멕시코인 사환 하나가 바닥에서 담배꽁초를 쓸어내는 중이었다. 아이는 신입인지, 아니면 아침의 잔해 속에서 담배꽁초 말고 그보다 더 가치 있는 것을 찾아내려는지 집중해서 일하고 있었다.

"그 웨이트리스는 어디 있나?"

필딩의 말에 소년이 고개를 들었다. 검은 눈이 뜨거운 물속에서 부풀어오른 자두처럼 커다랬다.

"누구요?"

"니타."

"화장 고치러 갔나 본데요. 화장 고치기를 좋아하더라고요."

"네 이름이 뭐냐, 애야?"

"치코요."

"카운터 뒤에 있는 부인에게 호밀빵 햄 샌드위치와 맥주 한 병 달라고 전해라."

"전 못 해요. 여자들이 난리칠걸요. 내가 자기들 팁을 가로챈다고 생각할 거예요."

"몇 살이지, 치코?"

"스물한 살인데요."

"구라치지 마라, 꼬마."

소년의 얼굴이 진홍색으로 변했다. "스물한 살이에요." 그리고는 다시 비질을 계속했다.

오 분이 지났다. 뒤쪽 칸막이 좌석 손님을 받는 다른 웨이트리스가 필딩이 앉은 방향을 두어 번 힐끔 무심하게 보긴 했으나 다가오진 않았다. 앞치마로 그릴을 닦고 있는 브루스터 부인도 마찬가지였다.

마침내 후아티나가 립스틱과 파우더를 새로 바르고 나타났다. 검은 연필로 눈의 윤곽을 너무 진하게 칠해서 몇 년 동안 광산에서 일한 광부처럼 보였다. 그녀는 암말이 무언가를 알거나 흥미가 있을 때 꼬리를 실룩이듯이 엉덩이를 살짝 흔들며 그의 존재를 알은체했다.

그녀는 미소도 띠지 않고 말했다.

"그래, 다시 오셨네요."

"놀랐나?"

"내가 놀랄 이유가 뭐가 있어요? 난 무엇에도 놀라지 않아요. 뭘 드시려고?"

"호밀빵 햄 샌드위치. 웨스턴 맥주 한 병."

그녀는 주문 내용을 큰 소리로 외쳐 브루스터 부인에게 전했지만, 부인은 아무런 반응도 보이지 않았다. 앞치마 한번 펄럭이지 않았다. 필딩은 부인이 자기가 싸움에 휘말렸던 남자임을 알아봐서 더는 문제를 일으키지 않도록 냉대하는 건가 싶었다.

필딩이 말했다.

"여기 서비스가 엉망이구만."

"음식도 마찬가지죠. 어째서 여기 온 거예요?"

"아, 그냥 지난 월요일에 그 난리통 이후 다들 어쩌고 있나 보고 싶어서."

"전 괜찮아요. 조는 아직도 큰집에 있고. 삼십 일 구류형을 받았어요."

"안타까운 소식이로군."

후아니타는 반은 생각에 빠진 듯 반은 공격적인 태도로 한 손을 허리에 얹었다.

"저기요, 그렇게 항상 남 사정을 안타까워하다간 언젠가 진짜 낭패 볼걸요. 가령 내 사정을 안타까워해주다가 조와 주먹다짐을 하게 된 것처럼."

"그땐 약간 취했었어."

"뭐, 조심하라는 뜻으로 말해준 거예요. 자기 사정은 자기가 안타까워하도록 놔두세요. 대부분은 알아서 잘할 테니까, 나를 포함해서. 잠깐만요. 주인 아줌마 꽁지에 불이라도 붙여야 할 거 같아요. 아줌마 오늘 좀 으스스하네."

"서두를 거 없어. 잠깐 앉는 게 어때?"

"뭐하러요?"

후아니타가 수상하다는 듯 물었다.

"발 좀 쉬게."

"이젠 내 발이 안타깝나요? 아저씨야말로 정말 으스스한 사람인 거 알아요?"

"그런 얘기 한두 번 들었지."

"뭐, 힘들 거 없죠." 그녀는 필요 이상으로 꽤 몸을 비틀며 자리에 앉았다. "담배 있어요?"

"아니."

"음, 그러면 내 걸 피워야겠네. 남의 걸 얻을 수 있을 땐 굳이 내걸 피워야 할 이유가 없는데."

"똑똑한 아가씨로군."

"내가요? 똑똑? 다른 사람은 아무도 그렇게 생각하지 않을걸요. 그 주제에 대해선 우리집 할망구가 뭐라 하는지 들어봐야 하는데. 내가 멍청이라면서 짜증을 부리죠. 하지만 그걸 오래 참고 있을 필요는 없어요. 조가 큰집 가 있는 동안만 같이 살 거니까. 애들 봐줄 사람이 필요하거든요. 조가 나오면 우린 다시 떠날 거예요. 이 동네가 언제나 싫었어요. 여기는 나를 아주 개떡같이 취급하거든. 하지만 나를 안타까워하진 말아요. 그 사람들이 나눠주는 게 있으면 뭐든 받을 거니까."

"그 사람들? 그 사람들이 누구지?"

"아무도 아니에요. 그냥 그 사람들. 이 동네."

"그동안 어디서 살았지?"

"로스앤젤레스요."

"어째서 돌아온 거요?"

"조가 일자리를 잃었거든요. 그 사람 잘못 같은 건 아니었는데. 사장 조카가 일할 나이가 되자 걔한테 자리를 내주라고 해서 쫓겨난 거죠. 그래서 난 생각했어요. 잠깐 돌아가면 어떨까? 어쩌면 상황이 달라졌을지도 몰라, 동네도 바뀌었을지도 모르고. 그렇게 생각했죠. 젠장, 바뀌긴 뭘 바뀌어? 내가 정신이 나갔었지. 이곳을 바꿀 수 있는 건 러시아 사람들뿐일 거예요. 그리고 개인적으로 말하면, 러시아인들이 색종이 공처럼 폭탄을 줄줄이 떨어뜨려서 사람들이 죄다 그거 맞고 죽는다고 눈 하나 깜짝 안 할 거고요." 그녀는 담뱃불을 붙이고 연기를 탁자 너머 그의 얼굴로 불어 보냈다. 어디 자기 의견을 반박하려면 해보라는 듯 도전하는 투였다. "어떻게 생각해요, 네?"

"그런 문제는 아직 생각 안 해봤는데."

"조는 해봤죠. 내가 이런 얘길 하면 조는 비누로 입 좀 닦고 오라고 해요. 그럼 난 이러죠. 이봐, 다고*. 그럼 당신이 한번 해보든지. 그러면 이빨이 한줌 나올걸."

그녀는 미소를 지었다. 즐거워서가 아니라, 그 위협을 실행시킬 치아가 있다는 것을 보여주고 싶다는 듯이.

"조는 그야말로 애국심이 철철 넘치거든요. 유치장에 갇힌 지금도 애국심은 그대로일 게 뻔해요. 어떤 다고들은 그렇더라고요. 심지어 경찰들이 자기 얼굴을 깔고 앉는 와중에도, 입을 열고 〈신이여, 미국을 축복하소서〉를 부를걸요."

필딩은 웃음을 터뜨리려 했으나, 후아니타가 웃기려고 한 말이 아님을 깨닫고 곧 자제했다. 그녀는 그저 세계에 대한 자신의 개인적 그림을 내보이는 것뿐이었다. 사람들이 자기 얼굴을 깔아뭉개면 자기는 유일하게 논리적인 방식으로 복수하는 곳. 〈신이여, 미국을 축복하소서〉를 부르는 것은 그녀의 방식이 아니었다.

카운터 뒤에서는 브루스터 부인이 생기를 되찾고 햄 샌드위치 옆에 피클 한 조각, 감자칩 다섯 개를 곁들이며 마지막 손질을 가하고 있었다. 후아니타는 주문 음식을 가지러 갔고, 필딩은 두 여자가 얘기하는 소리를 들었다.

"언제부터 손님과 노닥거리라고 내가 월급을 줬지?"

"저분은 친구예요."

"언제부터? 오 분 전부터?"

"손님에게 친절하게 대하면," 후아니타가 차분하게 말했다. "영업에 좋잖아요. 돈도 더 벌고. 아줌마 돈 좋아하시잖아요?"

브루스터 부인이 누군가 어디 약한 데를 간질이기라도 한 듯 갑자기 작은 소리로 킥킥 웃음을 터뜨렸다. 그러고는 앞치마 모서리로 웃음을 싹 지우며 쟁반 위에 햄 샌드위치를 딱 내려놓고 맥주병을 땄다.

후아니타는 음식을 가지고 돌아와 다시 필딩의 맞은편에 앉았다. 브루스터 부인과 몇 마디 나눈 후로 기분이 한결 나아져 있었다.

"저 아줌마 진짜 으스스한 사람이라고 말했나요? 하지만 난 잘 다룰 수 있죠. '돈'이라는 말만 꺼내면 매번 저렇게 웃는다니까요. 나는 언제나 으스스한 사람들과 잘 지내죠." 그녀는 자부심을 약간 내비치며 덧붙였다. "간호사나 의사가 될걸 그랬나. 샌드위치는 어때요?"

"나쁘지 않은데."

"엄청 배고픈가 보네요. 나는 강철 위장인데도 여기서 뭘 먹으라면 돈을 준대도 싫어요."

"저 부인이 입 모양을 읽을 줄 모르는 게 아가씨에겐 다행이로군." 필딩은 샌드위치 반쪽을 먹어치우고 접시를 밀어낸 후 맥주에 손을 뻗었다. "그래, 당신이 일하는 동안 어머님이 아이들을 보시나?"

● **다고** _ 이탈리아 사람을 스페인어로 얕잡아 부르는 말.

"그래요."

"애 엄마라고 하기엔 어린 것 같은데."

"웃기는 소리." 그녀는 이렇게 말했지만 기뻐하는 표정이었다. "여섯이나 있는걸요."

"설마, 농담이겠지."

"아뇨. 하늘에 맹세코 사실이에요. 애가 여섯 있어요."

"참, 아가씨도 어린애나 다름없는데."

"어려서 애를 낳았어요." 후아니타는 상당히 진실하게 말했다. "학교를 좋아한 적이 없어서. 그래서 그만두고 결혼했죠."

"여섯이라. 거참, 세상에 그런 일이."

후아니타는 그가 놀라워하자 흐뭇한 듯했다. 그녀는 손을 아래로 내려 배를 톡톡 두드렸다. "물론 몸매는 유지하고 있지만요. 많은 여자들이 그러질 못해요. 망가지도록 자기를 놔버리죠. 난 그런 적이 없어요."

"그런 적 없다는 거 알겠는데. 여섯이라. 맙소사, 믿을 수가 없는데."

그는 정말로 믿을 수 없다는 듯 연신 고개를 저었다. 그러나 실은 싸움이 있던 월요일 이후로 그녀에게 애가 여섯이라는 사실을 알고 있었다.

"아들은 몇인가?"

"제일 큰 애와 막내가 아들이에요. 중간 애들은 다 딸이고."

"귀엽겠네."

"그럭저럭 괜찮아요." 그러나 아이들 자체는 그렇게 흥미롭지 않다는 듯 지루한 기색이 목소리에 역력했다. 다만 자기가 그 애들을 낳았다는 사실만이 중요할 뿐이었다. "더 심한 애들도 주위에 있긴 하겠죠."

"사진 있나?"

"뭐하려요?"

"가족사진 들고 다니는 사람들 많잖아."

"내가 누구한테 애들을 보여준다고요? 누가 애들 사진을 보고 싶어 한다고?"

"가령 나 같은 사람이라든가."

"어째서요?"

낯선 사람이 자신의 아이에 적법한 관심을 가진다는 건 후아니타에게 놀라운 일이었다. 그녀는 의심스럽다는 듯 눈살을 살짝 찌푸렸고, 그는 그녀의 신뢰를 잃은 게 아닌가 잠깐 생각했다. 하지만 그는 편안하게 말했다.

"자, 무슨 얘기 하려던 건데? 아이 중에 머리가 둘 달렸거나 그런 애가 있나?"

"머리가 두 개 달린 애는 없어요, 포스터 씨."

"내 이름은 어떻게 알았지?"

이번에 그의 놀라움은 진짜였고, 그녀는 애가 여섯이라고 했을 때 그가 짐짓 거짓으로 못 믿는 척하는 데 반응했던 것과 똑같이 장난스럽게 재미있어하며 반응했다. 보아하니 이게 바로 후아니타가 제일 좋아하는 것이었다. 사람들을 놀라게 하는 것.

"내가 누군지 어디서 알아냈나?"

"나도 글자는 읽을 줄 알거든요. 신문에 났어요, 싸움이. 조는 신문에 이름이 난 적이 없어서 그 사람 보여주려고 잘라놓았죠. 조도넬리와 스탠 포스터가 동네 카페에서 여자 때문에 싸움을 벌였다고 씌어 있던데요."

"뭐……." 필딩은 미소를 지으며 말했다. "이제 아가씨도 내 이름을 알았고 나도 아가씨 이름을 알게 됐네. 후아니타 가르시아가 스탠 포스터를 만났어."

그녀는 의자에서 엉거주춤 일어나려다가 갑자기 숨을 요란하게 내쉬며 도로 털썩 주저앉았다.

"가르시아? 어째서 가르시아라고 말하는 거예요? 그거 내 이름이 아닌데."

"이전엔 그랬잖아?"

"이전에는 여러 다른 이름이 많았죠. 지금은 도넬리예요, 다른 이름이 아니라고, 알았어요? 그리고 니타예요, 후아니타가 아니라. 니타 도넬리, 그게 내 이름이에요. 알겠어요?"

필딩은 고개를 끄덕였다.

"물론이지."

"후아니타라는 이름 뭐시기는 어디서 주워들은 거예요?"

"두 이름이 같다고 생각했지. 이런 오래된 노래가 있잖아. 니타, 후아티나라는 이름의 여자에 대한."

"그런 게 있다. 허?"

"그래. 그래서 자연스레 짐작을 한 거……."

"어이, 치코." 그녀는 사환을 향해 몸짓으로 신호를 보냈다. 치코가 빗자루를 앞으로 밀며 자리로 왔다. "〈니타, 후아니타〉라는 노래 들어본 적 있어?"

"아뇨."

후아니타는 다시 필딩에게로 몸을 돌렸다. 입을 이에 대고 꽉 다물어 크기가 반으로 줄어 보였다.

"나한테 불러봐요, 어떤 노래인지 들어보게."

"여기서? 지금?"

"그래요, 지금 여기서요. 왜, 못 해요?"

"가사가 다는 기억이 안 나. 어쨌든 난 노래 못 해. 내 목소리가……."

"해봐요."

이렇게 우기면서도 그녀는 조용했다. 카페에 있는 사람 누구도 이 장면에 신경쓰지 않았지만, 브루스터 부인만은 구슬 같은 밝은 눈으로 그들을 지켜보고 있었다.

"그런 노래 없는 거 아니에요, 응?"

후아니타가 말했다.

"있고말고. 오래전이라 그렇지. 아가씨는 너무 어려서 기억 못 하는 거야."

"그럼 기억나게 해줘요."

필딩은 열기와 맥주, 그리고 공포라고 규정하고 싶지 않은 무엇 때문에 땀을 흘리고 있었다.

"아니, 아가씨, 대체 왜 그러는 거야?"

"난 음악을 좋아하거든요. 특히 옛날 노래들. 난 옛날 노래 좋아해요."

브루스터 부인이 보이지 않는 거미줄을 헤치듯이 앞치마로 살짝 훔치면서 카운터 뒤에서 나왔다. 후아니타는 부인이 오는 걸 보고 고집스레 얼굴을 벽 쪽으로 돌렸다.

"무슨 일이죠?"

브루스터 부인이 필딩에게 물었다.

"아무것도 아닙니다. 그저…… 그러니까 이 아가씨가 나한테 노래를 불러달라고 해서요."

"음악 좀 있다고 해서 나쁠 게 뭐예요?"

"음악은 없을 거야. 난 노래 못 하니까."

"앤 좀 미쳤어요." 브루스터 부인이 말했다. "하지만 나는 앤 다룰 수 있죠." 그녀는 여윈 손으로 후아니타의 오른쪽 어깨를 꽉 잡았다. "관둬라. 내 말 들었지?"

"나 좀 가만 놔둬요."

후아니타가 말했다.

"관두지 않으면 네 어머니에게 전화해서 네가 다시 카베사*에 이상이 생겼다고 말할 거야. 그리고 조에게도 편지를 쓸 거다. 이렇게 말이야. 조에게, 당신 아내 말인데 당신이 와서 애 좀 가둬. 좋아. 이제 관두겠지?"

"나는 그냥 노래 한 곡 듣고 싶었을 뿐이에요."

"무슨 노래?"

"〈니타, 후아니타〉. 이 아저씨가 그런 노래가 있다는 거예요. 난 한 번도 들어본 적 없는데. 아저씨가 거짓말하는 걸 거예요. 경찰이나 보호관찰소에서 보낸 끄나풀일 거야."

"이 손님 거짓말 하는 게 아냐."

"거짓말 같은데."

"나는 경찰은 일 킬로미터 앞에서도 알아볼 수 있거든. 그리고 나도 그 노래 알아. 소녀 시절에 그 노랠 부르곤 했지. 예전엔 나도 목소리가 예뻤는데. 이 탁한 공기를 들이마시기 전에는 그랬지. 이제 내 말 믿겠어?"

브루스터 부인이 말했다.

"아뇨."

"좋아. 우리가 널 위해 노랠 불러주지, 이 손님과 내가. 어때요, 손님? 니타의 기분을 살려주기 위해 음악 좀 틀어보죠?"

●　**카베사** _ '머리'라는 뜻의 스페인어.

필딩이 헛기침을 했다.

"난 노래 못……."

"내가 선창할게요. 손님은 따라 하세요."

"하지만……."

"자, 하나, 둘, 셋, 시작."

분수 위에 부드럽게

남쪽 달이 어른어른 떨어지네.

저 멀리 산 위에

곧 동이 트겠지.

그대의 반짝이는 검은 눈 속에

따뜻한 빛이 머물고

피곤하지만 상냥한 눈길이

정다운 작별을 말하네.

후아니타의 얼굴은 여전히 벽을 향해 있었다. 브루스터 부인이
말했다.

"안 듣고 있네."

"잘 듣고 있어요."

"참 예쁘지 않아? 되게 슬프기도 하고? 이제 네 이름이 나오는
후렴구가 나온다."

후렴구에는 필딩이 함께했다. 부드럽지만 음정이 약간 틀린 목소리였다.

니타, 후아니타.
우리가 헤어질지 그대의 영혼에 물어보길.
니타, 후아니타.
그대 내 마음에 기대.

후렴을 부르는 동안 후아니타는 천천히 고개를 돌려 노래 부르는 두 사람을 바라보았다. 그녀의 입은 소리 없이 따라 부르듯이 살짝 움직이기 시작했다. 그 순간 그녀는 다시 아이처럼 보였다. 자신이 몰랐던 노래, 자기가 들어보지 못한 하모니의 일부분이 되고 싶어 안달난 어린 소녀처럼.

후렴이 끝나자, 브루스터 부인은 탁한 공기 속에 사라져버린 자신의 아름다운 목소리를 생각하며 앞치마에 코를 풀었다.

후아니타가 말했다.

"내 이름이 나오는 부분이 제일 좋네요."

브루스터 부인은 후아니타의 어깨를 토닥거렸다.

"당연하지. 거기가 제일 좋은 부분이야."

"'그대 내 마음에 기대.' 누가 내게 이런 말을 한다는 상상만 해도 나는 쓰러져 죽어버릴 거예요."

"그런 말은 현실에선 하는 법이 없으니까. 이제 기분이 나아졌니?"

"난 괜찮아요. 이전에도 괜찮았고. 그냥 이 아저씨가 거짓말하지 않는다는 걸 확인하게 노래를 들어보고 싶었을 뿐이에요."

"앤 약간 돌았어요." 브루스터 부인은 필딩에게 말했다. "하지만 방법만 알면 다루기 쉬운 애죠."

"정말로 아저씨가 거짓말하고 있다고 생각한 건 아니에요." 브루스터 부인이 가버리자 후아니타가 말했다. "난 사실을 확인해보는 걸 좋아해요, 그뿐이에요. 언제나 확인해보죠. 아줌마 같은 으스스한 사람이 다른 사람들은 다 미쳤다고 생각하다니 참 웃기기도 하죠."

필딩이 고개를 끄덕였다.

"웃겨. 나도 눈치챘지."

"저 아줌마 말을 한순간이라도 믿은 건 아니죠?"

"한순간도 안 믿었어."

"아저씨가 안 믿는다는 거 딱 보이던데. 아저씨 말을 참 착하게 하시네. 아저씨 분명히 개를 좋아할걸."

"개들은 괜찮지."

그의 공포는 이제 사라지고, 삼킬 수도 재채기로 내보낼 수도 없는 작은 연민 덩어리만이 목에 걸려 있었다. 필딩이 자기 말고 다른 사람에게 연민을 느끼는 것은 자주 있는 일이 아니었다. 그는 그 감정을 좋아하지 않았다. 그런 느낌이 들 때면 꼼짝도 할 수 없는 것 같았다. 그는 일어서서 도망치고 이 이상하고 슬픈 여자에 대해서 잊고 싶었다. 모든 사람들을 잊고 싶었다. 데이지, 짐, 에이다, 카밀라. 카밀라는 죽었다. 짐과 데이지는 그들 나름의 삶을 잘 살고 있다. 에이다도 자신의 삶을 산다……. 대체 난 여기서 뭐하는 거지? 위험해. 휘저어서 폭풍우를 일으키면 한가운데에 갇혀버릴 수도 있어. 갈 수 있을 때 가는 게 나을 거야.

여자는 엄숙하게 그를 응시하고 있었다.

"어떤 종류의 개를 제일 좋아해요?"

"자는 개들."

"이전에 폭스테리어를 한 마리를 키웠는데, 우리 엄마 십자가를 잘근잘근 씹어놨지 뭐예요. 그래서 나보고 개를 동물 보호소에 갖다주라고 했어요."

"그것참 안됐군."

"십오 분 후면 퇴근해요. 오후에 함께 영화나 보러 갈 수도 있을 것 같은데."

세상에서 제일 하고 싶지 않은 일이었지만 그는 망설이지 않았다.

"그거참 괜찮겠네."

"먼저 집에 가서 옷을 갈아입어야 해요. 우리집은 여기서 세 블록밖에 안 떨어져 있어요. 여기서 날 기다려도 되고요."

"내가 따라가면 어떨까? 산책하기 좋은 날인데."

그녀는 갑작스레 다시 굳어진 얼굴이 됐다.

"내가 걸어간다고 누가 그래요?"

"짐작이지. 그러니까……. 세 블록밖에 떨어지지 않았다 하니까……."

"내가 차 있는 여자처럼은 보이지 않는다는 뜻이었겠죠."

"그런 뜻은 전혀 없었어."

"좋아요. 그건 사실이 아니니까. 난 차가 있어요. 다만 일할 때 가지고 오지 않는 것뿐이지. 온갖 깜둥이들이 거기 기대거나 긁어놓게 뜨거운 햇볕 아래 세워놓는 걸 좋아하지 않아서 그래요."

그는 차와 그 차에 기대는 "온갖 깜둥이들"이 후아니타의 마음 속 바깥에 존재하기나 할는지 궁금했다. 그는 그것들이 사실이고 그녀에게 일어났던 어둡고 추한 일의 상징이 아니길 바랐다. 뜨거운 햇볕 아래든 아니든 간에.

"난 자동차 마감 칠을 정말로 신경쓰거든요."

"그럴 것 같아."

"여기 계산서요. 팔십오 센트예요."

그는 그녀에게 일 달러를 주었고, 그녀는 거스름돈을 가지러 계산대 뒤로 갔다.

"이제 기분이 어떠니, 얘?"

브루스터 부인이 부드럽게 말했다.

"좋아요."

"퇴근하면 엄마가 있는 집에 가서 잠깐 누워서 쉬렴. 그렇게 할 거지?"

"영화 보러 갈 거예요."

"저 남자랑?"

두 여자는 몸을 돌려 필딩을 보았다. 필딩은 자기한테 뭘 기대하는지 알 수가 없어서 머뭇거리며 웃어 보였다. 두 여자 다 미소에 대답하지 않았다.

후아니타가 말했다.

"저 아저씬 괜찮아요. 우리 아버지라고 해도 될 만큼 나이가 들었으니까."

"그래, 우리야 그걸 알지. 하지만 저 손님도 알까?"

"그냥 영화 보러 가는 것뿐이에요."

"저 사람 술주정뱅이 같은데. 코랑 광대뼈에 끊어진 핏줄하며, 몸을 부들부들 떠는 꼴하며."

"맥주 한 잔밖에 안 마시던데요."

"그러다 조의 친구 중 누가 네가 이 남자와 같이 있는 걸 보면?"

"조는 이 동네에 아는 사람 없어요."

브루스터 부인은 앞치마를 부채처럼 부치기 시작했다.

"더워서 말싸움하기 싫다. 조심하란 말이야, 애. 네 어머니랑 나는 오랜 친구잖니. 우리는 네가 다시 탈선하길 원치 않는단다. 넌 남편하고 애들이 딸린 조신한 유부녀야. 그걸 기억해."

후아니타는 이 말을 백 번은 들었다. 스페인어와 영어로 번갈아 가며 읊을 수도 있었다. 그녀는 건성으로 들으며 벽에 걸린 시계를 바라보면서 양발에 번갈아 무게를 실었다.

"내 말 듣니?"

"네."

"그럼 신경 좀 써."

"그럴게요." 후아니타는 말하면서 필딩에게 재밌어하는 눈길을 보냈다. 이 으스스한 사람 얘기 좀 들어볼래요? "지금 가도 돼요?"

"아직 2시 안 됐어."

"이번 한 번만 빨리 가면 안 돼요?"

"좋아. 딱 이번 한 번만. 하지만 이런 식으로 사업을 경영하면 안 되는데. 왜 이렇게 물러졌는지 내 머리 좀 검사받아봐야겠구나."

후아니타는 필딩이 앉아 있는 자리로 돌아왔다.

"여기 거스름돈요."

"가져."

"고마워요. 지금 가도 돼요. 저 괴짜 아줌마가 괜찮다고 하네요. '돈'이라고 말해서 다시 한번 아줌마 웃겨볼까요? 재미로?"

"아니."

"들어보고 싶지 않아요?"

"싫어."

알 수 없는 어떤 이유에선가 후아니타도 그 웃음소리를 다시 듣고 싶지 않았다. 그녀는 브루스터 부인이 쳐다보는지, 아니면 필딩이 따라오는지 확인하기 위해 돌아보지도 않고 서둘러 문으로 걸어갔다.

바깥. 후아니타가 제일 좋아하는 것이었다. 밖으로 나와서 자유로워지는 것. 빨리 움직이는 것. 한 곳에서 다른 곳으로 가는 것, 특정한 장소에 머무르지 않거나 특정한 사람과 같이 있지 않는 것. 사실 이 둘은 똑같았다. 사람들은 장소, 집과 같아서 자기를 묶어놓고 그 안에 살게 한다. 그녀는 기차가 되고 싶었다. 거대하고 아름답고 빛나는 기차. 연료 보충을 위해 멈출 필요도 없고, 사람들을 내려주거나 태워줄 필요도 없는 기차. 커다란 기적을 울려 철로를 막는 모든 사람을 쫓으며 계속 달려가기만 했다.

그럴 때가 그녀 인생의 정점이었다. 장소와 장소 사이의 시간.

그녀는 기차였다. 삐이이이이이익…….

나는 낯선 곳,

낯선 사람들에 둘러싸여 외롭구나.

피나타가 벨라다 카페 근방에 도착했을 때는 2시 30분이었다.
그는 차에서 내리기 전 넥타이를 풀고 스포츠 코트를 벗고 셔츠 소
매를 둘둘 말아올리고 목 단추를 끌렀다. 그는 직접적인 방법을 쓰
기로 했다. 여자를 찾고, 그 자신을 여자를 따라다니는 남자 중 하
나로 짐작하게 놔둘 계획이었다.

하지만 브루스터 부인의 날카롭고 의심 많은 눈까지는 미리 생
각하지 못했다. 그가 문 안에 들어서자마자 부인은 그를 알아보았
고, 사환인 치코에게 입을 살짝만 움직여 말했다.

"경찰이야. 너 뭐 문제 일으켰니?"

"아뇨, 브루스터 부인."

"나한테 거짓말하지 마라."

"거짓말 아니에요. 저는……."

"저 사람이 나이 물어보면, 스물한 살이라고 그래, 알겠지?"

"안 믿을걸요. 저 저 사람 알아요. 제 말은, 저 사람이 저를 YMCA에서 봤다고요. 제게 핸드볼을 가르쳐줬거든요."

"좋아. 그럼 저 사람이 갈 때까지 뒷방에 숨어 있어."

치코는 큰 마녀에게 놀란 꼬마 마녀처럼 빗자루를 타고 뒷방으로 튀어 들어갔다.

피나타는 카운터에 앉았다. 브루스터 부인은 방패처럼 앞치마를 앞으로 들고 그에게 다가가 예의 바르게 물었다.

"뭘 드릴까요, 손님?"

"점심 특선은 뭡니까?"

"지금은 점심 안 해요. 시간이 끝났거든요."

"수프는 어때요?"

"수프도 막 떨어졌어요."

"커피는?"

"맛이 갔어요."

"알겠군요."

"새로 내려드릴 순 있는데, 시간이 오래 걸려요. 내가 굼떠서."
피나타가 말했다.

"치코는 무척 잽싸군요. 물론 그 녀석은 어리니까."

브루스터 부인의 눈이 번득였다.

"그렇게 어리지도 않아요. 스물한 살이니."

"제 계산으로는 열여섯인데요."

"스물하나예요. 출생증명서가 있는데, 스물한 살이라고 되어 있던데요. 제대로 인쇄된 어엿한 증명서였는데."

"자기 등사기를 가지고 있었나 보죠."

"치코가 어려 보이긴 하죠." 브루스터 부인이 고집스레 말했다. "수염이 늦게 나는 편이라."

피나타는 이쯤 되자 직접적으로 접근하겠다는 계획이 쓸모없다는 것을, 그에게 점심이나 커피도 팔려 하지 않는 여자에게서 정보를 얻기란 불가능하다는 것을 똑똑히 깨달았다. 그가 말했다. "저기요, 난 경찰이 아닙니다. 여기서 미성년자 직원을 쓰든 말든 내가 상관할 바도 아니고요. 치코는 우연하게도 내 친구예요. 잠깐만 얘기만 나누고 싶을 뿐입니다."

"뭐 때문에요?"

"잘 지내나 보려고요."

"아주 잘 지내요. 걔는 자기 일에만 신경쓰죠. 그게 모든 사람이 해야 할 일이고요."

피나타는 카페 뒤편으로 눈길을 돌렸다. 치코의 두 눈이 회전문 한쪽에 난 작은 정사각형 유리창 너머로 훔쳐보고 있는 것이 보였다. 피나타가 미소를 짓자 소년도 친근하게 싱긋 웃었다.

그 웃음을 보자, 브루스터 부인은 망설이면서 두 손을 불안하게 앞치마에 닦았다.

"치코가 곤란해지는 건 아니죠?"

"아닙니다."

"쟤를 YMCA에서 만났다는 거죠?"

"그렇습니다."

브루스터 부인의 코웃음으로 보아 YMCA를 얕잡아 보는 것 같았지만, 부인은 앞치마로 치코에게 신호를 보냈다. 치코는 빗자루를 뒤로 질질 끌며 문밖으로 슬금슬금 나왔다. 여전히 웃음을 머금고 있었으나 자세히 보면 친근하다기보다는 걱정스러운 표정이었다.

"안녕, 치코."

"안녕하세요, 피나타 씨."

"한동안 못 봤네."

"네, 그게, 좀 바빠가지고요. 이런저런 일이 많아서."

작업복을 입은 세 남자가 들어와 카운터 맨 끝에 앉았다. 브루스터 부인은 그리로 가서 주문을 받은 후 옆을 지나치며 치코를 향해 경고의 의미로 살짝 얼굴을 찡그렸다.

피나타가 물었다.

"학교 수업은 어때?"

치코는 천장에 뭐 재미있는 얼룩이라도 있는지 위만 쳐다보았다.

"그냥 그래요."

"합격 점수는 받고 있겠지."

"점수고 뭐고 옛날 얘기예요. 크리스마스 때 학교 그만뒀어요."

"어째서?"

"자동차 유지비를 대려면 안정적인 직업이 필요해서요. 방과후 잔일 하는 걸로는 충분하지 않아서. 제대로 안 굴러가는 고물에다 여자애들을 태우고 다닐 순 없잖아요."

"학교를 그만두는 거치고는 바보 같은 이유네."

소년은 어깨를 으쓱했다.

"아저씨가 물어봤잖아요, 그래서 대답한 거고. 아저씨 시절에는 여자애들이 달랐는지도 모르죠. 그땐 공원 산책 같은 걸 좋아했나봐요? 이젠 여자애한테 데이트하자고 하면, 드라이브인 극장 같은 델 가야 한다고요. 그런데 차 없이 어떻게 드라이브인 극장에 가요."

"차가 없다면 그렇겠지."

"제 말이 그거예요. 차가 없으면 좋게 봐주지도 않고. 제일 쓸모 없는 인간이 되고 만다고요."

지난 몇 년 동안 피나타는 이와 똑같은 이야기를 오십 번은 더 들었다. 치코보다 훨씬 영리하고 더 교육을 많이 받은 애들도 종종 그런 말을 했다. 그럴 때마다 그는 우울해졌다. 그가 말했다.

"넌 이런 데서 일하기엔 너무 어리잖아. 안 그러냐, 치코?"

"그런다고 손해 볼 일도 없잖아요." 소년이 신경질적으로 말했다. "까놓고 말해서요, 피나타 아저씨. 그렇다고 제가 술잔에 남은 거 홀짝홀짝 마시고 돌아다니는 것도 아니에요. 크로키가 그러지, 접시닦이요. 그게 개 월급의 일부죠."

"여기서 일하는 다른 사람들은 어때? 가령, 웨이트리스들이라든가. 그 사람들은 너를 어떻게 대하냐?"

"잘해줘요."

"뒷자리에 서 있는 금발 말인데, 누구야?"

"밀리예요. 다른 사람은 서니라고 해요. 선샤인의 줄임말인데, 사실 한 번도 웃은 적은 없어요. 웃을 일이 뭐 있냐고 그러죠." 치코는 대화가 자기가 아니라 다른 쪽으로 흘러가서 안심한 듯했고, 할 수만 있다면 그쪽 방향으로 가려고 작정했다. "밀리는 진짜 멋있어요. 옛날에는 학교에서 무용을 가르쳤대요. 차차차 같은 거요. 하지만 발이 너무 아팠대요. 처음부터 평발이었는데 점점 더 평평해졌다고."

"새 여자가 들어온 줄 알았는데. 니타 뭐라나."

"아, 그 누나요. 웃긴 누나예요. 한순간은 세상에서 제일 친한 친구처럼 굴어요. 안녕, 치코. 아름다운 아침이야, 치코. 그러다가 다음 순간 제가 우주에서 온 뭐라도 되는 양 쳐다본다니까요. 하지만 웨이트리스로서는 퉁명스럽죠. 진짜 성질이 불이에요. 그 누나랑 아줌마가," 치코는 머리를 살짝 움직여 브루스터 부인을 가리켰다. "꽤 친해요. 아줌마가 누나 엄마랑 아는 사이라고. 두 사람이 그런 얘길 하는 거 들었어요."

"니타는 오늘 일 안 해?"

"했어요. 한 시간 전에 어떤 남자랑 나갔어요. 무슨 노래 때문에 문제가 있었는데, 나중에는 브루스터 아줌마랑 그 남자가 진짜 재미없는 노래를 불렀어요. 누나 이름인 후아니타가 들어간 노래라고. 누가 취한 것도 아닌데 그랬다니까요."

"그 남자가 혹시 그 여자 남편이었어?"

"아뇨. 남편은 큰집에 있다는데요? 아까 그 남자는 남편을 거기 집어넣은 사람이고요."

맙소사. 필딩이 시내에 돌아왔군. 데이지는 알고 있을까.

"그 아저씨가 들어오자마자 알아봤죠." 치코는 자랑스럽게 덧붙였다. "전 사람 얼굴은 진짜 잘 기억하거든요. 뭐, 수학은 못하지만 얼굴은 절대 잊지 않아요."

"그 남자 몇 살이었지?"

"우리 아버지는 될 정도로 나이가 들었어요. 아저씨 아버지라고 해도 될걸요."

"그럼 꽤 나이가 들었는데."

피나타가 냉담하게 말했다.

"그럼요. 저도 그렇게 생각해요. 니타 누나가 그 사람이랑 같이 간다고 해서 놀랐다니까요."

"어디로 갔는데?"

"극장에요. 니타랑 아줌마가 그것 때문에 말싸움을 했는데요, 진짜 싸움은 아니었고 조용하게. 엄마가 있는 집에 가라고 아줌마가 말했지만 니타 누나는 귓등으로도 안 듣고 그 아저씨랑 나갔어요. 니타 누나는 잔소리 듣는 걸 좋아하지 않아요. 언제더라, 제가 비가 오네요, 했거든요. 누나에게 말했죠. 봐요, 비가 와요. 그것뿐이었어요. 개인적인 얘기는 없었고. 근데 갑자기 누나가 삐치는 거예요. 제가 뭐 립스틱을 잘못 발랐다 어쨌다 한 것처럼. 제 생각엔 그 누나 자파다* 같아요. 정신병 의사한테 가야 한다니까요."

브루스터 부인이 갑자기 나타나 귀를 찢을 듯한 날카로운 목소리로 불렀다.

"치코, 바닥 쓸어야지!"

"예, 알았어요." 치코가 브루스터 부인에게 대답했다. "이젠 다시 일하러 가봐야 해요, 피나타 아저씨. 나중에 YMCA에서 봐요, 네?"

"그러길 바란다. 네가 차 유지비를 대려고 모든 걸 포기해버렸다는 생각은 하고 싶지 않구나."

"그게 요즘 방식이에요. 아저씨가 제 말을 이해할까 모르지만."

"그래, 널 이해할 것도 같다, 치코."

"아저씨가 그걸 바꿀 순 없어요, 저도 바꿀 수 없고. 그게 세상이치죠."

"치코!" 브루스터 부인이 외쳤다. "바닥 쓸라니까!"

치코는 바닥을 쓸었다.

모퉁이에 있는 공중전화 부스에서는 밤시간 동안 전화 회사가 계획한 이상으로 개인적인 연락과 필요를 위해 쓰였던 것 같은 냄새가 났다. 벽은 전화번호와 머리글자, 이름, 전갈로 가득 덮여 있었다. 윈스턴 맛이 좋다. 윈스턴 93446. 샐리 M은 멋지다. 안전하기는 무슨. 저지 시티에서 안부. 삶은 거지같아. 니들 모두 돌았어. 24시간, 날 위한 너. 안녕, 잔인한 세상, 안녕히.

피나타는 데이지의 집에 전화를 걸었지만 통화중이었다. 그래서 찰스 올스턴의 집으로 전화를 걸었다.

올스턴이 직접 전화를 받았다.

"여보세요?"

"스티브 피나타입니다, 찰리."

"건진 게 있었나?"

"건졌다는 말이 무엇을 뜻하느냐에 달렸죠. 벨라다에 갔었습니다. 후아니타는 근무중이 아니었지만, 그 아가씨가 그 여자라는 건 의문의 여지가 없어요."

올스턴의 무거운 한숨 소리는 전화 부스의 열린 문을 통해 들어오는 거리의 소음을 덮을 정도였다. "이러지 않을까 걱정했지. 뭐, 다른 대안은 없네. 보호관찰소에 알릴 수밖에 없어. 마음에 드는 생각은 아니지만, 그녀는 보호받아야 하고 애들도 마찬가지. 자네

●　**자파다** _ '미친 것'이라는 뜻의 스페인어.

도 내가 보호관찰소에 알려야 한다고 생각하나? 그러니까 내 말은 즉, 자네도 동의하냐는 말이야."

"그거야 찰리 마음에 달렸죠. 사정을 저보다 더 잘 알잖습니까."

"거긴 주말에는 닫아. 물론 월요일 아침에 제일 먼저 전화를 할 걸세."

"그럼 그동안은요?"

"그동안 우리는 기다려야지."

"그동안 찰리는 기다리겠죠. 난 아니에요. 가서 그 여자를 찾을 겁니다."

피나타가 말했다.

"왜?"

"우연하게도 제 전 고객과 함께 나갔다고 합니다. 전 여러 가지 이유로 그 남자를 다시 만나고 싶고요."

"후아니타를 찾으면 부드럽게 대해줘. 그녀를 위해서." 올스턴이 덧붙였다. "자네를 위해서가 아니라. 자네 앞가림이야 알아서 잘하겠지. 그녀는 지금 어디에 산다던가?"

"어머니 댁에 있는 것 같던데요. 적어도 어머니랑 연락은 하는 거 같으니, 거기부터 시도해볼 겁니다. 로사리오 부인이 어디 살죠?"

"내가 알던 시절에는 그라나다 스트리트에 있는 작은 집에 살고 있었어. 아직도 거기 살 공산이 높지. 그 집이 자기 소유거든. 오래전에 샀지. 그녀는 히긴슨 노친네 목장에서 가정부로 일했었어. 히 긴슨 부인은 죽으면서 다른 직원들에게도 몇천 달러씩 나눠줬고 로 사리오 부인에게도 그렇게 주었지. 그건 그렇고, 후아니타가 자네 옛 고객과 있다면, 어째서 그라나다 스트리트의 집에서 그녀를 찾 을 거라고 생각하는 건가? 내 말 믿게. 그녀는 남자를 엄마가 사는 집에 데려가 인사시킬 타입이 아니야."

"옷을 갈아입으러 들렀을지도 모른다는 예감이 들어요. 2시까 지는 유니폼을 입고 일했죠. 유니폼을 입고 데이트할 여자는 아 니에요."

"분명히 아니겠지. 그래서?"

"로사리오 부인에게서 몇 가지 정보를 알아낼 수 있나 시도해보 려고 합니다."

올스턴의 웃음은 시끄럽고 짧았다.

"얻을 수도 있고 아닐 수도 있겠지. 그거야 자네가 말 오호를 가 졌느냐 아니냐에 따라 달렸어. 그나저나 3시에 자네와 로이 폰데로 의 약속을 잡아놓았네."

"그럼 거의 시간이 다 되었는데요."

"그러니 거기 가보는 게 좋을 거야. 그 사람 오늘밤엔 야구 경기 보러 로스앤젤레스에 간다는군. 아, 그래, 충고 한마디 더 하지, 스 티브. 로사리오 부인을 대할 땐 깨끗하게 살았고 생각이 깊은 척하 게나. 욕도 하지 말고, 술도, 담배도, 신성모독도, 간통도 한 적이 없어야 하네. 미사를 드리고 고해성사를 하며 성인들의 축일을 준수해야 하지. 혹시 형제나 삼촌 중에 사제는 없나?"

"있을지도요."

"그러면 도움이 될 텐데. 혹시 스페인어 좀 할 줄 아나?"

올스턴이 물었다.

"조금은요."

"음, 그럼 하지 말게. 로사리오 부인처럼 여기 오래 산 스페인계 미국인 중에선 자기한테 스페인어로 말하면 분개하는 사람이 많으니까. 그러면서도 자기들은 친구랑 가족끼리는 스페인어를 쓰지."

폰데로의 사업장은 현관에 거대한 인동덩굴이 얽힌 도리아식 기둥 여러 개가 서 있어서 오래된 남부식 저택처럼 보였다. 그러나 옆문 옆에 주차되어 있는 검은 장의차가 그 인상을 깨뜨렸다. 장의차 뒤의 차로에는 환한 빨간색의 작은 스포츠카가 서 있었다. 어울리지 않는 두 차의 조합에 피나타는 흥미를 느꼈다. 죽음과 부활인가, 그는 생각했다. 어쩌면 저게 바로 현대 미국인들이 상상하는 부활일지도 모르지. 측면에 흰 줄을 넣은 타이어를 장착한 환한 빨간색 차가 스티로폼 길 위를 따라 나일론-올론-데이크론* 열반으로 그 사람들을 데려가는 거야.

피나타는 옆문으로 갔다가 오른쪽으로 방향을 틀었다.

폰데로는 마란타가 가득한 화분에 물을 주고 있었다. 그는 마치

타인의 슬픔의 무게와 압력을 견딜 수 있도록 만들어진 듯 덩치가 거대한 남자였다.

"앉아요, 피나타 씨. 찰리 올스턴이 전화로 말하기로는 당신이 무슨 정보를 찾는다는데."

"맞습니다."

"뭐에 대한 정보를?"

"카를로스 카밀라를 기억하시겠죠?"

"아, 그래요. 그래, 잘 기억하지." 폰데로는 마란타에 물을 주고 텅 빈 주전자를 창문 선반 위에 올려두었다. "카밀라는 한 달간 내 고객이었죠. 그렇게 말할 수 있을진 모르겠지만. 알겠지만 이 도시엔 공식 시체 안치소가 없어요. 하지만 시체에서 발견된 돈의 출처를 수사하는 과정이 지연되면서 카밀라의 시체를 보관해둘 곳이 필요했습니다. 수사에서는 아무런 결과도 나오지 않아 그는 그대로 매장되었죠."

"장례식에 참석한 사람이 있었습니까?"

"고용한 신부와 내 아내요."

"부인께서요?"

폰데로는 그를 지탱하기에는 너무 약해 보이는 의자에 앉았다.

"베티는 조문객도 없이 카밀라가 그대로 매장되도록 놔둘 순 없다고 했어요. 그래서 아내가 대리 역할을 했죠. 하지만 전적으로 연기는 아니었어요. 죽음의 배경이 비극적이었던 탓도 있었겠고, 우

● **나일론, 올론, 데이크론** _ 전부 합성섬유 이름.

리가 오래 그 시체를 안치하고 있었던 탓인지도 모르겠지만, 카밀라에 대해서는 어쩐지 짠한 마음이 들었습니다. 우리는 누가 와서 그를 찾아가기를 계속 바랐죠. 아무도 그렇게 하지 않았지만, 베티는 여전히 이 세상에 카밀라를 아끼는 사람이 하나도 없다는 것을 믿으려 하지 않았어요. 아내는 카밀라의 몸에서 발견된 돈으로 비싼 관 대신에 웅장한 비석을 세우는 데 써야 한다고 주장했죠. 언젠가 조문객이 나타날지도 모른다고 생각했고, 카밀라의 무덤이 눈에 띄기를 바랐거든요. 내 기억으로는 그래요."

"눈에 띄더군요."

피나타가 말했다. 그리고 조문객이 정말로 나타나서 찾아냈지. 그 조문객은 낯선 사람인 데이지이긴 했지만.

"탐정이군요, 피나타 씨는?"

"그렇다고 하는 등록증이 있긴 합니다."

"그러면 카밀라 같은 남자가 어떻게 이천 달러를 가지고 있었는지에 대한 가설 같은 게 있겠군요."

"강도가 가장 그럴듯하죠."

"경찰은 그 사실을 입증할 수 없었죠." 폰데로는 주머니에서 황금 담뱃갑을 꺼내며 말했다. "담배 드릴까요? 됐어요? 잘하는 일입니다. 나도 끊고 싶어요. 폐암 가능성 때문에 동네 농담꾼들 몇몇이 담배를 폰데로스라고 부르기 시작했죠. 뭐, 일종의 유명세라고 생각할랍니다."

"카밀라가 그 돈이 어디서 났다고 생각하십니까?"

"정직한 방법으로 얻었다고 믿고 싶어요. 어쩌면 저축했는지도 모르죠. 빌려줬다 받은 돈이었을 수도 있고. 후자의 이론이 좀더 합리적입니다. 죽어가는 사람이었어요. 자기 상태를 깨닫고 남은 시간이 얼마인지 알아서 자기 장례 비용을 지불하도록 남에게 꿔준 돈을 받으러 온 건지도 모르죠. 그걸로 그가 이 마을에 온 걸 설명할 수 있습니다. 그에게 빚진 사람이 여기 살고 있었던 거죠. 아니면 지금도 여기 살든가."

"개연성이 있네요. 한 가지만 빼고는요. 신문에 따르면 카밀라를 아는 사람이면 누구든 나타나달라고 경찰에서 공개 광고를 냈다는데, 아무도 나타나지 않았어요."

피나타가 말했다.

"직접 나타난 사람은 없었죠. 하지만 카밀라가 여기 온 지 일주일 정도 되었을 때 내게 괴상한 전화가 온 적이 있어요. 경찰에게 얘기를 했지만, 경찰도 그렇고 나도 당시에는 그랬고 어떤 광신자가 한 짓이라고 생각했죠."

몸을 앞으로 내밀었을 때 폰데로의 얼굴에는 흥미와 짜증이 기묘하게 섞인 표정이 떠올랐다.

"동네에 있는 모든 반미치광이들과 장난꾸러기들에게서 소식을 듣고 싶다면 이 사업에 뛰어들어봐요. 핼러윈에는 애들이 장난칩니다. 크리스마스와 부활절에는 종교에 미친 자들이죠. 구월에는 성년식을 하는 남자 대학생 애들이고. 내 작업실에서 무슨 일이 일어나는지, 변태 성욕자들이 하는 야한 얘기는 사시사철 들을 수 있어요. 카밀라에 대한 전화는 크리스마스 직전에 받았죠. 광신자들 중 한 명에게는 적절한 타이밍이었겠죠."

"남자한테 온 겁니까, 아니면 여자한테 온 겁니까?"

"여자였어요. 그런 전화는 보통 그래요."

"어떤 종류의 목소리였죠?"

"모든 면에서 중간이었죠, 내 기억으로는. 중키에, 중년에, 중간 정도 교양이 있는."

폰데로가 말했다.

"외국어 억양의 흔적은요?"

"없었어요."

"젊은 여자일 수도 있었을까요? 가령 서른 살 정도 되는?"

"그럴진 모르지만, 내 생각에 그렇진 않아요."

"바라는 게 뭐였죠?"

"시간이 이만큼이나 흘러서 정확한 단어는 기억이 나지 않아요. 대화의 핵심은 카밀라는 좋은 가톨릭 교도였으니 축성된 땅에 묻혀야 한다는 거였습니다. 나는 그 여자에게 그렇게 되도록 하는 데 어떤 어려움이 있는지를 말했어요. 카밀라가 종교를 가지고 죽었다는 증거가 없으니. 그 여자는 카밀라가 축성된 땅에 매장될 수 있는 모든 요건을 갖췄다고 주장했어요. 그러더니 전화를 끊더군요. 그 여자가 보여준 자기 절제의 정도를 제외하면 그저 그런 장난전화였습니다. 그땐 그렇게 생각했죠."

"카밀라는 개신교 신자 무덤에 묻혔던데요."

피나타가 말했다.

"우리 교구 신부와 얘기를 해봤어요. 다른 대안이 없었습니다."

"그 여자가 돈 얘기를 하던가요?"

"아뇨."

"그가 죽은 방식에 대해서라든가."

"그런 인상은 받았는데……." 폰데로가 조심스럽게 말했다. "카밀라가 좋은 가톨릭 교도였다고 주장하는 것으로 봐서, 여자는 그가 자기 손으로 목숨을 끊었다고는 믿지 않는 것 같았습니다."

"폰데로씨는 그렇게 믿습니까?"

"전문가들은 자살이라고 하더군요."

"제 생각엔 지금쯤은 폰데로 씨도 그런 방면에서는 나름 전문가라고 할 수 있을 것 같은데요."

"경험은 있죠. 전문가는 아닙니다."

"폰데로 씨의 개인적 의견은요?"

창밖에서 폰데로의 아들이 크게, 안 맞는 음정으로 〈나를 야구장에 데려가줘요〉라는 곡을 휘파람으로 불기 시작했다.

폰데로가 말했다.

"난 경찰과 검시관 사무실하고 밀접한 관계를 맺고 일하죠. 그들의 의견에 반대되는 의견을 가져봤자 사업엔 좋을 게 없어요."

"어쨌든 의견을 갖고 계시지 않습니까?"

"기록용으로는 아니죠."

"좋아요. 저만 알아두겠습니다. 일급 비밀로."

폰데로는 창문으로 갔다가 다시 의자로 돌아와 피나타를 마주 보았다.

"그가 남겼다는 편지 내용을 기억합니까?"

"네. '이거면 내 천국 갈 여비는 되겠지, 냄새나는 쥐새끼들……. 출생, 너무 이르게도 1907년. 사망, 너무 때늦게도 1955년.'"

"모든 사람이 그걸 유서로 받아들이는 것 같았죠. 어쩌면 그랬을지도 모릅니다. 하지만 자기가 죽을 걸 아는 남자의 메시지였을 수도 있어요. 그렇지 않습니까?"

"그럴 수도 있겠군요. 그런 생각은 한 번도 못 해봤습니다."

"나도 마찬가지였죠. 직접 시체를 검안하기 전까지는. 노인의 몸이더군요. 그가 적은 출생 일자를 받아들인다면 때 이르게 노화한 몸이었습니다. 하지만 그런 상황에서 그가 거짓말을 해야 할 이유는 알 수 없죠. 퇴행 과정이 여럿 일어나고 있었습니다. 간경변이 있었고, 동맥경화도 심각했죠. 그리고 폐기종을 앓았으며 관절염이 상당히 진전된 상태였습니다. 내가 가장 흥미를 가진 건 마지막 증상이었습니다. 카밀라의 손은 심하게 붓고 변형되어 있었어요. 그가 스스로 상처를 낼 수 있을 만큼 칼을 꽉 쥘 수나 있었나 하는 의심이 심각하게 들었습니다. 어쩌면 할 수 있었는지도 모르죠. 어쩌면 진짜 했는지도 모르고. 내가 할 수 있는 말은 의심스럽다는 것뿐입니다."

"이 의심을 관계자에게 표현했습니까?"

"커비 부서장에게 말했어요. 전혀 흥분하지 않더군요. 그는 비전문가의 의견보다는 유서가 훨씬 더 유효한 증거라고 주장했습니다. 내가 비록 의사 학위는 없지만, 이 사업을 이십오 년이나 해왔는데 비전문가라고는 생각하지 않습니다. 그래도 커비가 핵심을 지적했죠. 의견은 증거를 구성하지 않는다는 것. 경찰은 자살 평결에 만족했고, 검시관도 만족했죠. 카밀라에게 이 평결에 만족하지 않는 친구가 있었다면 번거로움을 무릅쓰고 나와서 항의를 했을 겁니다. 피나타 씨는 탐정이죠, 어떻게 생각합니까?"

"저도 커비에게 동의하고 싶군요." 피나타는 조심스럽게 대답했다. "제가 아는 사실에 기반을 둔다면요. 카밀라는 자살할 만한 좋은 이유가 있었어요. 유서는 아니라도 적어도 작별 편지를 썼어요. 그리고 장례 비용을 남겼죠. 사용된 칼에는 그의 머리글자가 있었습니다. 이 모든 사실들을 바라본다면, 카밀라의 손이 칼을 쓸 수 없을 정도로 불구가 되었다는 당신의 의견을 그렇게까지 신뢰할 순 없습니다. 하지만 저는 관절염에 대해서는 아무런 경험이 없죠."

"나는 있어요."

폰데로는 몸을 앞으로 내밀며 자기 작업실에서 가져온 견본이라도 되듯 왼손을 내밀었다. 피나타는 이전에는 눈치채지 못했던 것을 보았다. 폰데로의 관절은 보통 크기의 두 배로 부어올라 있었고, 손가락은 구부러진 채로 굳어져서 집게발 같았다.

폰데로가 말했다.

"이게 내가 공을 던지는 손이었지요. 이제는 월드 시리즈가 달려 있다고 해도 번트조차 처리할 수 없어요. 관중으로서 스탠드에 앉아 있을 뿐이지. 그리고 윌리 문이 공을 펜스 너머로 넘길 때, 나는 박수도 치지 못할 겁니다. 요새 내 작업실 작업은 모두 조수들이 해요. 내 말 믿어요, 내가 자살하고 싶다면 칼 말고 다른 걸로 해야 할 거요."

"절박한 상황이라면 사람에겐 없던 힘도 생기는 법입니다."

"그래서 힘이 생겼을 수도 있겠지, 그래요, 하지만 굳어버린 관절을 풀거나 위축된 근육을 되돌리진 못해요. 불가능합니다."

불가능하다. 피나타는 카밀라와 관련해서 이 말이 벌써 얼마나 자주 나왔는가 생각했다. 너무 여러 번. 어쩌면 그는 불가능한 일을 해낼 운명을 타고난 남자였을지도 몰랐다. 통계를 무너뜨리고, 물리 법칙을 거스르고. 동기, 흉기, 자살 유서, 장례식 비용이라는 증거는 충분히 강력했지만, 굳어버린 관절은 하룻밤 사이에 풀리지 않고, 위축된 근육이 충동적으로, 혹은 바란다고 해서 되돌아오지 않는다.

폰데로는 여전히 괴물 쇼에 나오는 출연자처럼 구경하라는 듯

한 손을 내밀고 있었다.

"여전히 커비의 말을 믿고 싶어요, 피나타 씨?"

"모르겠습니다."

"실은 나도 모릅니다. 카밀라가 그런 손으로 칼을 쥐었다면, 좀 더 오래 살아서 어떻게 했는지 나한테 좀 말해주지 하는 바람뿐이라는 말밖에는. 그 문제에 대해서 충고를 받아서 써먹을 수 있었을 텐데."

그는 일그러진 손을 주머니에 감췄다. 쇼는 끝났다. 그래도 효과적인 쇼였다.

피나타가 말했다.

"커비는 날카로운 사람입니다."

"맞아요. 날카로운 사람이지. 그냥 어쩌다 보니 관절염이 없을 뿐이지."

"카밀라가 그런 상태였다면 유서도 쓰기 힘들지 않았을까요?"

"아니, 그건 정자로 또박또박 쓴 것이었어요. 필기체로 흘려 쓴 게 아니라. 관절염 환자들에게 흔한 일이지. 알아볼 수 있게 정자로 쓰는 게 훨씬 더 쉬워요."

"시체를 검안했을 때, 카밀라의 삶의 방식에 대해서 어떤 일반적인 정보가 나오던가요?"

"자세한 의학적 사실까지는 들어가지 않겠습니다. 하지만 증거로 봐서는 술을 많이 마셨고, 담배도 많이 피웠으며, 인생의 한 시점에는 일도 많이 했더군요."

"어떤 종류의 일인지에 대한 단서도 있었습니까?"

"하나 있긴 했습니다. 어떤 정형외과 의사들은 내 의견에 반대하겠지만. 이 사람 내반슬^{內反膝}이라고 하는 골 기형이 있었어요. 속된 말로 하면 안짱다리죠. 안짱다리야 여러 원인에 의해 나타나지만, 카밀라의 직업을 어림짐작해본다면, 젊었을 때 말과 관련한 일을 많이 하지 않았나 싶습니다. 목장에서 일했을 수도 있고."

"목장이라."

피나타는 얼굴을 찡그리며 말했다. 최근에 누가 목장에 관한 얘길 꺼냈다. 그 맥락이 떠오른 건 차로 돌아갔을 때였다. 올스턴이 전화 통화에서 로사리오 부인, 즉 후아니타의 어머니가 목장에서 가정부로 일했고, 목장 주인이 죽었을 때 그라나다 스트리트에 있는 집을 살 수 있을 만큼 돈을 물려받았다고 말했던 것이다.

내가 이걸 쓰고 있으려니 호텔 손님들이 나를 괴상하게 보고 있어.

대체 나 같은 건달이 어울리지도 않는 호텔 로비에서

뭘 하고 있는 걸까 궁금해하는 듯하다.

한 번도 진정 내 것인 적 없었던 딸에게 편지를 쓰는 나를······.

그라나다는 마을의 백인 구역으로부터 오는 압력에 대항이라도 하려는 듯 작은 목조 주택들이 서로 기대듯 다닥다닥 붙어 있는 거리였다. 이 거리 이름의 뜻이기도 한 석류 나무들은, 지금은 열매가 없지만 크리스마스쯤이면 화려한 주황색 공이 터무니없을 만큼 탐스럽게 가지에 매달렸다. 거기서 자라난 게 아니라 명절을 맞아 거리를 장식하려고 매단 것처럼 보였다.

5-12번지는 어린애나 근시가 있는 아마추어가 얼마 전에 칠한 듯한 분홍색 외장으로 노쇠함을 감춘 채 이웃들 사이에서 당당히 독립을 외치고 있었다. 분홍색 페인트 얼룩은 좁은 보도 위와 포치 난간, 네모난 잔디밭에 떨어져 있었고, 칼라꽃, 호랑가시나무와 돈

나무 울타리의 이파리들에도 낯설고 새로운 병이라도 퍼진 듯 여드름처럼 점점이 돋아 있었다. 어린아이나 아주 작은 체구의 여자 것으로 보이는 분홍색 발자국이 회색 포치 계단 위로 이어지다가 현관문 밖에 놓인 깔개의 억센 털 속으로 사라져버렸다. 이 발자국들은 이 집에 어린아이가 살고 있을지 모른다는 유일한 증거였다. 포치든 잔디밭에든 장난감이나 장난감 부품은 없었고, 버려진 신발이나 스웨터도, 반만 먹은 오렌지나 잼 샌드위치도 없었다. 후아니타와 여섯 아이들이 여기 거주하고 있다면, 누군가 그 사실을 숨기기 위해 신경쓰고 있었다. 후아니타 본인일 수도 있고 로사리오 부인일 수도 있다.

피나타는 초인종을 누르고 기다리면서 후아니타가 삼 년이나 마을을 떠나 있다가 갑자기 돌아오기로 한 이유를 생각해보았다. 애초에 사라졌을 때 보호관찰 명령을 위반하면 당국와 문제가 생기리라는 것을 알고도 남았을 것이다. 다른 한편으로는 후아니타의 행동이 논리적이지 않으므로, 돌아온 이유도 사소하고 변덕스러운 것일 수 있었다. 향수병에 걸렸거나, 어머니가 다시 보고 싶었거나, 친구들에게 새 남편과 막내 아이를 자랑하고 싶었거나, 어쩌면 살던 곳의 이웃과 싸워서 갑자기 떠나고 싶은 마음이 울컥 들었거나. 동기를 짐작하기란 어려웠다. 그녀는 수십 개의 줄로 조종되는 꼭두각시 인형 같았다. 줄 몇 개는 끊어졌고, 다른 줄은 너무 복잡하게 꼬여서 원래 의도대로 움직이는 것은 하나도 없었다. 이런 얼키

고설킨 매듭을 풀고 끊어진 양끝을 붙여 잇는 것이 올스턴과 올스턴 밑의 직원들이 하는 일이었다. 이제까지는 실패했다. 후아니타의 급상승과 공중제비, 도약과 착륙은 어떤 인형사가 되었든 조종의 한계를 넘었다.

문이 열리면서 키가 작고 깡마른 중년의 여자가 모습을 드러냈다. 검고 무표정한 눈은 잘 익은 올리브 같았다. 여자는 뻣뻣하리만큼 몸을 꼿꼿이 세우고 있어 등에 강철 보조 기구를 차고 있는 듯 보였다. 모든 외모 특징이 팽팽하게 당겨져 있는 느낌이었다. 피부는 풀을 먹인 것 같았고, 머리카락은 뒤로 넘겨 깔끔하게 말아서 단단히 묶었고, 입은 매섭게 일자로 꾹 다물고 있었다. 피나타는 그 입이 그렇게 쉽게 열리자 놀라고 말았다.

"무슨 일이죠?"

"로사리오 부인이십니까?"

"내 이름은 맞네요."

"전 스티브 피나타입니다. 잠깐 말씀 좀 나누고 싶은데요."

"옆집 사는 로페스 씨에 대한 얘기라면 더 할말이 없어요. 보건부에서 나온 사람에게 어제 말했는데, 그 사람 의지와 반대로 억지로 끌고 갈 권리는 없댔어요. 평생 그런 기침을 똑같이 해왔지만 지금까지 멀쩡히 잘 살아왔다고요. 그 사람한텐 숨 쉬는 것만큼 자연스러운 일이에요. 동네 사람들이 무슨 빛이 나오는 기계로 사진을 찍어야 한다고 하는데 그게 공짜든 아니든 나는 거절했고, 곤잘러

스네나 에스코바르네도 마찬가지였어요. 그건 자연의 뜻을 거스르는 거죠. 자기 허파에 그런 빛을 쐬어서 숨 막히게 하다니."

피나타가 말했다.

"저는 보건부와는 상관이 없는 사람입니다. 자기 이름이 포스터라고 말하는 남자를 찾고 있어요."

"자기 이름을 그렇게 말한다고요? 이게 다 무슨 일이래요? 자기 이름을 그렇게 말한다니."

"따님이 그 사람 이름을 포스터라고 알고 있다는 뜻입니다. 말하자면요."

로사리오 부인은 다가오는 폭풍에 대비해서 큰 돛을 줄이는 선원처럼 볼을 쏙 집어넣었다. "내 딸 후아니타는 남쪽에 살아요."

"지금은 여기 방문차 와 있지 않습니까?"

"걔가 여기 잠깐 와 있든 말든 누구랑 무슨 상관이에요? 걔 아무 나쁜 짓도 안 했는데. 내가 바짝 감시하고 있어서 걔 말썽과는 거리가 멀다고요. 그건 그렇고, 당신은 대체 누군데 우리 후아니타에 대해 캐묻고 다니는 거예요?"

"제 이름은 스티븐스 피나타입니다."

"그래서요? 그걸로 뭘 알 수 있는데? 아무것도 모르잖아. 나한테 알려주는 게 없다고. 난 이름 따위는 신경 안 써요, 사람만 신경 쓰지."

"저는 사설탐정입니다, 로사리오 부인. 지금 당장 제가 맡은 일은 포스터를 쫓는 겁니다."

여자는 갑자기 원피스 아래서 뭐가 찢어지기라도 한 양 한 손으로 왼쪽 가슴을 움켜쥐었다. 심장이든, 아니면 그저 슬립 끈이든.

"그 사람 나쁜 사람이라고, 지금 그런 말을 하는 거예요? 그 사람이 우리 후아니타를 곤란하게 만들 거라고?"

"나쁜 사람이라고는 생각하진 않습니다. 하지만 곤란한 일이 없을 거라곤 보장할 수 없네요. 가끔 충동적이 되거든요. 그 사람이 여기 따님과 함께 왔었습니까, 로사리오 부인?"

"네."

"둘이 같이 나갔고요?"

"그래요. 삼십 분 전에."

열 살가량 되어 보이는 볼이 빨간 말라깽이 소녀가 옆집 포치 위로 나와서 훌라후프를 돌리며 그에 어울리는 리듬으로 껌을 씹기 시작했다. 아이는 옆집 현관 포치에서 일어나는 일에는 전혀 관심이 없어 보였지만, 로사리오 부인은 서둘러 속삭였다.

"밖에선 얘기할 수 없어요. 저 케리다 로페스는 모든 걸 엿듣고 부풀려서 퍼뜨리는 애라."

케리다는 여전히 이쪽 방향을 보고 있지 않았지만 크고 환한 목소리로 세계를 향해 발표했다.

"난 병원에 갈 거예요. 아무도 나를 만나러 올 수 없어요. 난 폐에 점이 나 있거든요. 난 신경 안 써요. 어쨌든 난 좋아하는 사람 하나도 없어요. 할아버지처럼 병원에 갈 거예요. 거긴 갖고 놀 수 있는 장난감도 많고, 아이스크림도 먹을 수 있어요. 그리고 앞으로는 영원히 설거지를 할 필요도 없어요. 그럼 누구도 나를 만나러 오지 않겠죠. 그럴 수 없으니까. 하하."

"케리다 로페스." 로사리오 부인이 날카롭게 말했다. "그 말이 사실이니?"

소녀가 그 말을 들었다는 유일한 기색은 훌라후프를 돌리는 속도가 빨라졌다는 것뿐이었다.

로사리오 부인의 짙은 피부는 노란빛을 띠었고, 거실로 다시 돌아갈 때는 마치 케리다한테 명치를 한 대 맞기라도 한 것 같았다.

"쟤는 가끔 거짓말을 해요. 저것도 사실이 아닐 수 있어. 병원에 갈 만큼 아픈 애가 어떻게 저렇게 밖에 나와서 놀아? 물론 기침이야 하죠. 하지만 애들은 다 기침하잖아요. 쟤 뺨이 얼마나 건강한 색깔인지 당신도 직접 봤죠?"

피나타는 그 홍조가 건강보다는 열 때문일 수도 있다고 생각했지만 그렇게 말하진 않았다. 그는 로사리오 부인을 따라 집안으로 들어섰다. 등뒤로 문이 닫힌 후에도 케리다가 리듬에 맞춰 읊는 소리는 계속 들렸다. "병원에 갈 거예요. 나는 신경 안 써요. 아무도 나를 만나러 올 수 없어요. 나는 신경 안 써요. 구급차를 타고 갈 거예요……."

레이스 커튼 틈새로 뚫고 들어오는 햇살도 작은 정사각형 응접실의 그늘을 밝게 비추지는 못했다. 네 벽에는 성물聖物과 사진이 가득 덮여 있었다. 십자고상十字苦像과 묵주, 아기를 안은 성모상, 아기를 안지 않은 성모상, 예수의 두상, 성모를 모셔놓은 작은 제단, 광륜을 두른 천사들과 축복받는 성처녀 마리아. 산 자에게 희망과 위안을 줄 목적으로 만들어진 이런 수많은 물건들은 죽음을 혐오스럽게 보이게 하는 동시에 찬미하고 있었다.

이 방에서, 혹은 이와 똑같은 다른 방에서 후아니타는 자랐다. 이 방을 흘긋 한번 보는 것만으로도 피나타는 올스턴이 사용한 어떤 표현보다도 후아니타에 대해 더 잘 알 수 있었다. 여기, 삶은 잔인하고 짧으며 천국으로 들어가는 문에는 가시와 못, 철조망이 쳐져 있다는 진실을 끊임없이 일깨워주는 물건들에 둘러싸여 어린 시절을 보냈다. 그녀는 머리 위에 휘광이 어린 채 통통한 아기를 안고 있는 성모상을 수천 번은 보았을 것이고, 무의식적이든 의식적이든 자기 자신을 위해 이 역할을 골랐다. 그것만이 생명성과 창조성은 물론 성스러움을 대표하기 때문이었다.

로사리오 부인은 작은 제단 앞에서 성호를 긋고 맑고 건강한 혈색의 케리다 로페스가 거짓말을 하고 있다는 확신을 달라며 성모에게 빌었다. 그런 후에 되도록 자리를 적게 차지하려 하며 자신의 마른 몸을 의자에 밀어넣었다. 집안에는 산 자를 위해 남은 자리가 거의 없었기 때문이다.

"앉으세요." 그녀는 뻣뻣하게 고갯짓으로 가리켰다. "낯선 사람이 내 집까지 찾아와서 개인적인 질문을 할지는 몰랐는데, 하지만 여기 오셨으니 앉으라고는 하는 게 예의겠죠.”

“감사합니다.”

앉으려는 사람을 좌절시키려고 골라낸 듯 의자들이 하나같이 불편해 보였다. 피나타는 나무 등받이가 있고 텐트 스티치 자수를 놓은 작은 소파를 골랐다. 희미하게 세척액 냄새가 났다. 소파에 앉으면 로사리오 부인의 침실이 곧바로 보였다. 그곳 또한 벽에는 성화와 성물들이 빽빽이 걸려 있었고, 거대하고 화려한 더블베드 옆에 놓인 탁자 위에는 웃고 있는 젊은 남자 사진 앞에 촛불 한 자루가 타고 있었다. 보아하니 젊은 남자는 죽은 듯했다. 촛불은 그의 영혼을 위해 타오르고 있었다. 피나타는 그 젊은 남자가 후아니타의 아버지인지, 그가 죽은 후 얼마나 많은 촛불이 밝혀졌는지 궁금했다.

로사리오 부인은 그가 사진을 보고 있다는 것을 알아채고 곧장 일어나 방 저편으로 갔다.

“잠깐만 실례할게요. 잠자는 곳을 낯선 사람에게 보이는 건 아무래도 예의에 어긋나는 일이라.”

부인은 침실 문을 당겨 닫았는데, 피나타는 애초에 부인이 왜 문을 열어두었는지 금방 알 수 있었다. 문은 누가 망치로 공격한 것 같은 꼴이었다. 나무가 함몰되고 갈라졌으며, 한쪽 판은 통째로 사라져 있었다. 들쭉날쭉한 틈을 통해서 젊은 남자는 여전히 피나타를 보고 웃고 있었다. 깜박거리는 촛불 빛 속에서 그의 얼굴은 무척 생기 있어 보였다. 눈은 반짝였고, 뺨 근육이 움직였으며, 입술은 활짝 벌어졌다 오므라졌고, 검은 고수머리는 부서진 문 뒤에서 부는 바람 속에서 흔들렸다.

"애들 중 하나가 저랬어요." 로사리오 부인이 조용한 목소리로 설명했다. "어느 앤진 모르겠어요. 장 보러 갔을 때 일이 벌어져서. 맏이인 페드로가 의심스럽긴 해요. 걔는 열한 살짜리 애지만 가끔 악마가 씌어서 거칠게 놀거든요."

정말 거칠게 노는군, 피나타는 생각했다. 논다는 말도 딱 맞아 떨어지는 말은 아니고.

"페드로는 지금 저기 제재소에 있어요, 새 문을 둘러보러. 별로 다른 애들도 데려가라고 했죠. 그럼 다음 새 문을 혼자 힘으로 칠하고 걸어야 할 거예요. 난 가난한 여자예요. 페인트공이나 목수에게 달라는 값 다 주고 할 순 없어서."

부인이 부자가 아니라는 사실은 확실해 보였다. 하지만 이 집에서 극빈의 흔적은 찾아볼 수가 없었다. 종교 물품만 해도 돈을 꽤 들였을 것이다. 로사리오 부인의 이전 고용주였던 목장 주인이 유언장에서 돈을 넉넉히 남겨주었든가 아니면 부인이 잡일을 하면서 가욋돈을 번 모양이었다.

그는 다시 한번 문을 흘깃 쳐다보았다. 어떤 망치 자국은 맨 꼭대기에 나 있는데, 열한 살 소년이 저런 상처를 내려면 나이치고 거인이어야겠어. 그리고 그런 행동을 한 동기는 뭘까? 복수? 파괴 그 자체? 아니면, 피나타는 생각했다. 소년이 자기를 가둔 문을 부수고 나오려던 것일 수도 있겠지.

그에겐 로사리오 부인이 거짓말을 하고 있다는 생각은 들지 않았다…….

부인은 그라나다 스트리트를 올라오는 그들을 보았었다. 녹색 유니폼을 입은 후아니타와 나이 많은 남자. 로사리오 부인은 남자를 알아보지 못했지만, 두 사람은 웃고 얘기하고 있었으며, 그것만으로도 충분했다. 둘은 못된 짓거리를 꾸미고 있었다.

부인은 뒷마당에서 놀고 있는 아이들을 불러들였다. 아이들도 사정을 알아챌 정도는 나이가 들어서 궁금해하고, 그래, 떠들고 다닐 수 있었다. 페드로는 여우 새끼처럼 눈과 귀가 밝고 하마처럼 입이 컸다. 심지어 성당에서도 가끔 큰 소리로 떠들어대서 입에 접착 테이프를 붙이는 벌을 받곤 했다.

그녀는 아이들에게 사과를 한 알씩 주고 침실로 들여보냈다. 아이들이 착하게 굴면, 조용히 침대에 앉아서 묵주알을 굴리면, 나중에 브루스터 부인 집에 가서 텔레비전을 보게 해주겠다고 약속했다.

부인이 막 침실 문을 잠갔을 때 후아니타가 현관 포치를 딛는 가볍고 빠른 발소리와 웃음소리가 들렸다. 부인은 열쇠를 자물쇠에서 빼고 문구멍에 눈을 댔다. 얼굴이 상기되어 들떠 보이는 후아니타가 낯선 사람과 앞문으로 들어왔다.

"자, 앉아요." 후아니타가 말했다. "한번 둘러봐요. 쓰레기장이죠, 응?"

"다른데."

"다르다고 말할 수 있겠죠. 아무것도 손대지 마요. 엄마가 난리를 칠 테니까."

"어머님은 어디 계시지?"

후아니타는 양 눈썹과 입꼬리, 어깨를 들어올렸다. 올라간 어깨와 찌푸린 표정이 절묘한 조합을 이루었다.

"내가 어떻게 알아요? 애들 끌고 다시 성당엘 갔나 보죠."

"그거 안타까운데."

"그게 뭐가 안타까워요?"

"아가씨 가족을 만나고 싶었거든." 필딩은 아무렇지 않은 어조로 말했다. 심각한 목표가 있어서라기보다는 예의 바른 욕망을 표현하는 척했다. "난 애들을 좋아하거든. 나는 애가 하나뿐이라서, 딸 하나지. 그 애도 지금은 당신 나이쯤 되었을 거야."

"그래요? 내가 몇 살로 보이는데요?"

"애가 여섯 명이라고 말하지 않았더라면 스무 살이라고 했을 거야."

"참도 그랬겠네요."

"진심이야. 눈에다 찐득찐득한 걸 발라서 좀더 나이들어 보이긴 해도. 이제 그거 그만 발라."

"이거 바르면 눈이 더 예뻐 보인다고요."

"더 예뻐 보일 필요 없어."

"입바른 말 하나는 정말 잘하시네요." 하지만 그녀는 자기가 인
정하고 싶은 이상으로 그의 의견을 존중한다는 듯, 양쪽 집게손가
락으로 눈두덩을 문지르기 시작했다. "그 여자 예뻐요? 아저씨 자
식 말이에요."

"예뻤지. 오랫동안 못 봤어."

"애들을 그렇게 좋아한다면서 어떻게 딸을 오랫동안 안 볼 수
있어요?"

백 가지 대답이 있는 질문이었다. 그는 그중에 두어 개를 되는
대로 골랐다.

"내가 여기저기 떠돌아다녔거든. 방랑벽이 있어서."

"나도 그래요. 다만 나는 애를 여섯이나 업은데다 내 머리가 두
개라도 되는 양 감시하는 할망구 때문에 별로 돌아다니지 못하지
만."

후아니타는 소파 위에 격렬하다 싶을 정도로 털썩 몸을 던진 후
돌아누워 천장을 올려다보았다.

"가끔은 엄청나게 센 바람이 불어와서 이 집과 나를 저 멀리 날
려버렸으면 좋겠어요. 어디로 가든지 상관 안 할 거예요. 외국이라
도 좋아요."

별안간 침실에서 아이의 날카로운 비명 소리가 들리더니, 곧이어 목소리들이 시끄럽게 와글와글 떠들어댔다. 마치 첫 번째 비명 소리가 합창을 시작하라는 신호가 된 것 같았다.

후아니타는 화가 난 얼굴로 문을 힐끔 보았지만 놀란 표정은 아니었다.

"그래, 할망구 저기 숨어서 나를 또 염탐하고 있었군. 눈치챘어야 하는데."

침실에서 나는 소음은 포효처럼 커져갔다. 그 소리에 섞여서 필딩은 자기 목소리도 제대로 들을 수가 없었다.

"가는 게 좋겠어. 또 다른 싸움에 휘말리고 싶진 않아."

"나 아직 옷도 안 갈아입었는데."

"괜찮은데 뭐. 자, 갈까. 나 술이 필요해서."

"기다릴 수 있잖아요."

"세상에, 지난번처럼 누가 경찰을 부를지도 몰라. 그때 이백 달러나 들었다고."

"난 누가 염탐하는 걸 좋아하지 않는다고요."

그녀는 소파에서 펄쩍 뛰어내려 재빨리 침실로 가면서 벽에 걸린 커다란 십자고상을 휙 내렸다.

"거기서 뭐하는 거야?" 후아니타는 십자가로 문을 두드렸다. "이거 열어, 내 말 안 들려? 열라고!"

갑작스럽게 고요가 흘렀다. 그때 한 아이가 앙 울어대기 시작했고 다른 아이가 겁먹은 목소리로 말했다.

"할머니가 우리를 안 내보내줘."

마침내 로사리오 부인 본인이 입을 열었다.

"저 신사분이 가면 문이 열릴 거다."

"지금 당장 열려야 할걸."

"저 신사분이 간 다음이야. 그전에는 안 돼. 제 어미가 남편 없는 사이에 낯선 남자랑 노닥대는 꼴을 아이들이 보게 둘 순 없다."

"내 말 잘 들어, 이 귀신 할망구!" 후아니타가 소리를 질렀다. "내가 손에 뭘 쥐고 있는 줄 알아? 다른 사람 아닌 예수 그리스도를 들고 있단 말이지. 내가 이걸로 뭘 할 줄 알아? 예수로 이 문을 두들겨댈 거라고……"

"내 집에서 그딴 신성모독을 저지를 순 없다."

"……두들기고 또 두들길 거야, 예수나 문이나 하나도 남지 않을 때까지. 들려, 이 마녀 할망구? 처음으로 예수가 내게 자비를 베푸네. 이 문을 부수어줄 테니."

"어떤 폭력이라도 휘두르면 난 조치를 취할 거다."

"평소와 달리 예수는 내 편이라고, 알겠어? 예수와 내가 한편이지, 할망구가 아냐." 후아니타는 들뜬 웃음을 짧게 내뱉었다. "자, 예수님, 이제 자기는 내 편이야."

후아니타는 솜씨 좋은 목수가 못을 박듯이 리듬에 맞춰 십자가로 문을 쳤다. 필딩은 앉아서 나무가 쪼개지고 아이들이 훌쩍대는 소리를 듣고 있었다. 그의 얼굴은 고통으로 찡그린 채 굳어갔다. 갑자기 십자가 윗부분이 뚝 부러지면서 금속 머리가 허공으로 날아가서 하마터면 필딩의 머리를 맞힐 뻔했다. 탁자를 맞고 튀어오른 금속 머리는 바닥으로 나동그라졌다.

십자가를 부순 그 일격으로 문의 한쪽 널빤지도 산산조각 났다. 그리하여 로사리오 부인도 무슨 일이 일어났는지 볼 수 있었다. 그때 문이 열리면서 영문도 모르고 겁에 질린 아이들이 유개화차에서 쏟아져나오는 소떼처럼 비틀비틀 나왔다.

로사리오 부인은 분노해서 고함을 지르며 방 저편으로 달려가 예수님 머리를 집어 들었다.

"날 염탐했다간 어떻게 되는지 똑똑히 알았지." 후아니타가 의기양양하게 말했다. "다음엔 예수로 안 끝날 줄 알아. 이 집안에 있는 온갖 더러운 잡동사니들이 그 꼴이 될 테니."

"사악한 계집애 같으니. 이 신성모독자."

"난 누가 염탐하는 걸 좋아하지 않는다고. 내 앞에서 문 잠그는 것도 좋아하지 않아."

아이 셋은 곧바로 현관으로 빠져나갔다. 다른 아이들, 소파 뒤에 숨은 아이 하나와 후아니타의 치맛자락을 잡고 매달린 아이 둘에게 로사리오 부인이 떨리는 목소리로 말했다.

"가자. 우리는 함께 무릎 꿇고 너희 어미의 죄를 용서해달라고 빌어야 해."

"할망구를 위해서나 기도해. 누구보다도 절실히 필요할 테니까."

"가자, 얘들아. 너희 어미의 영혼을 영원한 지옥의 고문에서 구할 수 있……."

"우리 애들은 가만 놔둬. 애들이 기도하기 싫다면 할 필요가 없다고."

"메리베스, 폴, 리타……."

아이들 누구도 움직이거나 아무 소리도 내지 않았다. 곧 추락할 것을 미리 알아차린 공중 곡예사처럼 허공에 매달려 어느 쪽으로 떨어지면 안전할까 궁리하는 것 같았다. 신과 할머니 쪽일지, 후아니타 쪽일지. 가장 먼저 결단을 내린 것은 막내인 폴이었다. 아이는 어두운색의 축축한 얼굴을 후아니타의 허벅지에 대고 다시 울음을 터뜨렸다.

"침 그만 흘려."

후아니타는 아이를 필딩 쪽으로 아무렇지도 않게 밀면서 말했다.

필딩은 야구 경기중에 갑작스레 공이 자기 쪽으로 날아와서 잡을 수밖에 없는 관객의 입장이 되어버렸다. 그는 아이를 들어올려 안고는 소리 지르는 여자들에게서 떼어놓기 위해 침실로 갔다.

"지옥에나 가, 이 사악한 것."

"그래도 괜찮아. 거기 친척들이 있거든."

"감히 그 사람 이름은 입에 올리지 마라. 그 사람은 지옥에 있지 않으니. 신부님이 말하기로는 이제 그 사람 천사들과 함께 있을 거라고 했어."

"그래, 그 사람이 천사들과 함께 있을 수 있다면 나도 그렇겠네."

"애기야, 둥기둥기." 필딩은 아이의 귀에 대고 속삭였다. "'고양이와 바이올린, 소가 달 너머로 훌쩍 뛰어올랐네. 강아지는 그 웃긴 광경에 웃어버렸네. 접시는 숟가락과 함께 도망갔지.' 너 소가 달 너머로 훌쩍 뛰는 것 본 적 있니?"

짤막한 답변보다 더 좋은 대답을 해야 하는 중요한 질문인 양 소년의 검은 눈이 엄숙해졌다.

"소는 한 번 봤어요."

"달 너머로 훌쩍 뛰어넘는 걸?"

"아뇨. 우유를 주고 있었어요. 할머니가 우리한테 커다란 목장을 구경시켜줬는데, 거기 우유 주는 소가 있었어요. 할머니 말로는 소는 우유를 주려고 열심히 일하니까, 식탁에 우유를 엎지르면 안 된다고."

"나도 이전에 목장에서 일했었지. 아저씨는 어떤 늙은 소보다도 더 열심히 일했단다."

"할머니의 목장요?"

"아니, 거긴 아주 멀었어."

옆방에서 나던 소음이 뚝 그쳤다. 후아니타는 집안의 다른 곳으로 사라져버렸고, 로사리오 부인은 왼손에 예수 머리를 안은 채 작은 제단 앞에 무릎을 꿇었다. 그녀는 소리 없이 기도했지만, 얼굴에 떠오른 복수심 어린 표정을 보고 필딩은 그녀가 용서가 아니라 벌을 간청하고 있을 거라 생각했다.

남자아이가 말했다.

"아빠 보고 싶어."

"조금 있으면 돌아올 거야. 자, 이제 머펫 양 이야기는 어때? 머펫 양의 골치 아픈 사건 이야기 들어보고 싶지 않니? '꼬마 머펫 양은 낮은 대 위에 앉아 우유를 먹었네. 거미가 한 마리 와서 그 옆에 앉아 머펫 양을 겁줘서 쫓아버렸지.' 너 거미 무서워하니?"

"아뇨."

"착한 애구나. 거미는 좋은 곤충이란다."

필딩의 옷깃은 땀으로 축축이 젖었고 몇 초마다 심장은 흉곽 안에서 무엇에 쫓기기라도 하듯 몇 박자씩 빨라졌다. 그는 가끔 심장마비를 일으키지 않을까 걱정했으나, 집에 있을 땐 술 두어 잔을 마시고 잊어버리곤 했다. 여기서는 잊어버릴 수 없었다. 사실 그건 필연적으로 보였다. 부러진 십자고상과 박살난 문, 무시무시하게 기도하는 여자와 겁에 질린 아이들, 후아니타와 머펫 양으로 이어지는 끝내주는 클라이맥스. 그리고 지금, 신사 숙녀 여러분, 오늘 대단원의 막을 내리는 것은 스탠리 필딩과 죽음에 반항하는 그의 관상동맥입니다.

"머펫 양은," 그는 자기 심장 소리에 귀를 기울였다. "진짜 작은 소녀란다. 너 알고 있었니?"

"나처럼 진짜요?"

"그래, 너처럼 진짜. 그 아이는, 음, 이백 년인가 삼백 년 전에 살았어. 그런데 어느 날 그애 아버지가 그 애에 대한 노래를 썼단다. 그리고 이제 전 세계의 아이들이 꼬마 머펫 양에 대한 이야기를 듣고 싶어 하지."

"난 아닌데."

아이가 고개를 저었다. 숱 많은 검정 고수머리가 필딩의 목을 간지럽혔다.

"아니라고? 그럼 무슨 이야기를 듣고 싶니? 그리고 너무 시끄럽게 하면 안 된다. 할머니를 방해하면 안 되니까."

"목장 이야기 해줘요."

"무슨 목장?"

"아저씨가 일했던 목장."

"오래전 이야기란다." 신사 숙녀 여러분, 우리의 스타가 죽음에 반항하는 연기를 펼쳐보이기 전에, 인생 역정의 하이라이트로 여러분을 즐겁게 해드리겠습니다. "음, 아저씨한테는 위니라고 하는 암말이 있었단다. 위니는 소몰이 말이었지. 소몰이 말은 빠르고 영리해야 하는데, 위니가 딱 그랬어. 아저씨가 안장 위에 앉아 있기만 하면 위니는 네가 과일 그릇에서 오렌지 한 알을 골라내듯이 쉽게 무리에서 소 한 마리를 골랐지."

"아저씨 오기 전에 할머니가 우리한테 사과를 줬어요. 내 건 숨 겼는데. 어디다 숨겼는지 알고 싶어요?"

"나한테 비밀을 안 털어놓는 게 좋을 것 같은데. 이 아저씨는 비 밀을 지키는 데 별로 솜씨가 없단다."

"남한테 말해요?"

"그래. 가끔은 말한단다."

"난 항상 말하는데. 사과 숨긴 데는 저기 아래……."

"쉿."

필딩은 아이의 머리를 토닥여주었다. 아이는 말로는 하지 않았 지만, 필딩이 찾으러 온 것을 벌써 알려주었다. 검은 눈과 머리카 락, 짙은 피부색이 말해주고 있었다. 이제 한 가지는 명확했다. 실 수가 있었다. 하지만 누가 실수를 했지? 그리고 맙소사. 술이 필요 해. 술만 마시면 생각할 수 있을 텐데. 술이 있으면 생각할 수 있어. 생각…….

"아저씨는 이름이 뭐예요?"

"포스터야." 필딩이 말했다. 그 이름을 너무 자주 사용한 나머지 이제는 거짓말처럼 여겨지지도 않았다. "스탠 포스터."

"우리 아빠 알아요?"

"알 것도 같고 모를 것도 같은데."

"아빤 어디에 있어요?"

좋은 질문이었지만, 더 좋은 질문이 필딩의 마음속에서 떠돌았다. 어디가 아니라, 누구냐는 게 아닐까? 누가 네 아빠니, 얘야?

아이가 그의 목에 꽉 매달리는 바람에 필딩은 방안을 둘러보기 위해 고개를 들 수조차 없었다. 그러다가 이전에는 너무 흥분해서 알아차리지 못했던 기이한 냄새를 갑자기 알아차렸다. 그게 밀랍 타는 냄새라는 것을 알아차리기까지는 일이 분쯤 걸렸다.

그는 침대에서 일어나 아이를 부드럽게 바닥에 내려놓았다. 그런 후에 몸을 돌려 깜박이는 촛불 뒤 고수머리 청년의 사진을 바라보았다. 그의 심장이 흉곽에 부딪힐 만큼 쿵쿵 뛰었고, 그 소리는 후아니타가 문을 쿵쿵 두드릴 때 냈던 소리만큼이나 컸다. 빨간 불빛이 그의 눈을 강타했고 그의 손과 다리는 무감각해지며 두 배로 부어올랐다. 이걸로 끝입니다, 그는 생각했다. 신사 숙녀 여러분, 이게 끝입니다. 그럼 저는……

덫이었다.

이제 그는 명확히 볼 수 있었다. 모든 것이 덫이었다. 각본을 써서 미리 연습하고 무대를 꾸며놓았다. 대사 하나하나, 심지어 꼬마 아이가 한 말조차 다 암기한 것이었다. 문을 부수는 것을 포함한 모든 일이 실제처럼 보일 때까지 몇 번이고 연습한 것이다. 모든 것이 그가 사진을 보는 이 순간을 향하고 있었다.

그는 부은 손을 들어, 눈 위로 뚝뚝 떨어져 시야를 가리는 땀을 닦았다.

그들은 이제 거기, 다른 방에서 그가 무엇을 하려는지 보려고 기다리고 있었다. 로사리오 부인은 기도하는 척하고, 후아니타는 외출 준비를 하는 척하고, 아이들은 겁먹은 척했다. 그들은 거기서 듣고 보고 그가 무너져서 패착을 범할 때까지 기다리고 있었다. 심지어 이 꼬마 아이도 염탐꾼이었다. 그를 올려다보는 천진한 눈은 전혀 천진하지 않았고, 천사 같은 입은 악마의 것이었다.

"이제 그 사람 천사들과 함께 있을 거라고 했어."

로사리오 부인은 이렇게 말했다. 이제 필딩은 부인이 누구를 말하는 건지 알았다. 미친 웃음이 목구멍에서 차오르다 걸려버려 그는 켁켁거렸다. 공기를 좀더 들이마시려고 넥타이를 헐겁게 했지만 곧장 다시 조였다. 구경꾼들에게 그 사진이 그에게 무슨 의미가 있거나 그가 꼬마 아이의 아버지를 알아내려고 한다는 티를 내서는 안 되었다.

그는 어렴풋하게나마 자신이 똑바로 생각하고 있지 않다는 걸 깨달았지만, 마음을 가리는 의심의 안개가 걷히지 않았다. 이 안개 속에서 사실과 허구는 병합되어 역설이 되었다. 정신이 온전치 않은 여자는 거물 범죄자가 되었고, 어머니는 모략을 꾸미는 마녀였고, 아이들은 아이가 아니라 몸이 자라지 않은 어른이었다.

후아니타가 말했다.

"아저씨, 나 준비됐어요."

필딩은 너무 홱 도는 바람에 균형을 잃어버렸고 침대 기둥 하나를 짚고서야 몸을 지탱할 수 있었다.

"새 드레스예요. 나 어때 보여요?"

그는 아직 말은 할 수 없었지만 고개는 가까스로 끄덕일 수 있었다. 안개가 걷히기 시작했고, 이제 그녀를 선명히 볼 수 있었다. 파란색과 하얀색이 섞인, 치맛단이 넓게 퍼지는 드레스를 입고 어깨에는 빨간 스웨터를 걸치고 바늘처럼 뾰족한 굽이 달린 빨간 뱀피 신발을 신은 젊은 여자.

그녀가 말했다.

"자, 이제 이 귀신의 집에서 빠져나가요."

그는 안도감으로 바들바들 떨면서 고무같이 흐물흐물한 무릎으로 침실에서 나갔다. 계략도 덫도 아니었다. 마음이 모든 일을 거짓으로 지어냈고 공포와 죄의식의 형태로 찍어낸 것이었다. 후아니타, 로사리오 부인, 아이들. 그들은 천진했다. 그들은 그의 진짜 이름도, 그가 여기 온 이유도 몰랐다. 침대 옆 사진은 가끔 일어나는 추한 우연일 뿐이다.

그렇지만…….

술이 필요해. 맙소사, 술 좀 가져다줘.

로사리오 부인이 성호를 긋고 작은 제단에서 돌아섰다. 부인은 여전히 필딩이 거기 있다는 사실을 인정하지 않았다. 그쪽으로는 우연히라도 눈길조차 보내지 않았다. 부인은 그의 어깨 너머로 후아니타에게 말했다.

"너 어디 가는데?"

"나가."

"새 십자고상을 사 오거라."

후아니타는 혀로 집게손가락을 축여 눈썹을 매만졌다.

"내가 그럴 거 같아? 내가 그렇게 마음 넓어 보이냐고."

"네 마음이 넓진 않지." 로사리오 부인은 꿋꿋하게 말했다. "그 래도 이게 내 집이라는 걸 알아챌 분별력은 있을 테니까. 내가 못 들어오게 문 잠가버리면, 넌 거리로 나앉는 신세야."

"문 잠그기만 해. 어떤 꼴이 되는지 이미 봤을 텐데."

"또 그러면 경찰을 부를 거다. 너는 체포되고 아이들은 보호시 설로 보내지겠지."

후아니타의 얼굴은 백지장처럼 변했지만, 씩 웃으며 보란듯이 지나치게 어깨를 으쓱하는 바람에 스웨터가 어깨에서 미끄러져 떨 어졌다. 필딩이 허리를 굽혀 스웨터를 주워주자 그녀는 그의 손에 서 스웨터를 낚아챘다.

"그래서? 애들은 할망구가 하루의 반은 무릎 꿇고 기어다니는 이 미친 집에서 사는 거나 거기서 사는 거나 마찬가지일 텐데."

로사리오 부인이 처음으로 필딩을 똑바로 쳐다보았다.

"내 딸을 어디로 데려가려는 거죠?"

"이 사람이 나를 어디로 데려가는 게 아냐. 내가 이 사람을 데리 고 가는 거지. 차를 가진 사람은 나니까."

후아니타가 말했다.

"차는 차고에 놔두고 가라. 조 말로는 네가 운전을 너무 거칠게 한다는데. 그러다가 죽을 거다. 영혼에 아직 고해도 하지 않은 죄악을 그렇게나 많이 품고 죽을 순 없잖니."

"저희는 영화를 보러 갈 계획이었습니다." 필딩은 로사리오 부인에게 말했다. "하지만 부인께서 찬성하지 않으시면…… 말하자면, 저는 가족 간 마찰의 원인이 되고 싶진 않습니다."

"그럼 지금 가보시는 게 좋겠네요. 내 딸은 유부녀예요. 유부녀란 낯선 사람과 영화 보러 가지 않는 법이죠. 신사라면 유부녀에게 그러자고 청하지 않는 법이고. 난 심지어 당신이 누군지도 모르는데."

"스탠 포스터입니다. 부인."

"그렇다고 내가 뭘 알 수 있죠? 아무것도 모르죠."

"이 사람 좀 가만 놔둬. 그리고 내 일에 끼어들지 좀 마."

후아니타가 말했다.

"여긴 내 집이야. 여기서 일어내는 일은 내 일이고."

"좋아, 망할 할망구 집이라 쳐. 가지라고. 어쨌든 형편없는 좁은 움막일 뿐이면서."

"너랑 네 새끼들이 곤경에 처했을 때 피난처가 되어준 집이다. 이게 없었다면 넌 당장 거리로 나앉을……."

"난 거리가 좋다고."

"아, 그렇겠지. 지금이야 따뜻하고 햇빛이 비치니 좋겠지. 밤이 올 때까지 기다려봐라. 추워지고 비가 내릴 때까지 기다려보라고. 울면서 들어올걸."

"할망구가 좋아하는 거잖아. 그렇지 않아? 내가 울면서 들어오는 거. 좋아. 비가 오라고 기도해봐. 내가 울면서 들어오는지 보라고." 후아니타는 대문을 열고 필딩에게 앞서 나가라고 손짓했다. "어디 내가 울면서 들어오는지 보라고."

"집시 같으니." 로사리오 부인은 부드럽게, 그러나 분개한 목소리로 속삭였다. "넌 내 자식이 아냐, 집시. 들판에서 주워 왔지. 불쌍하게 여겨서. 너한텐 내 피 한 방울 섞여 있지 않아, 집시."

후아니타는 문을 쾅 닫았다. 벽에 걸린 성모는 흔들렸지만 여전히 미소를 짓고 있었다.

후아니타가 말했다.

"난 바로 여기 세인트 조지프 병원에서 태어났어요. 기록에 나와 있어요. 들판에서 주워 왔다는 말을 믿는 건 아니겠죠?"

"다른 데 가서 술이나 마시자."

"좋아요. 하지만 그래요, 안 그래요?"

"뭐가?"

"집시 얘기 믿냐고요."

"안 믿어."

필딩은 달려나가고 싶었다. 머리가 잘려 나간 십자고상이 있는 괴상한 집에서 되도록 멀리 떨어지고 싶었다.

후아니타는 바늘처럼 가는 굽이 달린 구두를 신고 절룩대면서 그의 옆에서 비틀비틀 걸었다.

"저기요, 너무 빨리 가지 마요."

"난 술이 필요해. 지금 신경이 예민하거든."

"할망구가 아저씨를 쪼아댔군요, 응?"

"그래."

"이전에 내가 이 집에 살 땐 할망구도 그렇게 으스스하진 않았어요. 물론 그때도 종교적이긴 했죠. 하지만 사람들을 천국에 보내려고 하기 전까지는 그렇게 나쁘지 않았다고요. 그 촛불 봤죠?"

"그런 거 같아."

"차는 바로 여기 아래 있어요. 집에서 떨어진 차고에 넣어두거든요. 그래야 애들이 차 주변에서 놀다가 그어대지 않을 테니까."

"우린 차가 필요 없어. 나도 모든 죄악을 영혼에 품은 채로 죽어서는 안 될 테니."

필딩이 말했다.

"괴짜 할망구예요."

"그래, 다만……."

"들판 어쩌고 하는 얘기 들었죠? 그거 다 거짓말이에요. 기록에 나와 있다고요. 내가 어떻게 세인트 조지프 병원에서 태어났는지……."

로사리오 부인은 자기집의 치명상을 피나타에게 숨기려는 듯 문 앞에 섰다.

피나타가 말했다.

"제 호기심을 용서해주십시오. 하지만 사진에 나와 있는 젊은 남자 말인데요. 후아니타의 아버지이십니까?"

"이십 년 동안 후아니타의 아버지 이름은 이 집에서 꺼낸 적도 없어요. 나는 질 좋은 벌꿀 밀랍을 그의 영혼에 낭비하진 않아요." 부인은 가슴 위로 팔짱을 꼈다. "다시 한번 말해두는데, 당신을 내 집에 들인 건 포스터 씨 얘기를 한다고 해서예요. 다른 사람이 아니라, 포스터 씨만."

"좋습니다. 그 사람이 따님과 여길 나가면서 어디로 갔습니까?"

"몰라요. 영화 보러 간다고 말은 했어요. 하지만 후아니타는 영화를 보러 간 적이 거의 없어요. 어두운 곳에 갇히는 것을 무서워하니까."

"그럼, 따님이 토요일 오후에 나가면 주로 어디로 갑니까?"

"쇼핑을 하거나 아이들을 데리고 해변에 가거나 가끔은 낚시하러 부두로 가기도 해요. 그 애는 야외를 좋아하고 부두 근처에서 어슬렁거리는 낚싯꾼들과 잡담하고 시시덕거리길 좋아하죠. 걔도 가끔은 행복한 때가 있다니까요." 부인은 손을 찬찬히 들여다보았다. 손금에서 과거를 읽으면서 미래만큼이나 불가해하다는 것을 발견하는 것처럼. "어떨 땐 더 행복한 애는 본 적이 없다 싶어요."

"따님이 비참할 때는 무엇을 하죠?"

"그 앨 따라가본 적이 없어요. 난 애들을 돌봐야 하니."

"얘기는 듣잖습니까?"

"친구들이 그 애가 이런저런 행동하는 걸 볼 때마다 얘기해주긴 하죠. 글쎄, 그리 좋은 행동은 아니에요."

"술을 많이 마십니까? 이런 질문을 드리는 이유는 포스터가 그쪽 방면에 확실히 약점이 있어서입니다. 후아니타도 같은 사람이라면 어디서부터 찾아봐야 할지 알 수 있을 것도 같아서요."

"가끔 마셔요."

"벨라다에서요?"

"아니, 그럴 리가." 로사리오 부인이 날카롭게 말했다. "벨라다에서는 한 번도 없죠. 브루스터 부인이 허락하지 않을 거예요. 맥주한 잔이라도."

벨라다는 아웃이군, 피나타는 생각했다. 그러면 엄격히 술집이라고 말할 수 있는 데는 스물다섯에서 서른 곳이 남는다. 그리고 이동네는 술을 내놓는 식당이 여든 곳에서 아흔 곳은 될 것이다. 이런식당 중 대다수가 후아니타에게는 아마도 인종적 이유로 문을 열어주지 않을 것이었다. 대놓고 문전박대를 하든가, 아니면 좀더 미묘하게, 가게 주인에게 서비스 제공을 거부할 권리가 있다는 뜻을 써놓은 작은 안내판을 걸어놓든가. 하지만 술집들은 차별은 곧 파산을 뜻하는 지역에 주로 위치해 있었다. 이런 이유로 후아니타를 찾아볼 수 있는 합리적인 장소는 술집일 것이다. 후아니타의 공격성에 대해서 온갖 이야기를 들었지만, 피나타는 그녀가 너무 소심해서 편안한 기분을 느낄 수 있고 환영받는 장소들에서 너무 멀리 떨어질 것 같지는 않다는 예감이 들었다.

"로사리오 부인." 피나타가 말했다. "후아니타는 거의 사 년 전 로스앤젤레스에 살겠다며 이 마을을 떠났습니다. 왜죠?"

"경찰과 보호관찰소, 진료소 사람들에게 쫓기는 게 진력이 났대요. 말, 말, 말. 그 사람들이 하는 건 그뿐이라고. 걔가 뭐가 잘못됐는지, 뭘 해야 하는지, 무슨 옷을 입어야 하는지, 애들을 어떻게 키워야 하는지 잔소리를 했다는군요."

"모두들 도와주려고 한 거죠. 안 그런가요?"

"도움치고는 웃긴 종류였죠. 도리어 방해지." 부인은 멸시하는 조로 말했다. "마지막으로 체포되었을 땐 아무 나쁜 짓도 안 했어요. 나이는 어리고, 애 다섯은 늘 졸졸 따라다니고, 아무데도 혼자 갈 수 없으면 사람이 힘들어져요. 애들을 아파트에 가둔 건 애들을 위한 거였어요. 도망가거나 사고에 휘말리지 않게 하려고. 하지만 애들이 울자 이웃에서 민원을 넣었고, 경찰은 화재나 지진이 일어나면 어떡하냐고 하더군요. 그래서 후아니타를 체포하고 애들을 보호시설에 넣었어요. 이런 걸 도와준다고 해요? 아니죠. 그게 내가 받을 수 있는 유일한 도움이라면 차라리 내 앞가림은 내가 알아서 하죠. 그래서 걔가 풀려났을 때 그런 선택을 한 거예요. 그날 밤 바로 떠났죠. 아이들이 침대에서 자고 있어서, 나는 로페스 부인에게 내가 성당에 갔다 올 동안 애들이 봐달라고 부탁을 했어요. 돌아와 보니 그 애는 떠나고 없더군요." 부인은 고통스러운 기억을 떠올리며 고개를 앞뒤로 움직였다. "그렇게 갑작스레 떠나리라고는 생각 못 했어요. 남편도 없고 친구도 없는데다 출산이 한 달도 남지 않은 몸으로."

"떠나면서 편지는 남기지 않았습니까?"

"없었어요."

"따님이 어디로 가는지 부인은 모르셨고요?"

"네. 두 달 전까지는 소식 한번 듣지 못했고, 얼굴도 다시 보지 못했어요. 보호관찰소와 진료소에서 나온 누가 몇 번 와서 냄새를 맡고 다녔죠. 나는 당신에게 지금 말한 것과 똑같은 얘기를 했어요."

"부인이 하신 얘기를 듣고 있긴 합니다만, 그게 사실입니까?"

피나타의 말에 로사리오 부인은 눈을 깜박였다. 아주 짧은 순간, 눈물이 모자라 시들어버린 눈꺼풀 아래로 잘 익은 올리브색 눈이 사라졌다.

"사 년 동안 소식이 없었는데, 갑작스레 누가 앞문을 두드리더군요. 그랬는데 그 애가 있는 거예요. 아이 여섯이랑 남편이랑 차를 가지고. 자기가 얼마나 행복한지를 속사포처럼 늘어놓더군요. 애기가 귀엽지 않냐, 차가 멋지고 남편이 잘생기지 않았냐는 둥. 하지만 그 애 눈에 어린 눈빛이 내 마음에 들지 않았어요. 불안하게 들뜬 눈빛. 걔가 그럴 땐, 먹지도 않고 자지도 않거든요. 그저 계속 돌아다니지, 낮이건 밤이건 이곳에서 저곳으로. 지치지도 않고."

이곳에서 저곳이라, 피나타는 생각했다. 스물다섯 개의 술집, 여든 개의 식당, 육만 명의 사람들. 이제 슬슬 움직여볼까.

로사리오 부인이 말했다.

"걔가 데리고 온 남자 말인데, 포스터 씨라는 사람. 그 남자 술주정뱅이예요?"

"네."

"그 둘을 찾으면 후아니타는 집으로 돌려보내줘요."

"노력하겠습니다."

"그 애한테 내가 집시라고 해서 미안해한다고 말해줘요. 내가 자제력을 잃고 혀를 놀려서. 걔는 집시가 아니에요, 우리 후아니타는. 내가 자제력을 잃었지. 가끔은 너무 쉽게 그렇게 되잖아요. 그런 후에는 수치심과 슬픔이 밀려와요. 나 대신 그 애를 찾아줄 수 있겠죠? 내가 미안해한다고 말해줄 수 있겠죠?"

"최선을 다하겠습니다."

"그 남자가 그 애를 곤란하게 만들기 전에 서둘러요."

피나타는 누가 누구를 곤란하게 만들지는 확실히 알 수 없었지만, 두 사람, 후아니타와 필딩이 나쁜 조합이라는 건 알았다. 그는 쪽지에 자기 이름과 사무실과 집 전화번호를 써서 로사리오 부인에게 주었다.

부인은 팔을 뻗어 쪽지를 멀리 놓고 읽었다. "피나타." 부인은 고개를 끄덕였다. "참 좋은 가톨릭계 이름이네."

"그렇습니다."

"내 딸이 자주 성당에 가면 이런 병으로 고통받지 않을 텐데."

"아닐지도 모르죠." 피나타는 이런 말에 반박해봤자 쓸모없다는 걸 알았다. "후아니타나 필딩이 여기 다시 나타났을 때 제게 곧 알려주시면 감사하겠습니다."

"필딩?"

"그게 그 남자의 본명입니다."

"필딩이라." 부인은 조용히 반복했다. 그러더니 쪽지를 접어 검은 드레스 주머니에 쑤셔넣었다. "사람들이 자기를 뭐라 부르든 중요하진 않겠죠. 필딩도 그 사람 진짜 이름이 아닐 수 있지 않겠어요?"

"진짜 이름이긴 할 겁니다."

"뭐, 그것도 내가 상관할 일은 아니지만." 부인은 방 저편으로 가서 현관문을 열었다. "당신은 후아니타든 필딩이든 찾지 못할 거예요. 차가 있으니 지금쯤 어디로든 가 있을걸요."

"노력은 해볼 수 있죠."

"날 위해서 노력하진 마요."

"따님을 찾아서 집으로 돌려보내달라고 부탁하지 않으셨습니까."

"피곤하네요." 그녀가 씁쓸하게 말했다. "난 피곤해요. 그 애가 길을 잃고 헤매게 놔둬요."

"전 할 일이 있습니다."

"그럼 그렇게 해요. 좋은 하루 보내요, 피나타 씨. 그게 당신 이름이 맞다면."

"제가 가진 이름은 그것뿐입니다."

"어쨌든 난 신경 안 써요."

그가 문지방을 넘어서자 부인이 등뒤로 문을 너무 빨리 닫아버리는 바람에 강제로 쫓겨난 기분이 들었다.

옆집 로페스의 집 포치는 비어 있었고, 케리다의 자주색 훌라후프는 망가진 채로 계단 위에 놓여 있었다.

로사리오 부인은 그의 차가 모퉁이를 돌 때까지 기다렸다. 레이스 커튼 틈으로 내다보고 있노라니 강철 손 하나가 심장을 쥐어짜서 피의 흐름을 막기라도 한 듯 어지럽고 추웠다. 그녀는 목에 건 은십자가에 손을 대고 그게 자신에게 온기와 위로를 주길 바랐다. 하지만 금속은 피부만큼이나 차가웠다. 피나타. 가짜처럼 들렸는데. 자기 이름이 진짜라는 주장도 하지 않았잖아. 자기가 가진 이름이 그것뿐이라고만 했지.

부인은 부엌으로 나가서 전화번호부를 집어 들었다. 그 이름이 실려 있었다. 스티븐스 피나타. 전화번호도 그가 쪽지에 적어준 것과 똑같았다.

부인은 마음을 정하지 못해 어떻게 하지도 못하고 싱크대에 가만히 기대어 섰다. 절대적으로 필요한 경우가 아니라면 변호사인 버넷 씨에게 전화하지 말라는 명령을 받았다. 그리고 어떤 경우에도 그의 집으로는 전화하지 말라고 했다. 하지만 대체 그가 무슨 권리로 명령을 내리는가? 어쩌면 그 사람이 자기를 염탐하기 위해 피나타와 필딩을 보낸 사람일지도 모르는데. 뭐, 그들 둘 다 아무것도 알아내지 못했지만. 사진은 삼십 년 전의 것이고, 죽었을 때의 모습과는 전혀 닮지 않았다.

시간은 심장박동처럼 똑딱거리며 흘러갔다. 길고 잔인한 날이었다. 많은 날들이 길고 잔인했다. 카를로스는 이제 그런 날들로부터 용케 빠져나갔다. 지금은 천사들과 함께 있다. 더이상의 촛불은 필요 없을 것이다. 신부님은 말했다. "그분은 지금 분명 천국에 계실 것입니다. 광신자가 되어서는 안 됩니다. 그러면 성당에 좋지 않아요. 이제 충분히 오래했습니다."

물론 신부님 말이 옳았다. 이제 충분히 오래했다…….

부인은 전화기를 들었다.

네 엄마는 맹세를 지켰다, 데이지. 우리는 여전히 떨어져 있지, 너와 나는.

그 여자는 수치심을 감추고 살았어.

우리 더 약하고 초라한 사람들이 살아갈 수 있고, 살아가야 하며,

살아가는 방식을 참을 수 없기 때문이지.

토요일 오후 에이다 필딩은 시내 식당에서 친구 무리와 점심을 먹었다. 점심 후 그녀는 화장을 고치러 갔는데, 문득 보니 자기 뒤에 웰던 부인이 들어와 있었다. 웰던 부인은 그 무리의 일원이긴 했으나 에이다는 그녀를 잘 몰랐고 좋아하지도 않았다. 웰던 부인의 커다랗고 캐묻기 좋아하는 눈은 망사 커튼 같은 베일에 언제나 가려져 있었고, 얇고 뾰족한 입은 말하지 않을 때조차 과거에 남은 씨앗을 되새김질하듯 끊임없이 우물거렸다.

세면대 위의 거울 앞에서 베일을 매만지면서 웰던 부인이 말했다.

"데이지는 어때요?"

"데이지요? 오, 좋아요. 무척 잘 지내죠. 고마워요."

"짐은요?"

에이다는 웰던 부인이 자기 딸과 사위의 이름을 알고 있다는 사실조차 몰랐지만, 평생 다른 많은 것들을 감춰왔듯이 느리고 평온한 미소 아래 놀라움을 감추었다.

"짐도 잘 있어요. 이번 주말에 구매할까 생각하는 땅을 보러 북부로 갈 계획이었는데, 날씨가 좀더 선선해질 때까지 기다리기로 했다나 봐요. 정말 근사한 한 해 아니었나요? 이렇게 덥고 이렇다 할 만한 비 한번 안 오다니."

하지만 웰던 부인은 사람에 대한 이야기를 하기로 결심한 이상 날씨 얘기를 가만히 참고 들어줄 마음이 없었다.

"제 친구 하나가 요전날 데이지를 봤대요. 코린이라고, 제가 이전에 코린 얘기한 것 들은 적 있으실 텐데. 우리 옆집에 사는 사랑스러운 애랍니다. 아, 뭐, 애라고는 할 수 없죠. 거의 마흔이니까요. 하지만 아직도 소녀 같은 몸매를 유지하고 있죠. 마른 체형을 타고난 애라. 그게 도움이 되죠. 코린이 요전날 데이지를 보았는데, 창백해 보였다는군요."

"정말요? 나는 눈치 못 챘는데."

"목요일이었대요. 목요일 오후. 피에드라 스트리트를 젊은 남자와 함께 걷고 있었다네요. 그게 짐이었을 리는 없다는 걸 알아요. 짐은 진한 금발에 흰 피부고, 이 남자는 무척…… 음, 어두운색 피부였대요."

"데이지는 알고 지내는 남자가 많아요." 필딩 부인은 아무렇지도 않게 대답했다. "어두운색 피부든 밝은색 피부든."

"제 말은, 그 사람은 부인도 무슨 뜻인지 알 만할 정도로 피부색이 어두웠단 거예요."

"난 무슨 말인지 모르겠는데요."

"물론 부인은 캘리포니아 토박이가 아니시니까……." 웰던 부인은 말을 멈추고 어쩔 수 없다는 듯 고개를 저었다. 이렇게 캘리포니아 토박이가 아닌 사람들은 멍청할 수 있다니까. "아뇨, 그 남자는 우리 같은 사람이 아니란 거죠."

에이다 필딩은 여자가 한 말이 무슨 뜻인지 잘 알았지만, 천진한 척 가장하고 화를 돋울 수 없는 척하는 편이 더 바람직했다. 불안해하는 징조, 가빠지는 숨, 갑작스러운 홍조, 움켜쥔 주먹보다 더한 가십거리는 없었다. 필딩 부인의 손과 호흡은 그대로였고 홍조는 파우더에 덮여 가려졌다. 오로지 본인만이 그 존재를 알았다. 뺨과 목에 떠오른 열기를 그녀는 느낄 수 있었다. 그리고 그 사실에 화가 났다. 요란 떨 일도 아니기 때문이었다. 데이지가 피부색 어두운 젊은 남자와 함께 거리를 걷는 모습을 보았다고. 좋아. 그게 뭔데? 데이지는 이런저런 친구가 있었다. 그래도, 이런 동네에서는, 조심해야 했다. 너그럽게 구는 것과 바보같이 구는 것 사이에는 차이가 있었다. 그리고 데이지는 아무리 의도가 좋았다고 해도 가끔은 무척 바보같이 굴기도 했다.

"그래요, 난 캘리포니아 토박이가 아니죠." 에이다는 붙임성 있는 목소리로 말했다. "난 콜로라도에서 태어났어요. 콜로라도 가봤어요? 거기 산 풍경은 완벽하리만큼 장엄하죠."

웰던 부인은 콜로라도에는 관심이 없었다.

"이상한 우연으로 코린은 그 남자가 누군지 알아봤다더군요. 작년에 경찰과 작은 분쟁이 있었을 때 만났대요. 브리지 파티에서 작은 칵테일 한 잔 마셨을 뿐인데, 빨간불에 달렸더니 경찰들이 음주운전이었다고 주장했다는 거예요. 코린은 노란불이었다고 맹세했지만요. 아무튼, 너무나 무서운 시간을 보냈다나요. 그날은 토요일이었고 은행도 문을 닫았고 변호사는 골프 치러 나갔고 부모님은 주말 동안 팜스프링스에 있었대요. 그런데 그 불쌍한 애는 섬세해서 결코 아무거나 먹지 않거든요. 어쨌든 그 젊은 남자가 와서 보석으로 빼줬대요. 코린은 그 남자 이름은 기억하지 못했지만, 얼굴은 기억했답니다. 잘생긴 남자였으니까요. 물론 그 사람이 음, 피부색이 어둡다는 건 빼고요."

"코린이 경찰과 분쟁이 있었다니 흥미로운 이야기네요." 필딩 부인은 강철 같은 미소를 살며시 지으며 말했다. "꼭 기억해두었다 다른 사람들에게도 말해줘야겠어요."

일주일 가까이 지나는 동안 데이지는 집에서 혼자 있을 수 있는 시간을 마련하려 애를 썼고 마침내 이루었다. 어머니는 시내로 쇼핑을 나갔고, 스텔라는 데이지에게 자신이 아프다는 사실을 확인시킨 후 일주일 휴가를 받았으며, 짐은 애덤 버넷의 새 경주 요트를 타고 항해를 즐기러 나갔다. 두 사람 다 데이지가 교묘하게 조종하여 초대하고 수락하게 한 것이었다. 그 결과 짐은 뱃멀미로 고생했고, 애덤은 새 요트에 익숙하지 않아 더 경험 있는 선원이 있는 편이 나았겠지만, 두 사람 모두 어느 쪽도 굳이 시비를 걸지 않았다.

데이지는 부엌 창문을 통해 짐의 차가 골짜기로 내려가는 길에서 첫 번째로 날카롭게 꺾인 모퉁이 너머로 사라져갈 때까지 바라보았다. 그런 후에 곧바로 아래층으로 내려왔다. 거기에는 손님용으로 쓰는 침실과 욕실이 있었다. 베란다는 연녹색과 터키색으로 장식되어 있어 흐릿한 빛을 받으면 물속에 있는 듯했다. 그리고 짐의 취미실, 그다음으론 베란다에서 떨어진 집 맨 끝에 짐의 개인실이 있었다. 개인실에는 짐이 직접 만든 수많은 가구들이 가득했다. 그중 몇 점은 실험적이고 비실용적이었고, 전부 현대주의적 계열이었다. 그 방에서 가장 큰 물건은 현대적인 것을 넘어서서 조화롭게 보이지 않는 것이었다. 그것은 커다란 구식 롤 톱 데스크*로, 짐이 디자인을 연구해서 개조하기 위해 어떤 경매에서 사 온 것이었다. 하지만 오래된 책상 자체가 너무 유용하고 만족스러워서 굳이 개조하려는 시도를 하지 않았다.

책상과 서랍은 잠겨 있었지만, 열쇠는 창틀에 훤히 보이는 자리에 놓여 있었다. 데이지는 참으로 짐답다고 생각했다. 주변에 도둑

●   **롤 톱 데스크** _ 뚜껑을 위쪽으로 밀어 올려 열 수 있게 되어 있는 책상.

이 득시글거리기라도 하는 양 모든 걸 잠근 후에, 결국에는 훔쳐갈 가치가 있는 물건이란 없다고 결론을 내린 듯이 열쇠를 아무데나 놔두는 것.

데이지가 책상 서랍을 여는 동안 프린스는 꼬리를 다리 사이에 넣고 문간에 서 있었다. 호박색 눈에는 이 일상의 변화를 못마땅해하는 기색이 떠올라 있었다. 녀석은 데이지가 여기 아래층에 있는 이 방에 속하지 않는다는 것을 알았고, 그녀의 초조함을 감지했다.

책상 맨 윗부분은 매우 깔끔했고 우표와 종이 클립을 넣는 작은 분리 서랍들과, 연필과 전기 요금 청구서와 답장하지 않은 편지, 수표책, 시외 신문에서 오려둔 매매 광고를 담아두는 칸들이 붙어 있었다. 책상 위와는 대조적으로 더 큰 서랍 등에는 물건이 쑤셔박혀 있었다. 오래된 편지와 엽서들, 은행 청구서, 반쯤 빈 성냥갑과 담뱃갑 등이었다.

그녀는 서랍들을 살펴보며 모든 것을 꺼낸 후, 짐이 장모가 사는 아담한 집을 위해 반쯤 만들다 놔둔 좌우가 불균형한 탁자 위에 하나하나 늘어놓았다. 진짜로 뭔가 찾아낼 수 있다는 희망이 있는 건 아니었지만 탐색을 계속했다. 그녀의 손은 자기가 하는 일에 대한 죄책감과 수치심의 무게가 실린 듯 서투르게 움직였다. 짐은 언제나 그녀를 신뢰했고, 그녀는 언제나 그를 신뢰했다. 지금, 결혼 생활을 시작한 지 팔 년 후, 그녀는 그저 그런 도둑처럼 남편의 개인 서류를 뒤지고 있었다. 그리고 모든 그저 그런 도둑에게 걸

맞게 아무것도 찾아내지 못했다. 엽서는 개인적인 내용이 아니었고, 편지는 무해해 보였다. 벌써 마음속에서 사과의 말이 모습을 갖추었다. 짐, 여보, 정말로 미안해요. 나쁜 짓을 하려던 건 아니었어요…….

왼쪽 바닥 서랍 뒤편에서 그녀는 사용된 수표첩 더미를 발견했다. 날짜순으로 정리되어 있지는 않았다. 맨 위에 있는 것은 일 년 전 것으로 사 개월이라는 기간 동안 쓰였다.

딱히 중요한 뭔가를 찾으리라는 기대 없이, 인물은 많이 나오지만 플롯이 없는 지루한 책을 읽듯이 그녀는 작은 페이지들을 나른하게 넘겼다. 그녀는 대부분의 인물을 알고 있었다. 약국, 스텔라, 서점과 양복점, 건축 자재 회사의 사장들, 치과 의사, 수의사, 정원사, 신문 배달원. 가장 큰 액수인 250달러는 스텔라에게 월급으로 지급된 것이었다. 두 번째로 큰 액수가 적힌 수표의 부표에는 애브[AB]라는 이름과 200달러라는 액수가 적혀 있었다. 날짜는 9월 1일이었다.

그녀는 다음달의 수표 부표도 확인했다. 다시 여기에도 10월 1일 자에 똑같은 표시가 되어 있었다. 수표첩의 맨 끝에 이르기까지, 네 개를 찾아냈다. 각각 200달러의 액수가 매달 1일에 애브에게 지급된 것이었다.

애브. 데이지는 이런 이름을 가진 사람은 아무도 알지 못했다. 애브너, 애벗, 애버내시, 애비게일은 없었다. 가장 가까운 사람은 애덤이었다. 애덤 버넷. A.B.

처음에는 진짜로 놀란 게 아니었다. 애덤이 짐에게서 돈을 받아가는 것은 당연해 보였다. 그는 짐의 변호사였고, 그의 모든 세금 업무를 담당했다. 그러나 한 달에 이백 달러, 세무 상담으로 일 년에 이천사백 달러라는 액수는 과해 보였고, 그녀는 짐이 그 돈을 사무실을 통해 사업 경비로 지불하지 않았다는 사실에 혼란을 느꼈다. 짐이 빚을 갚고 있는 것일까? 애덤에게 돈을 빌렸고 사업 동업자에게는 비밀로 하고 있는 것일까? 그는 데이지나 그녀의 어머니 앞에서 행세하는 것보다는 그리 부유하지 않은 것일까?

나한테 말하지 않다니 얼마나 바보 같은 사람이야, 데이지는 생각했다. 나는 쉽게 절약할 수 있는데. 엄마랑 나는 절약해야 했을 때 허리띠를 졸라매면서 잘 살았어. 우리는 보통 그랬어야 했지.

갑자기 프린스가 컹 소리를 내더니 소란스럽게 현관 포치로 뛰어나가 계단을 올라갔다. 데이지는 위층에서 아무런 소리도 듣지 못했지만, 누가 집안으로 들어왔다는 것을 알았다. 그녀는 미친듯이 물건들을 서랍 속에 쑤셔넣었다. 프린스가 필딩 부인을 개인실과 데이지에게로 안내하는 것이 자신의 의무라는 결단을 내리지 않았다면 그녀는 정리를 마칠 기회를 잡았을 수도 있었다.

두 여자는 양쪽 다 혼란에 빠져서 잠시 말없이 서로를 빤히 바라보았다. 그러다 데이지가 어색하게 입을 떼었다.

"오늘 오후에는 쇼핑 가시는 줄 알았는데."

"마음이 바뀌었다. 시내가 너무 더워."

"아."

"여기 아래는 쾌적하고 시원하구나."

"그래요."

"그런데 지금 뭘 하고 있던 거니?"

데이지에게는 어린 시절의 한 장면 같았다. 강인하고 화가 나 있고, 무엇보다도 매사 옳은 어머니가 앞에 서 있고, 그녀는 움츠러 들어 있고 겁먹고 무엇보다도 매사 잘못한 쪽이었다. 하지만 데이 지는 이제 나이를 먹었다. 겁먹은 소리를 하거나 잘못했다고 인정 하지 않을 만큼 지각이 있었다.

"뭘 찾고 있었는데, 짐이 책상에 넣어뒀을지도 모른다고 생각해 서요."

"얼마나 중요하길래 남편이 돌아와서 물어볼 때까지 기다릴 수 없었니?"

"너무 사소해서 그 사람을 방해하고 싶지 않았거든요. 짐은 머 릿속에 뭐가 많으니까."

"그런 걸 아는 애가. 네가 화해해야지."

"아, 엄마. 제발, 그러지 마요. 뭐든 시작하지 마세요."

"뭔가 이미 벌써 시작되었지." 에이다 필딩이 매섭게 말했다. "네가 지난 월요일 아침 이상한 개꿈을 꾸고 신경질적이 되어버렸 을 때 시작된 거야. 그렇게 꿈과 함께 모든 일이 시작됐지. 그리고 그 이후로 모든 것이 부서졌어. 네가 정신을 놓고 있는 게 아닌가 하는 생각도 들었단다. 울고 투덜대고 꿈속에서 보았다던 비석을 찾아 묘지를 혼자 헤매고 다니니 말이다. 들어본 적도 없는 죽은 멕시코인에 대해서 우리 모두에게, 게다가 스텔라에게까지 캐묻고 다니고. 순전한 광기라고밖에 할 수 없어."

"이게 광기라 해도 이건 내 거예요, 엄마 게 아니라. 걱정하지 마세요."

"그리고 이 짓은 다 뭐야. 슬금슬금 돌아다니며 짐의 개인 서류를 뒤져? 뭘 하는 거니? 뭘 찾고 있었어?"

"내가 뭘 찾는지 엄마는 알잖아요. 짐이 얘기했겠죠. 짐은 엄마에겐 뭐든 다 얘기하니까."

"네가 네 남편에게 더이상 말하지 않기 때문이지."

데이지는 벽의 한 부분을 쳐다보며 지난주에 몇 번이나 짐과 어머니가 이 상황에 대해 논의를 했을까 생각했다. 어쩌면 그녀가 집에 없을 때마다 회의를 했을지도 모른다. 이해할 수 없는 중환자를 두고 의논하는 두 의사처럼. "데이지는 잃어버린 하루를 찾고 있습니다, 필딩 박사." "그거참 심각하게 들리는데요, 하커 박사." "아, 그렇습니다. 이제껏 이런 환자는 처음이에요." "수술해야 할지도 모르겠군요." "좋은 생각입니다. 훌륭해요. 만약 잃어버린 날이 어딘가 있다면, 자기 안에 있겠죠. 그걸 파헤쳐서 버립시다. 그게 거기서 곪아터지게 놔둘 순 없어요."

필딩 부인이 말했다.

"너 말이다. 짐이 내게 비밀을 털어놓았다는 사실에 분개하고 있는 것 같구나."

"전혀요."

"대부분의 젊은 여자들은 장모와 사위 사이가 좋으면 감사한단다. 짐과 나는 여러 면에서 의견이 다르지만, 너를 위해서 그 정도는 무시할 수 있어. 우리 둘 다 너를 사랑하니까." 필딩 부인은 눈이 촉촉해지더니, 마치 울기라도 할 것처럼 입꼬리가 내려갔다. 그녀는 진정시키기 위해 손가락 끝으로 입을 눌렀다. "너도 알잖니? 우리가 널 사랑한다는 걸?"

"그래요." 데이지는 그들이 그녀를 사랑한다는 걸 알았다. 각기 다른 방식으로. 하지만 어느 쪽도 완전하진 않았다. 짐은 그녀가 이상적 아내의 개념에 맞을 때만 그녀를 사랑했다. 어머니는 자신이 투영된 모습으로서의 딸을 사랑했지만 투영된 부분에는 원본의 결점이 없어야만 했다. 아, 그렇다, 확실히 그녀는 사랑받고 있었다. 사랑받는 것은 문제가 아니었다. 문제는 짐과 엄마라는, 그렇게 강력한 두 사람이 그녀에게 초점을 맞출 때는 그녀가 자발성과 사랑할 수 있는 능력을 잃는다는 데 있었다.

갑자기 그녀는 심란한 마음으로 피냐타를 떠올렸다. 공동묘지에서 도시로 돌아오던 차 안, 계기판 불빛 속에서 아무도 보지 않는 것 같아 자기 감정을 보여도 안전하다 싶을 때 그가 얼마나 나이들고 고통스러운 얼굴이 되었는지.

고개를 돌려보니 어머니가 자신을 보고 있었다. 데이지는 피나타에 대한 생각을 그만두는 게 낫다는 것을 깨달았다. 어머니가 종종 이처럼 자기 마음을 읽을 수 있다는 게 무시무시했다. 하지만 난 엄마의 영사기인걸. 엄마는 가만히 앉아서 그림을 바라보며 검열하고 편집하기만 하면 돼. 하지만 피나타를 볼 순 없겠지. 엄마는 그 사람에 대해선 알지도 못하니까. 아무도 모르지. 피나타는 그녀 안의 비밀 서랍 속에 넣고 잠근 그녀만의 것이었다.

데이지는 서류를 다 돌려놓았다. 그런 후에는 책상을 잠그고 열쇠를 도로 창틀에 올려놓았다. 모든 것이 들어올 때와 완벽히 똑같아 보였다. 짐은 그녀가 책상을 수색해서 애덤의 월간 지급액에 대해 알아냈다는 사실을 알 필요가 전혀 없었다. 어머니가 말하지 않는다면.

데이지가 말했다.

"엄마는 그이에게 말하겠죠?"

"그게 내 의무라고 생각한다."

"나한테는 아무런 의무도 없어요?"

"네가 논리적이고 합리적인 방식으로 행동한다면야 내가 이 이야기를 짐에게 언급하겠다는 꿈도 꾸지 않겠지. 그래, 난 너한테 의무가 있다. 그건 너 자신의 무책임으로 인해 생긴 결과로부터 너를 지키는 거야."

"난 무책임하군요." 데이지가 반복했다. "나는 비논리적이고 비합리적이고 무책임하죠. 아버지처럼요. 자, 말해보세요. 난 아버지와 똑같다고."

"내가 그런 말을 할 필요도 없어. 네가 말했으니까."

"정확히 어떤 식으로 내가 무책임하게 행동했는데요?"

"내가 아는 것만 해도 몇 가지는 되지. 내가 찾아내고 싶은 건 하나고."

"나한테 물어보면 되잖아요."

"그럴 작정이다."

필딩 부인은 자리에 앉아 등을 꼿꼿이 펴고 두 손을 엇갈려 허벅지 위에 놓았다. 데이지가 오랜 세월을 통해 잘 알게 된 자세였다. 목적의 진지함, 엄청난 인내, 모성애(이렇게 하는 내가 너보다 더 아프단다), 그리고 감칠맛이 돌도록 곱게 증류된 분개심이 들끓는 분노의 표시였다. 냉소의 위스키.

필딩 부인이 말했다.

"오늘 웰던 부인과 점심을 같이 했단다. 그 여자 기억하니?"

"어렴풋이요."

"구제불능인 여자지만 이상한 정보를 알아내는 재주가 있더라. 이번에는 그 정보가 너에 대한 거였지. 어쩌면 너는 사소하다고 여길지도 모르지만, 나는 아니다. 그건 네가 필요한 만큼 주의를 기울이지 않는다는 표시야. 지금 구설수에 휘말릴 때가 아니잖니. 짐은 이 마을에서 유력 인사가 되고 있어. 그만큼 헌신적인 남편이잖니. 그를 아는 여자 중에서 널 부러워하지 않는 사람이 없을 거다."

데이지는 이런 얘기를 전에도 들은 적이 있었다. 어조는 다양했고 진부한 표현도 다양했지만 메시지는 항상 똑같았다. 그녀, 데이지는 무척 운이 좋은 여자다. 아이를 못 낳는데도 짐이 계속 결혼 생활을 유지해주는 데에 매일 감사해야 한다. 필딩 부인은 섬세한 사람이라서 그런 얘기를 뭐 하나 대놓고 하진 않았지만, 숨은 의미는 명확히 전달했다. 데이지는 어머니가 될 수 없으니까 일등 아내가 되어야만 한다는 것. 결혼이 중요하지 그 계약을 맺은 개인들이 중요한 게 아니라는 것. 그리고 결혼은 종교적이거나 도덕적 이유 때문이 아니라, 그것이 필딩 부인에게 누릴 수 있었던 유일한 진짜 안전이었기 때문에 중요했다. 데이지는 이를 이해했고, 동정심과 분개심을 동시에 느꼈다. 어머니가 가족이 굴러갈 수 있도록 열심히 일하기는 했지만, 데이지에게는 그것이 자신의 삶이나 자신의 결혼, 자신의 남편이 아닌 것처럼 느껴졌기 때문이다. 반은, 아니 반 이상은 어머니의 소유물이었다.

"내 말 듣고 있니, 데이지?"

"네."

"피에드라 스트리트에서?"

"피에드라 스트리트에 갔을지도 모르죠. 왜요? 그랬다면 뭐가 달라져요?"

"누가 널 봤다잖아." 필딩 부인이 말했다. "웰던 부인의 옆집에 사는 코린이라는 여자가. 네가 잘생기고 피부색이 어두운 젊은 남자랑 걸어가고 있었다더라. 감옥인지 경찰이랑 관련이 있는 사람이라면서. 그랬니, 데이지?"

그녀는 거짓말을 하고 싶은 유혹을 느꼈다. 피나타를 안전하게, 비밀리에 자기만의 개인 서랍에 넣어두고 잠가버리고 싶었다. 그렇지만 진실보다 거짓말이 더 해로울지 몰라 두려웠다.

"네, 거기 갔었어요."

"그 사람은 누구니?"

"조사관이에요."

"'탐정'이란 말이야?"

"네."

"대체 어째서 탐정이랑 동네를 돌아다니고 있었던 거야?"

"다니면 안 돼요? 날도 좋았고, 난 걷기를 좋아하잖아요."

침묵이 흘렀다. 잠시 후 들린 필딩 부인의 목소리는 액체 공기처럼 매끄럽고 서늘했다.

"엄마한테 건방지게 굴지 말라고 경고하고 싶구나. 어떻게 그 사람을 만났니?"

"내…… 친구를 통해서요. 그때는 그 사람이 조사관이라는 것을 몰랐어요. 그 사실을 알아냈을 때 그를 고용했죠."

"그 사람을 고용해? 무슨 목적으로?"

"일을 시키려고죠. 이 주제에 대해 내가 말할 수 있는 건 이것뿐이에요."

데이지가 문으로 향하려는데 뒤에서 어머니가 긴박하게 불렀다.

"잠깐."

"이 문제는 논의하지 않는 쪽이 더 낫다고……."

"넌 그쪽이 더 낫다고? 그래, 난 짐이 알아내기 전에 우리 둘이 이 문제를 정리하는 게 더 낫다고 보는데."

"정리할 거 없어요."

데이지는 침착한 목소리를 유지하려 애쓰며 말했다. 자신이 이성을 잃기를 어머니가 기다린다는 것을 알았기 때문이다. 어머니는 다른 사람이 이성을 잃도록 만드는 데 일가견이 있었다.

"나를 위해 무슨 일을 해달라고 피나타 씨를 고용했고, 그 사람은 그 일을 하고 있어요. 짐이 알아내든 아니든 중요하지 않아요. 짐도 사무실에서 항상 사람을 쓰잖아요. 난 그걸 문제 삼지 않아요. 그건 내가 상관할 바가 아니니까."

"그러니가 네가 그 멕시코인과 동네를 싸돌아다니는데도 짐이 상관할 바는 아니다, 이거니?"

"피나타 씨가 멕시코인이든 아니든 그건 논외예요. 나는 그 사람 자격을 보고 고용한 거지 인종적 배경을 보고 한 게 아니니까요. 난 그 사람에 대해서 개인적으로는 하나도 몰라요. 그 사람도 자발적으로 정보를 주지 않고 나도 묻지 않아요."

"관용과 어리석음은 별개지." 필딩 부인의 목소리에서는 기이하게 거친 소리가 났다. 언어에 입장을 거부당한 분노가 후두의 뒷문을 뚫고 나오는 것만 같았다. "넌 그런 사람들에 대해선 하나도 몰라. 그들은 교활하고 배신을 일삼지. 너는 물가에 내놓은 애야. 네가 가만히 있으면, 그 사람이 널 이용하고 속이고……."

"보지도 못한 사람에 대해서 어디서 그렇게 많은 걸 알아내셨나요?"

"볼 필요도 없어. 그런 족속은 똑같으니까. 큰 문제에 휘말리기 전에 이 관계를 당장 끊어야 한다."

"관계라고요? 맙소사, 마치 그 사람이 내가 어쩌다 고용한 사람이 아니라 무슨 애인이라도 되는 양 말씀하시네요." 데이지는 자제력을 되찾으려 분투하며 숨을 깊이 들이마셨다. "동네를 싸돌아다녔다고 하셨는데, 난 그러지 않았어요. 업무상의 만남이 끝난 후에 피나타 씨가 날 차까지 배웅한 것뿐이죠. 이거면 엄마랑 웰던 부인, 그리고 코린이 만족할까요?"

"아니."

"싫어도 그렇게 해야 할 것 같네요. 그 문제에 대해 더 말할 게 없으니."

"앉아라." 필딩 부인이 날카롭게 말했다. "내 말 들어."

"벌써 들었어요."

"내가 엄마라는 걸 일 분만 잊어봐."

"좋아요."

그건 쉽지, 그녀는 생각했다. 물기 어린 초록빛이 베란다로 향하는 문 사이로 들어와 필딩 부인의 얼굴은 심해에 서식하는 동물처럼 낯설게 보였고 오팔 같은 빛을 띠었다.

필딩 부인이 말했다.

"바로 널 위해 하는 말이야. 피나타라는 자에게 뭘 시키려고 고용했는지 내게 말하렴."

"내 인생의 어느 하루를 재구성해달라고 했어요. 나를 도와줄 사람, 객관적인 사람이 필요했으니까요."

"그게 다야? 짐하고는 아무 상관 없어?"

"없어요."

"또 다른 사람은? 묘비에 이름이 씌어 있던 남자는?"

"그 사람에 대해서는 아무것도 더 찾지 못했어요." 데이지가 말했다.

"노력하고는 있고?"

"물론이죠."

"물론이다." 필딩 부인이 새된 소리로 따라 했다. "무슨 뜻이냐, 물론이라니? 아직도 멍청하게 그 묘비가 네가 꿈속에서 보았다는 묘비와 같은 거라고 믿는 거야?"

"같은 거라는 걸 아는 거죠. 피나타 씨가 나와 함께 묘지에 갔었어요. 그 사람이 나보다 먼저 그 묘비를 알아보았죠, 내가 묘사해준 꿈 얘기만 듣고요."

그다음에 흐른 오랜 침묵은 마침내 필딩 부인의 고통스러운 속삭임으로 깨졌다. "아, 맙소사. 내가 어떡해야 하지? 너한테 무슨 일이 일어나고 있는 거니, 데이지?"

"무슨 일이 일어나든 내게 일어나는 거지, 엄마에게 일어나는 게 아니에요."

"넌 내 외동딸이야. 네 안녕과 행복이 나 자신의 것보다 더 중요해. 네 인생이 내 인생이라고."

"이젠 아니에요."

"어째서 이렇게 변해버렸니?" 부인의 눈에 실망과 분노, 자기 연민이 한데 뒤섞여 분리될 수 없는 감정이 어린 눈물이 고였다. "우리에게 무슨 일이 생긴 거야?"

"울지 마세요." 데이지가 피곤한 어투로 말했다. "우리 둘 다 약간 더 나이들었다는 것 말고는 아무 일도 일어나지 않았어요. 그리고 내가 선뜻 주고 싶은 것 이상으로 엄마가 내 인생을 더 많이 원한다는 것 말고는."

"네가 편히 살도록, 너를 보호할 수 있도록 내가 노력해왔다는 건 하늘이 알 거다. 내가 경험으로 얻은 이로운 지식을 네게 전할 수 없다면, 내가 겪어온 모든 일들이 무슨 소용이니? 내 결혼은 깨졌다. 네 결혼이 같은 전철을 밟지 않도록 내가 노력한다고 해서 나를 비난할 수 있니? 어쩌면 내가 너를 안내해주듯이 내게 그렇게 해준 사람이 있었다면, 애초에 나는 스탠 필딩과 결혼하지 않았을 거다. 태어난 그날부터 솔직하게 말한 적이라고는 없고 제대로 된 짓이라곤 하나도 하지 않은 남자에게 묶이는 대신, 짐처럼 좀더 안 정적이고 신뢰할 수 있는 남자를 기다렸겠지."

부인은 그곳이 과거라는 감옥이라도 되는 양 방안을 왔다갔다 하며 계속 지껄였다. 데이지는 한 귀로 흘려들으면서 그동안 아버 지가 한 몇몇 거짓말들을 기억하려 했다. 하지만 그것들은 사실 거 짓말이 아니었다. 실현되지 않은 꿈이었을 뿐. 언젠가 말이지, 데이 지 베이비. 너랑 네 엄마에게 파리 에펠탑을 보여주러 데려가마. 아 니면 케냐의 사파리로 갈까. 혹은 대관식을 보러 런던으로, 아니면 파르테논 신전을 보러 아테네로.

그 말들이 거짓말이었다면 필딩이 한 거짓말일 뿐 아니라 인생 이 한 거짓말이기도 했다. 어쨌든 아무도 그 말을 믿지 않았다.

"데이지, 내 말에 집중하고 있니?"

"네."

"그럼 이 허튼짓은 당장 그만둬라, 알겠니? 우리는 탐정을 고용 하는 그런 사람들이 아냐. 뉘앙스가 무척 추잡하잖니."

"난 우리가 어떤 종류의 사람들인지 모르겠어요. 우리가 어떤 사람인 척 가식을 떨고 있는지는 알고 있지만."

"가식이라고? 세상에 점잖은 모습을 내보이는 것을 그렇게 말 하는 거냐, 가식이라고? 글쎄, 난 아니구나. 나는 그걸 상식과 자존심이라고 부르지." 필딩 부인은 몸 안에서 치밀어오르는 말의 급류에 목이 막힌 듯 한 손을 목덜미에 대었다. "네가 생각하는, 인생을 잘 살아가는 법이 대체 뭐니? 큰 홀을 하나 빌려서 도시 전체에 네 비밀을 외치는 거?"

"난 비밀 없어요."

"없다고? 없어? 바보로구나. 정말 너를 체념해야겠어." 부인은 연못에 떨어진 돌처럼 의자 위로 쓰러졌다. "맙소사, 체념했어." 그 말이 연못 바닥에서 올라왔다. "너무 피곤하구나."

데이지는 신랄한 표정으로 어머니를 보았다. "피곤하실 만도 하죠. 두 사람 몫의 인생을 살려면 에너지가 많이 필요하니까. 엄마 인생과 내 인생 말이에요."

방안에서 들리는 소리라고는 개가 불안하게 헐떡이는 숨소리와 차나무가 방으로 들어오고 싶은 듯 유리창을 스치는 소리뿐이었다.

"날 가만히 놔두셔야 해요." 데이지가 부드럽게 말했다. "내 말 듣고 있어요, 엄마? 이건 무척 중요하다고요. 나를 가만히 놔두셔야 해요."

"네가 나 없어도 될 만큼 충분히 강하다고 생각하면 그렇게 할 거야."

"내가 시도해볼 수 있는 기회를 주세요."

"독립을 선언하기엔 나쁜 때를 골랐어, 데이지. 네 생각보다도 더 나쁘다."

"엄마가 관련된 한 언제든 나쁜 때 아닌가요?"

"내 말 잘 들어, 요 바보 같은 것." 필딩 부인이 말했다. "짐은 훌륭한 남편이야. 네가 한 결혼은 괜찮은 결혼이고. 그런데 넌 바보 같은 변덕 때문에 그걸 위험에 던져버리고 있어."

"내가 탐정을 고용했다는 이유만으로 짐이 정말 나랑 이혼할 거라는 말을 하고 싶으신 거예요?"

"내 말 뜻은……."

"아니면 짐이 발견되길 원치 않는 무엇을 탐정이 발견할까 봐 무서운 건가요?"

"네가 조금만 어렸다면," 필딩 부인은 흔들림 없이 말했다. "그런 말을 했다는 이유로 난 네 입을 비누로 씻어버렸을 거다. 네 남편은 내가 만난 사람 중에서 가장 점잖고 가장 도덕적인 남자야. 언젠가 네가 그 사실을 이해할 만큼 성숙해지면 짐에 대해 네가 놀랄 만한 얘기를 해주마."

"지금 당장 그이에게 놀란 일이 하나 있긴 하네요. 그리고 난 탐정의 도움 없이 그걸 찾아냈죠." 데이지는 롤 톱 데스크에 재빨리 눈길을 주었다. "매달 애덤 버넷에게 이백 달러씩 주고 있더군요. 수표 부표를 찾았어요."

"그래서?"

"기이한 일 아닌가요?"

"너한테만 그런 것 같은데."

"그에 대해 뭔가 알고 계신 말투네요."

"그에 대해 모든 걸 알고 있지." 필딩 부인은 건조하게 말했다. "짐은 샌타이네스 산길 근처에 애덤이 갖고 있던 토지를 샀어. 짐은 거기에 네게 줄 깜짝 결혼기념일 선물로 산장을 지을 생각이었다. 내가 말해버릴 수밖에 없어서 유감이구나. 하지만 네 의심이 자라게 놔두느니 놀라움을 망쳐버리는 쪽이 더 현명한 행동 같아서. 이제 네 양심에 거리끼는 데가 있겠지, 데이지. 그렇지 않았다면 그렇게 쉽사리 남을 비난하지 않았을 테니까."

"난 그이를 비난하지 않았어요. 호기심이 들었을 뿐이죠."

"아하? 그럼 애덤이 뭣 때문에 돈을 받고 있다고 생각했니?" 필딩 부인은 그 시간 동안 관절이 굳어지기라도 한 듯 의자에서 일어섰다. "피나타라는 남자가 네가 이렇게 생각하도록 나쁜 영향을 준 게 틀림없어."

"그 사람은 아무 관계 없⋯⋯."

"그 사람에게 당장 전화해서 더이상 그를 고용하지 않겠다고 말했으면 좋겠구나. 이제 나는 내 집으로 가서 좀 쉬련다. 의사가 이런 소동은 피해야 한다고 했는데. 다음에 널 만날 때는 그런 원인을 마주할 일이 없기를 바란다."

"피나타를 해고하면 모든 문제가 해결될 거라고 생각하세요?"

"그게 시작점은 되겠지. 누가 어디에서든 시작은 해야 하니까."

부인은 씩씩하고 결연한 발걸음으로 문까지 걸어갔지만, 어깨는 데이지가 이전에 본 적 없을 정도로 피곤하게 굽어 있었다. "나는 너를 체념해야겠다." 어머니는 그렇게 말했었다.

뭐, 그건 사실이니까. 데이지는 생각했다. 엄마는 체념했어. 이렇게 환하고 햇빛이 가득한 오후에 도시 어딘가에 있을 피나타 때문에 체념하다니 얼마나 이상한 일인가.

그녀는 방 저편의 전화기를 보았다. 빛을 발하는 검정 전화선이 그녀에게는 생명선처럼 보였다. 그녀가 할 일은 수화기를 들어 다이얼을 돌리는 것뿐이었다. 그에게 직접 연락이 되지 않는다고 해도, 응답 서비스를 통해 메시지를 받을 수 있을 것이다. 전화해요. 나를 만나러 와요. 당신이 보고 싶어요.

어머니의 발소리가 아직도 계단에 울리는 동안 전화가 울리기 시작했다. 그녀는 뛰고 싶은 마음을 누르며 천천히 방 반대편으로 갔다.

"여보세요?"

"데이지 하커 부인에게 온 장거리전화입니다."

"제가 하커 부인입니다."

"기다리세요, 부인. 상대방이 곧 연결됩니다."

데이지는 연결을 기다리며, 그럴 이유는 없었지만 이 전화가 피나타에게서 온 것이기를 바랐다. 그가 전화했을 때 짐이나 어머니가 근처에 있을지도 모를 경우를 대비해 이런 식으로 연락하려고 한 것이었으면 했다.

하지만 목소리는 여성의 것이었다. 새되고 초조한 목소리였다.

"이렇게 전화하면 안 되는 것 알아요, 하커 부인. 아니 데이지라고 해야 하나. 우리가 아직 서로 소개받지 않은 사이니만큼 데이지라고 부르는 게 사회적 예의가 아니긴 한데……."

"전화하신 분은 누구시죠?"

"뮤리엘이에요. 당신의 새…… 새어머니죠." 뮤리엘은 불안한지 작게 킥 웃는 소리를 냈다. "데이지에게는 충격일 수도 있겠네요. 전화를 받았는데 생판 남이 자기를 새어머니라고 하는 소리를 들으니."

"아뇨, 아버지가 재혼했다는 건 알고 있었어요."

"그 사람이 편지를 쓰거나 말했어요?"

"아뇨, 제가 아버지에 대해 알아낸 다른 것들과 마찬가지 방법으로 들었어요. 아버지에게 직접 듣는 게 아니라 남을 통해 듣는 방식이죠."

"미안해요." 뮤리엘이 빠르고 초조한 목소리로 말했다. "그이에게 편지 쓰라고 했는데. 계속 상기시켰어요."

"뮤리엘 잘못이 아니에요. 결혼 축하드립니다. 두 분이 무척 행복하시길 바라요."

"고마워요."

"전화하신 곳은 어디죠?"

"복도 건너편 위텐버그 양 아파트에 있어요. 위텐버그 양이 들지 않겠다고 약속을 했죠. 귀를 손가락으로 막고 있어요."

데이지에게는 그녀의 말이 만우절 농담처럼 들리기 시작했다. 난 당신의 새어머니에요. 위텐버그 양은 귀를 손가락으로 막고 있어요…….

"아버지가 함께 계신가요?"

"아뇨. 그래서 내가 데이지에게 전화하기로 한 거예요. 그이가 걱정이 되어서. 그렇게 혼자 가게 놔둬서는 안 됐는데. 젊고 힘이 세고 눈에 띄게 약한 데가 없어도 히치하이킹은 위험할 수 있잖아요." 뮤리엘은 조심스레 덧붙였다. "그 사람 딸이니까, 그 사람이 술 마시는 건 알죠?"

"네, 아버지가 술을 마시는 건 알아요."

"최근에는 꽤 좋아졌어요. 내가 눈을 떼지 않으니까요. 하지만 오늘은 나를 데리고 가려 하지 않았어요. 두 사람이 탈 버스 여비가 없다고. 그래서 혼자 히치하이크를 해서 가겠다고 했어요."

"여기로 온단 말씀이신가요? 샌펠리스로?"

"그래요. 그이는 데이지를 보고 싶어 했어요. 지난번에 자기가 용기를 잃어서 데이지를 그냥 두고 도망나와서 양심이 괴롭다고. 스탠은 양심이 무척 강해요. 양심이 그가 술을 마시도록 몰고 가는 거죠. 늘 심한 고통을 느끼니까 무감각해지려고."

"아버지를 보지도 못했고, 연락도 못 들었어요. 아버지가 곧장 집으로 오려고 했다는 게 확실한가요?"

"어머, 그래요. 어머, 데이지가 다시 모인 걸 축하려고 샴페인을 사놨다나 하는 얘기까지 했는걸요."

데이지는 그게 아버지에게는 얼마나 전형적인 행동인지 생각했다. 에펠탑을 보러 파리에, 대관식을 보러 런던에, 샴페인 축하를 하러 샌펠리스에. 그녀의 슬픔과 분노는 둘 모두의 기운을 빼고 괴물 아이를 잉태하게 한 관계 속에서 만나 합쳐졌다. 이 아이, 형태는 반밖에 갖추지 못하고 혀도 없으며 이름도 없는 이 아이는 태어나기도 죽기도 거부한 채 그녀 안에 무겁게 누워 있었다.

뮤리엘이 말했다.

"스탠은 내가 이렇게 전화하는 걸 싫어할 거예요. 하지만 어쩔 수 없었어요. 지난번 거기 갔을 때 니타라는 웨이트리스랑 얽혔으니까."

"니타?"

"니타 가르시아. 그이가 그렇게 불렀어요."

"신문 기사에 따르면 그 여자의 이름은 도넬리라고 했어요."

"거기엔 스탠 이름도 포스터라고 나와 있잖아요. 신문에 나왔다고 사실은 아니죠." 뮤리엘의 건조하고 조용한 웃음은 못마땅해하는 기침 소리 같았다. "물론 내가 의심이 많죠. 여자들이 그렇잖아요. 하지만 그이가 다시 그 여자를 만나러 간 게 아닌가 하는 생각을 안 할 수가 없어요. 그래서 더 말썽에 휘말린 게 아닌가. 난 바라고 있었어요. 그래, 어쩌면 지금쯤이면 데이지랑 연락했을지 몰라.

그래서 그 사람이 나쁜 사람들과 어울리지 못하도록 데이지가 바로 잡아줬을지도 모른다고."

"아버지는 연락하지 않았어요. 그리고 그랬대도 제가 바로잡아 드릴 수 있었을 것 같진 않네요."

"아니겠죠, 뭐. 그래요. 방해해서 미안하네요."

뮤리엘이 전화를 끊을 기세라 데이지는 황급히 말했다.

"잠깐만요, 뮤리엘. 제가 목요일 밤에 아버지에게 중요한 질문을 물어보는 속달우편을 보냈어요. 아버지가 갑자기 와서 나를 보겠다고 한 이유가 그 편지였나요?"

"난 속달우편에 대해선 아무것도 모르는데요."

"그걸 창고로 보냈어요."

"나한테는 아무 말도 하지 않았어요. 어쩌면 받지 못했는지도 모르죠. 하지만 데이지가 보낸 다른 편지들을 읽고 있었어요. 떠나겠다는 결심을 하기 직전에요. 스탠은 그 편지를 오래된 여행 가방에 보관하고 있어요. 그이가 온갖 잡동사니를 쑤셔넣고 어디든 끌고 다니는 그 여행 가방 알죠?"

데이지는 그 가방을 기억했다. 그가 겨울 오후 덴버의 아파트를 떠날 때 유일하게 가지고 간 물건이었다. "데이지 베이비, 난 잠깐 여행을 떠날 거다. 그래도 아빠를 계속 사랑해야 해." 그 여행은 십오 년이나 지속되었고, 그녀는 여전히 아버지를 사랑했다.

뮤리엘이 말했다.

"그이는 데이지의 편지를 읽고 있었어요. 그러다 갑자기 우울해
졌죠."

"제게 온 건지는 어떻게 아셨어요?"

"자기가 아버지로서 어떻게 실패했는지를 얘기하기 시작했으니
까요. 게다가," 그녀는 무뚝뚝하게 덧붙였다. "그이에게 편지를 쓰
는 사람은 달리 없거든요."

"편지에 뭐라고 적혀 있는지 말씀하시던가요?"

"아뇨."

"편지를 여행 가방에 도로 넣었어요?"

"아뇨, 그이가 떠난 후에 찾아봤는데, 거기 없었어요. 그래서 그
이가 들고 갔나 했죠." 뮤리엘의 말투에는 미안해하면서도 자기를
방어하는 기색이 있었다. "그 사람 여행 가방을 잠가놓지 않아요.
그저 사슬로 감아만 놓지."

"특정하게 어떤 편지를 찾아야 하는지 어떻게 아셨어요?"

"분홍 봉투에 들어 있었으니까요."

데이지는 색깔 있는 문구류는 쓰지 않는다고 막 말하려다가, 몇
년 전 친구 한 명이 생일 선물로 그런 걸 주었다는 게 생각났다. "봉
투에 쓰인 주소는 어디였나요?"

"앨버커키에 있는 무슨 호텔이었어요."

"알겠네요." 앨버커키 주소와 분홍 편지지로 쓴 편지는 확실히
1955년 12월에 쓴 것이었다. 그해 말에 아버지는 일리노이에서 뉴

멕시코로 이주했지만 한 달도 머무르지 않았다. 그녀는 아버지에게 크리스마스 선물을 보낸 것과 앨버커키에 있는 호텔에서 묵었던 것, 그리고 두 주 후 캔자스 주 토피카로부터 선물 고맙고 뉴멕시코는 먼지가 너무 많아서 싫다는 내용이 담긴 엽서를 받은 게 기억났다. 그 엽서에는 구슬픈 데가 있었다. 글씨도 흔들렸다. 아버지는 아팠거나 술판을 벌인 모양이었다. 그리고 그 둘 다라는 게 더 그럴듯한 사실이리라.

"스탠은 내가 이런 전화를 했다는 걸 알면 미친듯이 화를 낼 거예요." 뮤리엘이 초조하게 말했다. "아버지를 만나도 이거 비밀 같은 걸로 해줄래요?"

"아마 아버지를 보진 못할 거예요. 아버진 샌펠리스 근처에도 오지 않았을 거예요."

"하지만 그이 말로는……."

"네, 말은 그렇게 하셨겠죠." 아버지는 이런 말도 했었다. 잠깐 여행을 다녀온다고. 그 여행은 십오 년이나 지속되고 있었다. 어쩌면 또 다른 짧은 여행을 시작했는지도 몰랐다. 십 대 초반의 데이지만큼이나 순진한 뮤리엘은 낯선 사람들의 무리 속에서 그를 찾으며 도시의 거리를 헤매리라. 빠른 속도로 달리는 차를 타고 지나가는 그 사람, 문이 막 닫히기 직전 엘리베이터를 탄 그 사람의 모습을 언뜻 보게 될 것이다. 데이지는 그런 아버지의 모습을 수백 번 보았지만, 차는 너무 빨랐고, 군중 속 얼굴은 너무 멀었으며, 엘리베이터 문은 너무 확고하게 닫혔다.

"저기, 번거롭게 해서 미안해요."

뮤리엘은 반복했다.

"번거롭기는요. 알려주셔서 감사해요."

"스탠이 긴급 상황에 전화하라며 다른 번호를 주긴 했어요. 피나타 씨라는 사람. 하지만 낯선 사람에게 전화해서 말하고 싶지 않았어요. 그러니까 스탠의 어떤 약점에 대해서는요."

데이지는 지금 이 길고 넓은 나라에서 얼마나 많은 낯선 사람들이 아버지의 어떤 약점을 알고 있을까 생각했다. 그리고 얼마나 더 많은 사람들이 지금 이 시간에도 알아내고 있을까.

"뮤리엘?"

"네."

"아무것도 걱정하지 마세요. 제가 피나타 씨에게 연락해볼게요. 아버지가 시내에 있다면 우리가 찾아내서 돌봐드릴게요."

"고마워요." 뮤리엘의 목소리에 물기가 어렸다. "정말 고마워요. 착한 사람이네요. 스탠이 항상 그렇게 말했어요. 데이지는 정말 착한 애라고."

"아버지가 하는 말을 전부 진지하게 받아들이진 마세요."

"그이는 진심으로 하는 말이었어요. 나도 그렇고요. 데이지가 아버지에게 해준 모든 일들이 너무 고마워요. 돈 얘기만 하는 게 아니에요. 그 사람에게 정말로 관심 있는 사람이 있다는 것, 그게 중요한 거죠."

아, 그래요. 나는 관심이 있죠. 데이지는 전화를 끊으며 씁쓸하게 생각했다. 십오 년 동안 잠깐 여행을 하고 있어도 여전히 아빠를 사랑해요. 그리고 아빠가 시내에 있으면 내가 찾아낼 거예요. 문이 닫히기 전에 엘리베이터로 갈 거예요. 빠르게 달리는 차는 빨간불이나 경찰, 펑크 난 타이어로 세울 거예요. 군중 속의 얼굴은 아빠 얼굴이 될 거예요.

바람이 세졌고 하늘에는 새들이 몰려들고 나뭇잎이 날아가는 소리가 가득했다. 창문을 긁는 차나무 소리는 수십 마리의 동물이 앞발로 득득 긁는 소리처럼 들렸다.

데이지는 전화기를 손에 든 채로 부르르 몸을 떨며 앉았다. 그녀와 차가운 바람 사이에 유리창이 없는 것만 같았다. 그녀는 피나타의 전화번호를 돌리기도 힘들었고, 그가 사무실에 없다는 말을 듣자 전화선 너머 여자에게 비명을 지르며 일처리가 어설프다고, 혹은 사기를 치고 있다고 비난하고 싶은 마음이 들었다.

그녀는 마음을 다잡기 위해 숨을 깊이 들이마셨다.

"언제 연락이 될 것 같나요?"

"여긴 응답 서비스예요. 피나타 씨는 7시에 사무실로 돌아온다는 말을 남겼습니다. 하지만 그전에 전화를 확인하겠죠. 전할 말 있으세요?"

"그 사람에게 전화해달라고……." 그녀는 말을 멈췄다. 자기 이름을 남기는 건 찜찜했다. 피나타가 전화를 했을 때 어머니나 짐이 옆에 있을지 모른다고 생각하면 더 찜찜했다. "7시에 사무실로 제가 만나러 간다고 해주세요."

"이름은 뭐라고 남겨드릴까요?"

"그냥 묘비 얘기라고만 해주세요."

016

부끄러움…….

그게 내 일상의 양식이지.

뼈에서 살점이 떨어져나간다 해도

놀랄 일이 아니다.

짐이 부두에서 기다린 지 한 시간 가까이 되었을 때야 비로소 애덤 버넷이 모습을 드러냈다. 항해용 운동화를 신은 그는 육중하지만 조용하게 움직이며 방파제를 따라 뛰어왔다.

"늦어서 미안해. 일이 생겨서."

"그랬겠지."

"뿔내지 말게. 어쩔 수 없었다고." 변호사는 방파제에 앉은 짐 옆에 앉았다. "어쨌든 항해는 취소야. 선창 끝에 소형선 출항 금지 표지를 달았더군."

"뭐, 그럼 나는 집에 가는 게 좋겠군."

"아니, 잠깐 기다렸으면 하는데."

"뭐하러?"

가까운 거리에서 들을 만한 사람은 아무도 없었지만, 애덤은 목소리를 낮췄다.

"반 시간 전 로사리오 부인에게 전화를 받았네. 후아니타가 이 동네로 돌아왔대. 설상가상으로, 필딩도 그렇다더군."

"필딩? 데이지의 아버지?"

"더 심각한 건, 둘이 함께 있다는 거야."

"두 사람은 서로 아는 사이도 아니잖아."

"글쎄, 순식간에 알게 되었나 보지. 로사리오 부인의 말을 믿을 수 있다면."

"말도 안 되는 소리." 짐이 당혹스러워하는 목소리로 말했다. "필딩은 그…… 협의와는 아무 상관이 없어."

"어쨌든 로사리오 부인은 자네가, 아니면 내가 자기를 염탐하려고 필딩을 보냈다는 인상을 받은 모양이야."

"나는 필딩을 몇 년 동안 본 적도 없어."

"나도 마찬가지야. 내가 이 사실을 지적했는데도 부인은 아주 흥분했더라고. 끝에 가선 무슨 얘긴지 뒤죽박죽이었어. 내가 필딩이 자기집에 온 것과 아무 상관이 없다고 자기 죽은 남동생의 영혼에 대고 맹세하라던데." 애덤은 실눈을 뜨고 바람 아래서 몇 배나 불어난 흰 물결을 바라보았다. "자넨 죽은 동생에 대해 뭘 아나?"

"몰라."

"그 사람 이름이 카를로스였던 것 같던데."

"죽은 동생에 대해선 아무것도 모른다고 말했잖아?

"뭐, 성질 부리지 마. 그냥 물어본 거니까."

"두 번이나 물어봤잖아." 짐이 딱 잘라 말했다. "한 번도 너무 많아. 나와 로사리오 부인과의 관계는 짧고 비개인적이었어. 자네도 누구보다 그 사실을 더 잘 알 텐데."

"비개인적이라는 말은 딱 맞는 표현은 아니잖아, 확실히?"

"난 그래. 그 여자를 거리에서 만나도 난 알아보지도 못할 거야."

낚싯배 하나가 항구로 들어왔다. 선미가 침하된 정도나 배가 지나간 흔적을 따라 몰려들며 부리에서 물고기 조각을 낚아채려고 다투는 갈매기 수를 보니 물고기를 얼마나 낚았는지 가늠할 수 있었다.

짐이 말했다.

"그 여자가 뭘 원하던가? 돈을 더 달래?"

"돈 얘기는 꺼내지 않았어. 보아하니 필딩이 집에 있을 때 폭력 사건이 있었던 모양이야. 내가 알아들을 수 있는 한도 내에선 그가 직접 관련이 있는 것 같진 않았지만. 로사리오 부인은 기분이 언짢은 상태였고, 재확인이 필요하다더군."

"그럼 자네가 확인을 해주었겠지?"

"아, 물론. 부인의 죽은 동생의 영혼에 대고 맹세를 했지. 자네가 모른다고 하는 그 동생."

"난 모르는 사람이야. 이제 세 번이나 말했군. 왜 이렇게 끈질기지, 애덤?"

"부인이 계속 그 사람 얘기를 하며 소리를 질러대기에 궁금해진 것뿐이야. 그게 다네. 어째서 그 죽은 동생이라는 사람이 우리가 후아니타를 두고 한 합의에 끼어드는 건가?"

"그 여자는 확실히 불안정해."

"나도 동의하네. 하지만 얼마나 불안정한지는 궁금하군."

짐이 일어나서 두 팔을 뻗었다.

"뭐, 그건 자네 궁금증에 맡기도록 하지. 난 집에 가야겠어. 데이지가 우리 둘이 물에 빠져 죽은 줄 알 거야."

"그럴 것 같지 않은데." 애덤이 조심스레 말했다. "우리 생각이나 할까."

"그건 무슨 뜻으로 하는 말이지?"

"내가 집을 막 나서려는데 자네 장모에게서 전화가 왔어. 데이지가 며칠 전 탐정을 고용했다는 말을 자네한테 해달라고 하던데. 피나타라는 남자라고."

"이런, 맙소사."

"필딩 부인은 자네가 어떻게 처리해야 한다고 하더군."

"그러셨다고?" 짐의 얼굴은 음울하고 지쳐 보였다. "뭘 어쩌란 말인가?"

"탐정을 해고하라는 뜻인 게 아닌가 싶네. 이러나저러나 그 탐정은 자네 돈을 받는 거니까." 애덤은 잠시 말을 멈추고 부두에 묶이는 낚싯배를 바라보았다. 자기도 그 위에 타고 싶다는 생각이 들었다. "자네가 듣고 싶어 할지도 모르는 얘기가 더 있어."

"그럴까 모르겠는데."

"어쨌든 듣는 게 좋을 거야. 데이지는 오늘 저녁 7시에 그 남자를 사무실에서 만난다는군. 필딩의 새 아내에게 자기와 피나타가 필딩을 찾아보겠다고 약속했다는 거야."

"필딩의 새 아내? 대체 그 여자는 어쩌다 끼어든 거야?"

"필딩이 말썽에 휘말렸을까 걱정한 나머지 로스앤젤레스에서 그 여자가 데이지에게 전화를 했다더군."

"어쨌든 이게 다 무슨 일이지?"

"난 자네가 나한테 말해줄 줄 알았는데."

짐은 고개를 저었다.

"못 해. 나도 어쩌다 필딩이 이 일에 끼어들게 되었는지는 전혀 몰라. 끼어든 게 맞는지도 모르겠지만. 그 아내로 말하자면, 데이지가 이번 주에 말해줘서 비로소 존재를 알게 됐지. 나도 지금 영문을 전혀 모르겠어. 그렇게밖에 말할 수 없네."

"그렇게 말한단 말이지, 그래."

"자네 어조로 봐서는 못 믿는 것 같군."

"이렇게 말해두지. 자신의 변호사에게 거짓말하기보다는 아내에게 거짓말하는 편이 낫다."

"난 안전하게 하겠네. 양쪽 다에게 거짓말을 하지 않는 거지."

"그 여자 건은 어쩌고?"

"그 일이 생겼을 때 데이지에게 모두 말했어. 이름이랑 모두. 그 랬더니 침착하게 받아들이더군. 이젠 잊어버린 것 같지만, 그건 내 잘못이 아니야. 나는 데이지에게 말했어."

"어째서?"

"어째서라니? 그게 합리적이었으니까. 명예로운 일이고, 해야 만 하는 일이었으니까."

"면책의 방법으로는 명예로울 수도 있었겠지." 애덤이 슬며시 알 수 없는 미소를 지으며 말했다. "하지만 합리적이냐고 한다면, 아니야."

"어쨌든 데이지도 조만간 알게 될 일이었어."

"자네 논리는 내가 처음 처남을 항해에 데리고 갔을 때를 생각 나게 하는군. 좀 거친 날이었는데, 우리는 딱 맞는 각도의 기울기로 신나게 잘 가고 있었어. 그런데 톰이 배가 뒤집힐까 겁을 낸 나머지 배 위에서 뛰어내려서 해변으로 헤엄쳐간 거야. 자네가 그렇게까지 항해를 즐기지 않는 걸 아네. 그러니까 톰이 합리적인 행동을 했다 고 행각할 수도 있겠지. 하지만 그렇지 않아. 그건 바보 같고 또 위 험한 행동이었어. 자칫하면 해변에 닿지 못할 수도 있었다고. 물론, 배는 뒤집히지 않았지."

"데이지는 결국에 알아냈을 거야."

짐은 반복했다.

"어떻게? 그 여자는 동네를 떠났고 재혼했어. 떠들고 다녀봤자 얻을 게 없다고. 그 여자 어머니로 말하자면, 합의는 모두 내가 맡아 했지. 자네는 이름 외에는 그 일에 끼어들지 못하게 했네. 캐묻고 싶진 않지만……." 애덤은 신발 밑창에 낀 작은 돌을 빼려고 몸을 숙였다. "어째서 자네가 내게 이 사건을 법정에서 처리하라고 시키지 않았는지 자주 궁금하기는 했지. 특히나 이 사실을 데이지에게 숨길 의사가 없었으니까."

"추문을 감당할 수는 없었어."

"우리가 이겼을 수도 있었어."

"추문은 계속 남았을 거야. 게다가 아이는 내 아이였어, 아니, 내 아이야. 나더러 위증을 하란 말인가?"

"물론 아니지. 하지만 여자의 평판 하나만으로도 분명히 그 여자 주장의 정당성에 의혹을 던질 수 있었을 거야."

"다른 말로 하면, 뒤집힐 때까지 배에 타고 있어야 했다고?"

"뒤집히지 않았어."

"뭐, 이 배는 그럴 수도 있었지."

"알게 될 때까지 기다리지도 않았잖아. 배에서 뛰어내렸다고."

"아, 그만하게, 애덤. 이미 벌어진 일이야. 오래전에 벌어진 일이라고. 어째서 지금 또다시 물고 들어가는 건가?"

"그게 정확히 얼마나 오래전이었는지 기억해?"

"아니, 생각해보지 않겠네."

"사 년 전이었어. 정확히는 내가 로사리오 부인에게 내 사무실에서 처음으로 돈을 지급한 날은 1955년 12월 2일이지. 나오기 전에 찾아봤네." 그는 항해용 재킷의 후드를 머리에 뒤집어썼다. "자네는 집에 가서 데이지와 얘기를 해보는 편이 좋겠어."

"그래, 그래야겠어."

"그래, 나중에 보지. 나는 남아서 배 위의 장비가 깔끔하고 단단히 잘 정리되었는지 확인 좀 할 테니까. 오늘 파도 높이가 마음에 들지 않아. 어쨌든 항해를 못 하게 되어 아쉽군."

"난 아냐. 어쨌든 항해하고 싶지 않았으니까."

"사실 나도 같이 가달라고 부탁하고 싶진 않았어."

"그럼 데이지가 꾸민 음모로군."

"그래."

"데이지는 꽤 대단한 음모가가 되고 있어."

짐은 휙 돌아서더니 주차장으로 걸어갔다.

하지만 그는 차에 타면서는 데이지를 생각하고 있지 않았다. 그는 뒤집히지 않은 배와 배 위에서 뛰어내렸다가 자칫하면 해변에 닿을 수 없었던 남자에 대해 생각했다. 바보 같고 또 위험한 행동이라고 애덤은 말했다. 그래도 가끔은 바보 같고 위험한 일이 필요했다. 가끔은 자기가 뛰어내린 것도 아니었다, 밀려서 빠졌을 뿐.

그녀는 낚시꾼이나 부두 일꾼들이 목격할 경우를 대비해 바람을 피하려 항만 관리소장 사무실 벽에 기대어 서 있는 척했다. 몸을 떨거나 재킷 깃을 올리거나 두 손을 맞비비거나 하며 부러 추운 기색을 내비쳤지만, 시간이 흐르자 흉내는 진짜가 되었고 추위가 몸의 모든 세포 속을 뚫고 들어왔다.

그녀는 두 사람이 오십 미터 떨어진 방파제 위에서 얘기를 나누는 모습을 바라보았다. 두 사람은 날씨 얘기를 하는 듯 보였지만, 짐이 애덤과 싸움이라도 한 양 갑작스레 돌아서서 퉁명스러운 태도로 걸어가버렸을 때 데이지는 그게 날씨 이야기일 리가 없다는 것을 알았다. 그녀는 짐이 차에 올라탈 때까지 기다렸다. 그런 후 계류장으로 이어지는 부유식 경사로를 내려가는 애덤에게로 뛰어갔다.

"애덤."

그는 몸을 돌려 가드레일이 있는 데까지 경사로를 도로 올라왔다. 파도의 움직임에 몸이 흔들렸다. "안녕, 데이지. 일이 분 차로 짐을 놓쳤네요. 지금 막 갔는데."

"안됐네요."

그녀의 목소리에는 짐이 떠나기를 한참 기다렸다는 티는 전혀 나지 않았다.

"제가 가서 따라잡을 수 있는데."

"아, 아니에요. 신경쓰지 마세요."

"그 친구 집에 간다고 했어요."

"그럼 거기서 보면 되겠네요. 오래 바다에 나가 있진 않았죠?"

"아예 나가지를 못했어요. 폭풍주의보가 떨어져서."

"저런."

"짐은 신경쓰지 않는 것 같던데요." 애덤이 건조하게 말했다. "그건 그렇고 다음에 나를 위해 항해 파트너를 구해줄 거면, 물을 좋아하는 사람으로 해주세요, 알겠죠?"

"그렇게 할게요." 데이지는 가드레일에 기대어서 바위 둘레를 빠르게 돌아다니는 게들을 내려다보았다. 그들은 폭풍우를 견딜 가장 크고 안전한 바위를 찾는 듯했다. "항해를 못 했다면 짐과 뭘 했어요?"

"얘기 좀 했죠."

"나에 대해서?"

"그렇죠. 우린 항상 데이지 얘기를 하니까. 나는 짐한테 데이지가 어떻게 지내냐고 묻고, 짐은 말해주고."

"음, 내가 어떻게 지내는데요? 내 건강, 정신, 그 외의 상태에 대한 짐의 관점을 듣고 싶군요."

애덤의 미소는 흔들림이 없었다.

"확실히, 당신은 오늘 기분이 안 좋은가 보군요. 그건 내 관점입니다, 짐의 관점이 아니라."

"그이가 우리 결혼기념일을 위해 세운 계획을 말하던가요?"

"우리는 여러 많은 논의를……."

"그이는 근사한 계획을 세웠죠. 내가 알아서는 안 될 뿐이지."

"다 알고 있군요."

"그래요. 말은 새어 나오기 마련이거든요. 당신이 내게 비밀을 지켰다는 건 인정해야겠네요. 가장 먼저 알았을 사람이라는 사실을 고려하면."

"비밀을 지키는 게 내 일의 일부거든요."

애덤은 침착하게 말했다.

"얼마나 될까요, 내 놀라움이?"

"꽤 대단하지만, 지나치게 대단하진 않습니다."

"그리고 스타일은?"

"매우 스타일리시할 겁니다, 당연히."

"그리고 당신은 내가 무슨 말을 하는지 감도 못 잡고 있고요, 그렇죠?"

애덤은 데이지의 팔을 잡았다.

"자, 제가 요트 클럽에서 커피 한 잔 사드리죠."

"됐어요."

"나한테 떽떽거릴 필요는 없잖아요. 오늘 대체 왜 이럽니까?"

"물어봐줘서 고맙네요. 어쨌든 말할 작정이었으니까. 오늘 오후 짐의 책상에서 수표 부표들을 찾았어요. 그걸 보니 짐이 한동안 당신에게 달마다 이백 달러를 지급하고 있던데요."

"그래서요?"

"어머니에게 그에 대해 물어봤더니 그 돈은 짐이 산장을 지으려고 애덤에게서 산 토지 대금이라고 했어요. 어머니가 거짓말한 거겠죠?"

"거짓말하셨을지도 모르죠." 애덤은 어깨를 으쓱하며 말했다. "아니면 어머님도 그게 사실이라고 믿고 계실지도 모르고."

"물론 그건 사실이 아니겠죠."

"그래요."

"그 돈은 무슨 용도인가요, 애덤?"

"다른 여자가 낳은 짐의 아이에게 양육비로 지급하는 돈입니다." 그는 말을 하면서 그녀의 얼굴에 떠오른 고통과 충격을 보고 싶지 않아서 고의적으로 고개를 돌렸다. "그때 그 얘기는 데이지도 들었어요. 기억 안 납니까?"

"짐의…… 아이라니. 그 말 참 웃기게 들리네요. 빌어먹게 웃겨요." 그녀는 자기 의지와는 달리 바다로 뛰어들까 두려워하듯이 가드레일을 꽉 쥐었다. "아들이었나요, 딸이었나요? 아니, 아들인가요, 딸인가요?"

"모르겠습니다."

"당신이 모른다고요? 물어보지도 않았어요?"

"그래봤자 좋을 것도 없으니까요. 짐도 모릅니다."

그녀는 애덤을 돌아보았다. 얼음막이 눈동자 위에 깔리기라도 한 듯 앞을 보지 못하는 눈이었다.

"그이가 아이를 보지도 않았다는 말이에요?"

"그래요. 그 여자는 출산 전에 이 동네를 떠났습니다. 짐은 그 이후로 소식을 듣지 못했어요."

"아이가 태어났을 때는 그이에게 편지를 썼겠죠."

"양측 관련자는 어떤 접촉도 하지 않고 서신 교환도 하지 않는다는 상호 합의가 있었습니다."

"끔찍한 일이잖아요, 자기 자식을 보지 않는다니. 비인간적이에요. 짐이 자신의 책임을 그런 식으로 회피한다는 건 믿을 수가……."

"자, 잠깐만 기다려요." 애덤이 기운차게 말했다. "짐은 아무것도 회피하지 않았습니다. 사실, 그 친구가 내 충고를 받아들였다면 애초에 아버지라는 것도 인정하지 않았을 겁니다. 그 여자는 아버지가 누군지도 불분명한 다른 아이들도 한 무리 있어요. 또한 남편도 있었죠. 비록 그 사람은 당시에 국외에 있다는 말이 있었지만. 그 여자가 그럴 배짱이나 있었을지 의심스럽긴 하지만, 설사 짐을 상대로 소송을 걸었더라도 뭔가 증명하려면 꽤 고생을 했을 겁니다. 나중에 밝혀지자 짐은 조용히 자신이 아버지임을 인정했고, 그 여자의 어머니인 로사리오 부인과 나를 통해서 돈 관련 문제를 합의했습니다. 일은 그게 다예요."

"일은 그게 다로군요." 그녀가 반복했다. "변호사처럼 말하네요, 애덤. 사건이니 소송을 거느니, 증명할 수 있니 없니. 정의에 대해선 말하지 않고요."

"이런 경우에 난 정의가 이루어졌다고 봅니다."

"아이의 아버지가 되기를 간절히 바랐던 짐이 자기의 혈육을 끊어낸 걸 정의라고 부를 수 있나요?"

"합의는 그 친구가 한 겁니다."

"믿을 수가 없어요."

"직접 물어봐요."

"짐은 말할 것도 없고, 남자가 자기 자식을 한 번도 보고 싶어 하지 않는다니 믿을 수가 없어요."

"짐은 그런 상황에서 유일하게 분별 있는 일을 한 겁니다. 그리고 그 상황은 데이지가 감상적인 방식으로 상상하는 것과는 조금도 비슷하지 않아요. 감상은 끼어 있지 않습니다. 여자는 짐을 개인적으로 특별히 생각하지 않았고, 짐도 그 여자에 관한 한 마찬가지였습니다. 그 아이는 사랑의 결실이 아니었어요. 아직도 살아 있다면 그 아이는 반은 멕시코인입니다. 살아 있지 않다고 해도 후아니타든 로사리오 부인이든 우리에게 굳이 서둘러 알리려 하지 않았겠지요. 어쨌든 아이 엄마는 정신적으로 불안정하고……."

"그만해요. 더는 듣고 싶지 않아요."

"내가 이렇게 사실을 대놓고 들이밀 수밖에 없는 건 데이지가 감상에서 헤어나서 후회할지 모르는 어리석은 일을 저지르지 못하게 하려는 겁니다."

"어리석은 일?"

애덤은 날이 갑자기 따뜻해지기라도 한 양 항해 재킷의 후드를
다시 벗었다.

"아이를 찾으려고 탐정을 고용한 줄 알았는데요."

"피나타에 대해 아는군요?"

"그래요."

"짐도 아나요?"

"네."

"뭐, 그래도 상관없어요." 데이지는 무기력하게 말했다. "정말
상관없어요. 이제 우리가 패를 까야 할 때라고 생각해요. 하지만 내
가 피나타를 고용한 이유에 대해선 당신이 틀렸어요. 어째서 내가
존재하는지도 몰랐던 아이를 찾으라고 사람을 고용하겠어요?"

"데이지도 알았어요. 얘기를 들었으니까요."

"기억나지 않아요."

"들었어요."

"잊어버린 게 무슨 대역죄라도 되는 것처럼 그 말 좀 그만 반복
해요. 좋아요, 들었다 쳐요. 그리고 내가 잊어버렸다고 해요. 어떤
여자가 자기 남편에 대해 그런 이야기를 들어놓고도 기억하지 못할
까요?"

"어떤 부분은 기억하고 있었습니다. 데이지의 꿈이 그걸 보여주

죠. 당신 묘비에 쓰인 날씨는 로사리오 부인에게 처음으로 돈이 지급된 날입니다. 또한 후아니타가 마을을 떠난 날이기도 하죠. 그리고 아마도 짐이 당신에게 불륜 사실을 고백한 날일 겁니다. 그렇지 않습니까?"

"몰라요……. 난 모르겠어요."

"생각하려고 해봐요. 그날 어디 갔었죠?"

"일했어요. 진료소에서."

"근무를 마쳤을 때 무슨 일이 있었습니까?"

"집으로 갔어요. 그랬던 것 같아요."

"어떻게요?"

"차를 운전해서…… 아니, 안 했던 것 같아요." 데이지는 눈앞의 물이 기억의 깊고 어두운 우물이라도 되는 양 내려다보고 있었다. "짐이 나를 찾으러 왔어요. 내가 뒷문으로 나가니까 그이가 차에서 나를 기다리고 있었죠. 난 주차장을 건너가려고 했어요. 그때 그 젊은 여자가 짐의 차에서 내리는 걸 보았죠. 이전에도 진료소에서 본적 있는 여자였어요. 정기 환자 중 한 명이었지만 그때까지는 별로 관심을 두지 않았죠. 그때도 그랬을 거예요. 그 여자가 짐에게 말을 걸지 않았더라면, 그 여자의 배가 그렇게 불러 있지 않았더라면. 짐이 내게 문을 열어주었어요……."

"저 여자 누구예요?"

데이지가 물었다.

"이름은 후아니타 가르시아야."

"병원 예약이 모두 잘 잡혔으면 좋겠네."

"그래, 나도 그래."

"얼굴이 창백해, 짐. 어디 아파요?"

그는 손을 뻗어서 그녀의 손을 잡았다. 얼마나 꽉 쥐었는지 손에서 감각이 없어지기 시작했다.

"내 말 잘 들어, 데이지. 난 당신을 사랑해. 그건 절대 잊지 말아줘, 그럴 거지? 난 당신을 사랑해. 절대 잊지 않겠다고 약속해. 당신을 행복하게 해줄 수 있다면 내가 못 할 일은 하나도 없어."

"이런 말을 자주 하는 사람도 아니면서. 곧 죽을 사람처럼."

"그 여자, 그 아이……. 당신에게 얘기해야만 해……."

"난 듣고 싶지 않아." 데이지는 고개를 돌리며 차창 밖을 내다보았다. 아침에 바르고 저녁에는 지워버리는 가벼운 미소를 여전히 띠고 있었다. "날이 무척 빨리 어두워지네. 일광 절약 시간제를 일년 내내 하지 않는 게 안타까워."

"데이지, 들어봐. 아무 일도 일어나지 않을 거야. 그 여자는 어떤 말썽도 부리지 않을 거야. 떠날 거라고 하니까."

"신문에서 봤는데, 내일 또 산간 지방에는 눈이 올 거래."

"데이지, 내가 설명할 기회를 줘."

"눈이 조금 쌓인 산이 늘 훨씬 더 예쁘지……."

You'd tell them. Just the way I did. I've hit a hundred towns as a stranger.

and inside of ten minutes I was talking to somebody about myself. Maybe I

wasn't speaking the truth. and maybe I was using a false name. but I was talk-

ing. see? And talking is telling. So pretty soon you're no stranger any longer. so

you head for the next town. Don't be a pasty. kid. You stick around here.

close to that rich uncle of yours.

낯선
사람

———

THE
STRANGER

이제 내가 기대어 살아갈 이유란 없다.

그래도 이 죽어가는 육체에 사슬로 묶여 하루하루 살아가면서,

나는 다시 너를 볼 수 있을 만큼은 자유로워지기를 얼마나 갈망하는지.

너와 에이다, 아직도 내가 사랑하는 사람들······.

그들은 벌써 술집 다섯 군데를 돌았고, 필딩은 이곳에서 저곳으로 옮겨다니는 것이 점차 피곤해졌다. 하지만 후아니타는 또다시 나갈 준비를 했다. 그녀는 좌석 가장자리에 걸터앉아서 그녀 안의 호루라기가 출발 신호를 불기를 기다리는 듯했다. 삐이이익······.

"맙소사, 진득하게 자리 잡고 앉아 있을 수 없어?"

필딩이 말했다. 슬슬 술기운이 올랐다. 머리는 놀랍도록 맑고 날카로우며 재기와 정보가 가득했지만, 다리는 더 늙고 더 무거워서 끌고 문으로 나갔다 들어왔다가 하기가 더 힘들어졌다. 그의 다리는 자리에 앉아서 쉬고 싶다고 했지만, 머리는 후아니타와 바텐더, 옆자리에 앉은 남자에게 정보와 즐거움을 주고 있었다. 물론 이 사람

들 중 누구도 그의 격에 맞는 사람은 없었다. 그는 그들에 맞게 수준을 낮춰 얘기해야 했다. 그것도 한참 낮춰서. 그래도 그들은 귀를 기울였다. 그들은 그가 올드 스쿨 신사*임을 알게 되었다.

"무슨 오래된 학콘데요?"

바텐더는 질문하더니, 왼쪽 눈을 찡긋하며 후아니타를 향해 빠르고 노련한 윙크를 보냈다.

"자넨 요지를 놓치고 있어. 특정 학교과 관련이 있는 게 아니야. 이건 은유적 표현일세."

필딩이 말했다.

"아, 그래요?"

"정확히 그래. 오래된 학교들로 말하자면, 윈스턴 처칠은 해로에 다녔지. 해로에 다닌 사람들을 뭐라고 부르는 줄 아나?"

"우리와 별다를 바 없는 이름으로 부르겠죠."

"아니, 아니, 아니야. 그 사람들은 해로비언이라고 불려."

"설마."

"절대 진리야."

"당신 친구 술 좀 취했는데."

바텐더가 후아니타에게 말했다. 후아니타는 그를 멍하니 쳐다보았다.

"아니, 아닌데. 항상 저런 식으로 말하거든. 어이, 포스터, 술 취했어요?"

"전혀 아니지. 아주 말짱해. 아가씨는 기분이 어때?"

필딩이 물었다.

"발이 아파요."

"신발 벗어."

후아니타는 두 손으로 왼쪽 구두를 벗었다.

"이거 진짜 뱀피예요. 십구 달러나 주고 샀죠."

"팁을 두둑하게 받나 봐."

"아뇨, 우리 삼촌이 부자예요."

그녀는 자기 앞 카운터 위에 코가 뾰족하고 굽이 바늘 같은 구두를 나란히 올려놓았다. 그녀의 발은 보통 크기였으나 제자리를 벗어난 구두는 거대하고 기형적으로 보였다. 마치 고통을 취미로 삼는 거인의 신발 같았다.

필딩의 술잔은 구두에 비하면 극도로 작아 보였다. 필딩이 이 사실을 바텐더에게 지적하자, 바텐더는 후아니타에게 신발을 도로 신고 그만 어지럽히라고 말했다.

"난 어지럽히는 게 아닌데."

"내가 너희 가게에 술 마시러 가면 내 옷을 벗어 카운터 위에 올려놓진 않잖아."

"왜, 그러지그래? 그러면 한바탕 소동이 일어날 텐데. 브루스터 아줌마가 부어올라서 얼굴이 새파래지는 꼴도 볼 수 있고."

후아니타가 말했다.

"스트립쇼를 하고 싶으면, 뒤쪽 좌석에 앉아서 해. 그래야 순찰 경찰이 널 못 보지. 토요일 밤이면 순찰을 열 번은 돌아."

"난 경찰 안 무서워."

"그래? 요전날 샌프란시스코에서 무슨 일이 일어났는지 알고 싶어? 신문에서 읽었지. 그 여자는 맨발로 돌아다니는 것 외에는 아무 짓도 안 했는데, 맙소사, 경찰이 그 여자를 체포했다고."

후아니타는 그 말을 믿지 않는다고 말했지만 신발과 반쯤 마신 술잔을 들고 뒷좌석으로 향했고, 필딩은 그 뒤를 졸졸 따라갔다.

"서둘러서 마셔버려요." 그녀가 자리에 앉으며 말했다. "이곳이 지긋지긋해."

"방금 들어왔잖아."

"재미있게 놀 수 있는 데로 가고 싶어. 여기는 재미있게 노는 사람이 하나도 없잖아요."

"나는 재미있는데. 내가 웃는 소리 안 들려? 호호호. 하하하."

후아니타는 유리잔을 으스러뜨리기라도 하려는 듯 두 손으로 꽉 쥔 채로 앉아 있었다.

"난 이 동네가 싫어요. 다시 돌아오지 말걸 그랬어. 백 킬로미터 떨어진 곳에 가서 우리 할망구든 누구든 다시는 볼 필요가 없었으면 좋았을걸. 모두가 낯선 사람이고 나에 대해서 아무것도 모르는 곳에 가서 살고 싶어요."

"그들도 곧 알게 될 텐데."

"어떻게요?"

"아가씨가 말할 테니까. 내가 그랬듯이. 나는 수백 개의 도시를 낯선 사람으로 다녔고, 십 분도 안 돼서 누군가에게 내 얘기를 했지. 어쩌면 진실을 말하지 않았는진 몰라, 가명을 썼는지도 모르고. 하지만 말을 했다고, 응? 말을 한다는 건 이야기를 한다는 것이지. 그리하여 금세 아가씬 낯선 사람이 되지 않는 거야. 그러고는 옆 도시로 향하고. 호구가 되지 마, 아가씨. 딱 달라붙어 있으라고. 여기 아가씨의 부자 삼촌 가까운 곳에."

필딩의 말에 후아니타가 느닷없이 가볍게 킥킥 웃었다.

"삼촌 가까이에 딱 달라붙어 있을 수도 없어요. 삼촌은 죽었으니까."

"오, 그래?"

"내게 부자 삼촌이 있었다는 말 자체를 믿지 않는 말투네요."

"삼촌을 본 적은 있어?"

"내가 어렸을 때 우리를 만나러 왔었어요. 내게 은 허리띠를 갖다주었죠. 인디언들이 만든 진짜 은이었어요."

"어디에 살았는데?"

"뉴멕시코에요. 목축 사업을 거기서 크게 했어요. 그렇게 해서 돈을 벌었죠."

그는 돈이라고는 없었어, 필딩은 생각했다. 토요일에 몇 달러 생기는 정도였지. 그 돈도 일요일이 되기 전에 사라졌고. 어쩔 수 없이 가능성 없는 일에 매달렸으니까.

"삼촌이 그 돈을 아가씨에게 남겼어?"

"엄마에게 남겼죠. 엄마가 누나였으니까. 엄마는 매달 변호사에게 수표를 받아요. 시계처럼 정확하죠. 뭐라더라, 아마 신탁 기금이라는 데서 나오나 봐요."

"수표를 본 적은 있어?"

"돈을 본 적은 있죠. 엄마가 매달 아이들 양육비로 한 번씩 돈을 보내주니까. 이백 달러씩." 그녀는 자랑스럽게 덧붙였다. "그러니까 내가 벨라다 같은 싸구려 술집에서 일할 수밖에 없는 처지라고 생각한다면, 오산이라고요. 신나는 일 좀 없을까 해서 일하는 거예요. 집에서 애들이나 보고 들어앉아 있는 것보다는 더 재미있으니까."

필딩이 듣기에 이야기는 점점 이상한 방향으로 흘러갔다. 그는 술을 한 잔 더 가져오라고 바텐더에게 신호하면서 머릿속으로 빠르게 셈해보았다. 한 달에 이백 달러 수입이라면, 신탁 기금이 오만 달러 정도 된다는 뜻이었다. 마지막에 그가 카밀라를 보았을 때 그는 무직이었고, 기본 음식과 옷을 해결하기 위한 돈을 모으려고 필사적이었다. 하지만 후아니타가 거짓말을 하는 것 같지는 않았다. 목축 사업을 크게 하는 부자 삼촌을 뒀다는 그녀의 자부심은 십구 달러짜리 뱀피 구두에 대한 그녀의 자부심만큼이나 순수한 것이 분명했다. 어느 모로 보나 사기의 냄새가 스멀스멀 풍겼지만, 필딩은 후아니타가 거기 끼어 있다고 해도 자신의 역할을 알지는 못한다는 것을 거의 확신했다. 이 여자는 그보다 좀더 지적이고 교활한 누군가에게 이용당하고 있었다. 그건 말도 안 돼, 그는 생각했다. 돈을 받는 사람은 이 여자잖아. 자기 입으로 인정했어.

필딩이 물었다.

"변호사 이름이 뭐지?"

"무슨 변호사요?"

"수표를 보낸 사람."

"왜 말해야 해요?"

"왜냐하면 우리가 친구니까, 아닌가?"

"우리가 친구인지 아닌지 모르겠는데요." 후아니타는 어깨를 으쓱하며 말했다. "질문이 많네요."

"그거야 내가 아가씨에게 관심이 많으니까."

"많은 사람들이 내게 관심이 있죠. 그렇다고 해서 뭐 하나 떨어지는 것도 아닌데. 어쨌든 난 그 사람 이름은 몰라요."

"이 동네에 살아?"

"아저씨 혹시 귀머거리 같은 거예요? 수표 본 적 없다고 말했잖아요. 그리고 난 변호사를 몰라요. 우리 할망구는 돈을 삼촌의 신탁 기금에서 빼서 나한테 보내는 거라고요."

"삼촌이라는 사람, 어떻게 죽었나?"

"죽임을 당했어요."

"무슨 뜻이야? 당했다니?"

후아니타는 하품하듯 입을 벌렸지만 너무 쫙 벌어지고 시끄러워서 진짜같이 보이진 않았다.

"어째서 죽은 삼촌에 대해 얘기하고 싶어 하는 거예요?"

"난 죽은 삼촌들에게 호기심이 있거든, 그들이 부자라면."

"그래봤자 아저씨한테 돌아갈 건 없어요."

"나도 알아. 그냥 궁금해서 그래. 어떻게 죽었지?"

"사 년 전에 뉴멕시코에서 자동차 사고로 죽었어요." 후아니타는 초연하게 보이려고 벽지의 더러운 분홍 장미 무늬의 한 부분을 응시했다. 필딩은 그녀도 이 주제에 관심이 있고 당혹스러워하며, 겉으로는 싫은 척해도 실제로는 얘기하고 싶어 한다는 감을 잡았다. "신부님이 와서 종부성사를 행하기도 전에 죽었대요. 그래서 할망구가 항상 삼촌을 위해서 기도하고 촛불을 켜놓는 거예요. 그래야 천국에 갈 수 있으니까. 아저씨도 촛불 봤죠?"

"그래."

"몇 년 동안이나 본 적 없는 남동생을 위해서 그런 수선을 떨다니 웃기지 뭐예요. 동생에게 뭔가 잘못해서 그걸 보상하려고 그러는 것 같기도 해요."

"아가씨 어머니가 그 삼촌에게 뭔가 잘못을 했다면, 돈을 남겨줄 리가 없지 않았을까."

"어쩌면 엄마가 뭔 짓을 했는지 몰랐을 수도 있죠." 후아니타는 손을 뻗어 벽지의 장미꽃 하나를 따라 그리기 시작했다. 그녀의 날카로운 손톱이 기름때 사이로 길을 냈다. "삼촌은 죽어서 돈을 남겼다는 이유로만 중요해진 것 같기도 해요. 삼촌이 살아 있었을 때는 엄마가 얘기 한번 꺼낸 적이 없거든요."

그도 누나 얘기를 한 적이 없었지, 필딩은 생각했다. 딱 한 번, 끝에 이르러 이렇게 말한 적은 있었다. "내가 뜨기 전에 필로메나 누나를 만나러 가고 싶어." "갈 수 없어, 컬리." "누나한테 날 위해 기도해달라고 하고 싶어. 착한 여자거든." "누구든 만나러 가는 도박을 한다면 미친 짓이야. 너무 위험해." "아니, 누나한테 작별 인사를 해야 해." 그때 그는 작별 인사를 할 목소리도 제대로 나오지 않는 상태였다. 그러니 누구에게 동전 한 푼 남겨준다는 건 말할 것도 없었다.

필딩이 물었다.

"삼촌이 유언장을 만들었나?"

"본 적이 없어요. 엄마는 그랬다고 하던데."

"어머니 말을 믿어?"

"모르겠어요."

"그 이야기를 처음으로 들은 게 언제지?"

"폴이 태어나기 바로 전날에, 엄마가 갑자기 카를 삼촌이 죽어서 유언을 남겼다고 했어요. 내가 이런저런 걸 하면 한 달에 이백 달러를 받게 될 거라고."

"'이런저런' 게 뭔데?"

"대강은 내가 지금 당장 이 마을을 떠나서 로스앤젤레스에서 아이를 낳아야 한다는 거였어요. 다른 애들에게는 크리스마스 때 뭐하나 보내준 적 없으면서 삼촌이 그 아기한테 관심을 가지다니 미친 것 같았죠. 내가 할망구에게 물어보자, 카를 삼촌은 자기가 로스앤젤레스에서 태어났기 때문에 아이가 거기서 태어나길 바란다고 했어요. 감상적인 이유 같은 거죠."

그는 애리조나에서 태어났어, 필딩은 생각했다. 내게 수십 번은 말했지. 애리조나 주, 플래그스태프 시. 그리고 그 친구가 뉴멕시코에서 교통사고를 당하지 않았다는 걸 나보다 더 잘 아는 사람은 없어. 그 친구는 여기서 죽었지. 지금 이곳에서 일 킬로미터 남짓 떨어진 곳에서, 자기 칼을 가슴에 맞고.

여자의 이야기에서는 딱 한 가지 설명만이 맞을 뿐이었다. 카밀라를 위한 종부성사가 없었다는 것.

후아니타가 말했다.

"삼촌은 감상적이었던 것 같아요. 우리집 할망구도 그렇거든요. 웃긴 일이죠. 거기 로스앤젤레스에서 살 때는 모든 게 꽤 잘 돌아갔어요. 그런데 갑자기 할망구가 다시 보고 싶다는 거예요, 나랑 애들이랑. 나한테 편지를 보내서 자기가 너무 늙었다느니, 심장이 좋지 않다느니, 혼자 사니 외롭다느니 하더니 잠시 자기를 찾아와달라고 하더라고요. 뭐, 그때 조가 실직한 참이기도 해서 돌아오기엔 적당한 때 같았죠. 내가 미쳤지. 그 문 안에 발을 디디고 한 시간 후에, 엄마는 나한테 소리를 질러댔고 나도 맞받아쳤어요. 그렇게 된 거예요. 엄마는 내가 근처에 있길 바라면서도 멀리 쫓아버리고 싶어 해요. 젠장, 내가 어떻게 둘 다 하냐고요. 그래, 이번에는 영원히 정리할 거예요. 일단 이 동네를 다시 뜨면 절대로 돌아오지 않을 거니까."

"일단 뜰 수 있는지나 확실히 알아봐야지."

"왜요?"

"조심하라고."

"뭘 조심해요?"

"아, 이런저런 것들. 사람들." 그는 이 시점에서 진실을 얘기할 뻔했다. 진실이 아니라도 그가 아는 정도까지는. 하지만 이 여자가 떠들고 다니지 않을 거라고 믿을 수가 없었다. 그리고 이 여자가 잘못된 사람들 앞에서 말하기라도 하면, 그와 마찬가지로 그녀 역시 위험에 처할 것이다. 어쩌면 벌써 위험해졌는지도 모르지만 알아차리는 눈치는 전혀 없었다. 그녀는 여전히 손톱으로 벽지 위의 장미를 따라 그리는 데 열중하고 있었다. 예술가나 아이처럼 완전히 넋을 잃고 몰입하는 것처럼 보였다.

필딩이 말했다.

"그거 잠깐만 그만두면 안 되나?"

"뭘요?"

"벽지 가지고 장난하는 것 좀 그만두라고. "

"더 예쁘게 만들어주는 거예요."

"그래, 나도 알아. 하지만 내 말 좀 들었으면 좋겠어. 듣고 있어?"

"네, 그럼요."

"난 짐 하커를 만나러 이 동네에 왔어." 그는 탁자 건너편으로 몸을 내밀며 그 이름을 조심스럽게 반복했다. "짐 하커."

"그래서 뭐요?"

"그 사람 기억하지?"

"한 번도 들어본 적 없는데요."

"생각해봐."

그녀의 양 눈썹이 싸우려는 동물처럼 위로 뛰어올라 이마 한가운데서 가까스로 만났다.

"난 사람들이 날더러 생각하라는 말 좀 그만했으면 좋겠어요. 난 생각한다고요. 생각은 쉬워요. 생각하지 않는 것, 그게 어렵지. 나는 항상 생각해요. 하지만 내가 짐 하커라는 이름을 들어본 적이 없다면 짐 하커를 생각할 수도 없죠. 생각, 젠장."

두 글자로 이루어진 단어 하나가 그녀의 창작욕과 더불어 좋은 기분까지도 무너뜨려버렸다. 그녀는 벽에서 몸을 돌려 종이 냅킨으로 손에 묻은 때를 닦기 시작했다. 그러고 나서 그녀는 냅킨을 공처럼 뭉쳐서 좌절의 소리와 함께 바닥으로 던져버렸다. 자기는 세상의 것들을 더 예쁘게 하려고 노력했다는 듯이.

바텐더가 카운터 끝으로 돌아서 나왔다. 후아니타가 자기 가게를 어지럽힌 것을 책망할 작정인 양 얼굴을 찡그리고 있었다. 그러나 대신 그는 말했다. "브루스터 부인이 막 전화해서 네가 여기 있는지 알고 싶어 하던데."

후아니타의 얼굴에는 즉시 특유의 멍한 표정이 떠올랐다. 그녀가 관심이 있다는 표시였다.

"그래서 뭐라고 했는데?"

"네가 오는지 지켜보겠다고 했어. 그리고 네가 나타나면 전화하라고 말하겠다고. 그래서 지금 너한테 말하는 거야."

"고마워."

후아니타는 움직이지도 않고 말했다.

"전화할 거야?"

"그럼 아줌마가 우리 할망구한테 가서 떠들게? 내가 뭐라고 생각하니? 백치?"

"전화하는 게 좋을걸." 바텐더가 고집스럽게 말했다. "아줌마벨라다에 있대."

"그래, 아줌마가 벨라다에 있다 이거지. 그리고 나는 여기 있고. 이 쓰레기장 이름이 뭐더라?"

"엘 파라이소."

"낙원이라는 거지. 이봐요, 포스터, 정말 웃기지 않아요? 아저씨와 나는 낙원에서 이방인이야."

바텐더는 필딩을 돌아보았다. 바텐더의 한쪽 눈꺼풀이 표현하지 않은 짜증으로 움찔했다.

"아저씨가 저 여자의 친구라면, 설득해서 브루스터 부인에게 연락하게 하는 게 좋을걸요. 벨라다에서 쟤를 찾는 남자가 둘 있었대요. 그중 한 명은 사설탐정이라고 하고."

탐정이라니, 필딩은 생각했다. 피나타도 이 일에 끼었군.

딱히 놀라지는 않았다. 데이지의 편지가 창고로 배달된 후부터 반쯤은 예상한 일이었다. 피나타를 통하지 않고서 그가 일하는 곳을 데이지가 알아낼 길은 없었다. 피나타가 후아니타를 찾고 있다면 데이지가 의뢰한 것이 분명하리라. 하지만 어째서 카밀라가 이 일에 끼어든 건가? 필딩이 아는 한 그 이름은 데이지의 앞에서 언급된 적이 없었다. 데이지는 그런 남자가 존재했다는 것도 알지 못했다.

그는 후아니타와 바텐더가 무슨 대답이라도 기다리듯이 그를 바라보고 있다는 사실을 문득 깨달았다. 누가 뭘 물어봤지만 듣지 못했다.

바텐더가 말했다.

"자, 그러니까요."

"그러니까 뭐요?"

"이 동네 사설탐정 누구라도 아냐고요?"

"몰라요."

"그거 웃기네. 그 사람이 아저씨도 찾고 있다던데."

"왜 나를? 나는 아무 짓도 안 했는데."

후아니타는 자기도 아무 짓도 하지 않았다며 카랑카랑한 소리로 외쳤다. 하지만 남자 둘 다 아무 관심도 주지 않았다.

필딩은 눈의 초점을 맞추기가 어려운 듯 실눈으로 바텐더를 보았다.

"두 남자가 벨라다에 왔다고 했잖소. 다른 한 명은 누구였나?"

"난들 알아요."

"경찰인가?"

"경찰이었으면 브루스터 아줌마가 언급을 했겠죠. 나한테 한 말은, 금발에 덩치가 큰 남자였는데 이상하게 행동했다는 것뿐이었어요. 뭐, 안절부절못했다나. 그런 사람 알아요?"

"그럼, 많이 알지." 특히 한 명을, 필딩은 생각했다. 마지막으로 만났을 때는 안절부절못하진 않았는데. 시카고에서였지. 하지만 지금은 그럴 이유가 있을 거야. "나랑 가장 친한 친구들은 안절부절못하는 편이야."

"네, 그럴 거 같네요." 바텐더는 후아니타 쪽을 흘끔 돌아보았다. "난 다시 일하러 가야 해서. 나중에 내가 미리 말해주지 않았다고 원망 마라."

그가 가버리자, 후아니타는 탁자 너머에서 몸을 내밀며 비밀스럽게 소곤거렸다.

"내가 겁먹고 집에 돌아오게 하려고 브루스터 아줌마가 지어낸 말일 거예요. 나를 찾는 탐정이 있다니 말이 되나요. 덩치 큰 금발 남자도 그렇고. 어째서 그 사람들이 날 찾겠어요?"

"물어볼 말이 있는지도 모르지."

"뭐에 대해서요?"

그는 잠깐 망설였다. 그는 이 여자를 돕고 싶었다. 마음 불편하게도 이 여자에게는 데이지를 떠올리게 하는 면이 있었다. 어떤 기괴한 운명이 그들 둘, 데이지와 후아니타를 희생자로 골라낸 것만 같았다. 두 사람은 서로 만난 적도 없고 앞으로도 만날 일이 없겠지만 공통점이 너무 많았다. 그는 두 여자에게 안타까움을 느꼈다. 하지만 필딩의 연민은 그의 사랑, 심지어 그의 증오와 마찬가지로 가변적인 것이었다. 날씨에 따라 변하듯, 여름엔 녹고 겨울에는 얼고 센 바람이 불면 날아가는 등 언제든지 변할 수 있었다. 그 마음이 아직 살아 있다면 그건 오직 하늘이 도운 기적일 뿐이었다.

연민이 아직 살아 있다는 증거는 그가 지금 말한 한 음절의 말에 드러났다.

"폴."

"폴 누구요?"

"아가씨 아들."

"어째서 그 사람들이 걔에 대해서 물어본다는 거예요? 걔는 너무 어려서 말썽을 일으킬 수도 없어요. 네 살도 되지 않았는데. 걔가 할 수 있는 일이라고는 고작 창문이나 깨고 좀도둑질이나 하는 정도일까."

"천진무구하게 굴지 마, 아가씨."

"그게 무슨 뜻이에요?"

"순진하단 거지."

후아니타의 눈이 분개하여 활짝 커졌다.

"난 순진하지 않아요. 멍청할진 모르지만 순진하진 않다고."

"그래, 그래, 넘어가지."

"넘어가지 않겠어요. 어째서 두 남자가 뜬금없이 내 아이들에게 관심이 있는지 알아야겠어."

"다른 애들에겐 관심 없어, 폴에게만 있는 거지."

"왜죠?"

"그 아이의 아버지가 누군지 알아내려고 하는 것 같은데."

"웃겨, 뻔뻔하기 짝이 없네. 그게 그 사람들이랑 무슨 상관이래요?"

"난 대답할 수 없어."

"아저씨도 상관할 일은 아니지만, 나는 그때 결혼한 상태였다고요. 남편이 있었어요."

"남편 이름이 뭐였지?"

"페드로 가르시아였죠."

"그 사람이 폴의 아버지란 거야?"

후아니타는 뱀피 구두 한 짝을 집었는데, 순간 필딩은 그녀가 그것으로 자기를 치려고 하는 게 아닐까 생각했다. 하지만 후아니타는 그걸 왼발에 끼워넣기 시작했다.

"맙소사, 여기 앉아서 형편없는 지방 검사 짝퉁에게 모욕을 당하고 있을 이유가 없어."

"미안해. 그래도 난 이런 질문들을 해야만 해. 아가씨를 도우려고 하는 거야. 하지만 나도 내 목숨은 지켜야 하니까. 가르시아는 어떻게 됐지?"

"그 사람이랑은 이혼했어요."

필딩은 적어도 그녀 이야기의 이 부분은 고의적 거짓말임을 알았다. 지난 월요일 그는 피나타의 사무실에서 나온 후 시청에 가서 기록을 확인했다. 이혼을 신청한 쪽은 가르시아였다. 후아니타는 그에 항의하거나, 위자료나 아이들의 양육비를 신청하지 않았다. 아이의 아버지가 진짜 가르시아라면, 기이한 생략이었다. 이제 필딩은 후아니타 본인도 아이의 아버지가 누군지 모르거나 별로 신경 쓰지 않는다는 생각이 들었다. 처음으로 드는 생각도 아니었다. 친아버지는 그녀가 술집이나 거리에서 고른 아무 남자, 혹은 항구에 잠깐 정박한 배의 선원, 반덴버그 항공 기지의 비행사였을 수도 있었다. 후아니타의 임신은 우연적인 경우가 많았다. 한 가지만은 확실했다. 꼬마 폴은 짐 하커와 닮은 데가 전혀 없었다.

후아니타는 발을 구두에 구겨넣은 후 가방을 겨드랑이 아래에 껴 넣었다. 그녀는 갈 준비가 다 된 듯했으나 움직이질 않았다.

"아저씨도 자기 목숨은 지켜야 한다니 그게 무슨 뜻이에요?"

"그 탐정은 나도 찾고 있어."

"그걸 이제야 생각하다니 우습네요. 누가 우리 둘이 같이 있다고 말했겠죠."

"브루스터 부인이 했겠지."

"아니에요." 후아니타의 어조는 자신만만했다. "아줌마는 탐정에겐 시간도 알려주지 않는 사람이에요."

"아가씨랑 어머니 말고는 아무도 모르잖아."

"맙소사, 바로 그거예요. 누가 그 사람에게 말했겠어요, 우리 할망구지."

"하지만 처음 누군가 그 사람에게 아가씨 주소는 말했을 거 아냐. 사환이거나 다른 웨이트리스거나."

"걔들은 내 주소 몰라요. 난 사람들에게 개인적인 얘기는 절대 하지 않아요."

"그 탐정이 어디 다른 데서 알아냈겠지."

"좋아요. 다른 데서 알아냈다고 해요. 나랑 무슨 상관이래? 난 아무 죄도 저지르지 않았는데. 어째서 내가 도망쳐야 해요?"

"혹시나……." 필딩은 조심스럽게 말했다. "아가씨도 이제까지는 완전히 깨닫지 못한 일에 껴 있을 수도 있지."

"말하자면 어떤?"

"아가씨에게는 설명할 수 없어."

자기 자신에게도 설명할 수 없었다. 그가 알고 있는 사실에도 채워야 할 공백이 있었다. 일단 그 공백이 채워지면, 그의 임무는 끝나고 다시 자기 길을 갈 수 있을 것이었다. 이제 중요한 건 여자애를 처리해버리는 것이었다. 이 여자는 너무 눈에 띄었고, 그는 가볍고 빠르게 이동해야 했다. 운이 나쁘다면 멀리까지 가야 하니까.

운이라. 필딩은 다른 사람들이 신이나 국가, 어머니를 믿듯이 운을 믿었다. 그는 이겼을 땐 운에 공을 돌렸다. 운이 없을 때는 자신의 불행한 운명을 탓했다. 하루에 몇 번이고 그는 시곗줄에 매달아놓은 작은 토끼 발을 문지르며 연약한 뼛조각과 털이 기적을 일으키길 기대했지만, 기적이 일어나지 않았다고 해서 불평하지는 않았다. 두 번째 아내를 당황스럽게 하고 첫 번째 아내의 부아를 돋운 것은 언제나 운명론에 기대는 그의 이런 성격이었다. 가령, 그는 술기운이 오르는 것을 느낄 때처럼 자신이 재앙을 불러들이고 있다는 것을 느꼈다. 그는 둘 다 자신이 통제할 수 없는 것으로 받아들였다. 무슨 일이 일어나든, 주사위가 어떻게 구르든, 공이 튀든, 과자가 부서지든 그건 운이 있거나 없거나의 문제였다. 그의 책임감은 시곗줄에 달아놓은 토끼 발보다도 크지 않았다.

후아니타가 물었다.

"어째서 나한테 설명할 수 없다는 거예요?"

"할 수 없으니까."

"내가 죽거나 뭐 그런 일을 당할 거라는 낌새는 온통 흘려놓고. 뭐, 그래도 난 무섭지 않아요. 날 죽이고 싶어 할 사람은 아무도 없거든. 왜, 우리 할망구 말고는 나를 미워하는 사람도 없다고. 가끔 조나, 어쩌면 다른 사람 몇 명이 있을지도 모르지만."

"아가씨가 죽임당할 거라고는 말하지 않았어."

"그렇게 들렸는데요."

"조심해야 한다고 경고한 것뿐이야."

"어째서 내가 누구인지도 모르고 뭔지도 모르는 걸 조심해야 한다는 거예요?" 그녀는 탁자 앞으로 몸을 내밀며 그를 맑은 정신으로 조심스럽게 살폈다. "내가 무슨 생각 하는 줄 알아요? 아저씨가 반미치광이라고 생각해요."

"그게 아가씨가 숙고하고 말하는 의견인가, 허?"

"그렇고말고요."

필딩은 불쾌하지 않았다. 사실 그는 또 한 번 운이 그의 일을 떠맡아서 기뻤다. 그를 반미치광이라고 부름으로써 이 여자는 그가 그녀에게 어떤 책임감도 느끼지 않도록 놓아주었다. 그리하여 이제 그가 그녀에게 하려고 마음먹은 짓은 좀더 쉽고 필연적인 것이 되었다. 이 여자는 나를 반미치광이라고 불렀지. 그러니까 이 여자의 차를 빼앗아도 괜찮아.

눈앞의 문제는 잠시 이 여자가 자리를 비우면서 열쇠가 든 가방을 놓고 가게 하는 것이었다.

그가 불쑥 말했다.

"브루스터 부인에게 전화하는 편이 좋겠어."

"어째서요?"

"아가씨 본인을 위해서야. 나는 이 일에서 완전히 빼줘. 아가씨를 찾는 두 남자에 대해서 되도록 모든 것을 알아내야지."

"난 아줌마랑 말하고 싶지 않아요. 항상 나한테 이래라저래라 하니까."

"음, 아가씨가 마음을 바꿀 경우를 대비해서……."

그는 주머니에서 십 센트 동전 하나를 꺼내 탁자 위 그녀 앞에 놓았다.

후이나타는 아이같이 예쁜 욕심을 내비치며 동전을 내려다보았다.

"아줌마한테 뭐라고 해야 할지 모르는데."

"말은 그쪽에 맡겨."

"어쩌면 두 남자 얘기는 새빨간 거짓말일 수도 있어요. 아줌마가 내게 겁을 주어 집에 가게 하려는 거예요."

"나는 그렇게 생각 안 해. 그 부인은 아가씨에게 꽤 좋은 친구라는 생각이 드는데."

그녀의 결심을 굳혀준 것은 동전이었다. 숙련된 웨이트리스답게 그녀는 무심하고 편안한 태도로 탁자 위에서 동전을 쓱 쓸어갔다.

"가방 좀 봐줘요."

"알았어."

"갔다 올게요."

"그래."

그녀는 바의 끝과 부엌문 사이의 구석에 박혀 있는 전화 부스를 향해 비틀비틀 걸어갔다. 필딩은 살아 있는 애완동물에게 하듯이 애정을 담아 작은 토끼 발을 쓰다듬으며 기다렸다. 다시 한번, 후아니타가 브루스터 부인의 전화번호를 기억해낼지, 아니면 전화번호부를 찾아봐야 할지가 운에 달려 있었다. 만약 전화번호를 찾아봐야 한다면, 가방을 열고 후아니타의 잡동사니 속에서 열쇠를 찾아 앞문까지 갈 시간이 삼십 초 정도 있을 것이었다. 만약 전화번호를 기억한다면, 손가방을 들고 뛰어나가면서 바텐더나 그가 접대중인 고객 대여섯 명을 지나쳐야 할 위험을 무릅써야 할 것이다. 필딩의 본성 중 감상적인 면은 술을 몇 잔 들이켜면 언제나 변덕스러워지고 몇 잔 더 들이켜면 완전히 사라지곤 했지만, 여자의 지갑을 들고 훔쳐간다는 생각은 꺼림칙했다. 차는 완전히 다른 문제였다. 살면서 차를 훔친 적은 꽤 있었다. 또, 여자들에게 돈을 빌린 적도 무척 많았다. 하지만 누구에게서도 실제로 가방을 훔친 적은 없었다. 게다가 거기에는 위험도 포함되어 있었다. 이 물건은 너무 커서 주머니에 넣거나 코트 속에 숨길 수도 없었다. 대안은 오직 딱 하나로 보였다. 남에게 보이지 않게 내용물들을 옆자리에 쏟아놓고 차 열쇠만 꺼낸 후 가방을 도로 탁자 위에 올려놓는 것이었다. 전체 작전은 적어도 사오 초도 걸리지 않을 것이다⋯⋯.

후아니타가 다이얼을 돌리고 있었다.

가방은 그의 손이 닿는 곳 안에 놓여 있었다. 황금 죔쇠와 손잡이가 달린 직사각형 모양의 검은 플라스틱. 플라스틱이 너무나 반들거려서 필딩은 자기 얼굴의 반사상을 축소형으로 볼 수 있었다. 기이할 정도로 젊고 주름도 없고 순수한 얼굴은, 아침에 파리똥과 치약 자국, 그리고 뭔지 분간할 수 없는 삶의 잔존물 사이에서 자기를 마주보던 이미지와는 사뭇 달랐다. 플라스틱 속에 비친 이 얼굴은 청춘 시절의 것이었다. 로사리오 부인의 침실에 있는 사진이 카밀라의 청춘 시절의 모습이듯이. 카밀라, 필딩은 생각했다. 그의 가슴을 파고든 고통의 칼날은 친구를 무감각하게 죽였던 그 나바하만큼이나 생생했다. 우리는 둘 다 젊었지, 컬리와 나는. 그는 이제 너무 늦었지만, 내겐 여전히 기회가 있어.

그는 갑자기 절박하게 그 지갑을 가져가고 싶은 생각이 들었다. 그 안에 들어 있을 돈이나 차 열쇠 때문이 아니라, 그 위에 비친 자기 얼굴 때문이었다. 플라스틱 속에 보존되어 시간의 죄악으로부터 보호받은 순수하고 온전한 얼굴, 젊음 때문이었다.

그는 전화 부스를 건너다보았다. 후아니타는 험악한 표정을 짓고 막 끊으려는 참이었다. 그는 이제 자기는 기회를 잃어버렸다고, 벨라다에 전화했는데 브루스터 부인이 가버렸다는 말을 들은 거라고 생각했다. 그때 그녀가 벽에 걸린 전화번호부를 집어 들었고, 그는 그녀가 통화중 신호음을 듣고 전화번호를 다시 확인해보기로 한 것임을 알았다. 행운이 그에게 또 한 번의 기회를 주었다.

그의 눈이 가방으로 돌아갔지만, 이번에는 시야각이 달라 그를 마주보는 이미지는 유령의 집처럼 보였다. 이마는 오른쪽으로 턱은 왼쪽으로 비쳤고, 그 사이에는 비틀린 코와 두 개의 사악한 눈구멍이 있었다. 분노의 소리를 나지막이 내지르며 그는 가방을 탁자 위에서 휙 잡아챈 후 내용물을 옆자리 위에 쏟아놓았다. 차 열쇠는 후아니타의 다른 열쇠와 구분된 작은 사슬에 걸려 있었다. 그는 열쇠를 자기 주머니에 슬쩍 밀어넣고 일어서서 현관으로 나갔다. 서두르지 않았다. 요령은 태연하게 보이는 것이었다. 그가 이전에도 수백 번 해왔던 종류의 일이었다. 친근하게 마지막으로 '안녕, 잘 있어요. 또 만나요'라고 집주인 여자나 식품상 주인, 호텔 직원이나 주류상 주인에게 말을 건넨다. 그가 외상값을 갚을 마음이 없거나 다시 볼 마음이 없는 사람들이었다.

그는 지나면서 바텐더에게 미소를 지어 보였다.

"후아니타에게 내가 몇 분 있다고 온다고 전해줘. 알겠지?"

"마지막 술값은 안 냈잖아요."

"아, 그랬나? 이렇게 미안할 데가." 예기치 않았던 지체였지만, 그는 여전히 얼굴에 미소를 띠고 주머니를 뒤져 일 달러를 찾아냈다. 그가 불안하다는 유일한 신호는 전화 부스 방향으로 짧고 초조하게 시선을 한 번 보낸 것뿐이었다.

"여기 있네."

"고맙습니다." 바텐더가 말했다.

"후아니타는 브루스터 부인과 통화중이야. 머리 좀 맑아지게 잠깐 산책하고 오려고."

"그러세요."

"이따 보자고."

필딩은 밖으로 나가자마자 태연한 척하는 가식을 버렸다. 그는 서둘러 보도를 걸었다. 차갑고 거친 바람이 겨울의 손으로 그의 뺨을 갈겼다.

이 시점에서 그에게 명백하거나 광범위한 행동 계획은 없었다. 그는 충동적으로 결과는 생각지도 않고 자기도 반밖에 이해하지 못하는 무언가의 한가운데로 뛰어들었다. 차를 가지고 데이지의 집으로 간다. 이 정도까지만 내다볼 수 있었다. 데이지의 집에 가면 피할 도리 없이 에이다와 마주칠 것이고, 그 생각을 하니 기분이 들떴다. 이 단계에서 그는 이제 그녀를 만날 준비를 단단히 한 셈이었다. 맑은 정신으로는 그녀를 대할 수 없었다. 술에 취해서는 싸움을, 어쩌면 무척 격렬한 싸움을 걸지도 몰랐다. 하지만 바로 지금은 그 둘의 중간 상태여서 그녀를 잘 처리할 수 있을 것만 같은 기분이 들었다. 악의 없이 에이다에게 맞서고, 잔인함 없이 그녀를 드러낼 수 있을 것 같았다. 바로 지금은 그녀에게 문명과 예의에 대한 몇 가지 교훈을 가르쳐줄 수 있을 것 같았다. 친애하는 에이다, 이런 일로 당신의 관심을 끌어야 하다니 침통하지만 정의 구현을 위해서 주장하건대, 당신은 이 기만적이고 저열한 음모에서 자신이 맡은 역할에 대한 진실을 폭로해야만 해⋯⋯.

자기가 진실과 정의에 대한 연설을 계획하고 있다는 것이 그에 겐 역설적으로 보이지도 않았다. 사실 그의 평생은, 진실이 언제나 그의 앞에서 몇 발 먼저 펄쩍 뛰고, 정의는 몇 발 뒤에서 펄쩍 뛰어오는 마라톤 경주와 같았는데도. 그는 절대로 앞의 것을 따라잡은 적이 없었고, 뒤에 오는 것은 절대로 그를 따라잡은 적이 없었다.

차는 블록의 맨 끝, 기다란 목조 건물 앞에 주차되어 있었다. 건물에는 그 기능을 알리는 침침한 빛의 간판이 붙어 있었다. 빌라르•. 간판은 오로지 스페인어로만 쓰여 있어 백인들은 환영받지 않는 곳임을 명확히 알렸다. 사람이 꽉꽉 들어차 있었지만 열린 문으로 새어 나오는 소리는 크지 않았고, 공 부딪히는 소리와 점수판이 딸깍 하는 소리만이 점을 찍을 뿐이었다. 젊은 흑인과 멕시코인 무리가 바깥에서 어슬렁거렸다. 그중 한 명은 손에 당구 큐를 들고 있었다. 그는 큐를 드럼 스틱처럼 써서 그의 머릿속에서 울리고 있거나 피부로 느끼는 리듬에 맞춰 들었다 내렸다 했다.

필딩이 다가오자 소년이 큐로 그를 가리키며 말했다.

"탕탕탕. 아저씨는 이제 죽었어요."

필딩이 말짱한 정신이었다면 그 무리에게 약간 겁을 먹었을지

• **빌라르_** '당구장'이라는 뜻의 스페인어.

도 몰랐다. 취했다면 소란을 피웠을 것이다. 하지만 그 중간인 지금은 "그것 꽤 웃긴다, 야. 너 TV에 나와도 되겠어"라고 말하고 싱긋 웃음을 지으며 소년 옆을 쓱 지나쳐 차로 향했다.

그가 후아니타의 가방에서 가져온 열쇠고리에는 열쇠가 두 개 달려 있었다. 하나는 트렁크 열쇠고 다른 하나는 문과 시동 열쇠였다. 그는 먼저 틀린 열쇠로 문을 열려 했다. 나쁜 시작이었고, 소년들이 맑은 정신으로 관심을 갖고 그를 보고 있다는 사실 때문에 사태는 더 나빠졌다. 아이들은 그가 뭘 하려고 하려는지 똑똑히 알고 있었고, 그가 어떻게 하는지, 그러다 잡히는지를 보려고 기다리는 듯했다. 나중, 만약 나중이 있다면, 그들은 그와 차의 모습을 자세히 묘사할 수 있을 것이다. 어쩌면 후아니타가 벌써 경찰에 신고해서 지금쯤 경찰이 인상착의를 무전으로 보냈을지도 모른다. 경찰에 대한 그녀의 불신이 그런 행동을 막아줄 거라 기대하기는 했지만, 후아니타는 예측 불가능했다.

일단 차에 올라탄 필딩은 계기판을 보고 순간 공포심을 느꼈다. 한동안 차를 몰아본 적이 없었고, 버튼과 스위치가 너무 많아 어떻게 조명을 켤 수 있는지도 모르는 이런 차는 처음이었다. 그러나 조명 없이도 차에서 가장 중요한 물건을 어디서 찾아야 하는지는 알고 있었다. 아까 반 파인트 위스키를 술집 한 군데에서 사서 좌석 아래 바닥에 숨겨놓았다. 병이 입술에 닿자마자 그는 내용물의 효력을 느끼기 시작했다. 처음에는 죄책감이 일순 스쳤고, 그후에 죄책감은 비난으로, 비난은 복수심으로, 복수심은 힘으로 옮겨갔다. 맹세코, 그들에게 쓴맛을 보여주겠어.

보통 사람이라면 이런 감정의 변화가 천천히 발전하기 나름이다. 하지만 필딩은 손가락 한번 튕기기만 해도 최면에 쉽게 걸리는 사람이나 마찬가지였다. 코르크 냄새, 병의 기울임, 그리고 맹세코, 그 건방지고 위선적이고 잘난 체하는 개새끼들에게 쓴맛을 보여주겠어.

젊은 흑인 남자 하나가 차로 다가와 무심하게 오른쪽 뒤 타이어를 발로 찼다. 다른 동기는 없이 타이어가 거기 차일 만하게 놓여 있고, 더 중요한 할 일이 없어서 그런다는 몸짓이었다.

필딩은 닫힌 창문 사이로 소리쳤다.

"그 까만 발을 타이어에서 떼지 못해, 깜둥이 녀석!"

그는 그게 시비를 거는 말이 될 줄은 알았지만, 아직 실제 세계에 접속하고 있는 마음 한구석에서는 이 욕설이 차창 유리 때문에 소리가 줄고 바람에 흩어지리라는 것도 알았다.

그는 시동을 걸었다. 차는 두어 번 앞으로 꿀럭거리더니 엔진이 죽어버렸다. 그는 사이드 브레이크를 풀지 않았다는 것을 깨달았다. 그래서 브레이크를 풀고, 다시 시동을 걸면서 백미러로 뒤의 길에 차가 없는지 확인했다. 주변에 차가 없어서 차를 막 빼려는 순간 후아니타 두 명이 길 한가운데로 뛰어나오는 모습이 보였다. 그들은 맨발이었고 돌풍 속의 풍차처럼 팔을 막 휘둘렀으며, 치마는 허벅지 주위에서 풍선처럼 부풀었다.

달려오는 두 분노의 여신의 모습에 필딩은 공포를 느꼈다. 그는 액셀이 바닥에 닿도록 세게 밟았다. 엔진이 폭발했다가 다시 죽어 버렸다. 그리고 그는 기다리는 수밖에는 다른 선택이 없다는 것을 깨달았다.

그는 창문을 내리고 길을 돌아보며 눈을 가늘게 떠 후아니타 두 명이 하나로 합쳐질 때까지 바라보았다. 그녀가 이십 미터 떨어진 곳에서 질러대는 소리가 들렸다. 도시의 이 구역에서 들리는 비명은 도움을 요청하는 외침이 아니라 곧 말썽이 닥쳐온다는 징조로 해석되었다. 흑인과 멕시코 청년 무리가 흔적도 없이 사라졌고, "빌라르"라고 쓰인 간판 아래 문들은 위험의 데시벨에 민감한 전기 귀에 대해 응답이라도 하는 듯 꾹 닫혔다. 만약 경찰이 오더라도 차도둑과 비명을 지르던 여자에 대해선 누구도 아무것도 알 수 없을 것이었다.

필딩은 계기판의 시계를 슬쩍 보았다. 6시 30분이었다. 아직도 시간이 넉넉했다. 그가 해야 할 일이라고는 이성을 유지하는 것뿐이었다. 그러면 저 여자는 쉽게 요리할 수 있을 듯했다. 여자가 차로 뛰어오고 있다는 사실은 아직 경찰에 신고하지는 않았다는 뜻이다. 중요한 것은 침착한 상태를 유지하며 냉철하게 처리하는 것이었다……

그렇지만 그녀가 다가오는 모습을 보자, 분노가 그의 관자놀이에서 쿵쿵 뛰다가 색깔이 들어간 빛이 되어 눈 뒤에서 번쩍이며 폭발했다. 빛 사이로 후아니타의 얼굴이 나타났다. 검은 눈물이 줄줄 흐르고, 추운데다 달려와서 벌게진 얼굴이었다.

"당신……. 이 개자식이 내 차를 훔쳐."

"아가씨를 데리러 가던 중이었어. 바텐더에게 다시 돌아온다고 했는데."

"더러운 거짓말쟁이."

그는 좌석 옆으로 손을 뻗어 잠금을 풀고 조수석 문을 열었다.

"타."

"경찰에 신고할 거야."

"타라고."

직접적인 명령을 반복하고 문을 열어준 것은 카페에서 테이블 위에 동전을 놓은 것과 똑같은 효과를 발휘했다. 동전이 주워달라고 거기 놓여 있었다. 들어오라고 문이 거기 열려 있었다. 그녀는 차 앞으로 돌아가 그가 자기를 치어버리지나 않을지 의심하는 듯 필딩에게 시선을 고정하고 똑바로 보았다.

그녀는 도로를 질주한 탓에 여전히 숨을 헐떡이며 올라탔다.

"개자식, 무슨 할말이 있어?"

"아가씨가 믿을 말은 없어."

"당신이 하는 말은 하나도 안 믿을 거야, 당신은……."

"진정해." 필딩은 담배에 불을 붙였다. 성냥의 불빛이 그의 눈 뒤에서 터지는 빛과 뒤섞여 그는 어느 게 진짜인지 확신할 수가 없었다. "아가씨랑 거래를 하도록 하지."

"당신이 나랑 거래를 해? 그거 참 웃길 일이네. 배짱이 아주 두둑한 분이셔."

"난 아가씨 차를 두어 시간 빌리고 싶어."

"아, 그러세요? 그럼 난 그걸 주고 뭘 얻는데?"

"어떤 정보."

"내가 당신 같은 반미치광이 늙은이한테 정보를 얻고 싶어 한다고 누가 그래?"

"말 조심해, 아가씨."

목소리를 높이지 않았으나, 그녀는 그의 강력한 분노를 감지한 듯했다. 그녀가 다시 입을 열었을 때는 좀더 달래는 투였다.

"어떤 종류의 정보인데?"

"아가씨 부자 삼촌에 대한 정보."

"내가 왜 그 삼촌 얘기를 듣고 싶어 할 것 같은데? 삼촌은 죽어서 묻힌 지 사 년이나 되었어. 게다가 할망구가 나한테 아직 말하지 않은 걸 당신이 어떻게 알아?"

"아가씨 어머니가 아가씨에게 말해준 얘기와 내가 할 얘기는 전혀 비슷한 데가 없어. 아가씨가 협조한다면. 아가씨가 할 일은 내게 이 차를 두 시간 정도 빌려주는 거야. 나는 아가씨를 집에 데려다주고 내 용무를 마치면 차를 도로 아가씨 집에 갖다 놓을 거야."

후아니타는 한 손등으로 뺨을 문지르다가 거기서 눈물을 발견하고 놀란 표정이었다. 자기가 울었다는 것과 그 이유도 벌써 잊어버린 것 같았다.

"난 집에 가고 싶지 않아."

"가고 싶게 될 거야."

"어째서 그런다는 거지?"

"어째서 아가씨 어머니가 이 모든 세월 동안 침도 바르지 않고 거짓말을 했는지 알아내고 싶을 테니까."

그는 시동을 걸고 차를 빼냈다. 후아니타는 너무 놀라 항의하지도 못하는 듯했다.

"거짓말을 해? 우리집 할망구가? 당신 정말 미쳤나 보네. 뭐, 엄마는 너무 순수해서……." 후아니타는 당황스러워하지도 않고 고리타분하고 세속적인 비유법을 썼다. "난 당신 말 안 믿어. 내 차를 가져가려고 꾸며낸 얘기잖아."

"날 믿을 필요 없어. 어머니에게 물어봐."

"뭘 물어보라는 거야?"

"부자 삼촌이 어디에서 돈이 났는지."

"소 목축 사업을 했다잖아."

"그 사람은 일꾼이었어."

"목장 주인이었다고……."

"그 사람이 가진 건 등에 걸친 셔츠밖에 없었어. 십중팔구 그것도 훔친 것일 테고."

이 말은 사실이 아니었지만, 필딩 자기 자신조차 그걸 인정할
수가 없었다. 그는 카밀라가 거짓말쟁이, 도둑, 악한이라는 확신을
유지해야만 했다.

후아니타가 말했다.

"그럼 삼촌이 나를 위해 신탁 기금으로 남겼다는 돈은 어디에서
온 건데?"

"그게 내가 하려는 말이야. 신탁 기금 같은 건 없어."

"하지만 난 매달 이백 달러를 정기적으로 받아. 그 돈은 어디서
오는 거지?"

"어머니에게 물어보는 게 좋겠군."

"엄마가 사기꾼 같은 거라도 된다는 말투네."

"그렇다는 말이지."

그는 다음 모퉁이에서 좌회전을 했다. 그는 이 도시에 익숙하지
않았지만, 수 년 동안 방랑한 경험으로 지형지물을 주의깊게 관찰
하는 법을 배워 호텔이나 하숙집으로 가는 길을 항상 찾아낼 수 있
었다. 그는 지금도 장소 사이의 발걸음 수를 세어 가는 장님처럼 자
동적으로 그렇게 하고 있었다.

후아니타는 긴장하고 경직된 자세로 좌석 끝에 걸터앉아 있었
다. 한 손으로는 플라스틱 가방을 꽉 움켜쥐고 다른 한 손으로는 뱀
피 구두를 쥔 채였다.

"엄마는 사기꾼이 아니야."

"물어봐."

"그럴 필요도 없어. 엄마와 나, 어쩌면 그렇게 살가운 모녀 사이는 아닌지 모르지만 엄마가 사기꾼이 아니라는 건 맹세할 수 있어. 다른 사람을 위해 뭔가 한 게 아니라면."

"그런 게 아니라면, 그렇지."

필딩이 무뚝뚝하게 말했다.

"당신이 어떻게 우리 삼촌과 할망구에 대해 그렇게 많이 아는 척할 수 있지?"

"카밀라는 한때 내 친구였어."

"오늘 오후까지는 우리 할망구는 본 적도 없었잖아." 그녀는 말을 멈추고 이에 대해 잠시 생각해보았다. "왜, 당신은 조와 싸움을 벌이던 날까지는 나를 본 적도 없었다고."

"아가씨 얘기를 들었어."

"어디서? 어떻게?"

그는 순간적으로 어디서 어떻게 들었는지 말하고 싶은 유혹이 들었다. 그날 아침 오래된 여행 가방에서 꺼낸 데이지의 편지를 보여주고 싶었다. 애초에 그는 거의 사 년 전에 받은 이 편지 때문에 벨라다에 갔었다. 혹시나 후아니타 가르시아라는 젊은 여자를 찾거나 그에 대한 정보를 얻을까 싶어서였다. 당사자가 우연히도 거기 그 시간에 있었던 것은 운이었지만, 그는 여전히 그게 행운인지 불운인지 확실히 알 수가 없었다. 후아니타의 남편이 거기 들러서 싸움이 붙은 건 순전히 불운이었다. 그 때문에 필딩은 타이밍을 놓쳤다. 그 사건은 그가 그 동네에 온 모든 목적을 일시적으로 빗나가게 했고 이제까지 일어난 일 중 최고의 불운이 될지 모르는 사건으로, 피나타를 이 일에 끌어들였다. 피나타, 그다음에는 카밀라. 필딩의 삶에서 가장 끔찍하게 충격적인 일 중 하나는 로사리오 부인의 침실에서 카밀라의 사진을 보았을 때 일어났다.

그때 멈췄어야 했어, 그는 생각했다. 바로 빠져나왔어야 했어.

지금에 와서도 그는 멈추지 않는 이유를 몰랐다. 그저 자기 마음을 갉아먹는 불안감이 위험한 게임을 하고 있을 때 사라진다는 것을 인식하고 있을 뿐이었다. 그것이 카드놀이에서 속임수를 쓰거나 집주인 여자에게 사기를 치는 단순한 문제든, 혹은 지금처럼 자신의 삶과 죽음이 걸려 있든 간에.

"당신이 내 얘기를 전에 들었다는 얘기는 안 믿어." 후아니타는 말했지만 말투로 보아서는 믿고 싶어 하는 기색이 역력했다. 그녀는 낯선 사람이 영화배우처럼 자기를 알아본다는 개념에 으쓱해하고 있었다. "내 말은, 내가 유명한 사람이나 그런 것도 아닌데 당신이 어떻게 알 수 있었겠냐고?"

"뭐, 알게 됐어."

"얘기해봐."

"지금 말고 나중에."

그녀에게 편지를 보여주고 반응을 보고 싶다는 생각은 극적인 역설을 좋아하는 그의 감각에 호소하는 면이 있었다. 하지만 그녀에 대한 언급은 단연코 기분 좋을 내용이 아니었고, 그는 다시 그 여자의 성질을 건드리는 위험을 무릅쓰고 싶지 않았다. 게다가 그 편지는 나름대로 무척 특별한 것이었다. 데이지는 그에게 보낸 모든 편지를 통틀어 이때만큼 순수하고 깊은 감정을 표현한 적이 없었다.

사랑하는 아빠, 오늘밤 아빠가 여기 있으면 얼마나 좋을까 바랐는지 몰라요. 그러면 옛날에 그랬던 것처럼 이런 얘기들을 할 수 있을 텐데. 어머니나 짐에게 이야기하는 것과는 같지 않아요. 그러면 언제나 대화가 아니라 그 사람들 잔소리로 끝나는걸요.

크리스마스가 바로 코앞입니다. 제가 얼마나 크리스마스를 좋아했는데요. 신나는 분위기와 노래, 선물 포장까지. 하지만 올해는 아무것도 느낄 수 없어요. 아이가 없는 이 집에는 명랑한 기운이라곤 없답니다. 저는 아이가 없다는 이 말을 쓰디쓴 역설을 담아 씁니다. 일주일 전 오늘, 다른 여자가 짐의 아이를 낳을 거라는 얘기를 들었어요. 벌써 낳았을지도 모르겠네요. 이 편지를 읽으시는 아버지의 모습이 눈에 훤하고, 뭐라고 하실지 귀에 생생해요. 자, 데이지 베이비, 너 그 사실을 똑바로 알아들은 게 확실하니? 네, 확실해요. 짐이 인정했는걸요. 그리고 그 일의 끔찍한 점은 이것이랍니다. 내가 무슨 고통을 겪고 있든 간에 짐은 나보다 두 배는 더 고통스러워하고, 우리 둘은 서로를 도울 수 없을 것 같다는 것이죠. 가여운 짐, 그가 얼마나 간절히 아이를 원했는데요. 그런데 그는 이 아이를 볼 수도 없을 거예요. 그 여자는 동네를 떠날 거고, 양육비에 대한 협의는 짐의 변호사인 애덤 버넷을 통해 이루어졌어요.

이 편지를 쓴 후에 저는 이제까지 일어난 일을 최선을 다해 잊을 것이고, 짐에게 계속 좋은 아내가 되어줄 거예요. 이미 끝난데다 다 정리된 일이죠. 전 아무것도 바꿀 수 없으니 용서하고 잊어야 해요. 용서는 쉬워요. 다른 건 불가능하겠지만, 노력할 거예요. 오늘밤 이후엔 노력할 거예요. 하지만 오늘밤은 진흙탕 속의 돼지처럼 이 추악한 것 속에서 뒹굴고 싶은 기분이네요.

전 그 여자를 여러 번 봤어요. (아이러니가 한번 생기기 시작하니 계속 쌓이네요! 마치 아메바처럼 자가 증식하는 것 같아요.) 오다 말다 했지만 그녀는 몇 년 동안 진료소 환자였어요. 아마도 짐이 그 여자를 처음 만난 곳도 거기였겠죠, 나를 기다리는 동안에. 나는 물어보지 않았고 그이도 말해주지 않았어요. 어쨌든 그 여자의 이름은 후아니타 가르시아예요. 그리고 그 여자 어머니의 친구분이 주인이라는 벨라다 카페에서 웨이트리스로 일하고 있어요. 결혼도 했고 다른 아이가 다섯이나 있대요. 짐은 내게 이 얘기도 하지 않았어요. 진료소에 있는 그 여자 파일을 찾아보고 알았죠. 파일을 보고 또 다른 것도 알아냈어요. 아버지가 아직 아이러니로 목이 막히지 않았다면,

이것도 꿀꺽 삼켜보도록 하세요. 가르시아 부인은 지난주에 아동 방임죄로 체포되었어요. 신에게 맹세코, 짐은 이 사실을 절대 알아내지 못하길 바라요. 알았다간 자기 자식이 어떤 삶을 살게 될지 생각할 테고, 그의 불행은 커지기만 할 테니까요.

저는 어머니에게 말하지 않았지만, 짐이 하지 않았나 싶어요. 어머니는 비상시면 늘 그러듯 필사적이고도 결연하게 명랑한 태도를 꾸며내고 있으니까요. 지난해에 제가 불임인 것을 알았을 때 엄마가 축복을 헤아리고 긍정적으로 생각하라면서 나를 미치도록 몰고 간 것처럼요.

한 가지 질문만이 머릿속에서 끊임없이 울려요. 어째서 짐은 제게 진실을 말해야 했을까요? 고백한다고 해서 그 사람 고통이 줄어들지도 않는데. 사실 거기에 제 고통까지 얹을 뿐이죠. 어째서, 그 사람이 그 여자와 아이를 다시 보지 않을 작정이라면, 그 사실을 비밀로 간직하지 않았을까요? 하지만 전 그런 일들을 곰곰이 생각해서는 안 돼요. 자신에게 잊겠다고 약속했으니까요. 그리고 그렇게 할 거예요. 해야 하고요. 저를 위해 기도해주세요, 아빠. 그리고 부디 이 편지에는 답장을 해주세요. 부디.

사랑하는 딸 데이지

그는 답장을 쓰지 않았다. 당시엔 답장을 쓰지 않은 이유가 여남은 개는 있었지만, 세월이 흐르면서 이유들은 잊어버렸고 오로지 사실만이 남았다. 이 가장 단순한 부탁에도 그는 대답하지 않았다는 것. 매번 오래된 여행 가방을 열 때마다 '부디'라는 단어가 가방에서 날아올라 얼굴을 치는 것만 같았다…….

그랬다, 이제 그는 대답하고 있었다. 그리고 애초에 답장했더라면 겪었을 위험보다 훨씬 더 큰 위험을 무릅쓰고 있었다. 카밀라가 죽기 전에 언급했던 누나가 알고 보니 로사리오 부인이었다는 것은 믿을 수 없을 만큼 끔찍한 불운의 일격이었다. 그럼에도 이제 필딩은 만약 논리적으로 생각했더라면 한쪽에는 카밀라, 다른 한쪽에는 후아니타를 두고 그 사이를 연결했어야 한다는 것을 깨달았다. 데이지가 편지를 쓴 날짜는 12월 9일이었다. 그 편지에서 데이지는 후아니타의 아이에 대해서 일주일 전에 처음으로 들었다고 했으니, 그날은 12월 2일일 것이다. 그날은 또한 카밀라가 죽고 후아니타가 이 동네를 떠난 날이기도 했다. 두 사건 사이의 연결은 피할 수 없었다. 그리고 연결 고리는 로사리오 부인이 분명했다. 십자고상과 성모상, 제단 뒤에서 필딩 자신만큼이나 기만적인 실행자 역할을 한 사람.

필딩이 말했다.

"아가씨, 어머니에게 물어봐. 어떻게 돈을 갈취했는지."

후아니타는 고집을 부렸다. "어쩌면 누가 줬는지도 모르지."

"왜?"

"돈 주길 좋아하는 사람들이 있잖아."

"그런가, 어? 그럼 나도 죽기 전에 하나 만났으면 좋겠군."

그들은 그라나다 스트리트에 도착했다. 밤이라 길 양쪽에 차들이 줄지어 주차해 있었다. 차고는 도시 이쪽 구역에서는 사치였다.

필딩은 집을 번지수가 아니라 환한 분홍 페인트로 기억해냈다. 차 브레이크를 밟자 고무가 찍 긁히는 불안한 소리와 함께 파랑색과 흰색의 새 캐딜락이 멈춰 서는 것이 느껴졌다.

그가 후아니타에게 말했다.

"두 시간 후에 돌아올게."

"그러는 게 좋을 거야."

"약속하지."

"당신의 약속은 필요 없어. 내 차가 필요하지."

"그렇게 될 거야. 두 시간 후에."

그는 두 시간 후에 돌아오게 될지, 이틀 후가 될지, 영 돌아오기나 할지 전혀 알 수가 없었다. 모두가 운의 문제였다.

나는 여기에 너를 보러 왔단다. 하지만 용기가 없어서 이 편지를 쓴다.

너와 좀더 연결된 기분을 느끼고 싶어서. 내 죽음은 오로지 부분적일 뿐임을

나 자신에게 상기시키려고. 너는 남을 테니까.

너는 내가 이 땅에 살았다는 증거가 될 테니까.

나는 너 외엔 아무것도 남기지 않아······.

  파란색과 흰색의 캐딜락은 그라나다 스트리트에서처럼 오팔 스트리트에서도 눈에 띄었지만, 주변의 누구도 알아보는 것 같지 않았다. 첫 빗방울이 떨어지자 보도는 텅 비어버렸다. 짐은 앞유리 와이퍼와 전조등을 끄고 차가운 어둠 속에서 기다렸다. 그는 손목시계도 계기판의 시계도 보지 않았지만, 지금이 7시 오 분 전임을 알고 있었다. 이 위기의 한 주 동안 그는 몸 안에 자기만의 시계를 지니고 다니는 것 같았고, 불길하리만큼 정확하게 초침이 똑딱똑딱 움직이는 소리를 들을 수 있었다. 시간은 이제 살아 있는 생물, 숨 쉬는 것이 되어 상어의 배에 붙은 대빨판이처럼 가차없이 그에게 달라붙어 잠들지도 않고 붙잡은 손을 풀지도 않았다. 그리

하여 그가 한밤중에 잠에서 깨면 정확한 시간과 분을 알려줄 정도였다.

길 건너 피나타의 사무실에는 불이 켜져 있었고, 한 남자의 그림자가 창문 뒤에서 앞뒤로 움직이고 있었다. 강을 타고 올라오는 해류처럼 압도적인 증오가 짐의 몸속에서 복받쳐 오르고, 이성을 휘젓고, 지각력을 진흙 속에 뒹굴게 했다. 증오는 피나타와 필딩 둘 모두에게 양분되었다. 피나타는 카를로스 카밀라의 일을 파고 다녔기 때문이었고, 필딩은 특유의 충동적이고 무책임한 태도로 지난주의 사건을 일으켰기 때문이었다. 일요일 밤에 그가 건 무해해 보이는 전화 한 통이 데이지가 꿈을 꾸게 한 방아쇠가 되었다. 그 꿈이 없었다면 카밀라는 여전히 죽은 사람일 테고, 후아니타는 잊혔을 것이며, 로사리오 부인의 존재는 알려지지 않았으리라.

그는 필딩에게 걸려 온 전화에 대해서 장모에게 꼬치꼬치 캐물으며 그날 밤 무슨 얘기를 했는지 정확히 기억해내라고 했다. 그 말이 어쩌면 데이지를 심란하게 해서 일련의 생각을 일으키고 꿈으로 이어졌을지도 몰랐다. "아내에게 뭐라고 말했습니까, 장모님?" "잘못 걸린 전화라고 말했네." "그 외에는요?" "술 취한 사람이라고도 했어. 솔직히 일부분은 진실이잖아." "분명 뭔가 더 말한 게 있었을 겁니다." "글쎄, 좀더 진짜처럼 들리게 하려고 그 술주정뱅이가 나를 베이비라고 불렀다고 했어……."

베이비. 그 단어 하나가 꿈을 야기했고, 데이지가 억지로 잊어버렸던 날의 회상으로 이어졌다. 짐이 후아니타의 아기에 대해 이야기한 날이었다. 그러니 이 일을 시작한 사람은 필딩이었다. 적대감보다 호의 때문에 더 재앙을 불러일으키는, 예측 불가능한 남자. 대답 없는 질문이 끈 떨어진 연처럼 짐의 마음속에서 대롱거렸다. 애초에 필딩은 무엇하러 샌펠리스까지 왔단 말인가? 의도는 무엇이었나? 지금 그는 어디에 있나? 그 여자는 아직도 그와 함께 있나? 로사리오 부인은 이 질문에 대답할 수 없었지만, 다른 하나만은 묻기도 전에 말해주었다. 필딩이 그 아이를 보았다고, 폴을.

짐은 앞유리 위에 지그재그로 떨어지는 빗방울을 보았다. 그리고 데이지가 잃어버린 날을 찾기 위해, 오래된 그 집에 여전히 뭐가 있을 것처럼 비 내리는 로럴 스트리트를 걸어가는 모습이 떠올랐다. 눈에 눈물이 고였다. 사랑, 연민, 무력감의 눈물이었다. 이제 그는 더이상 그녀를 안전히 지킬 수 없었고, 그녀의 남은 인생 동안 고통을 안겨줄 아버지에 관한 사실을 알아내지 못하도록 보호해줄 수 없었다. 그래도 계속 노력해야 한다는 것도 알았다. 끝까지 쭉. "이제 와 그 애가 그 얘기를 알아내게 할 순 없어." 에이다 필딩은 이렇게 말했고 그는 이렇게 대답했다. "피할 수 없어요." "아니, 짐. 그렇게 말하지 마." "처음부터 아내에게 거짓말을 하지 마셨어야 해요." "다 그 애 잘되라고 그런 거야. 데이지가 자녀를 가지면 그 아이들은 그 사람처럼 될 수도 있었어. 그랬다간 그 애가 죽었을 거야." "사람은 그렇게 쉽게 죽지 않아요."

그는 이제 그 말이 얼마나 진실인지를 깨달았다. 그는 지난주 매일 매 시간 조금씩 죽어갔다. 그리고 아직도 갈 길이 멀었다.

그는 눈을 깜빡여 눈물을 떨어내고 주먹으로 눈을 문질렀다. 너무 많은 것을, 너무 적은 것을, 혹은 너무 늦게 본 눈에 벌이라도 주는 듯이. 다시 고개를 들었을 땐 데이지가 반쯤 뛰다시피 거리를 내려오고 있었다. 검은 머리엔 아무것도 쓰지 않았고, 레인코트도 열어젖혀져 있었다. 그녀는 가파른 벼랑 가장자리를 따라 걷는 아이처럼 들뜨고 행복해 보였다. 산사태도 일어나지 않고 발밑의 돌도 무너지지 않을 거라고 자신하는 아이처럼.

그는 산사태와 헐거운 돌을 주머니에 넣고 차에서 나가 불어오는 바람에 고개를 숙이면서 길을 건넜다.

"데이지?"

그녀는 낯선 남자가 불쑥 말을 걸기라도 한 양 놀라서 팔짝 뛰었다. 데이지는 그를 알아보고 아무 말도 하지 않았지만, 그는 그녀의 얼굴에서 행복과 흥분이 빠져나가는 것을 볼 수 있었다. 마치 누군가 피를 흘리는 모습을 본 것만 같았다.

"나 미행한 거예요, 짐?"

"아니."

"여기 있잖아요."

"당신이 약속이 있다고 장모님이 말해줬어. 여기…… 그 사람 사무실에서." 그는 피나타의 이름을 말하고 싶지 않았다. 그러면 창문 뒤에서 움직이는 그림자를 실체화시킬 것만 같았다. "나랑 같이 집에 가자, 데이지."

"싫어요."

"당신에게 간청하라고 하면 그럴게."

"그래봤자 조금도 소용없어요."

"어쨌든 애는 써볼 거야, 당신을 위해서."

그녀는 회의적인 미소를 살짝 지으며 고개를 돌렸다. 입가가 살짝 움찔했을 뿐이었다.

"사람들이 참도 재빠르게 나를 위해 이런저런 일을 해주네요. 절대 자기들을 위해서는 아니라지."

"결혼한 사람들에겐 네 것 내 것으로 표시한 수건처럼 쉽게 나눌 수 없는 공통의 안정이 있는 거야."

"그럼 나를 위해서라는 말은 그만둬요. 우리 결혼을 위해서라는 뜻이라면 그렇다고 말해요. 하지만 그러면 별로 고상하게 들리지 않겠네요, 그렇죠?"

"비꼬지 마." 그가 무겁게 말했다. "이 문제는 중요해."

"문제가 뭐예요?"

"당신은 어떤 재앙을 자초했는지 모르고 있어."

"하지만 당신은 알고 있다?"

"그래."

"그럼 내게 말해요."

그는 침묵을 지켰다.

"내게 말해요, 짐."

"할 수 없어."

"당신 표현대로라면, 아내가 재앙을 향해 가는데도 뭔지 말할 수 없다는 거예요?"

"그래."

"그게 내 무덤에 있는 남자랑 관련이 있어요?"

"그런 식으로 말하지 마." 그가 매섭게 말했다. "당신은 무덤이 없어. 살아 있잖아, 건강하고……."

"카밀라에 대한 질문에는 대답하지 않네."

"난 못 해. 너무 많은 사람들이 관련되어 있으니까."

그녀는 반쯤은 놀라서, 반쯤은 비꼬는 의미로 눈썹을 치켰다.

"내 뒤에서 뭔가 거대한 음모가 진행되었던 것처럼 들리는데."

"당신을 보호하는 게 내 의무였어. 여전히 그렇고." 그는 한 손을 그녀의 팔에 얹었다. "이제 나랑 가자, 데이지. 우린 이 지나가버린 한 주를 잊어버릴 거야. 아무 일도 없었던 것처럼 할 수 있을 거라고."

그녀는 소란한 빗속에 말없이 서 있었다. 그의 손의 압력에 굴복해서 그를 따라가, 그가 다시 안전으로 이끌도록 내버려두는 편이 쉬웠다. 그들의 관계는 끊어진 자리에서 다시 이어갈 수 있을 것이다. 다시 월요일 아침이 오고, 짐은 그녀에게 큰 소리로 《크로니

클》을 읽어주겠지. 매일이 조용히 지나갈 테고, 그런 낮에는 흥분이 일지 않겠지만 재앙도 없으리라. 그녀가 두려워하는 건 매일 밤, 꿈의 귀환이었다. 그녀는 바다에서 절벽으로 기어올라 항해 표지가 되는 나무 아래, 돌 십자가 아래 묻힌 낯선 사람을 찾을 것이다.

"지금 나랑 집에 가자, 데이지. 너무 늦기 전에."

"벌써 늦었어요."

그는 그녀가 건물 현관으로 사라지는 모습을 보았다. 그런 후에 불 켜진 창문 뒤 그림자를 올려다보지도 않은 채 길을 건너 차에 탔다.

타일 지붕을 두드리는 빗소리가 너무 시끄러워 피나타는 그녀가 복도를 걷는 소리도, 사무실 문을 두드리는 소리도 듣지 못했다. 7시가 지난 시각이었다. 그는 세 시간 동안 후아니타와 필딩을 쫓아다닌 끝에 이제 모든 술집과 그 안의 사람들이 다 똑같이 보이는 지경에까지 이르렀다. 그는 지치고 짜증스러워서 고개를 들었다가 데이지가 문간에 서 있는 모습을 보고 퉁명스레 말했다.

"늦었잖아요."

그는 그녀가 도로 쏘아붙일 거라 예상했다. 실은 그러길 바랐다. 그러면 괜한 화풀이를 한 자신에게 핑계가 될 수 있을 테니까.

그녀는 그저 그를 차갑게 바라보기만 할 뿐이었다.

"그래요. 밖에서 짐을 만났어요."

"짐?"

"남편요." 그녀는 자리에 앉아 손등으로 젖은 머리카락을 뒤로 넘겼다. "나보고 집에 같이 가자고 하더군요."

"왜 가지 않았습니까?"

"왜냐하면, 오늘 오후에 우리가 맞는 길을 따라가고 있다는 것을 가리키는 물건들을 좀 찾았으니까요."

"그게 뭐죠?"

"얘기를 하는 게 쉽거나 유쾌하진 않아요. 특히 그 여자에 대한 건요. 하지만 물론 피나타 씨도 알아야겠죠. 그래야 다음에 무엇을 할지 계획할 수 있을 테니." 그녀는 몇 번 눈을 깜박였지만, 피나타는 천장등이 눈부셔서인지 눈물이 쏟아지려 해서인지 알 수가 없었다. "그 여자와 카밀라 사이에 무슨 관계가 있어요. 짐은 그게 뭔지 아는 듯한데 인정하지 않으려 해요."

"남편분에게 물어봤습니까?"

"그래요."

"카밀라와 아는 사이라고 하던가요?"

"아뇨. 하지만 내 생각엔 아는 것 같아요."

그녀는 초연한 목소리로 그날 오후의 사건에 관해 말했다. 짐의 책상에서 발견한 수표 부표, 필딩을 걱정하는 뮤리엘의 전화, 부두에서 만났던 애덤 버넷과의 대화, 그리고 마지막으로 짐과의 만남까지. 그는 조심스레 귀를 기울였다. 그의 유일한 논평은 사무실 안을 왔다갔다하면서 신발굽으로 톡톡 두드린 것뿐이었다.

데이지가 이야기를 끝내자 그가 말했다.

"뮤리엘이 언급한 분홍 봉투 속 편지에는 뭐라고 씌어 있었습니까?"

"날짜로 봐서는 그 내용은 한 가지일 수밖에 없어요. 후아니타와 아이에 대한 소식이겠죠."

"그래서 그게 아버지가 여기까지 오기로 한 동기란 거죠?"

"그래요."

"그 사실이 있고 나서 사 년이나 지났는데, 왜?"

"어쩌면 그때는 아버지가 뭘 하는 게 가능하지 않았기 때문인지도 모르죠." 그녀는 방어적으로 말했다. "아버지는 하시고 싶었을 거예요."

"가령 어떤 일을 한다는 겁니까?"

"내게 도덕적 응원이나 동정을 주고 싶었겠죠. 아니면 아버지에게 다 털어놓을 수 있도록 하든가. 아버지는 내가 필요로 할 때 오지 못했다는 사실에 줄곧 괴로웠던 것 같아요. 그리고 마침내 근처 로스앤젤레스에 정착하게 되자 양심의 가책을 덜기로 한 거죠. 아니면 호기심이라도. 어느 쪽인지는 모르겠어요. 아버지의 행동을 설명하기는 어려워요. 특히 술을 마실 때는요."

당신 남편의 행동을 설명하기가 더 어렵지, 피나타는 생각했다. 그는 걸음을 멈추고 주머니에 손을 넣은 채로 책상 앞에 기댔다.

"당신을 '보호하려고' 했다는 남편분의 주장은 어떻게 생각합니까, 하커 부인?"

"진심으로 보였어요."

"나도 그건 의심하지 않습니다. 하지만 어째서 남편은 부인에게 보호가 필요하다고 생각한 거죠?"

"재앙을 피하기 위해서라고 남편은 말했어요."

"그건 무척 강한 단어인데요. 남편분이 그 말 그대로의 뜻을 의미한 건지 궁금하군요."

"그랬던 게 분명해요."

"이 재앙의 원인으로 누구, 혹은 무엇이라도 지적하진 않았습니까?"

"나라고 했어요." 데이지가 말했다. "내가 자초하고 있다고."

"어떻게요?"

"이 조사를 끈질기게 고집하면서요."

"부인이 끈질기게 고집하지 않는다면 어떻게 되죠?"

"내가 착한 소녀처럼 집에 가서 너무 많은 질문을 하거나 너무 많이 엿듣지 않는다면, 재앙을 피하고 그후로도 오랫동안 행복하게 살 수 있겠죠. 뭐, 난 더이상 착한 소녀가 아니고, 이제는 내게 가장 좋은 게 뭔지 남편이나 어머니가 결정하도록 놔두지 않을 거예요."

그녀는 말을 마치기 전에 마음이 바뀔까 걱정하듯이 빠르게 말을 쏟아냈다. 그는 그녀가 집에 가서 일상을 계속 이어가야 한다는 압력을 심하게 받고 있다는 것을 깨달았다. 그리고 그녀의 용기에 감탄하면서도 그 뒤에 있는 이유의 타당성에 대해선 의심이 들었다. 돌아가요, 데이지 베이비. 황금 단지와 잘생긴 왕자님이 있는 무지개의 끝으로. 진짜 세계는 재앙을 찾아나서는 서른 살 소녀에게는 거친 곳이야.

"당신이 무슨 생각하는 줄 알아요." 그녀가 얼굴을 찡그리며 말했다. "얼굴에 씌어 있어요."

그는 귀와 뺨까지 목의 피가 올라오는 느낌이었다.

"이제 얼굴도 읽습니까, 하커 부인?"

"당신 얼굴처럼 생각이 훤히 드러날 때는요."

"확신하지 마시죠. 난 가면이 많은 남자입니다."

"아하, 그 가면은 셀로판지로 만들어졌군요."

"우린 시간을 낭비하고 있어요." 그가 퉁명스레 말했다. "로사리오 부인의 집에 가서 처리를 하는 게……."

"어째서 조금이라도 개인적인 얘기를 꺼내면 그렇게 무시무시하게 당황하는 거죠?"

그는 잠시 말없이 그녀를 응시했다. 그러고는 냉정하리만치 신중하게 말했다.

"그만둬요, 데이지 베이비."

그는 충격을 줄 의도였으나, 그녀는 그저 호기심을 보일 뿐이었다.

"어째서 날 그렇게 부르는 거예요?"

"그냥 또 다른 표현이죠. 재앙을 두 개로 늘리지 마요."

"당신 말이 무슨 뜻인지 모르겠어요."

"몰라요? 그럼 됐고," 그는 회전의자 등받이에 걸어놓은 레인코트를 집었다. "같이 갈 겁니까?"

"당신이 한 말이 무슨 뜻이었는지 설명해줄 때까진 안 가요."

"그럼 다시 내 얼굴을 읽어봐요."

"할 수 없어요. 그냥 화난 얼굴인걸요."

"음, 당신은 얼굴 읽는 데는 평범한 천재로군요, 하커 부인. 난 화가 났으니까."

"무엇에요?"

"내가 성질이 나빠서라고 해둡시다."

"그건 적절한 대답이 아니에요."

"좋아요. 이런 식으로 말해봅시다. 나도 꿈을 꿔요. 하지만 죽은 사람들에 대한 것이 아니죠. 살아 있는 사람들에 대한 꿈만 꿉니다. 그리고 가끔 그 사람들은 아름답고 활기찬 일들을 합니다. 가끔은 당신이 그중 한 사람이기도 하죠. 좀더 확실히 표현하려면, 나는 적절한 예의의 범위를 넘어야만 할 거고, 그건 우리 둘 다 원하지 않죠. 우리 원합니까?"

그녀는 입을 꼭 다물고 고개를 돌렸다.

"원합니까?"

그가 반복해서 물었다.

"아뇨."

"음, 그럼 그걸로 그만합시다. 꿈 얘기는 집어치우고." 그는 문가로 가서 문을 열었지만, 그녀가 일어나려는 움직임을 보이지 않자 초조하게 돌아보았다. "안 와요?"

"모르겠어요."

"겁줬다면 미안합니다."

"난…… 겁먹지 않았어요." 하지만 그녀는 폭풍 속에서 쪼그라든 것처럼 레인코트를 입고 구부정하게 웅크렸다. 창밖에 있는 진짜 폭풍 때문인지 아니면 그녀 안의 더 사나운 폭풍 때문인지 알 수 없었다. "난 겁먹지 않았어요." 그녀는 다시 말했다. "그저 내 앞에 뭐가 있는지 모를 뿐이에요."

"누군들 압니까."

"예전엔 알았어요. 그런데 이제는 내가 어디로 가고 있는지 모르겠어요."

"그러면 돌아가는 게 좋아요." 그의 목소리는 최후를 말하는 듯했다. 마치 그들이 만나고, 함께하고, 헤어지는 모든 일들이 그 한 순간에 이루어진 듯이. 그는 그 순간은 지났으며 돌아오지 않으리라는 것을 알았다. "집까지 데려다주죠, 데이지."

"싫어요."

"가요. 당신에겐 이것보다 착한 소녀의 역할이 더 잘 어울려요. 너무 열심히 귀 기울이지 말고 너무 많이 보지 마요. 당신은 괜찮을 겁니다."

그녀는 그의 레인코트의 소맷자락에 얼굴을 대고 울었다. 그는 고개를 돌리고 남쪽 복도의 분간할 수 없는 얼룩에 시선을 고정했다. 그가 이사 올 때부터 있었던 얼룩이다. 이사 나갈 때도 그 자리에 있을 얼룩이었다. 페인트를 세 겹 발랐어도 다 지울 수 없었고, 그것은 피나타에게 끈기의 상징이 되었다.

"당신은 괜찮을 거예요." 그는 반복했다. "집으로 돌아가는 건 생각보다 쉬울 겁니다. 지난 한 주는 마치…… 음, 마치 현실로부터 떠난 짧은 여행이라고 생각해요, 우리 둘 모두에게. 여행은 끝났어요. 배에서, 아니면 비행기에서, 뭐가 되었든 우리가 탔던 것에서 내릴 때죠."

"싫어요."

그는 벽에서 눈을 돌려 그녀를 보았지만, 그녀의 얼굴은 여전히 그의 코트 소맷자락에 가려져 있었다.

"데이지, 맙소사. 불가능하다는 거 몰라요? 당신은 도시의 이 구역에, 이 거리에, 이 사무실에 어울리는 사람이 아닙니다."

"당신도 마찬가지죠."

"차이는, 나는 여기 있다는 거죠. 난 여기 박혀 있어요. 그게 무슨 뜻인지 압니까?"

"아뇨."

"내가 당신에게 줄 것은 진짜 내 것도 아닌 이름, 어떨 땐 빈약

하고 때로는 평범하기 그지없는 정도의 수입, 그리고 지붕이 새는 집밖에 없어요. 별거 아니죠."

"만약 그게 내가 원하는 거라면, 그걸로 충분하지 않나요?"

그녀는 고집스러운 위엄을 보이며 말했다. 그는 그 점이 감동적이고도 짜증스럽다고 느꼈다.

"데이지, 제발, 내 말 들어요. 난 심지어 내 친부모가 누군지, 내가 어느 인종인지도 모른다는 걸 알고는 있습니까?"

"상관 안 해요."

"당신 어머니는 할 텐데."

"어머니는 언제나 이런저런 잘못된 일들을 상관하죠."

"어쩌면 잘못되지 않았을지도 모릅니다."

"어째서 나를 그렇게 애써 떼어버리려고 하는 거죠, 스티브?"

그녀는 이전에 그를 한 번도 스티브라 부른 적이 없었다. 그녀의 입에서 이 말을 듣자 그는 처음으로 그 이름이 교구 신부에게서 빌려서 원장 수녀님이 덧붙여준 무엇이 아니라 마침내 진정으로 자기 자신의 것이 된 기분이 들었다. 다시 데이지를 보지 못한다고 해도, 그 강력하고 확실한 정체성을 확인한 순간만으로도 언제까지나 그녀에게 감사할 수 있을 것이다.

데이지는 손수건으로 눈을 닦고 있었다. 눈꺼풀은 옅은 분홍색이었지만 부어오르진 않았다. 그는 진정으로 강렬한 감정이라면 저렇게 얌전하게 절제하며 울 수 있을까 생각했다. 어쩌면 그저 장난감이나 아이스크림콘을 받지 못한 아이의 울음 이상은 아닐지도 몰랐다.

그는 조심스럽게 말했다.

"오늘밤 이 문제는 더 말하지 맙시다, 데이지. 차까지 데려다줄게요."

"난 당신과 같이 가고 싶어요."

"당신이 이러면 내 일이 힘들어져요. 난 억지로 당신을 집으로 보낼 순 없어요. 그렇다고 문을 잠가놓은 채 도시의 이 구역에 당신을 혼자 남겨두고 갈 수도 없습니다."

"어째서 자꾸 도시의 이 구역이 지옥의 한 귀퉁이라도 되는 양 말하는 거죠?"

"실제로 그러니까요."

"난 당신과 함께 가요."

그녀는 다시 말했다.

"로사리오 부인의 집으로 말입니까?"

"거기가 당신이 가는 곳이라면, 그래요."

"후아니타가 거기 있을지도 몰라요. 그 아이도."

고통으로 경련이 일어 입가가 움찔했지만 그래도 그녀는 말했다.

"두 사람을 만나는 게 내 성장에서 필수적일 수도 있죠."

그녀는 아이들을 데리고 브루스터 부부의 집으로 가서 설명도 없이 맡겨두었다. 텔레비전 볼 때 누가 옆에 있는 걸 좋아하는 절름발이 브루스터 씨는 아무것도 따지지 않았다. 돌아오는 길에 그녀는 마치 밤 심부름을 나온 땅속 요정처럼 우산 속에 구부정하게 웅크린 채 불 켜진 거리를 피해 지름길로 뒷마당과 차로를 가로질렀다. 어둠이든 어둠 속에 숨어 있는 무엇이든 두렵지 않았다. 그녀는 이웃 사람들 대부분은 자기가 켜놓은 촛불과 성당에 가는 횟수 때문에 그녀에게 경외심을 품고 있다는 것을 알았다.

빈곤의 얄팍한 벽은 비밀을 담아두지 못한다. 현관 포치 앞에 다다르기도 전에 후아니타가 뭔가 찾고 있는지 집안에서 쿵쿵 돌아다니는 소리가 들렸다. 로사리오 부인은 우산의 물기를 털고 물이 뚝뚝 듣는 코트를 벗으며 생각했다. 쟤는 내가 또 자기를 염탐하고 있다는 망상을 하고 있는지도 몰라. 그래서 나를 찾아 집안을 뒤지고 있는 거야. 내가 난쟁이가 아닌 이상 들어갈 수도 없는 곳까지. 서둘러야지…….

하지만 부인은 서두를 수 없었다. 피곤이 팔다리를 잡아끌었고, 오후에 후아니타와 그런 소동을 벌인 후 속이 메슥거리던 증상은 더 심해지진 않았으나 가시지도 않았다. 아이들에게 저녁을 먹일 때도 아무것도 먹지 않고 레몬과 아니스 설탕을 넣은 차만 홀짝거렸을 뿐이다.

그녀는 조용히 집안으로 들어가 침실로 가서 코트를 걸었다. 부서진 문은 페드로의 도움을 받아 경첩에서 떼어내서 뒷마당으로 날라다 놓았다. 문은 거기에서 그녀 인생의 다른 부서진 조각들과 함께 빗속에서 우그러지고 햇빛 아래에서 하얗게 변색되리라. 다음주에 페드로와 함께 고물상에 가서 맞는 크기의 문을 찾아볼 생각이었다. 사포로 밀어내고 페인트를 약간 바르면 맞게 고칠 수 있을 것이다…….

"다음주에." 그녀는 구저분하게 산다고 비난이라도 한 사람이 있어서 그에게 개선하겠다고 약속하듯이 소리내어 말했다. 하지만 고물상까지의 먼 길, 사포질, 페인트 냄새를 생각하니 메슥거리는 증상이 더 심해졌다. "아니면 다다음주, 기운이 더 날 때."

문도 없었지만, 침실은 그녀의 성역이었다. 슬픔과 죄책감과 함께 홀로 있을 수 있는 유일한 장소였다. 카밀라의 사진 앞에 놓인 초는 다 타서 작아져 있었다. 그녀는 새 초를 그 자리에 갖다 놓고 불을 붙이면서 두 사람이 어릴 때 쓰던 언어로 죽은 사람을 불렀다.

"미안해, 카를로스, 동생아. 나도 정의가 이루어지는 것을 보고 싶었단다. 백일하에 공개되길 바랐지만 우리 후아니타를 생각해야 했어. 네가 여기 온 바로 그 주에, 그 애가 다시 체포되었지. 그래서 그때부터는 후아니타가 이 마을에서는 어딜 가든지 사람들의 감시를 받을 걸 알았단다. 사람들이 그 앨 가만히 놔두지 않았을 거야. 경찰, 보호관찰소, 그리고 진료소까지. 그 애가 새로 시작해서 평화롭게 살 수 있는 곳으로 빼내야 했어. 나는 여자고 엄마잖니. 나 말고는 아무도 우리 후아니타를 돌보아줄 사람이 없을 거야. 걔는 태어날 때부터 병원의 간호사로 변장한 쿠란데라*의 사악한 눈으로 저주를 받았으니까. 단 한 푼도 나 자신을 위해서는 쓰지 않았단다, 카를로스."

매일 밤 그녀는 카를로스에게 무슨 일이 일어났는지 설명했고, 매일 밤 동생의 움직임 없는 미소는 불신을 나타내는 것만 같았다. 그래서 그녀는 나쁜 뜻이 없었다는 확신을 동생에게 주기 위해 계속할 수밖에 없었다.

"난 네가 자살하지 않은 걸 알아, 동생아. 네가 그날 밤 나를 보러 왔을 때, 네가 그 여자에게 만나자고 전화하는 소리를 들었지.

● **쿠란데라** _ '주술사' 라는 뜻의 스페인어.

네가 돈을 요구하는 소리를 들었어. 나도 그게 나쁜 짓이라는 걸 안다. 부자들에게 돈을 요구하다니. 차라리 가난한 사람들에게 구걸하는 편이 낫지. 나는 네가 두려웠단다, 카를로스. 네가 너무 이상하게 행동했고, 너는 내게 아무 말도 하지 않으려 했으니까. 다만 조용히 네 영혼을 위해 기도해달라고만 했지.

네가 그 여자를 만나러 갈 때가 왔을 때, 나는 철로 옆 정글 지역까지 따라갔어. 그러다 길을 잃었지. 처음에는 너를 찾을 수 없었어. 그런데 그때 어떤 차를 보았단다. 커다란 새 차. 그 여자 차라는 것을 알았지. 잠시 후 그 여자가 덤불에서 나와 차로 달려가기 시작했어. 도망가려는 듯 빠르게 뛰어갔지. 내가 덤불 속에 도착했을 때 넌 이미 칼을 맞고 죽은 채로 쓰러져 있었어. 그래서 그 여자가 그 칼을 꽂았다는 것을 알았지. 나는 네 앞에 무릎을 꿇고 앉아 다시 살아나달라고 애원했어, 카를로스. 하지만 넌 내 말을 듣지 않았지. 나는 집으로 와서 너를 위해 초를 켰단다. 그 초가 아직도 타고 있어. 주님이 네 영혼에 안식을 주시기를."

그녀는 작은 제단 앞 어둠 속에 무릎을 꿇고 갈 길을 인도해달라고 기도했던 기억이 났다. 그녀는 후아니타에게도 브루스터 부인에게도 비밀을 털어놓지 않았다. 그들 둘 다 비밀을 나눌 만큼 신뢰가 가지 않았다. 후아니타의 적이자, 그러므로 자기에게도 적이 되는 경찰에게 신고할 수도 없었다. 그들은 심지어 그녀가 후아니타를 보호하기 위해 초록 차를 탄 여자 이야기를 꾸며냈다고 의심할지도 몰랐다.

　그녀는 기도했다. 기도하는 동안 하나의 생각이 마음속에서 자라나서 팽창하더니 급기야는 다른 생각을 전부 밀어냈다. 후아니타와 태어나지 않은 아이를 돌봐야 했다. 그녀 외에는 그렇게 할 사람이 없었다. 그녀는 동생이랑 통화한 그 여자에게 전화했다. 이름과 그림자의 모양, 차의 색깔밖에 몰랐지만……

　"나쁘고 위험한 일이지, 카를로스. 부자에게 돈을 요구하다니. 그리고 나는 그 여자가 네게 한 짓을 알고 있었기 때문에 내 목숨도 어떻게 될까 무서웠단다. 하지만 그 여자는 나보다 잃을 게 더 많기에 더 무서워했지. 난 그 여자에게 내 이름도 사는 곳도 알려주지 않았어. 다만 내가 덤불 속에서 맞닥뜨린 것과 그 여자가 차로 도망가는 모습을 보았다고만 했지. 나는 아무런 말썽을 원치 않는다고 했어. 나는 가난한 여자지만 나 자신을 위한 돈이 아니라고 했지. 내 딸, 아비도 없는 아이를 품고 있는 후아니타를 위해서라고 했어. 그 여자는 나한테 누구 다른 사람에게 너에 대해 얘기했느냐고 묻더라, 카를로스. 그래서 나는 아니라고 했지. 그게 사실이었으니까. 그리고 그 여자는 전화번호를 주면 다시 전화하겠다고 했지. 다른 사람하고 의논해봐야 한다고. 잠시 후 그 여자가 도로 전화를 걸어와서 내 딸과 아이를 돌봐주고 싶다고 했어. 심지어 네 이름은 꺼내지도 않더구나, 카를로스. 그리고 돈 액수 가지고 왈가왈부하거나 나더러 협박하느냐며 비난하지도 않았지. 그저 '당신 딸과 그 아이를 돌봐주고 싶군요'라고 말했을 뿐이야. 그녀는 내게 다음날 아침 12시 30분에 가야 할 사무실 주소를 알려주었어. 거기 들어가면서 처음엔 이게 덫이라고 생각했지. 그 여자는 없었거든. 키가 큰 금발 남자만 있었는데, 나중에는 변호사가 들어왔지. 아무도 너에 대해선 말하지 않았어. 누구도 네 이름을 말하지 않더라, 카를로스. 네가 이 세상에 살았던 적이 없는 것처럼⋯⋯."

또 한 번 구역질이 위를 쥐어짜 그녀는 신음을 하며 사진에서 고개를 돌렸다. 할머니로부터 내려온 요리법인데다 이제껏 한 번도 실패한 적이 없는 레몬 아니스 차로도 속이 편해지지 않았다. 양손으로 배를 움켜쥐며 그녀는 서둘러 부엌으로 갔다. 학교 보건교사가 리타의 종기를 치료하라며 집으로 보내준 약을 먹어볼 요량이었다. 약병이 열리지 않아서 로사리오 부인은 담쟁이 잎과 소금 친 돼지고기를 이용한 습포제를 만들어 종기를 직접 치료해주었었다.

해야 할 일과 고통에 열중한 그녀는 후아니타가 입을 열 때까지 거기 스토브 옆에 서 있다는 사실도 눈치채지 못했다.

"혼자 중얼거리던 건 다 끝났어요?"

"내가 언제⋯⋯."

"나도 귀가 있어요. 미친 여자처럼 저 안에서 웅얼웅얼 끙끙대는 소리 다 들었다고요."

로사리오 부인은 부엌 식탁 앞에 앉아 웅크렸다. 잔인한 다리와 자비 없는 팔을 가진 생물처럼 몸속을 기어다니는 고통에도 불구하고, 이제 후아니타에게 이야기할 때라는 것을 알았다. 하커 씨는 부인에게 경고를 했다. 부인이 후아니타를 이 동네로 돌아오게 했다고 불같이 화를 냈다.

방은 덥고 공기가 통하지 않았다. 후아니타가 자기 몫의 저녁을 지으려고 오븐의 불을 키워놓았고, 그럴 때면 창문을 열어놓아야 하는데도 하지 않은 것이다. 로사리오 부인은 몸을 질질 끌며 창가로 가서 창문을 열고 차갑고 신선한 공기를 들이마셨다.

후아니타가 말했다.

"애들은 어디 있어요? 다 어떻게 했어요?"

"브루스터네 있어."

"왜 집에서 자고 있지 않은 건데요."

"내가 네게 할 이야기를 애들이 엿듣게 하고 싶지 않았으니까."

로사리오 부인은 식탁 앞 자기 자리로 돌아와서 억지로 꼿꼿이 앉았다. 자기 쪽에서 약한 모습을 보이면 가끔 딸에게 끔찍한 효과를 일으킬 수도 있다는 것을 알았기 때문이다. "너랑 함께 왔던 남자…… 어디 있니?"

"처리해야 할 일이 있대요. 돌아올 거예요."

"여기로?"

"여기로 오면 안 돼요?"

"그 남자를 안으로 들이면 안 돼. 나쁜 사람이야. 그 사람은 거짓말을 했어. 이름만 해도 포스터가 아니라 필딩이야."

후아니타는 어깨를 으쓱하며 언짢은 기색을 감췄다.

"신경 안 써요. 그런들 무슨 차이가……."

"그 사람에게 뭔가 말했니?"

"물론 했죠. 내 발이 아프다고 했더니 신발을 벗으라던데. 그래서 나는……."

"지금은 건방지게 굴 시간 없다."

로사리오 부인은 꼿꼿이 앉느라 부담스러웠던 나머지 목소리는 속삭임 정도로 줄어들어 있었지만, 심지어 속삭임에도 신랄함이 있었다.

후아니타는 신랄함을 느끼고 후회했다. 그녀는 자기를 해칠 수 있는 성인과 악마를 소환하는 늙은 여자가 무서웠고, 공포는 자신이 필딩에게 너무 많이 너무 술술 말해버렸다는 깨달음과 뒤섞였다.

"그 사람에게 하나도 말하지 않았어요. 맹세코 정말이에요."

"그 사람이 카를로스 삼촌에 대해서 뭔가 묻지 않았니?"

"안 물어봤어요."

"폴에 대해서도?"

"응."

"후아니타, 내 말 들어라. 나는 이번엔 진실을 알아야 한다."

"성모 마리아께 맹세해요."

"뭘 맹세하는데?"

후아니타의 얼굴엔 표정이 없었다.

"엄마가 원하는 게 뭐든."

"후아니타, 너 내가 두렵니? 진실을 말하는 게 무서워? 네 입에서 술냄새가 나는구나. 술 때문에 무슨 말을 했는지 잊어버린 건 아니니, 응?"

"한마디도 안 했어요."

"폴이나 카를로스에 대해서?"

"성모 마리아께 맹세해요."

로사리오 부인은 고개를 숙이고 성호를 그으며 소리 없이 입술을 움직였다. 이 익숙한 동작이 후아니타의 마음속에 있는 성난 기억들을 풀어주었고, 그것들은 자갈이 우르르 떨어지듯 밀려와 그녀의 공포를 먼지와 소음으로 덮어버렸다.

후아니타가 말했다.

"이 마녀 할망구, 지금 나를 거짓말쟁이라고 하는 거야?"

"쉿. 목소리 낮춰라. 누가 들으면……."

"신경 안 써요. 난 감출 게 없으니까. 적어도 엄마는 그런 말은 할 수 없잖아."

"제발. 우린 조용히 얘기해야 해, 우린……."

"엄마는 전지전능하신 주님 앞에서 끙끙대고 낑낑대면서도 우리 같은 다른 사람들보다 나을 게 하나도 없죠, 안 그래?"

"그래, 나도 너희보다 나을 게 하나 없다."

후아니타의 시끄럽고 거슬리는 웃음소리가 작은 방안을 가득

채웠다.

"아하, 엄마 평생 처음으로 인정하시네."

"잠깐만 조용히 하고 내 말 들어. 여기 내 옆에 앉아라."

"서서도 들을 수 있어."

"하커 씨가 여기 반 시간 전에 왔었어."

후아니타는 필딩이 그 이름을 언급한 것이 어렴풋이 생각났다. 그때도 아무 의미 없는 이름이었고 지금도 아무 의미 없었다.

"그게 나랑 무슨 상관인데?"

"하커 씨가 폴의 아버지야."

"미쳤어요? 난 하커라는 사람 들어본 적도 없어."

"지금 듣고 있잖아. 그 사람이 폴의 아버지야."

"맙소사, 대체 뭘 하려고 하는 거예요? 내가 내 아이의 아버지도 기억 못 할 만큼 괴상한 애라는 걸 증명하겠다는 거야? 나를 어디 가둬서 신탁 기금에서 나오는 돈을 독차지하려는 거야?"

"신탁 기금 같은 건 없었어." 로사리오 부인이 조용히 말했다. "카를로스는 가난한 사람이었어."

"어째서 나한테 거짓말한 거예요?"

"그럴 수밖에 없었다. 네가 하커 씨에 대해 누구한테 말하기라도 하면, 돈은 끊겨."

"내가 알지도 못하는 하커에 대해 무슨 수로 누구한테 말해?"

후아니타가 식탁을 주먹으로 쾅쾅 치는 바람에, 소금 통이 마치 총 맞은 것처럼 살짝 튀어 옆으로 쓰러지며 쏟아졌다.

로사리오 부인은 낭비가 심한 집에 내리는 천벌을 물리치기 위해 황급히 소금을 찍어 혀에 갖다댔다.

"제발 폭력은 쓰지 마라."

"그럼 내 질문에 대답해요."

"하커 씨가 폴의 양육비를 대주고 있었어. 폴의 아버지니까."

"아닌데."

"넌 그렇게 말해야 해, 기억을 하든 못 하든."

"안 할 거예요. 사실이 아니니까."

로사리오 부인의 목소리는 후아니타와 경쟁하듯 한 음계 높아졌다.

"따지지 말고 내가 하라는 대로 해야 해."

"내가 폴의 아버지도 기억하지 못할 줄 알아요? 그 사람은 공군이었고 한국에 갔어요. 난 그 사람에게 편지를 썼어요. 제대하면 결혼하기로 했었다고."

"아니, 안 돼! 너 내 말 들어야 해. 하커 씨가……."

"난 하커라는 남자 들어본 적도 없어요. 내 생에 한 번도. 내 말 알아들어요?"

"쉿!" 로사리오 부인의 얼굴이 잿빛으로 변했다. 공포로 어두워진 두 눈이 뒷문에 고정되었다. "누가 현관 포치에 있어." 부인이 급박하게 속삭였다. "빨리, 문을 잠가. 창문 닫아."

"난 숨길 게 하나도 없어요. 내가 왜 그래야 하는데?"

"하느님, 맙소사. 엄마 말은 한 번도 듣지 않을 거니? 내가 널 위해 얼마나 참아왔는지, 널 얼마나 사랑하는지 깨닫지 못하니?"

그녀는 후아니타의 손을 잡으려 자기 손을 뻗었으나, 후아니타는 경멸과 불신의 소리를 내며 뒤로 물러서 문으로 갔다.

후아니타가 문을 열었다. 한 남자가 문지방 위에 서 있었다. 그의 뒤, 포치 계단 바닥에는 그림자에 가려 얼굴이 보이지 않는 여자가 있었다.

후아니타가 처음 보는 남자는 예의 바르게 사과조로 말했다.

"앞문을 두드렸는데 대답이 없어서 뒷문으로 왔습니다."

"그래서요?"

"제 이름은 스티브 피나타입니다. 괜찮으시면 좀……."

"난 누구신지 모르겠는데요."

"어머님은 아실 겁니다."

"그 사람 탐정이야." 로사리오 부인이 멍한 목소리로 말했다. "그 사람에게 아무 말도 하지 마라."

"하커 부인을 데리고 왔습니다, 로사리오 부인. 하커 부인은 본인에게 무척 중요한 일로 부인과 얘기를 나누고 싶어 합니다. 안으로 들어가도 되겠습니까?"

"가버려요. 난 아무하고도 얘기할 수 없어요. 아프다고."

피나타는 부인의 낯빛과 힘겨운 호흡을 보고 사실임을 알았다.

"제가 의사를 불러드리는 게 나을 것 같군요, 로사리오 부인."

"아니에요. 그냥 나 좀 가만 놔둬요. 내 딸과 나는 잠깐…… 말다툼을 했을 뿐이에요. 당신들이 상관할 일이 아니에요."

"제가 얻어듣기로는, 이건 하커 부인이 상관할 일 같은데요."

"그 여자한테 가서 남편이랑 얘기하라고 해요. 나 말고. 난 할말 없으니까."

"그러면 후아니타에게 물어볼 수밖에 없겠군요."

"안 돼요. 안 돼! 후아니타는 결백해요. 아무것도 모른다고."

로사리오 부인은 식탁을 지지대 삼아서 일어서려 했으나 기진맥진한 한숨을 내쉬며 도로 의자에 주저앉았다. 피나타가 방을 가로질러 와서 그녀의 팔을 잡았다. "제가 도울 수 있게 해주십시오."

"싫어요."

"제가 의사를 부르는 동안 조용히 누워 계세요."

"안 돼요. 신부님을, 살바도레 신부님을……."

"좋습니다. 신부님을 불러드리죠. 하커 부인과 제가 침실까지 부축해드리겠습니다. 그런 후에 살바도레 신부님을 데려올 사람을 부르죠." 그는 데이지에게 집안으로 들어오라고 손짓을 했고, 그녀는 포치 계단을 오르기 시작했다.

이 시점까지 후아니타는 멍한 얼굴로 열린 문 옆에 서 있기만 했다. 마치 지금 일어나고 있는 일이 자기와 아무 관련이 없거나 거기에 관심이 없다는 투였다. 데이지가 빛의 가장자리에 다다랐을 때야 후아니타는 비로소 얼굴을 알아보고 숨을 헉 내뱉었다.

그녀는 어머니에게 스페인어로 소리 지르기 시작했다.

"진료소에서 봤던 여자예요. 날 데려가려고 온 거야. 저 여자 좀 말려요. 착하게 굴겠다고 약속할게요. 엄마에게 새 십자고상도 사주고 미사도 가고 고해성사도 하고 이젠 아무것도 부수지 않을게요. 저 여자가 나를 데려가지 못하게 해요!"

"조용히 해요." 피나타가 말했다. "하커 부인은 몇 년 동안 진료소와 아무 상관이 없었어요. 이제 내 말 들어요. 당신 어머니가 매우 아픕니다. 병원에 입원해야 해요. 내가 구급차를 부를 동안 하커 부인을 도와서 어머니를 돌봐줬으면 좋겠군요."

'구급차'라는 말에 로사리오 부인은 다시 한번 자기 발로 일어서려 했다. 이번에는 식탁 위로 쓰러졌다. 식탁이 기울어지면서 부인은 천천히 우아하게 바닥으로 쓰러졌다. 즉시 그녀의 안색이 어두워지기 시작했다. 피나타는 그녀 앞에 허리를 숙이고 앉아 뛰지 않는 맥박을 짚었다.

후아니타는 공포에 질린 어린아이처럼 주먹 쥔 양손으로 뺨을 조이며 어머니를 내려다보았다.

"엄마 얼굴이 너무 이상해요."

데이지는 한 손을 후아니타의 어깨 위에 올려놓았다.

"우리는 다른 방으로 들어가는 게 좋겠어요."

"어째서 저렇게 얼굴이 까맣죠? 흑인처럼?"

"피나타 씨가 구급차를 불렀어요. 우리가 할 수 있는 일은 달리 없어요."

"엄마가 죽진 않았죠? 죽을 리가 없죠?"

"모르겠어요. 우리는……."

"아, 맙소사. 엄마가 죽으면 사람들이 내 탓이라고 할 거예요."

"아니, 그러지 않을 거예요. 사람은 누구나 죽어요. 누구를 탓해 봤자 아무 소용 없어요."

"내가 엄마에게 못되게 굴었으니까 내 잘못이라고 할 거예요. 내가 엄마 십자고상이랑 문이랑 부숴서."

"아무도 당신 탓 안 해요. 나와 함께 가요."

후아니타를 돕는 데만 열중하면서 데이지 자신도 자제력을 유지할 수 있었다. 그녀는 후아니타를 데리고 응접실로 가서 문을 닫았다. 여기, 제단과 성모상과 가시면류관을 쓴 예수상 사이에서, 죽음은 죽은 여자 옆에서보다 훨씬 더 진짜 같았다. 이 방은 누군가 그 안에서 죽기를 기다리는 것만 같았다.

두 여자는 서로를 소개해줄 여주인이 지각해서 기다리는 손님처럼 어색한 침묵 속에서 소파에 나란히 앉아 있었다.

"대체 이게 다 무슨 일인지 모르겠어요." 마침내 후아니타가 높고 절박한 목소리로 말했다. "난 그냥 모르겠어요. 엄마는 나한테 거짓말을 하라고 했지만, 나는 하지 않겠다고 했어요. 난 하커 씨라는 사람 만난 적도 없는걸요."

"그 사람은 내 남편이에요."

"좋아요, 그러면. 그 사람에게 물어봐요. 그 사람이 직접 말해주겠죠."

"벌써 말했어요."

"언제요?"

"사 년 전에. 당신 아들이 태어나기 전에요."

"뭐라고 했어요?"

"자기가 그 아이의 아버지라고."

"기막혀, 미쳤나 봐." 후아니타가 주먹을 얼마나 꽉 쥐었는지 넓고 평평한 엄지손가락이 손의 모든 관절을 거의 덮을 지경이었다. "기가 막혀서, 당신들 패거리 모두가 미쳤어요. 나는 하커라는 사람은 전혀 모른다고요!"

"당신 아기가 태어나기 직전에 진료소 바깥 주차장에서 당신이 그 사람 차에서 내리는 걸 봤어요."

"어쩌면 날 그냥 차를 태워준 건지도 몰라요. 내가 임신했을 때 많은 사람들이 나를 태워줬는걸요. 그 사람들 다 기억도 못 해요. 어쩌면 그중 한 명이었을지도 모르죠. 어쩌면 당신이 본 게 내가 아닐지도 모르고."

"당신이었어요."

"좋아요. 어쩌면 내가 미친 사람인지도 모르죠. 지금 그렇게 몰고 가려는 거예요? 그래서 사람들이 와서 나를 데려가서 어딘가에 가두어야 할 테니까?"

"그런 일은 일어나지 않아요."

데이지가 말했다.

"어쩌면 그러는 게 차라리 더 나을지도 몰라요. 지금 같은 때는 뭐가 뭔지 하나도 분간할 수 없으니. 카를로스 삼촌과 돈 문제 같은 것도. 그 사람이 그러는데 엄마가 카를로스 삼촌에 대해 내게 거짓말을 했대요."

"누가 그랬어요?"

"포스터. 아니, 필딩이라나. 그 남잔 카를로스 삼촌의 옛날 친구이고 삼촌에 대해서 많이 아는데, 엄마가 내게 해준 말이 모두 거짓말이라고 했어요."

"당신 삼촌 성함이…… 카밀라예요? 카밀라였어요?"

"그래요."

"그럼 당신은 아버…… 필딩 씨가 진실을 말했다고 생각하나요?"

"그런 것 같아요. 그러지 않을 이유가 뭐겠어요?"

"지금 어디 있나요? 필딩 씨란 분은?"

"중요한 볼일이 있다고 말했어요. 내게 차를 두어 시간만 빌려달라고 부탁했어요. 우리는 거래를 했어요. 나는 그 사람에게 차를 주고, 그 사람은 내 삼촌에 대한 정보를 주기로."

데이지에겐 이 진술을 의심해야 할 이유가 없었다. 정확히 아버지가 할 법한 거래처럼 보였다. 중요한 볼일로 말하자면, 아버지가 갈 만한 곳은 논리적으로 딱 한 곳이었다. 그녀의 집. 필딩, 후아니타, 로사리오 부인, 짐, 어머니, 카밀라, 그들이 모두 합쳐지고 서로 붙어서 머리 여럿 달린 괴물이 되어 그녀를 향해 가차없이 기어오고 있었다.

집 바깥에서 구급차가 목 졸린 듯한 사이렌 울음소리를 마지막으로 한 번 울린 후 멈춰 섰다.

후아니타는 이마가 무릎에 닿도록 허리를 굽히고 신음하기 시작했다.

"저 사람들이 엄마를 데려갈 거예요."

"그래야 해요."

"엄마는 병원을 무서워해요. 병원은 사람이 죽는 데라고."

"이 병원은 두려워하지 않으실 거예요, 후아니타."

잠시 후 부엌에서 나던 소음이 그쳤다. 문이 하나 열렸다가 다시 쾅 닫혔고 일 분 후 구급차가 출발했다. 급박했던 시간은 지나갔다.

피나타가 부엌에서 들어와 신음하고 있는 여자를 방 저편에서 바라보았다.

"브루스터 부인에게 전화했습니다, 후아니타. 당신을 바로 데리러 온답니다."

"난 아줌마랑 안 갈 거예요."

"하커 부인과 저는 당신을 혼자 여기 남겨두고 갈 수는 없어요."

"난 여기 남아서 기다려야 해요. 그 사람들이 엄마를 집으로 돌려보낼지도 모르니까요. 엄마를 돌볼 사람이 없게 되잖아요. 내가 만약……."

"어머니는 집에 돌아오시지 않아요."

그녀 어머니의 얼굴을 덮을 때 썼던 시트처럼 이상한 공백이 다시 후아니타의 얼굴을 덮어 감추었다. 후아니타는 아무런 소리 없이 일어서서 침실로 갔다. 카밀라의 사진 앞에 놓인 촛불은 아직도 타고 있었다. 그녀는 허리를 숙여 촛불을 불어 껐다. 그러고는 침대에 가로로 털썩 쓰러지더니 등을 대고 돌아누워 천장을 올려다보았다. "이건 그냥 밀랍이에요. 보통 평범한 밀랍이라고요."

데이지가 침대 발치에 섰다.

"브루스터 부인이 여기 올 때까지 우리가 당신과 있을게요."

"난 상관없어요."

"후아니타, 내가 할 수 있는 게 있으면, 내가 도와줄 수 있는 방법이 있으면……."

"난 아무 도움도 원하지 않아요."

"전화번호가 적힌 내 명함을 화장대 위에 놓고 갈게요."

"날 좀 가만 놔둬요. 가버려요."

"그래요, 우리 가요."

그들의 출발은 그들의 도착과 똑같은 말로 표시되었다. 가버려요. 두 말 사이에서 한 여자가 죽고 한 괴물이 생명을 얻었다.

먼지와 눈물, 이것들이 네가 태어나던 날에 대해

내가 가장 잘 기억하는 것이다.

네 엄마의 흐느낌, 잠긴 창문 사이로 스며들던 먼지,

빗장 달린 문과 공기도 통하지 않게 꽉 막힌 굴뚝…….

창문마다 커튼이 내려져 있는 것이 집에 아무도 없거나 누가 있어도 그 사실을 광고하고 싶어 하지 않는 것 같았다. 데이지는 본 적이 없는 차 한 대가 차고 옆에 주차되어 있었다. 피나타가 차 문을 열고 등록증을 조사하는 동안 데이지는 집 위로 삼십 미터까지 우뚝 솟아 있는 유칼립투스 나무 아래에 서서 기다렸다. 나무의 젖은 껍질에서 풍기는, 반쯤 쓰고 반쯤 달콤한 냄새가 톡 쏘듯 코를 찔렀다.

피나타가 말했다.

"후아니타의 차군요. 당신 아버지가 여기 계신 것 같습니다."

"그래요. 나도 그럴 거라고 생각했어요."

"창백해 보이는군요. 괜찮습니까?"

"그런 것 같아요."

"사랑합니다, 데이지."

"사랑……." 그 말의 소리는 유칼립투스 향기처럼 반쯤 쓰고 반쯤 달콤했다. "어째서 그 말을 지금 하는 거죠?"

"알려주고 싶었습니다. 그래서 여기서 오늘 당신 아버지나, 어머니, 혹은 짐과 관련해서 무슨 일이 일어나든 간에……."

"한 시간 전까지만 해도 나를 떼어버리고 싶어 했잖아요." 그녀가 고통스럽게 말했다. "마음을 바꿨나요?"

"그래요."

"어째서요?"

"한 여자가 죽는 걸 보았으니까요." 그는 이번 생이 자기가 살아가도록 주어진 유일한 삶이라는 완전한 자각에서 느낀 충격을 그녀에게 설명할 수 없었다. 두 번째 기회도, 기다림에 수여된 표창장도, 인내심에 대한 졸업장도 없을 것이다.

그녀는 설명 없이도 그의 말뜻을 이해하는 것처럼 보였다.

"나도 당신을 사랑해요, 스티브."

"그럼 모든 것이 다 잘될 겁니다. 그렇죠?"

"그럴 것 같아요."

"지금 짐작만 하고 있을 시간이 없어요, 데이지."

"모든 게 잘될 거예요."

그녀가 말했다. 그가 키스를 하자, 그녀는 자신의 말을 거의 믿어버렸다.

그녀는 집으로, 꿈이 시작되었고 이제는 끝나게 될 장소로 걸어가면서 그의 팔에 매달렸다. 앞문은 잠겨 있었다. 데이지가 문을 열고 현관 로비로 들어갔을 때 옆에 이어진 거실에서는 아무런 소리도 들리지 않았다. 하지만 침묵은 기이할 정도로 살아 있었다. 사방의 벽이 여전히 분노의 소음으로 메아리치는 듯했다.

어머니의 날카로운 목소리가 침묵을 갈랐다.

"데이지, 너니?"

"네."

"누구랑 같이 있어?"

"그래요."

"우리는 여기서 '사적인' 가족회의를 하는 중이다. 손님에게 죄송하다고 말하고 와야겠구나. 당장."

"그러지 않을 거예요."

"네…… 네 아버지가 여기 와 계시다."

"네." 데이지가 말했다. "네, 알아요."

그녀는 거실로 들어갔고, 피나타가 그 뒤를 따랐다.

데이지처럼 생긴 키 작은 여자가 전망창 옆의 의자에 웅크리고 앉아서, 피처럼 흘러나오는 말을 틀어막으려는 듯 입에 손수건을 꽉 누르고 있었다. 하커는 불을 붙이지 않은 파이프를 입에 물고 체스터필드 소파에 앉아 있었다. 아주 잠깐 데이지를 쳐다보는 그의 시선에는 책망이 담겨 있는 듯했다.

단을 높인 벽난로 앞에서, 집을 사려고 방을 둘러보는 사람처럼 서 있는 사람은 필딩이었다. 피나타는 필딩이 술만으로 취한 건 아니라는 사실을 즉시 알아차렸다. 마치 자신의 아내가 자기 앞에서 공포로 움츠리고 있는 모습을 보는 이 순간을 몇 년이나 기다려온 듯했다. 어쩌면 이것이 그가 샌펠리스에 온 진짜 동기였으리라. 데이지를 돕고자 하는 욕망이 아니라, 에이다에게 복수를 하고 싶다는 갈증. 복수는 사람을 취하게 했다. 필딩은 환희로 넋을 잃고 반쯤 미친 것처럼 보였다.

데이지는 천천히, 마치 이 낯선 남자가 자기 아버지인지 아닌지 확신하지 못하는 듯 아버지를 향해 방을 가로질러 갔다.

"아빠?"

"그래, 데이지 베이비."

그는 반가워하는 듯했지만 그녀를 마중하기 위해 움직이지 않고 난로 앞에 계속 서 있었다.

"예전만큼 예쁘구나."

"괜찮으세요, 아빠?"

"그럼. 그렇고말고. 이보다 더 좋을 순 없다." 그는 딸의 이마에 가볍게 입맞춤하려고 허리를 숙였다가 금방 다시 폈다. 자신의 권좌를 찬탈자가 훔쳐갈까 두려워하는 사람 같았다. "그래, 피나타 씨와 같이 왔구나. 그거참 유감스러운데, 데이지 베이비. 이건 전적으로 사적인 가정사거든. 피나타는 관심이 없을 거야."

"저는 조사를 하기 위해 고용됐습니다. 결론이 날 때까지는, 혹은 제가 해고될 때까지는 하커 부인의 명령만 받죠." 그는 데이지를 흘끔 보았다. "내가 떠났으면 좋겠습니까?"

그녀가 고개를 저었다.

"아뇨."

"후회할지도 몰라, 데이지 베이비. 하지만 후회는 인생의 한 부분이지. 안 그래, 에이다? 어쩌면 핵심 부분일까? 어떤 후회는, 물론 다른 후회보다 더 늦게 오고 더 받아들이기도 힘들지. 그렇지 않아, 에이다?"

필딩의 말에 필딩 부인이 입에 댄 손수건 사이로 대꾸했다.

"당신 술 취했어."

"술 속에 진실이 있다잖아, 자기."

"당신에게서 나온다면 진실은 더러운 말일 뿐이야."

"난 더 더러운 말도 아는데. 사랑, 그거야말로 모든 말 중에 가장 더러운 말 아냐, 에이다? 우리에게 말해봐. 진상을 밝히라고."

"당신은…… 사악한 인간이야."

"괜한 반감을 사지 마세요, 장모님." 짐이 조용히 말했다. "그래 봤자 얻을 게 없습니다."

"짐의 말이 맞아. 내 반감을 사지 말라고, 에이다. 그러면 내가 착한 애송이처럼 아무 얘기도 하지 않고 그냥 떠날지도 모르잖아. 그게 좋겠어? 물론 당신은 그걸 좋아하겠지. 다만 너무 늦었어. 당신의 하찮은 속임수가 자기 발등을 찍은 거야. 내가 떠난다고 멈춰지지 않아."

"속임수를 썼다고 해도 꼭 필요한 거였어." 에이다의 머리는 벌써 떨리고 있었다. 머리를 받치는 목 근육이 갑자기 흐물흐물해진 듯했다. "데이지에게 거짓말을 할 수밖에 없었어. 데이지가 아이를 갖게 놔둘 순 없었다고. 그런…… 아버지의 그런 특성을 물려받은 아이를 낳도록 할 순 없었어."

"데이지에게 그 특성을 말해봐. 이름을 대보라고."

"난…… 제발, 스탠. 그만둬."

"쟤도 자기 아버지를 알 권리가 있잖아, 안 그래? 당신이 쟤 인생에 영향을 끼치는 결정을 내렸어. 이제 그에 대한 근거를 대봐." 필딩의 입이 벌어지며 즐거운 기색이라곤 없는 미소를 지었다. "쟤한테 현명하고 자상한 어머니가 없었더라면 세상에 내놓았을지 모르는 온갖 작은 괴물들에 대해 얘기해보라고."

데이지는 문에 등을 대고 서 있었다. 그녀의 두 눈은 아버지도, 어머니도 아니고 오로지 짐에게 박혀 있었다.

"짐? 이분들이 무슨 얘기 하는 거예요, 짐?"

"당신 어머니에게 물어봐야 할 거야."

"어머니가 의사 진료실에서 그날 내게 거짓말을 했다는 거예요? 내가 아이를 갖지 못한다는 게 사실이 아니에요?"

"그래, 사실이 아니야."

"어째서 그런 거죠? 어째서 엄마가 그러도록 놔둔 거예요?"

"그럴 수밖에 없었어."

"그럴 수밖에 없었다니. 그런 설명밖에 할 수 없어요?" 그녀는 방 저편에 있는 그를 향해 걸어갔다. 빗방울이 그녀의 코트에서 부드러운 양탄자 위로 소리 없이 떨어졌다. "그 여자, 후아니타는 어떻게 된 거죠?"

"그 여잔 내 인생에서 딱 한 번 만났을 뿐이야." 그가 말했다. "거리에서 만나서 진료소까지 서너 블록을 태워다줬지. 고의로. 그 여자가 누군지 알았으니까. 당신이 나올 때까지 차 안에서 그 여자에게 말을 걸었어. 당신에게 우리 둘이 함께 있는 모습을 보여주려고."

"어째서?"

"내가 그 여자 아기의 아버지라고 주장할 의도였으니까."

"이유가 있었을 거 아니에요."

"어떤 남자도 이유 없이 그렇게 극단적인 조치를 취하진 않지."

"하나는 생각해낼 수 있겠네." 그녀가 귀에 거슬리는 목소리로 말했다. "당신은 우리에게 아이가 없는 게 내 문제라고 생각하도록 만들고 싶었던 거야. 당신 문제가 아니라. 이제야 처음부터 그게 당신 문제였다는 걸 인정하는 건가요."

"그래."

"그럼 당신과 엄마가 내게 거짓말을 하고, 당신이 후아니타의 애 아버지라고 주장한 이유도 우리 결혼에서 불임인 건 당신 쪽이 라는 사실을 내가 절대 의심하지 못하게 하기 위한 거네."

그는 부인하려 들지 않았다. 하지만 그는 오로지 그건 진실의 작은 부분이라는 것도 알고 있었다.

"그것도 한 요소야, 그래. 내가 거짓말을 처음 지어낸 건 아니 야, 당신 어머니가 했지. 나는 그 사실을 알았을 때 거기에 따랐을 뿐…… 거짓말이 필요해졌을 때."

"어째서 그게 필요해졌는데?"

"당신 어머니를 보호해야 했으니까."

필딩 부인이 출발을 알리는 총소리를 들은 달리기 주자처럼 의 자에서 펄쩍 튀어 일어났다. 그러나 뛰어갈 곳은 어디에도 없었다. 이 달리기 트랙은 시작도 끝도 없었다.

"그만해. 내가 저 애한테 얘기할게."

"엄마가요?" 데이지는 몸을 돌려 어머니를 대면했다. "엄마 말 이라면 오늘이 토요일이고 밖에 비가 온다고 해도 안 믿을 거예요."

"오늘은 토요일이고, 밖에는 비가 오지. 내가 말했다고 해서 사 실을 안 믿는다면 넌 바보야."

"그럼 사실을 몇 가지 말해보시죠."

"이 자리에 낯선 사람이 있잖니." 필딩 부인이 피나타를 흘긋 보더니, 필딩에게로 시선을 옮겼다. "낯선 사람이 둘이구나. 그들 앞에서 말해야겠니? 조금 기다려서……."

"기다리는 건 지긋지긋해요. 피나타 씨는 말을 옮기지 않을 신중한 사람이라고 믿을 수 있어요. 그리고 아버지는 내게 해되는 건 아무것도 하지 않겠지요."

필딩은 고개를 끄덕이며 딸을 향해 미소 지었다.

"내가 안 그럴 거라는 건 확신해도 좋다, 데이지 베이비."

하지만 그 미소에는 멸시와 냉소가 담겨 있어 피나타는 걱정이 되었다. 그게 뭔지 알 수가 없었기 때문이었다. 그는 그것이 술기운이기를 바랐다. 아니면, 뭐가 되었든 필딩의 몸 안에서 작동하며 취하게 했던 물질이 이제는 기운이 빠지면서 그의 자기 확신이 줄어들길 바랐다. 취기가 빠져나간 증상 중 하나는 벌써 눈에 띄고 있었다. 미세하게 떨리는 손. 필딩은 주머니에 넣어 두 손을 감추려 하고 있었다.

필딩 부인은 딸에게 눈길을 돌려 이야기를 다시 하던 차였다.

"네가 지금 뭐라고 생각하든, 짐은 네 행복을 위해 가능한 모든 일을 한 것이란다, 데이지. 그걸 기억해라. 첫 번째 거짓말은 내가 한 것이었다. 그게 왜 필수적이었는지는 이미 말했지. 네 아이들은 물려받아서는 안 될 낙인이 찍히게 될 거야. 그에 대해서는 낯선 사람 앞에서 말할 순 없다. 나중에 너와 나만 있을 때 논의하자꾸나."

부인은 길게 숨을 들이마시다가 마치 폐나 심장이 찔려 상처를 입은 양 움찔했다.

"사 년 전, 경고도 없이 오랫동안 본 적도 없고 다시는 만날 거라 기대도 못 했던 남자에게서 전화 한 통을 받았다. 그 사람 이름은 카를로스 카밀라였어. 스탠과 나는 우리가 처음 뉴멕시코에서 결혼했을 때 컬리라는 이름으로 그 사람과 알고 지냈지. 그는 우리 둘 모두에게 가까운 친구였어. 데이지 넌 언제나 내가 인종 편견이 있다고 비난했지. 하지만 그 시절 카밀라는 우리의 친구였다. 우리는 산전수전을 함께 겪으며 서로를 도왔지.

그는 전화를 해서는 말을 어물거리지 않더구나. 자기는 이제 살 날이 얼마 안 남았고 장례식 비용이 필요하다고 했어. 그 사람이 나한테…… 옛날 얘기를 꺼내서, 나는…… 그래, 그 사람을 만나서 돈을 좀 주겠다고 했지."

"이천 달러를요?"

피나타가 물었다.

"그래요."

"옛정의 대가로는 많은 돈인데요, 필딩 부인."

"난 그 사람을 도와야겠다는 의무감을 느꼈어요. 목소리가 몹시 아프고 돈 한 푼 없는 사람처럼 들려서, 죽을 날이 얼마 안 남았다는 그 사람의 말이 사실이라는 걸 알았죠. 그 사람에게 만나는 대신 돈을 보내주면 되지 않겠느냐고 했더니, 시간이 없고 돈을 받을 주소가 없다고 하더군요."

"돈은 어디서 구했습니까?"

"짐에게서. 나는 사위가 사무실 금고에 현금을 많이 넣어두고 있다는 것을 알았으니까. 상황을 설명했더니 짐은 카밀라가 부탁한 돈을 주는 게 바람직하다고 생각했죠."

"바람직하다고요?"

피나타에게는 그런 상황에서 쓰기엔 기이한 단어처럼 들렸다.

"짐은 너그러운 사람이니까."

"그 너그러움에는 이유가 있지 않았습니까?"

"그래요."

"그게 뭡니까?"

"대답을 거부해야겠군요."

"좋습니다. 카밀라를 만나러 가신 거죠. 어디로요?"

"그린월드 스트리트 끝, 철도 신호수의 초소 옆. 아주 늦은 시각이고 어두웠어요. 아무도 보이지 않았죠. 그래서 내가 그 사람의 지시를 잘못 이해했나 싶었는데, 막 돌아가려고 하는 순간 그 사람이 내 이름을 부르는 소리가 들리더니 덤불 뒤에서 그림자 하나가 걸어나오는 거예요. '이리 와서 나 좀 봐.' 그 사람이 말하더군요. 그는 성냥을 켜더니 얼굴 앞으로 들었어요. 우리가 알던 시절 그 사람은 젊고 생기 넘치고 잘생겼었죠. 그러나 성냥 불빛에 비친 얼굴은 여위고 일그러진, 살아 있는 시체였어요. 나는 할말을 잃었죠. 그 사람에게 돈을 주었더니 그가 말했죠. '주님의 축복이 당신 에이다에게 있기를. 그리고 주님의 축복이 나 카를로스에게도.'"

이 장례식의 말들은 피나타에게 또 다른 의식의 기이한 메아리를 포함하는 것처럼 들렸다. 나 에이다는 당신 카를로스를 맞아…….

"누가 오는 소리가 들린 것 같았어요." 필딩 부인이 계속 말을 이어갔다. "나는 겁에 질려서 도로 내 차로 뛰어가 그 자리를 떠났어요. 집에 돌아오니 전화가 울리더군요. 어떤 여자였어요."

"로사리오 부인?"

"그래요. 그때는 자기 이름을 말하지 않았지만. 그 여자는 죽은 카를로스를 발견했다면서, 내가 그를 죽였다고 했어요. 내가 아니라며 항의했지만 들으려 하지 않았죠. 그 여자는 자꾸 자기 딸 얘기만 했어요. 아비 없는 자식을 낳게 되어 돌봐줘야 하는 후아니타의 얘기였어요. 그녀는 딸과 아이를 위해 돈이 필요하다는 생각 하나에 강박적으로 사로잡혀 있더군요. 나는 다시 전화하겠다고, 다른 사람과 의논해야 한다고 했어요. 그 여자가 내게 전화번호를 주었죠. 그래서 나는 짐의 방으로 가서 사위를 깨웠죠."

부인은 말을 멈추고 반은 슬픈 듯이 반은 책망하듯이 데이지를 보았다.

"네 남편이 얼마나 여러 번 내 어깨에서 짐을 덜어주었는지 너는 결코 모를 거다, 데이지. 나는 짐에게 상황을 얘기했어. 우리는 둘 다 내가 경찰 수사에 말려드는 건 있을 수 없는 일이라고 합의를 보았지. 수상쩍은 일들이 너무 많이 나올 테니까. 내가 카밀라를 안다는 사실. 내가 그에게 이천 달러를 주었다는 사실. 내가 그걸 상대할 수는 없었다. 로사리오 부인의 입을 막아야만 한다는 것을 깨달았지. 문제는 어떤 방식으로 돈을 줄 것인가였어. 만약 누가 그돈에 대해 알아내더라도 진짜 이유는 비밀로 남아 있어야 하니까. 유일하게 가능한 방법은 가짜 이유를 지어내고 핵심 위치에 있는 사람에게 그걸 알리는 거였지. 가령, 애덤 버넷 같은."

"그리고 그 가짜 이유라는 게 후아니타에게 양육비를 준다는 겁니까?"

피나타가 물었다.

"그래요. 로사리오 부인이 무의식적으로 그 방법을 제안한 장본인이죠. 돈이 필요한 건 자기를 위해서가 아니라 딸을 위해서일 뿐이라고 주장했어요. 그래서 우리는 바로 그런 식으로 일을 처리해야 한다는 결론을 내렸죠. 짐이 아이의 아버지라고 하고 양육비를 대기로 했어요. 어떤 면에서는 운명의 장난처럼, 이 거짓말은 내가 처음에 데이지에게 말할 수밖에 없었던 거짓말과 완벽하게 맞아떨어졌어요. 모든 조치는 다음날 애덤 버넷의 사무실에서 이루어졌어요. 애덤과 짐, 로사리오 부인 셋이서. 애덤은 진실에 대해 들은 바가 없어요. 그는 심지어 후아니타와 법정에서 싸워 '친권'을 찾아야 한다고까지 주장했지만, 짐이 결국 그를 설득해서 입을 다물게 할 수 있었어요. 다음 단계는 데이지를 설득하는 거였죠. 그건 꽤 쉬웠어요. 짐은 로사리오 부인을 통해 후아니타가 그날 오후 늦게 진료소에 간다는 것을 알아냈어요. 그리고 그 여자를 차에 태우고 데이지가 밖에 나와 두 사람이 함께 있는 모습을 볼 때까지 계속 말을 시켰어요. 그런 후에 데이지에게 가짜 고백을 했죠.

잔인하다고? 그래, 잔인한 일을 저질렀지, 데이지. 그렇지만 다른 것만큼 잔인한 건 아닐 수도 있잖니. 인생이 우리에게 부리는 진짜 속임수만큼 잔인하진 않아. 다음 며칠은 끔찍했다. 검시관의 사인 규명에서 카밀라의 죽음을 자살로 판정했지만 경찰은 여전히 그에게서 발견된 돈의 출처를 수사하고 있었고, 여전히 카밀라가 누군지 밝혀내려 했으니까. 하지만 시간이 흐르고 아무 일도 일어나지 않았어. 카밀라는 무덤에 매장됐고, 여전히 신원 미상인 채지."

"무덤을 찾아가보신 적은 있습니까, 필딩 부인?"

피나타가 물었다.

"짐의 부모님에게 꽃을 드리러 갈 때 몇 번 지나쳤어요."

"카밀라를 위해서도 꽃을 남기셨습니까?"

"아니. 그럴 순 없었죠. 데이지가 항상 나와 같이 있었으니까."

"왜죠?"

"왜냐하면 난…… 난 그 애가 함께 가길 원했으니까요."

"그런 경우에 감정을 표시한 적이 있었습니까?"

"가끔 울었죠."

"부인이 눈물 흘리는 이유를 데이지가 궁금해하지 않던가요?"

"거기 사촌이 묻혀 있다고 말했어요. 아주 좋아하던 사촌이."

"그 사촌의 이름이 뭐였죠?"

"난⋯⋯."

필딩에게서 갑작스레 터진 기침 발작은 마치 숨죽인 웃음소리 같았다. 기침이 멎자, 그는 코트 소매로 눈을 닦았다.

"에이다는 천성이 아주 감상적이지. 죽은 사촌 얘기만 나와도 눈물을 뚝뚝 흘릴 만큼. 이 경우의 문제는 저 여자의 부모는 양쪽 다 형제라고는 없었다는 거지만. 그래, 당신 사촌은 어디 출신이야, 에이다?"

필딩 부인은 입술만 움직여 소리 없는 저주를 퍼부으며 그를 바라보았다.

피나타가 말했다.

"사촌은 없죠, 필딩 부인?"

"난⋯⋯ 없어요."

"눈물은 카밀라를 위한 거였죠?"

"그래요."

"어째서죠?"

"홀로 죽었고, 홀로 묻혔으니까. 난 죄책감을 느꼈어요."

"그렇게 강한 죄책감이라니 부인에 대한 로사리오 부인의 고발이 사실에 바탕을 두고 있는 건 아닐까 궁금해지는데요."

피나타가 말했다.

"난 카밀라의 죽음과는 뭐가 되었든 아무 상관이 없어요. 그 사람은 자기 칼로 자살했어요. 그게 검시관의 판정이죠."

"오늘 오후, 카밀라의 시체를 맡았던 장의사 폰데로 씨와 얘기를 나눴습니다. 카밀라의 손은 관절염으로 너무 심하게 망가져서 그 칼을 쓸 정도의 힘은 없었을 거라고 하더군요."

"내가 그 사람과 헤어졌을 땐……." 필딩 부인은 흔들림 없이 말했다. "여전히 살아 있었어요."

"하지만 로사리오 부인이 도착했을 때 카밀라는 죽어 있었습니다. 필딩 부인이 로사리오 부인 오는 소리를 듣고 겁이 나 도망쳤다 치죠. 카밀라가 칼을 다룰 능력이 없었다는 폰데로의 의견이 맞다고 가정해볼까요. 우리가 아는 한, 그날 밤 카밀라와 같이 있었던 사람은 오직 둘뿐이었습니다. 부인과 로사리오 부인. 로사리오 부인이 자기 동생을 죽였다고 생각합니까?"

"내가 했다고 생각하는 것보다는 더 합리적이로군요."

"로사리오 부인의 동기는 무엇이 될 수 있을까요?"

"어쩌면 그 딸이라는 여자를 위해 돈을 얻어낼 고의적인 계획이었을 수도 있죠. 나는 모르겠어요. 그 여자에게 가서 묻지그래요, 나 말고?"

"물어볼 수가 없습니다. 로사리오 부인은 오늘밤 심장마비로 죽었어요."

"맙소사." 그녀는 의자에 도로 주저앉으며 두 손으로 가슴을 눌렀다. "죽음이라니. 죽음이 내 주위를 에워싸기 시작하고 있어. 이렇게 다들 죽고, 어떤 것으로도 그 저주를 떨칠 수 없어, 그 자리를 대신할 새로운 생명은 오지도 않는데. 이게 내 벌이야, 새로운 생명이 없다는 것." 그녀는 둔한 눈으로 필딩을 바라보았다. "당신이 원한 복수가 이거지, 스탠? 그럼, 이제 바라는 대로 됐네. 이제 가보시지그래. 어느 구멍에서 기어나왔는지 모르지만 그리로 돌아가."

필딩의 미소는 입가에서 파르르 떨렸으나 가시지 않고 남아 있었다.

"이제부터 당신도 그렇게 근사하게 살 순 없을 텐데. 안 그래, 에이다? 어쩌면 당신이야말로 기어들 구멍을 찾는 게 좋을 거야. 우아한 삶의 땅으로 들어가는 여권은 데이지가 떠나면 만료될 테니까."

"데이지는 떠나지 않아."

"그래? 저 애에게 물어봐."

두 여자는 침묵 속에서 서로를 응시했다. 그때 데이지가 남편에게 짧은 눈길을 보내며 말했다.

"내가 이 집에 남지 않을 거라는 걸 짐은 이미 알고 있는 것 같은데요. 지난 며칠 동안 깨달았을 거예요. 그렇죠, 짐?"

"그래."

"내게 머물러달라고 부탁할 건가요?"

"아니."

"내가 부탁할 거다." 필딩 부인이 거칠게 말했다. "넌 지금 이렇게 나갈 수 없다. 이 결혼을 안전하게 지키려고 내가 얼마나 열심히 노력했는데……."

필딩이 웃음을 터뜨렸다.

"사람들은 '자기 자신'의 결혼을 지키려고 노력하는 거야, 여보. 가령 당신의 결혼을 생각해봐. 당신이 결혼한 이 필딩이라는 남자는 그렇게 나쁜 사람은 아니었거든. 아, 그렇다고 세계 1등 남편은 아니었지. 이런 근사한 집을 사줄 능력은 없었으니까. 하지만 그는 당신을 사랑했어. 당신을 세상에서 가장 훌륭하고, 정숙하고, 진실한……."

"그만해. 난 듣지 않을 테니까."

"가장 진실한……."

"그분을 가만 놔둬요, 필딩." 짐이 조용히 말했다. "당신도 피를 뽑았잖아요. 그걸로 만족하세요."

"아마도 맛을 들여서 더 원하게 됐나 보지."

"피를 더 흘리게 되면 이번엔 데이지의 피예요. 그걸 생각해요."

"데이지의 피를 생각해보라고? 좋아. 그렇게 하지." 필딩은 텔레비전 광고에서 의사를 연기하는 배우처럼 가짜로 심각한 표정을 지어 보였다. "데이지의 피에는 자녀들에게 전해져 괴물로 만들어버리는 어떤 유전자가 있지. 그 아버지처럼. 맞나?"

"당신도 알겠지만, 괴물이라는 표현은 적용되지 않아요."

"에이다는 된다고 생각할걸. 사실 이 여자는 그 주제에 대해선 제정신이 아니야. 하지만 결국 우리 모두 죄책감 때문에 약간 미쳤는지도 모르지."

"죄책감에 대해서 잘 아는 모양이군요, 필딩."

피나타가 말했다.

"전문가거든."

"그래서 당신도 조금 미쳤습니까?"

필딩은 늙은 개처럼 씩 웃었다.

"내가 여기까지 오려고 감수해야 했던 위험을 감당한다면 자네도 약간 미쳐야 할 거야."

"위험요? 필딩 부인이나 하커 씨가 공격이라도 한다는 겁니까?"

"짐작하고 있잖나."

"노력은 하고 있죠." 피나타는 방 저편으로 건너가 필딩 부인의 의자 옆에 섰다. "카밀라가 그날 밤 로사리오 부인의 집에서 전화를 했을 때, 부인은 그 전화가 놀라웠다고 말했죠?"

"그래요. 오랜 세월 동안 그 사람을 보지도, 소식을 듣지도 못했으니까."

"그러면 그 사람은 어떻게 부인이 샌펠리스에 살고 있고, 자신을 재정적으로 도와줄 위치에 있다는 걸 알았죠? 카밀라 같은 몸 상태의 남자는 몇 년 동안이나 보지도 못한 여자를 찾아내려고, 그리고 자기를 도와줄 만큼 돈이 있을 거라는 어렴풋한 희망만 품고 전국 횡단 여행을 시작하진 않아요. 분명히 여기 오려고 결심하기 전에 그 두 가지 사실을 알았을 겁니다. 부인의 주소와 재정 상황 말이죠. 누가 말해줬죠?"

"모르겠네요. 만약……." 그녀는 말을 멈추고 고개를 필딩 쪽으로 천천히 돌렸다. "그게…… 그게 당신이었어, 스탠?"

잠시 망설이다 필딩은 어깨를 으쓱하며 말했다.

"물론. 내가 말했지."

"어째서? 나를 골탕 먹이려고?"

"당신이 약간의 골탕 정도는 감당할 수 있을 거라고 생각했지. 당신에게는 만사가 꽤 매끄럽게 잘 흘러갔잖아. 그렇다고 내가 실제로 무슨 계획 같은 걸 짠 건 아냐. 처음엔 아니었지. 우연히 일어난 거야. 그해 십일월 말에 앨버커키에 들렀어. 가능성은 희박하지만 그가 혹여나 부자가 되어서 돈 얼마쯤 선뜻 융통해주지 않을까 하는 생각에 카밀라를 찾아보려고 했지. 어처구니없는 짐작이었어, 정말이라니까. 내가 그 사람을 찾아내고 보니 파멸의 내리막길을 걷고 있더군. 그의 아내는 죽었고, 그는 인디언 두어 명과 진흙 오두막 속에서 살고 있었어. 아니 반만 살아 있었다고 해야 하나."

그의 입은 고무 조각이나 다름없이 더이상의 표정도 목적도 없이 옆으로 쭉 늘어났다.

"아, 그래. 꽤나 대단한 재회였어, 에이다. 당신이 그걸 못 봤다니 아쉽네. 그랬다면 당신에게 가난과 빈곤의 차이라는 간단한 교훈을 가르쳐줄 수 있었을 텐데. 가난은 돈이 없는 거야. 빈곤은 현실, 적극적인 것이지. 그건 일 분 일 초를 나와 함께 살아가는 것이거든. 밤이면 내 배를 갉아먹고, 움직일 때면 팔과 다리를 끌어당겨. 추운 날 아침에는 손과 귀를 물어뜯지. 뭔가 삼킬 때는 목을 꼬집고, 물기가 있으면 한 방울 한 방울 다 쥐어짜. 카밀라는 자기 철제 침대 위에 앉아 내 눈앞에서 죽어가고 있었어. 그런데 내가 그 사람 앞에 서서 '당신을' 골탕 먹여줘야겠다는 그런 걱정이나 했을 것 같아? 당신은 정말 대단한 이기주의자야, 에이다. 왜, 당신은 카밀라나 나에게는 사람으로 존재하지도 않았어. 당신은 그냥 돈이 나올 만한 구멍이었고, 우리 둘 다 그 돈이 절실했지. 카밀라는 죽을 돈이, 나는 살 돈이. 그래서 나는 그에게 말했어. 에이다에게 돈 좀 빌리면 어때? 데이지를 부자 남자에게 붙였거든. 내가 그 얘기는 했어. 그 사람들 돈 이천 달러 정도 없어도 아쉽진 않을 거라고."

필딩 부인의 얼굴은 고통과 충격으로 굳어져 있었다.

"그래서 그 사람이…… 나한테 돈을 빌리자는 데 찬성했단 거야?"

"당신이든 다른 사람이든. 죽어가는 남자에게는 별로 중요하지 않았지. 그는 이 삶에서는 더이상 버텨나갈 수 없다는 것을 알았거든. 그는 다음 생이라는 생각에 집착했어. 그래서 근사한 장례식을 하고 천당에 가려 한 거지. 당신에게서 돈을 얻어낸다는 생각 자체도 그에겐 매력적이었을 것 같아. 특히 누나가 여기 샌펠리스에 살고 있기까지 하니까. 그는 일석이조라고 생각했어. 로사리오 부인이 성당에 영향력이 있으니 자기가 이 세상을 떠날 때 뭔가 도움이 되리라고 생각한 거야."

"그럼 필딩 씨는 여기 왔을 때 알고 있었던 겁니까, 카밀라가 후아니타의 삼촌이라는 것을?"

피나타가 물었다.

"아니, 아니. 카밀라는 자기 누나를 필로메나라는 이름으로만 불렀거든. 오늘 오후 후아니타를 집에 데려다주었을 때 그의 사진을 보고 그야말로 혼비백산했지. 하지만 그때 뭔가 더러운 일이 벌어지고 있구나 확신하기 시작했어. 너무 많은 우연의 결론이라면 그건 계획이겠지. 내가 모르는 전체 계획. 나는 내 전처를 알거든. 계획은 저 여자의 전문 분야고."

필딩이 말했다.

"그럴 수밖에 없었어. 다른 사람 아무도 하지 않으니 내가 앞을 내다보고 준비할 수밖에 없잖겠어."

필딩 부인이 말했다.

"이번에는 너무 멀리까지 내다봐서 당신 코앞에 어떤 길이 있는지도 보지 못했군. 손자까지 걱정하다니. 자기 자식이나 걱정하지 그랬어."

"카밀라 얘기로 돌아가보죠." 피나타가 필딩에게 말했다. "그러면 당신은 카밀라가 당신 전부인에게서 받아낸 돈이든 뭐든 거기서 고물이 떨어지길 기대했던가 보군요?"

"물론. 그건 내 생각이었으니까."

"부인이 돈을 줄 거라는 강한 확신이 있었군요."

"그래."

"어째서요?"

"아, 석별의 정, 그런 종류의 일이지. 말대로 에이다는 무척 감상적인 성격이거든."

"그리고 내가 말한 대로, 이천 달러는 석별의 정치고는 꽤 거액이죠."

필딩은 어깨를 으쓱했다.

"우리는 한때 좋은 친구였으니까. 목장 근방에서는 우리를 삼총사라고 불렀지."

"그래요?"

피나타는 강한 인종 편견을 지닌 필딩 부인이 멕시코 출신 목장일꾼이 포함된 삼인조의 일원이었다는 것을 믿을 수가 없었다. 하지만 필딩의 진술이 거짓이라면 에이다 필딩이 부정하고도 남았을 텐데, 그녀는 그런 시도도 하지 않고 있었다.

좋아, 그렇다면 부인이 변한 거로군, 피나타는 생각했다. 어쩌면 필딩과 함께 보낸 시간에 쓰디쓴 맛을 보고 마침내 그때 함께했던 삶의 일부분이라면 무엇이든 편견을 갖게 되었는지도 몰라. 부인 탓을 너무 심하게 할 순 없어.

"원래 계획은 카밀라가 샌펠리스에 가서 돈을 받아서 당신 몫을 가지고 앨버커키로 오기로 한 겁니까?"

피나타가 물었다.

필딩의 망설임은 미세했지만 알아차릴 수는 있었다.

"물론."

"그리고 당신은 카밀라를 신뢰했고요?"

"그럴 수밖에 없었지."

"아, 꼭 그럴 필요는 없었죠. 가령 여기에 동행했을 수도 있으니까요. 그런 환경에서는 그게 논리적인 수순이 아니었을까요?"

"내 알 바 아니네."

필딩처럼 입담 좋은 사람치고는 이상하리만큼 어설픈 대답으로 보였다.

"결국 카밀라가 자살해서 당신 몫의 돈을 못 받았죠?"

"내 몫을 받지 못했지. 받을 몫이 없었으니까."

"그게 무슨 뜻이죠?"

"카밀라는 돈을 받지 못했어. 저 여자가 주지 않았으니까."

필딩 부인은 잠시 어이없다는 표정이었다.

"그건 사실이 아냐. 난 그 사람에게 이천 달러를 건넸다고."

"거짓말하고 있군, 에이다. 당신은 그에게 그 정도를 약속했지만 마련하지는 못했어."

"돈을 주었다고 똑똑히 맹세할 수 있어. 그 사람 돈을 봉투에 넣어서 셔츠 밑에 숨기던데."

"난 믿을 수 없……."

"믿어야 할 겁니다, 필딩. 돈이 거기서 발견되었으니까요. 셔츠 속 봉투 안에."

피나타가 말했다.

"그자 몸에 있었다고? 거기 몸에? 줄곧?"

"확실해요."

"이런, 그 더러운 개새끼……."

필딩은 욕설을 내뱉기 시작했다. 카밀라를 망할 놈이라고 욕하는 말 한 마디 한 마디가 자기 자신도 망하게 하는 것이나 다름없었지만, 그는 멈추지 못했다. 단번에 탕진하는 돈처럼, 그의 오랜 친구이자 오랜 적이며 광대하고 특별한 프로젝트인 카밀라에 대해 몇 년 동안 쌓아두었던 말이 쏟아져나왔다. 말의 홍수 뒤에 숨은 격렬한 감정에 피나타는 깜짝 놀랐다. 이제는 필딩이 카밀라의 죽음에 책임이 있다는 것은 알게 됐지만, 여전히 이유는 알 수 없었다. 돈 하나만으로는 이유가 될 수 없었다. 필딩은 돈을 좇자고 큰 힘을 쓸 만큼 그에 연연하는 사람이 아니었으므로 돈 때문에 사람을 죽였을 리는 만무했다. 어쩌면 카밀라에게 속았다는 분노로 그렇게 행동했을 수는 있었다. 하지만 이런 가설은 다른 것보다도 설득력이 떨어졌다. 우선, 그는 지금에야 비로소 속았다는 것을 깨달았다. 두 번째로는, 그는 맞서 싸우는 유형의 인간이 아니었다. 화가 났다면 그냥 가버릴 사람이었다. 그가 삶에서 까다로운 상황을 만날 때마다 그랬듯이.

기침 발작이 필딩을 사로잡았다. 피나타는 커피 테이블에 놓은 디캔터에서 위스키를 반잔쯤 따라 그에게 건넸다. 기침은 필딩이 술을 꿀꺽 넘기고 십 초 후 멎었다. 그는 손등으로 입을 닦았다. 그러지 않았더라면 빠져나왔을 말을 도로 입안으로 밀어넣는 상징적인 동작이었다.

"금주 설교는 안 하나?" 그가 쉰 목소리로 말했다. "고맙네, 전도사 친구."

"그날 밤 카밀라와 함께 있었죠, 필딩?"

"젠장, 내가 이 먼 길을 혼자 보낼 만큼 그 친구를 믿었다고 생각하진 않겠지? 그는 앨버커키로 돌아가고 싶었대도 못 갈 수도 있었어. 죽어가는 사람이었으니까."

"무슨 일이 있었는지 말해주십시오."

"다 기억할 수는 없어. 술을 마셨으니까. 추운 밤이어서 와인 한 병을 샀네. 컬리는 손도 안 댔어. 자기 누나를 만나고 싶어 했는데, 그 여자는 음주를 찬성하지 않았거든. 그 친구가 누나의 집에서 돌아와서는, 에이다에게 전화했더니 돈을 바로 가지고 나온다고 했다고 했어. 나는 철도 신호수 초소 뒤에서 기다렸지. 아무것도 보이지 않았어. 너무 어두웠거든. 하지만 에이다의 차가 도착했다가 몇 분 후 다시 떠나는 소리는 들렸지. 난 카밀라에게로 갔어. 에이다가 마음을 바꿔서 나눌 돈이 한 푼도 없다고 하더군. 나는 그 친구에게 거짓말하지 말라고 따졌어. 그 친구가 주머니에서 칼을 꺼내 날을 펼쳤지. 내가 가지 않으면 죽여버리겠다고 했어. 난 그 친구에게서 칼을 빼앗으려 했을 뿐인데, 갑자기 그 친구가 넘어지더니…… 그래, 죽었어. 너무 순식간에 일어난 일이었어. 그렇게 죽어버렸지."

피나타는 그 이야기를 완전히 믿지는 않았지만, 배심원단이라면 필딩이 자기방어로 행동했다는 주장에 설득당할 수도 있으리라는 건 확실했다. 이 사건이 법정까지 가지도 않을 가능성도 높았다. 게다가 지방 검사는 강력한 증거가 없다면 사 년 전에 종료된 사건을 재수사하기를 거부할 것이다.

필딩이 말을 이었다.

"누군가 오는 소리가 들렸어. 나는 겁이 나서 철로를 따라 달려갔지. 다음으로 기억나는 건 남쪽으로 가는 화물 열차를 타고 있었다는 거야. 난 계속 갔지. 그냥 계속 갔어. 앨버커키로 돌아갔을 때, 카밀라가 같이 살던 인디언 두 명에게 그 사람이 로스앤젤레스에서 죽었다고 말했지. 만에 하나 카밀라가 실종되었다고 경찰에 신고할 수도 있었으니까. 그들은 내 말을 믿었어. 카밀라가 없어졌다고 그들도 세계도 아쉬울 것 하나 없었지. 그저 비천하고 쓸모없는 멕시코인이었을 뿐이니." 그의 눈은 다시 필딩 부인에게로 옮겨갔다. 그는 너무 특별하고 너무 깊게 관련되어 남과 나눌 수 없는 농담을 즐기는 사람처럼 다시 웃었다. "그 말이 맞지 않아, 에이다?"

부인이 무기력하게 고개를 저었다.

"모르겠는데."

"아, 이제 그만해, 에이다. 사람들에게 말하라고. 당신은 나보다 카밀라를 더 잘 알잖아. 그 친구에게 시인의 감성이 있다고 말하곤 했잖아. 하지만 그때 이후로 좀더 교훈을 깨치지 않았나? 그자가 얼마나 비열하고 가치 없는 자식인지 사람들에게 말……."

"그만해, 스탠. 하지 마."

"그럼 말해."

"좋아. 그렇다고 뭐가 달라져?" 그녀가 피곤하게 말했다. "그는…… 가치 없는 남자였어."

"게으르고 멍청한 졸로*. 당신이 그를 교육시키려고 온갖 노력을 다했건만. 그랬잖아?"

"난…… 그래."

"그럼 다시 말해봐."

"카밀라는…… 게으르고 멍청한 졸로였어."

"그를 위해 건배하자." 필딩은 난로에서 내려와 방 저편의 디캔터를 향해 걸어갔다. "어떤가, 피나타? 자네도 졸로잖아, 안 그래? 또 다른 졸로를 위해 술 한잔하지. 영리하게 게임하지 못한 그 사람을 위해서."

피나타는 목과 얼굴로 피가 솟구치는 것을 느꼈다. 촐로, 촐로, 네 볼로●●에 기름 쳐······. 그 오래된 익숙한 말은 어린 시절에 그랬듯이 지금도 여전히 쏘는 듯이 모욕적이었다. 북쪽 폴로●●●로 여행을 가렴······. 하지만 피나타가 느낀 분노는 필딩을 직접 향한다기보다 본능적이고 일반적이었다. 필딩이 요란하게 거만을 떨어도, 그는 저 남자가 고통받고 있다는 것을 알 수 있었다. 어쩌면 로사리오 부인이 겪었던 치명적인 고통만큼이나 강렬한 도덕적 고통을 생전 처음 그도 겪고 있는지 몰랐다. 평범한 사람으로서 피나타는 그고통의 정확한 원인을 로사리오 부인이 겪은 고통의 의학적 원인을 이해하는 수준으로밖에 이해할 수 없었다. 피나타가 말했다.

"술잔을 놓는 게 좋겠군요, 필딩."

"아, 전도사 선생. 또 시작인가? 데이지 베이비, 나한테 술 한잔 따라주렴, 착한 딸답게."

입을 연 데이지의 눈과 목소리에는 눈물이 어려 있었다.

"좋아요."

"넌 언제나 아빠를 사랑하는 착한 딸이었지. 안 그러냐, 데이지 베이비?"

"네."

"그럼 어서 따라다오. 목이 마르구나."

"알겠어요."

- **촐로** _ 유럽계와 아메리카 원주민계의 혼혈을 가리키는 스페인어.
- ● **볼로** _ 날이 긴 큰 칼.
- ●● **폴로** _ '극지방'이라는 뜻이 스페인어.

그녀는 필딩에게 위스키 반잔을 따라주고 그가 마시는 동안 고개를 돌렸다. 그의 욕구와 강박을 참고 목격할 수가 없는 것만 같았다. 그녀는 피나타에게 말했다.

"우리 아버지는 어떻게 되는 거죠? 사람들이 아버지를 어떻게 하려는 거죠?"

"내 짐작으로는 아무것도 안 할 겁니다."

피나타의 말투는 상황이 보장하는 것에 비해 좀더 자신이 넘치는 듯했다.

필딩이 말했다.

"일단 나를 찾아야 하겠지, 데이지 베이비. 그건 쉽지 않을 거야. 나는 이전에도 사라져본 적이 있으니까. 난 다시 할 수 있어. 내가 그렇게 해내는 진짜 요령을 계발했다고도 해도 좋을 거다. 여기 이글 스카우트 친구가⋯⋯." 그는 엄지손가락으로 멸시하듯 피나타를 가리켰다. "이 친구가 힘이 다 빠질 때까지 경찰한테 달려갈 순 있겠지. 그래봤자 소용없어. 내가 고발된 사건은 없으니까. 내 마음에 담고 다니는 것 말고는. 그리고⋯⋯ 뭐, 그것엔 익숙하단다." 그는 한 손을 데이지의 머리카락에 잠깐 살며시 댔다. "난 받아들일 수 있다. 나에 대해 걱정하지 마라, 데이지 베이비. 난 여기, 저기, 주위에 있을 거다. 언젠가 네게 편지도 쓰겠지."

"이런 식으로 가지 마세요. 이렇게나 빨리, 이렇게나⋯⋯."

"자, 그만해라. 이렇게 다 큰 아가씨가 울면 쓰나."

"가지 마세요. 가지 마요."

하지만 데이지는 아버지가 어쨌든 갈 것이고, 자신의 탐색이 다시 시작되어야 한다는 것을 알았다. 그녀는 낯선 군중 사이에서 그의 얼굴을 보게 될 것이다. 빠르게 달리는 차를 타고 지나가거나, 문이 닫히기 직전 엘리베이터로 들어가는 그의 모습을 언뜻 스치게 될 것이다.

그녀는 아버지의 한 팔을 붙잡으려 했다. 필딩이 재빨리 말했다.

"잘 있거라, 데이지."

그런 후 방 저편으로 걸음을 떼었다.

"아빠······."

"이제 날 아빠라고 부르지 마라. 이젠 끝났어. 다 끝났다."

"잠깐만요, 필딩 씨. 비공식적으로 묻는 건데, 카밀라가 뭐라고 말했거나 행동했길래 그를 칼로 찌를 만큼 격분한 겁니까?"

필딩은 대답하지 않았다. 그는 그저 뒤돌아서서 끔찍한 증오를 담은 눈길로 전부인을 쳐다보았을 뿐이다. 그런 후 집에서 나가버렸다. 문이 쾅 닫히는 소리는 지하 묘지로 향하는 문을 닫듯이 최후를 고하는 것처럼 들렸다.

"어째서?" 데이지가 말했다. "어째서?" 우울하고 가냘픈 그 속삭임은 대답을 찾아 방안에 메아리치는 듯했다. "어째서 그런 일이 일어난 거죠, 엄마?"

필딩 부인은 말없이 굳은 채로 앉아 있었다. 불길한 첫 햇살이 떨어지기를 기다리는 눈* 조각 같았다.

"내 질문에 대답해야 해요, 엄마."

"그래, 그래. 물론이지."

"지금."

"알았다."

마지못해 한숨을 지으며 필딩 부인이 일어섰다. 부인은 어느새 눈에 띄지 않게 주머니에서 무언가를 꺼내 손에 들었다. 봉투였다. 세월이 흘러 노래지고, 수십 개의 주머니와 서랍, 구석과 핸드백에 들어갔다 나온 듯 구겨져 있었다.

"이게 오래전에 네게 왔구나, 데이지. 너에게 줄 생각은 없었는데. 이건 네…… 네 아버지에게서 온 편지란다."

"어째서 나한테 숨겼어요?"

"네 아버지가 그 점을 명확히 밝혀줄 거야."

"그래서 읽었어요?"

"읽었느냐고?" 필딩 부인이 피곤하게 반문했다. "백 번, 이백 번…… 몇 번인지도 잊었구나."

데이지는 봉투를 받았다. 그녀의 이름과 로럴 스트리트의 오래된 주소가 떨리고 서툰 글씨로 씌어 있었다. 소인은 "1955년 12월 1일 샌펠리스"였다.

데이지가 편지를 펼치는 모습을 보자, 어린 시절의 심술궂은 노래가 피나타의 머릿속에서 계속 빙빙 돌았다. 촐로, 촐로, 네 볼로

에 기름 쳐. 그는 자신의 아이들은 결코 그 노래를 듣고 기억하지

않기를 바랐다. 그의 아이들과 데이지의 아이들은.

사랑하는 데이지에게

널 본 후로 오랜 시간이 흘렀구나. 어쩌면, 내겐 한참 늦은 이런 때에 너의 삶으로 도로 들어가서는 안 되겠지. 하지만 어쩔 수 없어. 내 피가 네 핏줄에 흐르고 있거든. 내가 죽어도, 내 일부분은 여전히 살아 있을 거다. 네 안에, 네 아이 안에, 네 아이의 아이 안에. 이 잔인한 세월에서 추악함을 끄집어내는 생각이지, 시간의 속임수에서 날카로운 침을 끄집어내는 생각.

이 편지는 네게 가닿지 않을지도 모르겠구나, 데이지. 그렇다면 나는 그 이유를 알 거다. 네 엄마는 무슨 대가를 치르더라도 우리를 떼어놓겠다고 맹세했지. 내가 부끄럽기 때문이라더구나. 처음부터 줄곧 그 여자는 부끄러워했어. 나뿐만 아니라 자기 자신에 대해서도. 그 여자가 사랑을 이야기할 때도 목소리엔 신랄함이 실려 있었지. 마치 우리 관계가 그녀도 어쩔 수 없는 신체적 결함의 결과인 양, 그녀의 정신이 경멸하는 육체의 약점인 양. 그러나 사랑이 있었어, 데이지. 네가 사랑이 있었다는 증거다.

나는 기억들이 너무 세차고 빠르게 모여들어 숨도 쉴 수가 없구나. 그것이 좋은 추억이었다면 얼마나 좋을까. 다른 남자들처럼 가족의 안정 속에 물러앉아 과거를 다정하게 회상할 수 있다면. 그러나 난 그럴 수 없지. 나는 낯선 곳, 낯선 사람들에 둘러싸여 외롭구나. 내가 이걸 쓰고 있으려니 호텔 손님들이 나를 괴상하게 보고 있어. 대체 나 같은 건달이 어울리지도 않는 호텔 로비에서 뭘 하고 있는 걸까 궁금해하는 듯하다. 한 번도 진정 내 것인 적 없었던 딸에게 편지를 쓰는 나를. 네 엄마는 맹세를 지켰다, 데이지. 우리는 여전히 떨어져 있지, 너와 나는. 그 여자는 수치심을 감추고 살았어. 우리 더 약하고 초라한 사람들이 살아갈 수 있고, 살아가야 하며, 살아가는 방식을 참을 수 없기 때문이지.

부끄러움……. 그게 내 일상의 양식이지. 뼈에서 살점이 떨어져 나간다 해도 놀랄 일이 아니다. 이제 내가 기대어 살아갈 이유란 없다. 그래도 이 죽어가는 육체에 사슬로 묶여 하루하루 살아가면서, 다시 너를 볼 수 있을 만큼은 자유로워지기를 얼마나 갈망하는지. 너와 에이다, 아직도 내가 사랑하는 사람들. 나는 여기에 너를 보러 왔단다. 하지만 용기가 없어서 이 편지를 쓴다. 너와 좀더 연결된 기분을 느끼고 싶어서, 내 죽음은 오로지 부분적일 뿐임을 나 자신에게 상기시키려고. 너는 남을 테니까, 너는 내가 이 땅에 살았다는 증거가 될 테니까. 나는 너 외엔 아무것도 남기지 않아.

기억들……. 네가 태어났을 때 그 사람이 날이면 날마다 얼마나 울었는지. 나는 생각했단다. 모든 눈물을 모아 가물어 먼지가 풀풀 나는 목장 땅에 물을 줄 수 있는 방법이 있다면 얼마나 좋을까. 먼지와 눈물, 이것들이 네가 태어나던 날에 대해 내가 가장 잘 기억하는 것이다. 네 엄마의 흐느낌, 잠긴 창문 사이로 스며들던 먼지, 빗장 달린 문과 공기도 통하지 않게 꽉 막힌 굴뚝. 그리고 네가 태어나기 바로 직전 마지막 순간, 네 엄마는 우리 둘만 있을 때 내게 말했지. "우리 아기도 당신 같으면 어떡해. 오, 하느님, 우리를 도와주세요. 제 아기와 저를." 그녀의 아기, 내 아기가 아니라.

처음부터 네 엄마는 내게서 멀어지려 했다. 너를 보호하겠다며. 내겐 세균이 있다고 그 여자가 그러더구나. 나는 소들과 일해서 더럽다고. 나는 씻고 또 씻었지. 말라가는 우물에서 물을 펌프질하느라고 어깨가 아플 정도였다. 하지만 난 언제나 더러웠지. 그 여자는 자기 아기를 지켜야 한다고 말했다. 그녀의 아기, 내 것인 적은 없었던.

난 항의할 수 없었어. 누구에게 큰 소리로 말할 수도 없었다. 하지만 죽기 전에 이제는 말해야겠구나. 난 너를 내 딸이라고 주장해야겠다. 절대로 이러지 않겠다고 그 여자에게 맹세하긴 했지만. 이제 나는 네 어머니가 너를 데리고 내 무덤에 찾아와주지 않을까 하는 희망과 믿음을 가지고 죽는다. 데이지, 신께서 너를 축복하기를, 그리고 너의 아이들도, 너의 아이들의 아이들도.

사랑하는 네 아버지 카를로스 카밀라

작 가
정 보

마거릿 밀러
Margaret Millar

마거릿 밀러는 1915년 캐나다 온타리오 주에서 태어났다. 일곱 살부터 학교에 다니기 시작해 여덟 살에는 오빠가 숨겨놓은 펄프 잡지 《블랙 마스크^{Black Mask}》를 읽곤 했다. 그녀는 건방진 말투의 악당을 좋아했고 정의를 실현하는 자경단원에도 흠뻑 빠졌다. 여기에서 비롯된 취향은 나중에 그녀가 범죄소설을 쓰는 동인이 되었다.

고등학교 동창이었던 케네스 밀러(하드보일드 작가 로스 맥도널드의 본명)와 1938년에 결혼하고 두 달만에 임신하여 아이를 낳게 되면서, 밀러는 아이 엄마로만 사는 삶에 회의를 느꼈다. 학창 시절에 어머니를 여의면서 시작된 우울 증세는 1940년경 심각해져서 그녀는 결국 병원에 입원해야 했다. 병실에서의 지루한 생활을 힘들어하던 그녀를 위해 남편은 수십 권의 추리소설을 가져다주었다. 어떤 것은 챈들러의 훌륭한 작품이었고, 어떤 것은 그녀가 책을 집어던질 정도로 형편없는 작품이었다. 그녀가 책을 집어던지며 "이 정도는 나도 쓰겠어!" 하고 화를 냈을 때, 남편은 "한번 해봐"라고 대꾸했다. 그래서 그녀는 글을 써보기로 했다. 새로운 일을 시작하는 것이 치료에 도움이 될 것이라는 의사의 조언도 있었다. 밀러는 남편의 도움으로 플롯을 구상하여 첫 작품을 썼다. 출판사는 이 작품에 『보이지 않는 벌레The Invisible Worm』(1941)라는 제목을 붙여 출간했다. 20세기를 통틀어 가장 훌륭한 여성 범죄소설가는 이렇게 데뷔했다.

데 뷔

『보이지 않는 벌레』로 시작한 시리즈의 주인공 심리학자 폴 프라이는 이 미터에 달하는 장신에 영화배우처럼 잘생긴 외모로 묘사된다. 시리즈의 다음 작품인 『박쥐The Weak-Eyed Bat』(1942)와 『나를 사랑한 악마The Devil Loves Me』(1942)를 거치며 밀러는 심리학과 범죄소설의 접목을 시도했고, 그 결과는 가히 성공적이었다. '폴 프라이' 시리즈는 펄프 픽션이 쏟아지던 범죄소설 시장에 심리 서스펜스라는 새로운 바람을 일으켰다. 그녀는 전업작가로 정착했고, 바로 다음 작품의 구상에 들어갔다. 다음 시리즈는 '폴 프라이' 시리즈에서 잠시 등장했던 샌즈 경위가 주인공이었다.

두 편의 '샌즈 경위' 시리즈를 쓰며 밀러는 한 인물이 연달아 등장하는 시리즈물에서는 서스펜스를 제대로 구현할 수 없다고 생각했다. 『철문The Iron Gate』(1945)으로 대중과 평론가들에게 찬사를 받았음에도 불구하고 그녀는 당분간 시리즈를 쓰지 않겠다고 결심한다. 그리하여 밀러는 각각 새로운 인물들이 등장하는 독자적인 장편을 쓰기 시작하는데, 1950년대에 나온 이 작품들은 그녀의 최고작들로 꼽힌다.

독자적인 스타일, 가정 스릴러

밀러가 활발히 활동했던 1950년대의 가정은 여전히 수도원처럼 폐쇄적이었고 주부들은 다른 직업이 없었다. 왜냐하면 가정의 지배자인 남편이 그것을 싫어했고, 사회적으로 아내란 자고로 남편이 꾸며준 안락한 집에서 가정을 돌봐야 한다는 의식이 지배적이었기 때문이다. 순종적이고 충실한 아내가 이상적으로 여겨지던 이 시기에 가정주부의 양면성이 만들어내는 서스펜스를 소재로 삼은 밀러의 작품은 가히 혁신적이었다. 밀러의 작품에 등장하는 아내들은 남편과 마주 앉은 아침 식탁에서 혼자 훌쩍 휴가를 떠나는 자신을 생각하는 정도(『엿듣는 벽』)에 그치지 않고 '죽음에 대한 해독제'까지 생각하곤(『내 무덤에 묻힌 사람』) 한다. 그러다 남편이 무슨 이야기를 하면 눈을 마주치고 생긋 웃으면서 남편의 일과를 챙긴다. 인물의 양면성, 특히 이상적인 아내의 모습에 감춰진 정신적 감정적 위기를 드러내어 불안한 분위기를 조성하는 능력은 밀러를 따라올 자가 없었다.

밀러는 신경쇠약을 겪는 여성들에 대해 누구보다 잘 이해했고, 위태로운 정신 상태를 어떻게 묘사해야 하는지도 알았다. 그녀는 양면성을 가진 인물을 등장시켜 우아하면서도 불편한 분위기를 만들어내는 데 능했다. 이를 위해 자주 다뤘던 소재는 '실종'으로, 가족 구성원의 실종이 위태로운 일상을 무너뜨리고 관계에 내재되어 있던 불안을 도출하며 인물의 잠재적인 성격이 표출되는 과정을 생생히 그려냈다. 또한 밀러는 교양 있는 인물의 깔끔하고 명쾌한 말투로 위선과 허영을 지적하곤 했다. 특히 히스테리와 광기의 경계에 선 위태로운 심리를 묘사하는 능력과, 긴장이 최고조에 달한 클라이맥스에서 독자의 허를 찌르는 수법은 오십 년이 지난 지금도 색이 바래지 않는다.

재 능 의 증 명

밀러는 샌타바버라에서 보낸 시간 동안 20세기 후반의 위대한 작가들 사이에서 단연 이목을 끌었다. 그녀는 독특한 인물을 창조하는 데 능했고, 플롯을 비틀어 독자를 함정에 빠뜨리는 데 선수였으며, 간결하면서도 예리한 문체로는 따라올 자가 없었다. 이 세 가지 재능이 한 사람에게서 모두 발견되는 경우는 아주 드물다. 오십오 년간 스무 종이 넘는 장편소설과 수많은 단편소설을 발표하면서 밀러는 자기 기준을 꾸준히 지켰고 그중 가장 뛰어나다고 여겨지는 것이 『내 안의 야수』, 『치명적 공기An Air That Kills』(1957), 『엿듣는 벽』, 『내 무덤에 묻힌 사람』 등이다. 『내 안의 야수』는 1956년 미국 추리작가협회에서 최우수 장편소설상을 수상했고, 그다음 해인 1957년에 밀러는 미국 추리작가협회 회장직을 맡았다. 1983년에는 그랜드 마스터상을 수상했다.

/

마 거 릿 밀 러 의 장 편 소 설 목 록

폴 프라이 시리즈

The Invisible Worm (1941)

The Weak-Eyed Bat (1942)

The Devil Loves Me (1942)

샌즈 경위 시리즈

Wall of Eyes (1943)

The Iron Gates [Taste of Fears] (1945)

톰 애러건 시리즈

Ask for Me Tomorrow (1976)

The Murder of Miranda (1979)

Mermaid (1982)

그 외

Fire Will Freeze (1944)

Do Evil in Return (1950)

Rose's Last Summer (1952)

Vanish in an Instant (1952)

Beast in View (1955)

An Air That Kills [The Soft Talkers] (1957)

The Listening Walls (1959) - 『엿듣는 벽』(엘릭시르, 2015, 미스터리 책장 시리즈)

A Stranger in My Grave (1960) - 『내 무덤에 묻힌 사람』(엘릭시르, 2016, 미스터리 책

장 시리즈)

How Like an Angel (1962)

The Fiend (1964)

Beyond This Point Are Monsters (1970)

Banshee (1983)

Spider Webs (1986)

내 무덤에 묻힌 사람
A Stranger in My Grave
/

초판 발행 2016년 11월 10일

지은이 마거릿 밀러 / **옮긴이** 박현주 / **펴낸이** 염현숙

책임편집 이송 / **편집** 임지호 / **외주교정** 김지연
아트디렉팅 이혜경 / **본문조판** 이정민 / **그림** 도미솔
저작권 한문숙 김지영 / **마케팅** 정민호 나해진 박보람 이동엽 / **홍보** 김희숙 김상만 이천희
제작 강신은 김동욱 임현식 / **제작처** 영신사

펴낸곳 (주)문학동네 / **출판등록** 1993년 10월 22일 제406-2003-000045호 / **임프린트** 엘릭시르

주소 10881 경기도 파주시 회동길 210
문의 031-955-1918(편집) 031-955-3576(마케팅) 031-955-8855(팩스)
전자우편 editor@elmys.co.kr / **홈페이지** www.elmys.co.kr

ISBN 978-89-546-4305-4 (03840)

엘릭시르는 출판그룹 문학동네의 임프린트입니다.